À PROPOS DE L'AUTRICE

Après avoir passé son enfance dans l'Hudson Valley, **Emma R. Alban** vit à présent à Los Angeles, profitant du soleil éternel, de l'océan et des montagnes. Lorsqu'elle n'écrit pas des livres ou des scénarios, on peut généralement la trouver en train de faire de la pâtisserie pour chasser son stress, avec l'air conditionné poussé à fond, de skier jusqu'à un moment avancé du printemps, de chanter des airs de comédies musicales à plein poumons en roulant sur l'autoroute et de lire partout.

La valse des cœurs

Collection : VICTORIA

Titre original :
DON'T WANT YOU LIKE A BEST FRIEND

HARPERCOLLINS FRANCE
83-85, boulevard Vincent-Auriol, 75646 PARIS CEDEX 13
Service Clients — www.harlequin.fr
ISBN 978-2-2805-1591-7 — ISSN 2493-013X

Édité par HarperCollins France.
Composition et mise en pages Nord Compo.
Imprimé en janvier 2025 par CPI Black Print (Barcelone)
en utilisant 100% d'électricité renouvelable.
Dépôt légal : février 2025.

FSC
www.fsc.org
MIXTE
Papier issu de
sources responsables
FSC® C159065

Pour limiter l'empreinte environnementale de ses livres, HarperCollins France s'engage à n'utiliser que du papier fabriqué à partir de bois provenant de forêts gérées durablement et de manière responsable.

EMMA R. ALBAN

La valse des cœurs

Victoria

HARLEQUIN

À mes parents,
merci, pour tout

Prologue

Avril 1857

Beth

Beth aimerait que sa mère accepte les choses telles qu'elles sont. L'alcool pique la peau de son dos et un frisson la parcourt lorsque sa mère souffle sur le bouton à la base de son épaule gauche. Beth ne craint vraiment pas qu'une telle imperfection puisse causer sa perte. Toutes deux peuvent se réjouir, nulle poussée d'urticaire n'est venue la frapper au moment de se trouver face à la reine ; elle doute qu'à présent un bouton puisse être si grave.

Beth fixe son reflet dans le miroir de sa chambre tandis que sa mère ajuste sa chemise. Son maquillage est terminé, ses ternes cheveux bruns ont été torsadés, enroulés artistiquement et fixés haut à l'arrière de sa tête tandis que deux mèches ont été soigneusement laissées libres pour encadrer son visage. Elle n'a pas moins l'air d'un paon paré de couleurs artificielles que l'après-midi même, mais à présent elle est épuisée, affamée et elles n'ont pas encore livré bataille pour la faire entrer dans sa crinoline.

— Vous êtes splendide, déclare sa mère, entourant de son

bras les épaules de Beth et s'abaissant pour placer son visage au niveau du sien.

— C'est *vous* qui l'êtes, la corrige Beth.

La vicomtesse Cordelia Demeroven offre toujours une image de perfection. Des pommettes hautes au dessin ciselé, des yeux perçants brun foncé, une épaisse chevelure nouée en un élégant chignon - elle est belle, gracieuse et (à présent qu'elle a quitté ses sombres habits de deuil) fort gaie. Pétillante, elle enchante toujours tout le monde en société. Beth préférerait disparaître plutôt que de déployer pareille énergie.

— Vous serez la coqueluche du bal, insiste sa mère, en repoussant délicatement la tête de Beth avec la sienne. La reine vous a trouvée superbe et j'ai déjà organisé un certain nombre de visites. Tout ce que vous avez à faire, c'est sourire.

Beth lance un regard noir à sa mère qui se contente de rire et de tendre la main pour la chatouiller. La jeune fille lâche un petit cri perçant et s'écarte d'un bond tandis que sa mère s'esclaffe doucement. Cela fait vingt ans qu'il en est ainsi. Elle n'a jamais réussi à dompter ce réflexe, et sa mère s'en délecte dès qu'elle en a la possibilité.

— Vous voyez, note Cordelia en pointant le doigt vers Beth, joues soudainement rosies et riant malgré elle. Vous êtes superbe. Maintenant, finissons de vous préparer.

Beth soupire, mais laisse docilement sa mère l'aider à enfiler son corset en ajustant le modeste rembourrage. La jeune fille est naturellement dotée d'une taille de guêpe, mais même les corsets les plus serrés échouent à la pourvoir d'une poitrine. Cordelia, à l'inverse, possède des rondeurs généreuses sous la dentelle lavande couvrant son décolleté, détail tout simple mais plein de coquetterie.

Elle est éblouissante dans ses jupes violettes et pour la millième fois, Beth regrette de ressembler davantage à son défunt père qu'à sa mère. Elles se sont réparti ce qui lui appartenait mais la silhouette de Beth n'est pas chose qu'elle puisse mettre sous clé dans un coffre, loin de sa vue et de ses pensées. Son visage rond, sa poitrine plate et sa maigreur viennent du côté paternel de la famille.

Beth s'avance dans la cage de sa crinoline et aide sa mère à la relever pour la mettre en place sur son étroite taille. Ensemble, elles arrangent la disposition des cerceaux puis font précautionneusement glisser un jupon sur les lames d'acier incurvées reliées entre elles par des rubans.

Beth s'émerveille de la légèreté de l'ensemble et sourit tandis que sa mère lui adresse un petit clin d'œil. Voilà qui est bien mieux que les sept jupons qu'elle aurait portés l'année précédente si elle avait été présentée alors à la reine ainsi qu'il était prévu.

Beth fait un pas de côté de sorte que sa mère puisse se glisser près d'elle et prendre la jupe posée sur son lit. Les cerceaux heurtent la chaise située devant la coiffeuse et ses pieds raclent bruyamment le plancher. Beth grommelle et un petit rire s'échappe des lèvres de Cordelia.

— Vous vous y ferez, promet-elle.

— Certainement. Et je renverserai également tout le monde sur mon passage, dit Beth.

Son ton se voulait enjoué mais le froncement de sourcils de sa mère lui indique qu'il s'est plutôt révélé acerbe et inquiet.

— Vous vous amuserez, croyez-moi. Et vous pourriez même faire la connaissance de quelqu'un de spécial ce soir.

Beth plisse les yeux.

— Je croyais qu'il me fallait dans cet exercice user de toute ma raison pour trouver un bon parti.

— Rien ne dit que rencontrer un bon parti ne peut pas conduire à un mariage d'amour, affirme sa mère.

— Le seul problème est que je n'ai que quatre mois pour tomber follement amoureuse, faute de quoi nous mourrons dans une masure, réplique Beth.

Cordelia se renfrogne un peu plus et baisse les yeux.

— Je suis désolée. Je suis fatiguée. Occupons-nous de la robe.

Cordelia s'avance face à Beth, lui bloquant ainsi la vue sur le miroir. Le seul spectacle qui s'offre au regard de la jeune femme est donc celui du visage de sa mère, silencieuse et l'air meurtri. Elle n'avait vraiment pas pour intention d'aborder ce sujet, ce soir. Elle ne devrait pas remuer ainsi le couteau dans la plaie.

— J'espère que vous trouverez quelqu'un que vous aurez *envie* d'épouser. C'est ce que je veux pour vous.

Beth hoche la tête, se mordant l'intérieur de la joue tandis que sa mère lui prend les mains.

— Je le sais.

— Et je suis profondément désolée. J'espère que vous le savez également, insiste Cordelia en abaissant la tête pour croiser le regard de Beth.

— Je le sais.

Ce n'est pas la faute de sa mère si elles se trouvent dans cette situation. Et elle a dépensé presque tout l'argent reçu à la mort de son père pour leurs robes. Désormais c'est à Beth que revient la responsabilité de s'assurer que les sacrifices de sa mère soient payants. Il leur faut un endroit où vivre à la fin de la saison et si elle échoue à trouver un époux...

— Employons-nous à vous parer de cette magnifique robe, voulez-vous ?

Beth acquiesce tout en détachant son regard de celui de sa mère. Elle lève les bras de sorte que cette dernière puisse faire descendre sur son corps la jupe que leur gouvernante, Miss Wilson, a déposée sur le lit avant qu'elles lui donnent congé pour la soirée. Elle regarde Mère ajuster le tissu jusqu'à ce qu'il épouse confortablement la courbe de ses hanches et l'aide à glisser ses bras dans les petites manches bouffantes de son corsage.

Elle est charmante, suppose-t-elle. Le bleu sied à son teint pâle et à la nuance sombre de ses cheveux. Sa chevelure est bien loin de rivaliser avec celle de Cordelia, mais elle apprécie toujours de porter quelques-uns de ses bijoux de famille piqués dans son chignon tressé. Cela la ramène au temps de son enfance, à l'époque où sa mère et elle s'habillaient avec soin et organisaient de faux bals – rien qu'elles deux, seules à la campagne, parées de leurs robes de soirée tandis que son père demeurait à Londres pour la saison hivernale.

Sa mère boutonne tout le dos de la robe et fixe l'agrafe avant d'ajuster l'échancrure du décolleté sur les épaules de Beth. Elle s'approche et passe son bras autour de la taille de sa fille dont elle croise le regard dans le reflet du miroir.

— Je vous promets que demain nous aurons des scones pour le petit déjeuner et que nous dormirons jusqu'à midi, entendu ?

Beth sourit et se laisse aller en arrière contre elle en refermant ses mains sur les siennes.

— Entendu.

Gwen

— Vous trichez !

— C'est *vous* qui trichez ! clame Gwen, lançant un regard noir à son père à travers son masque grillagé tandis qu'elle chancelle sur le rebord du muret de pierre courant autour du bassin du jardin.

— Vous n'avez pas riposté, soutient son père, attendant sa réaction, fleuret toujours pointé vers elle.

— Vous avez attaqué deux fois, réplique Gwen.

Elle recule sur les pierres formant un relief irrégulier, un bras levé pour assurer son équilibre, son autre main brandissant toujours son arme.

— Et il n'est pas digne d'un homme d'ergoter ainsi.

Son père grogne et bondit sur le mur face à elle. Tous deux se retrouvent en équilibre précaire et enchaînent de nouveau les offensives. Gwen s'avance, puis recule au moment où il fonce droit sur elle. Elle feinte pour tenter de le déstabiliser, mais même si cela l'irrite au plus haut point, il est capable d'assauts qu'elle ne peut espérer esquiver.

Gwen saute alors soudain du mur et s'élance vers la maison, à l'autre extrémité du jardin, tout en ricanant.

Son père lâche un cri et se lance à sa poursuite. Elle fait volte-face et s'apprête à répondre à sa nouvelle attaque quand le fleuret lui est arraché de la main.

— Hey ! proteste-t-elle avant de faire volte-face et de découvrir leur gouvernante, Mrs Gilpe qui l'observe, sourcils froncés.

— *En garde !* crie son père tout en la frappant dans le dos.

Gwen se retourne et, une fois son masque retiré, lui lance un regard furieux.

— Faute, déclare-t-elle.

— En aucun cas, réplique son père tout en ôtant son propre masque. Mrs Gilpe n'est qu'un obstacle. Une véritable adversaire serait restée en garde.

— Vous n'êtes qu'un immonde tricheur, lâche Gwen d'un ton fâché en croisant les bras.

Son père lui adresse un large sourire, signe d'une arrogance toute puérile.

— Vous vous montrez tous deux ridicules, dit Mrs Gilpe, d'un ton affectueux mais néanmoins ferme.

Gwen se retourne pour découvrir son regard sévère et blasé.

— Rentrez, voulez-vous. La voiture sera là dans une heure.

— Encore un assaut ? s'exclament-ils d'une seule voix.

Mrs Gilpe lève les yeux au ciel, les traits de son étroit visage restent durs mais ses lèvres tressaillent à ces mots. Son père lance un regard à Gwen et tous deux affichent leur plus belle moue implorante. Mais rien ne fera vaciller la détermination de Mrs Gilpe en ce jour.

— Si vous désirez participer au bal des Halyard en nage et avec les cheveux emmêlés, ne vous gênez pas, mais je crois que ni l'un ni l'autre ne pouvez réellement vous permettre d'entamer la Saison de façon si peu glorieuse, non ?

Gwen tourne la tête vers son père, qui continue d'afficher sa moue un instant avant de l'effacer de ses traits.

— Cinglante et perspicace, comme toujours, Mrs Gilpe. Fort bien, Gwennie, montez et laissez ces dames vous transformer de nouveau en jeune lady.

Gwen se sent pâlir sous le regard plein d'impatience de Mrs Gilpe.

— Ne pourrions-nous pas simplement…

— Mrs Gilpe a raison, l'interrompt-il, affichant ce que Gwen considère être son « visage de père sévère ». La soirée qui nous attend est importante. Nous pourrons nous livrer à un second face-à-face demain.

— Ou vous pourriez admettre que vous êtes un véritable tricheur et nous pourrions nous affronter de nouveau maintenant.

— La voiture sera là dans une heure, énonce son père, offrant de ce fait une imitation parfaitement crédible de Mrs Gilpe, qui lâche un petit son réprobateur.

— Comme si le fait que nous arrivions à l'heure avait la moindre importance, fait Gwen.

— Quels que soient vos sentiments sur la question, nous devons malgré tout tenter de faire que cette Saison soit la bonne, peu importe combien cela sera contraignant.

Gwen lui jette alors un air suspicieux.

— Vous comporterez-vous donc en gentleman ? Vous resterez avec tous les pères et ne prêterez pas attention aux débutantes, cette fois-ci ?

— Je n'ai jamais poursuivi la moindre débutante de mes assiduités, s'empresse-t-il de répondre.

— Non, non, il n'y a eu que la chanteuse d'opéra, la danseuse, l'autre chanteuse d'opéra, la veuve Loughton, la veuve Chastley…

— La douairière Pinches, ajoute Mrs Gilpe.

Gwen hoquette de surprise.

— Vous n'avez pas osé, voyons !

Son père rougit violemment, tout en lançant un regard noir

à leur gouvernante et en se mettant à reculer en direction de la demeure.

— Cela remonte à des années. Elle n'était pas la douairière, alors, dit-il d'une voix mal assurée.

— Lord Havenfort a raison, précise à voix basse Mrs Gilpe. La mère du défunt comte n'était pas encore décédée.

— Père ! s'écrie Gwen, en s'élançant à sa suite. La Douairière a presque soixante-dix ans !

— Nous avons valsé à quelques reprises, se défend-il en levant les mains devant lui avant de se glisser dans le jardin d'hiver.

— Voilà qui ne fait aucun doute, lâche Mrs Gilpe dans un souffle tout en tenant la porte pour Gwen. Entrez donc, voulez-vous ?

— Père, proteste Gwen tout en s'attardant à l'extérieur.

— Il est temps de se préparer, dit-il, oubliant son indignation. Il suspend son masque et se tourne vers elle en levant un sourcil interrogateur.

Gwen le rejoint à contrecœur même si l'envie de poursuivre ses protestations la tenaille. Elle aurait pu le battre si elle avait disposé d'assez de temps. Tous deux détestent les bals et les Halyard plus encore. La Saison est un moment qui les désole et ni l'un ni l'autre n'est heureux d'avoir regagné leur demeure de Londres pour quatre mois de thés et de moments pénibles.

— Je me tiendrai bien si vous le faites également, tente de marchander son père.

Gwen lui lance son masque. Elle doute grandement de ses paroles.

— Vous avez la possibilité de boire et de vous livrer à des jeux d'argent. Voilà qui est loin d'être équitable.

— Vous pouvez parier vous aussi, réplique-t-il en saisissant l'objet au vol. Prenez chaque danse comme un pari. Soyez charmante, posée, montrez-vous sous les traits de cette jeune femme instruite, de cette jeune lady que j'ai élevée en ce sens et le gain que vous en retirerez pourrait être considérable.

Gwen lâche un petit grognement.

— C'est affreux.

Mrs Gilpe referme la porte et incite Gwen à avancer.

Peut-être achètera-t-il à Gwen un autre poney si elle continue à se montrer aussi peu coopérative ? N'a-t-elle pas obtenu son propre cabriolet l'an dernier en guise de cadeau de consolation pour avoir terminé la Saison sans avoir trouvé de mari, une fois de plus ? Mieux encore, il pourrait lui offrir un cheval de course cette année quand elle reviendra dépourvue de tout potentiel époux.

Sans aucun doute, après avoir enduré quatre Saisons, elle mérite un cheval de course. Ils pourraient même parier sur ses performances ensemble.

— Trêve de plaisanteries, vous êtes une jeune femme belle et accomplie et je suis fier de vous, insiste son père, en prenant sa main pour l'entraîner vers le vestibule.

Gwen réprime une grimace. Elle déteste se laisser aller ainsi à pareils moments de sincérité. Il est alors tellement plus difficile de se disputer avec lui.

— Père, geint-elle.

— Essayez véritablement cette année, c'est tout ce que je vous demande. Vous méritez d'avoir un mari, et je sais que si vous vous ouvrez à cette perspective, vous serez capable d'en trouver un. Tout homme serait chanceux de vous avoir.

Ils atteignent le bas de l'escalier et Gwen marque un petit temps d'hésitation.

— Votre comportement sera irréprochable ?

Mrs Gilpe s'avance en soupirant d'impatience.

— Promis, répond-il, commençant à sourire en la voyant sur le point de céder.

— Fort bien, lâche Gwen en retirant ses gants qu'elle vient faire claquer contre la poitrine de son père. Finissons-en donc au plus vite avec tout cela, ajoute-t-elle à l'attention de Mrs Gilpe.

Père la gratifie d'un salut espiègle et Mrs Gilpe prend le bras de Gwen. Cette dernière lâche un soupir mais se laisse guider dans l'escalier pour retourner à la réalité des cerceaux, des jupes et d'un nombre franchement affreux d'épingles à cheveux.

Le comte d'Havenfort, Dashiell Fredric Bertram, est peut-être le meilleur parti de chaque Saison, malgré sa réputation douteuse et toutes les particularités qui lui sont rattachées, mais en l'espèce on dirait que l'expression selon laquelle les chiens ne font pas des chats ne soit pas adéquate. Son père a beau soutenir constamment que si elle baisse la garde elle attirera un bon mari, Gwen n'est pas aussi certaine qu'il en serait ainsi. La beauté, le calme et une forme d'accomplissement personnel sont des choses qu'elle est capable de simuler, mais tout au fond d'elle, elle sait qu'elle fera une épouvantable épouse. Elle est certaine que les hommes peuvent le sentir, tout comme les prédateurs peuvent sentir la peur chez quelqu'un.

— Rappelez-vous donc, les Halyard servent ces pâtés de crabe dont vous raffolez, dit Mrs Gilpe tout en emmenant Gwen dans le couloir du deuxième étage en direction de sa chambre.

La jeune fille éclate de rire à ces mots, surprise.

— C'est vrai. Voudriez-vous que je vous en rapporte ?

Mrs Gilpe pince les lèvres, hésitant à accepter, mais elles pénètrent au même instant dans la chambre de Gwen, où sa femme de chambre, Mrs Stelm, attend déjà avec les cerceaux de sa jupe, son corset et son maquillage prêts à être utilisés.

— Faites, je vous prie, répond Mrs Stelm.

Mrs Gilpe jette les mains en l'air dans un geste d'humeur.

— Quoi, vous n'en voulez pas ? demande Gwen, gratifiant Mrs Gilpe d'un large sourire, ses yeux brillant d'allégresse.

— Vous êtes tous deux incorrigibles, dit cette dernière, tout en faisant tourner Gwen sur elle-même pour la délester de sa tenue d'escrime.

— Nous essayons de nous y employer, c'est vrai, réplique Gwen en adressant un clin d'œil à Mrs Stelm, qui accueille ce petit signe par un gloussement sans faire cas du froncement de sourcils de Mrs Gilpe.

Gwen les écoute se chamailler tandis qu'elles l'habillent, lui faisant quitter la tenue confortable qu'elle portait dans l'intimité de sa demeure pour la transformer en oiseau d'apparat à l'air pompeux, prêt pour le bal ouvrant la Saison. Et bien que sa robe rose, son chignon blond élégamment tressé et ses cils assombris excellent à rehausser sa beauté, Gwen n'est absolument pas certaine que ses courbes et son statut suffiront à attirer le moindre prétendant.

Ils n'y ont assurément jamais réussi jusqu'alors.

1

Beth

Elle a trébuché au bas de l'escalier. Elle a été appelée, sa mère et elle se sont avancées et Beth a trébuché. Sa mère l'a rattrapée et elle a beau lui avoir juré sur tout ce qu'elle pouvait pendant dix minutes que personne ne l'avait vue, la jeune fille sait qu'elle ment.

Les mères la toisent, elles la jugent, statuent sur son cas et font même montre d'une certaine exultation.

Beth est de loin l'une des plus petites parmi les filles présentes, une menace en puissance de torticolis pour leurs fils grands et à l'allure majestueuse.

Et voilà qu'elle se révèle affreusement maladroite pour couronner le tout. Sa première soirée dans le grand monde est déjà un désastre.

— Chérie, il me faut parler à Juliet.

— Vous ne pouvez me laisser seule ici, lâche Beth dans un souffle, tenant fermement le bras de sa mère quand celle-ci s'apprête à se dégager.

— Il me faut effectuer le tour de mes relations et organiser nos rendez-vous, lui répond Cordelia dans un murmure.

Toutes deux s'interrompent pour sourire à une connaissance dont Beth ne se souvient pas mais dont elle sait qu'elle appartient à une famille ayant plus d'argent qu'elles n'en ont jamais eu du vivant de son père.

— Tout se passera bien. Allez juste... vous mêler aux autres.

— Mère, proteste Beth tout en desserrant sa poigne de fer sur le bras de Cordelia.

Ses doigts y ont laissé des empreintes visibles.

— Je vous le promets, vous rencontrerez de nouvelles amies. Souriez, relevez le menton, rejetez les épaules en arrière et buvez un verre de vin.

Beth entrouvre malgré elle la bouche puis la referme rapidement de peur que quiconque trouve ses manières inconvenantes.

— Un seul, rappelle sa mère. Pour calmer vos nerfs.

— Un évanouissement ne serait pas non plus une mauvaise option, marmonne Beth.

Cordelia fronce les sourcils d'un air sévère mais Beth peut voir qu'elle a envie de rire.

— Un.

— Un, promet la jeune fille qui remarque à cet instant que Lady Berthshire agite la main pour inviter sa mère à la rejoindre. Partez donc la retrouver, ou elle va éborgner quelqu'un.

Cordelia se penche pour embrasser Beth sur la joue avant d'aller rejoindre ses amies de la haute société. La jeune fille observe la scène et se sent étonnamment envieuse en voyant sa mère acceptée avec enthousiasme dans leur petit cercle. Aucune de ces personnes n'a fait l'effort de venir leur rendre visite durant leur deuil ; ce sont là des amies bien inconstantes. Mais au moins sa mère a bel et bien des connaissances dans cet endroit.

Beth observe l'immense salle de bal de la demeure des Halyard, pleine à craquer de débutantes, de mères et de jeunes célibataires convoités de la haute société londonienne. Le plafond voûté et les murs blancs agrémentés de colonnes grecques donnent l'impression que l'espace s'y déploie presque sans fin. La cacophonie des voix a quelque chose d'étourdissant et les convives ont à peine commencé à boire. Tout n'est que tourbillons de coloris pastel, de plumes, de tulle et de queues-de-pie. Elle ne peut même pas imaginer combien l'atmosphère semblera oppressante une fois que l'orchestre commencera à jouer et que les trois cents personnes se mettront à danser.

Comment pourra-t-il y avoir assez d'espace pour les danseurs ? se demande-t-elle en s'avançant dans la pièce et en remarquant les rafraîchissements sur le côté opposé de la salle. Il lui faut un verre de vin pour survivre à cette soirée, peut-être deux. Elle est capable de tenir l'alcool, en dépit de ce que croit sa mère. Miss Wilson l'a laissée goûter son whisky au cours des deux dernières années… en contrôlant les quantités ingérées, mais tout de même.

Elle sait qu'il lui faut plaquer un sourire sur ses traits, écouter des conversations dépourvues du moindre intérêt et commencer à nouer ses propres relations. Elle espère que ses contacts tout neufs s'établiront avec de jeunes gentlemen, mais n'importe qui à vrai dire ferait l'affaire. Si elle parvient à sympathiser avec l'une des filles censées se marier cette Saison, elle pourra au moins attirer l'attention des prétendants dont celle-ci ne voudra pas. Elle ne se fait pas d'illusion, elle ne fait pas partie des jeunes femmes les plus convoitées. Elle ferait une épouse tout à fait convenable, certainement, mais elle n'a nulle fortune à offrir.

Elle apporte sa dot et peut-être la petite propriété à la campagne, si son cousin James daigne leur laisser la garder une fois qu'il aura atteint sa majorité. Si son oncle, qui se charge actuellement de leurs affaires en attendant que James puisse hériter, est un indicateur fiable quant à la situation, elles n'auront pas une miette de ce que possédait son père. Exactement comme ce dernier le désirait.

C'est tellement moins que ce que presque toute autre jeune femme présente dans la pièce peut offrir. Et pour ne rien arranger, Beth est petite, maladroite et inconnue.

Toutefois, elle est assez jolie, et sa mère la trouve délicieuse.

Beth plisse le nez avec contrariété et lève les yeux vers le plafond. Voilà qui n'augure rien de bon si sa mère est la seule référence qu'elle puisse citer pour attester de son charme. Son père n'a jamais eu une très haute opinion d'elle et elle a à peine eu le temps de faire la connaissance de son oncle lors de la brève visite qu'il a effectuée chez eux une dizaine d'années auparavant. Elle n'a même jamais rencontré son cousin James.

Miss Wilson l'aime. Mais qui ici se soucierait des paroles de leur gouvernante ?

Beth prend une profonde inspiration et se force à ralentir le pas, avançant nonchalamment plutôt qu'à la hâte à travers la pièce, jetant des regards alentour à la recherche d'un visage amical. Les débutantes et les jeunes gentlemen ne manquent pas, mais aucun d'eux ne semble un tant soit peu accessible, et elle fait l'objet de regards scrutateurs de la part des regroupements d'amis. Une curiosité, fille du défunt vicomte Demeroven, gardée enfermée à la campagne avec sa mère débordante d'énergie.

Beth cherche une occasion d'entamer une conversation, la moindre occasion possible, vraiment, mais elle ne réussit qu'à attirer l'attention d'un gentleman grisonnant qui la regarde à son tour avec un intérêt marqué. Beth détourne les yeux et s'efforce de se faufiler au milieu d'un groupe de mères, percutant les cerceaux de leurs robes avec des excuses marmonnées. Elle cherchait des amis, non un homme de l'âge de son défunt père. Un homme qui ne devrait assurément pas être en quête d'une épouse d'à peine vingt ans, et encore moins une semblable à Beth, qui paraît rarement son âge, même lorsqu'elle est maquillée comme en ce jour.

Mais malgré ses efforts, nulle échappatoire ne s'offre à elle. Elle est cernée de groupes d'invités inamicaux. Sa maudite robe à crinoline rend totalement impossible toute tentative de fuite. Le gentleman s'approche avec ce qu'elle suppose être son sourire le plus charmeur.

Mais qui se révèle à vrai dire quelque peu inquiétant.

— Miss Demeroven, est-ce bien cela ? questionne le gentleman en tendant sa main vers elle.

Beth hésite un court instant, réticente à le toucher, mais le respect de la bienséance l'emporte. Elle n'a pas passé les deux années écoulées à se faire dorloter à l'écart du monde avec sa mère pour rien.

— Oui, répond-elle, tendant sa main à son tour et serrant les mâchoires au moment où l'homme la lève jusqu'à ses lèvres pour y déposer un si long baiser qu'elle en est incommodée.

— Je suis Lord Psoris, un ami de votre père. Quel dommage qu'il ne puisse être là. Je sais combien il serait fier de vous, claironne-t-il d'une voix rauque en libérant lentement ses doigts.

Des doigts que Beth plaque de nouveau sur son ventre aussi rapidement que la politesse le lui permet.

Son père jugeait l'idée de sortir dans le monde inutile et coûteuse – tant il était peu enthousiaste à la perspective de dépenser l'argent destiné à ses investissements pour ses robes et ses activités sociales.

Il avait prévu de la marier à l'un de ses vieux amis. Oh ! ciel ! Est-il possible que Lord Psoris ait été l'ami en question ?

Son père n'aurait pas sourcillé. Cordelia avait l'âge de Beth au moment de leur mariage, et il était son aîné de vingt ans alors.

Mais Lord Psoris a facilement quarante ans de plus que Beth. Et le regard lubrique dont il la gratifie est tout sauf courtois.

— Toutes mes condoléances, poursuit-il lorsque Beth réalise qu'elle a échoué à trouver quoi lui dire.

— Je vous remercie, se force-t-elle à prononcer, tout en jetant des regards alentour en quête d'un potentiel sauveur.

Mais il n'y a personne sur qui elle puisse compter. Elle est coincée.

— Avez-vous passé l'hiver en ville ? s'enquiert-elle.

— En effet, en effet. J'ai siégé au Parlement et participé à quelques festivités, même si évidemment nous attendions tous impatiemment le début de la Saison.

Beth hoche la tête, reculant d'un petit pas tandis que l'homme s'avance vers elle.

— Je serais honoré d'avoir votre première danse.

Beth percute le gentleman qui se tient derrière elle au moment où Psoris s'approche encore. Elle lâche un petit cri, titubant et essayant de garder la maîtrise de son encombrante crinoline. L'homme derrière elle se retourne et saisit son coude. Affreusement embarrassée, elle lève les yeux vers le grand et blond gentleman, les joues en feu. L'homme fronce les sourcils tandis que ses regards se posent sur elle puis sur Lord Psoris.

— Toutes mes excuses, dit-elle timidement.

« Quelle petite bécasse », voilà ce qu'il doit penser d'elle.

— Je me suis sentie mal, un instant.

— Dans ce cas il nous faut absolument vous procurer un verre. Excusez-moi, messieurs, lance une jeune femme qui apparaît comme par magie derrière le gentleman blond.

La femme prend le bras de Beth et lui fait contourner avec aisance le gentleman blond avant de l'emmener loin de l'outragé Lord Psoris. Elles sont déjà à plusieurs mètres de lui quand ce dernier parvient à bafouiller ses premières paroles de protestation.

— C'est un goujat, assène l'inconnue en adressant un large sourire à Beth, ses yeux bleus pétillant de malice.

Ses cheveux sont du même blond presque blanc que ceux du grand gentleman et il y a une similarité dans le contour affirmé de leurs mâchoires et la largeur de leurs épaules.

— Père et moi aimons nous appliquer à sauver les jeunes débutantes de ses griffes. Il vous a repérée dès votre arrivée, n'est-ce pas ?

Beth, soulagée, s'incline vers sa sauveuse.

— Tout à fait. Et il y a tant de monde que j'étais incapable de fuir.

— C'est une chance que nous ayons été là quand vous avez reculé. Je suis Lady Guinevere Bertram. Gwen, ajoute la jeune femme pour finir de se présenter tout en pressant le bras de Beth contre son flanc.

— Miss Demeroven. Elizabeth… enfin, Beth, dit la jeune fille à son tour.

Gwen lui adresse alors un regard émerveillé.

— La fille prodigue. Votre compagnie sera recherchée, c'est certain.

— Je ne suis pas sûre que le terme prodigue soit réellement approprié, fait Beth en secouant la tête.

— Oh ! mais vous pourriez magnifiquement jouer ce rôle. Vous avez le teint et la chevelure – l'allure parfaite pour effectuer une entrée mystérieuse et triomphante dans la Saison. Le pastel vous sied à merveille, mais je pense que vous seriez fascinante dans quelque chose de rouge. L'attitude adéquate, un peu de vin, nous pourrions créer une énigme autour de votre personne. Qui n'aime pas les énigmes, dites-moi ?

Beth se contente de lever la tête vers elle en clignant des yeux tout en laissant cette étrange et fougueuse jeune femme la guider à travers la pièce. Beth ne sait absolument pas où elles vont, ni comment elles ne provoquent pas une sorte de chute en cascade de dominos tandis qu'elles fendent la foule, mais Gwen ne semble pas s'inquiéter de la question. Elle marche la tête haute, sourire aux lèvres et salue les gens d'un hochement de tête avec une aisance et une grâce que Beth ne pourrait jamais égaler.

— Et voilà, dit Gwen alors qu'elles atteignent enfin la table des rafraîchissements.

Beth accepte avec gratitude un verre de vin liquoreux. Il est frais et moelleux, avec juste un très léger goût d'alcool – mais à en juger par l'onde de chaleur qui s'épanouit dans sa nuque, il doit malgré tout en contenir en quantité. Beth avale une autre gorgée, brûlant d'envie de se détendre ne serait-ce qu'un peu.

Ce qui s'est passé avec Lord Psoris a mis ses nerfs à rude épreuve. Est-ce donc là la réalité des choses – des hommes autoritaires abolissant toute distance lorsqu'il vous est impossible de fuir ?

— Tous ne seront pas aussi abominables que lui, intervient Gwen, arrachant ainsi Beth à sa contemplation morose de la salle.

Elle saisit de nouveau son coude et l'entraîne vers l'autre côté de la piste, loin des couples semblant se former pour la première danse.

Beth peut voir Lord Psoris la chercher à l'autre bout de la salle et elle se recroqueville plus près de Gwen, qui éclate de rire et la pousse du coude.

— Vous pouvez toujours dire non, vous savez.

— Et risquer ainsi d'insulter l'un des plus vieux amis de mon père dès la première soirée ? dit Beth tandis que ses doigts triturent le tissu de ses jupes.

Elle regrette à présent de ne pas avoir emporté d'éventail avec elle juste pour avoir de quoi occuper ses mains.

— Personne ne vous reprochera de vouloir trouver quelqu'un d'un âge plus proche du vôtre.

— J'imagine, en effet, répond Beth en levant les yeux vers Gwen, qui donne un coup de menton vers leur gauche.

Beth se penche et remarque un grand jeune homme dégingandé qui se tient seul et paraît aussi mal à l'aise qu'elle.

— Lui ?

Beth plisse le nez.

— Il est très mince, n'est-ce pas ? Et il a l'air taciturne, non ?

Gwen pince les lèvres pour s'empêcher de rire.

— Entendu, parfait. Eh bien, nous devrions vous trouver une personne de qualité pour votre première danse. Venez ici.

Elle l'entraîne vers le mur et elles s'y adossent, à l'écart de la cohue. Leurs jupes sont collées l'une à l'autre et Beth sent la détente commencer à gagner ses épaules. Elle aperçoit sa mère de l'autre côté de la pièce, toujours retenue dans un cercle de femmes de la haute société et semblant mourir d'ennui. Cordelia lance des coups d'œil tout autour d'elle et leurs regards se croisent. Beth se penche vers Gwen pour montrer qu'elle a réussi à trouver au moins une personne avec qui parler, et sa mère sourit avant de lui adresser un petit hochement de tête puis de se retourner pour se livrer à plus de bavardages.

— Et que dites-vous de lui ? interroge Gwen.

Beth suit le regard qu'elle pose sur un gigantesque jeune homme aux larges épaules et mesurant au moins un mètre quatre-vingts. Elle se tourne vers Gwen, incrédule.

— Qu'y a-t-il ?

— Comment cela pourrait-il même fonctionner d'un point de vue technique ? questionne Beth, un large sourire aux lèvres tandis que Gwen se met à glousser de rire.

Quelques têtes se tournent et elles se taisent toutes deux, prenant quelques gorgées de vin tout en gloussant discrètement. Gwen a un rire adorable et un visage si radieux, une expression si ouverte. C'est instantanément fascinant, vraiment. Beth est étonnée qu'elle ne se trouve pas déjà sur la piste.

— Celui-ci a l'air très bien, dit Beth tout en esquissant un geste discret en direction d'un grand jeune homme à la barbe bien taillée et au menton saillant.

— Allez donc le saluer, dans ce cas, dit Gwen.

— Je dis qu'il a l'air très bien… pour vous, corrige Beth. Sa haute taille, votre chevelure, vous auriez à coup sûr de charmants enfants.

Gwen lâche un petit ricanement.

— Qu'ai-je donc dit ? s'étonne Beth.

— Eh bien, sa mère me considère comme un véritable fléau, donc cette possibilité ne m'est plus offerte. Et il est tout aussi probable que nos enfants seraient chevelus comme tout et minuscules. Son père est plutôt petit et ma défunte mère avait une chevelure abondante et très sombre.

— Humm, marmonne Beth, essayant de décrypter la situation. Vous vous êtes donc déjà rencontrés ?

— Il y a deux Saisons, nous avons effectué quelques sorties ensemble. Cela ne s'est pas bien terminé, dit Gwen dans un haussement d'épaules.

— Deux saisons ?

— Celle-ci est ma quatrième, explique Gwen en croisant son regard, avec sur les lèvres un grand sourire effronté semblant légèrement se fissurer. Je crois que si je réussis à arriver à la prochaine saison sans mari, je recevrai une médaille.

Beth se laisse aller à rire. Quatre Saisons, voilà une perspective qu'elle ne peut même pas imaginer. Et, de plus, sans avoir de mère à ses côtés. Comme cela doit être éprouvant !

— Peut-être que dans ce cas, on vous donne juste des terres et qu'on vous laisse prendre votre liberté ?

— Ne serait-ce pas merveilleux ? dit Gwen. Une grande parcelle de terrain, rien à faire à part lire et manger.

— Dessiner, ajoute Beth.

— Peindre. Nager.

— Oh ! vous donne-t-on un lac, ou est-ce seulement si vous atteignez six participations ? questionne Beth.

Gwen la pousse doucement de sa hanche – du moins c'est ce que suppose Beth en se fondant sur la façon dont ses jupes bougent.

— Si je parviens au chiffre de sept, je pense peut-être avoir droit à mon propre château.

— Oh ! eh bien vous devriez tenir jusqu'à l'obtenir, dans ce cas, réplique Beth. Être la reine de votre propre château vaut sûrement mieux qu'une union avec cet homme-là.

De son verre vide elle esquisse un geste en direction d'un jeune homme fort maigre et doté d'une barbe clairsemée qui invite une jeune lady tout aussi étrange à danser.

— C'est le frère cadet d'Albie, Bobby. Je ne pensais pas qu'il ferait son entrée dans le monde cette année, dit Gwen, les sourcils froncés. Quel dommage, il est si gentil. Encore quelques années et il sera probablement un beau parti.

— Albie ?

— Mr Mason, le neveu le plus âgé de ma mère. Si je l'aperçois, je vous le présenterai. Un type bien. Insupportable la plupart du temps, mais c'est un brave garçon.

— Lady Gwen !

Beth se retourne et suit le regard de Gwen. Une jeune lady vêtue d'une spectaculaire robe jaune arrive d'un pas pressé vers elles, entraînant à sa suite une autre jeune femme vêtue de bleu. Toutes deux ont à la main un verre de champagne vide et leurs joues sont roses.

— Nous vous cherchons depuis des heures, lance la femme en jaune dont le visage rond affiche une moue contrariée.

Elle observe Gwen.

— Vous ne les avez pas !

— Je n'ai pas eu le temps de m'en occuper, dit Gwen avec un haussement d'épaules contrit.

Elle n'a pas l'air très désolée concernant la chose manquante, bien que les deux femmes aient l'air assez dépitées.

— Je vous présente l'Honorable Elizabeth Demeroven. Miss Demeroven, voici Lady Meredith et Lady Annabeth.

— C'est un plaisir de faire votre connaissance, dit Beth en faisant la révérence.

Lady Meredith et Lady Annabeth l'imitent avec un sourire aimable avant de reposer les yeux sur Gwen, leur regard rempli d'impatience.

— Qui gagne ? s'enquiert Gwen.

— Mais nous n'avons pas les cartes ! dit Lady Meredith d'un ton indigné.

— Et alors ?

Les femmes échangent un regard puis Lady Meredith lui adresse un large sourire.

— J'ai repéré cinq héritiers et deux frères d'héritiers.

— Je n'en ai que trois, mais je jure que j'en aurais eu quatre si j'avais pu me souvenir du nom de celui qui était maigre et grisonnant, ajoute Lady Annabeth.

— Oh ! Lord Frightan ?

— Lord Frightan, c'est cela ! s'exclament les deux filles.

— Cela fait quatre pour moi dans ce cas. Je suis à égalité

avec Eloise. Nous nous apprêtons à sortir discrètement dans les jardins et à retrouver certains messieurs, voulez-vous vous joindre à nous ? demande Lady Annabeth.

Beth, se préparant à perdre sa nouvelle connaissance, sent ses épaules se crisper subitement.

Comment lui serait-il possible de rivaliser avec ces jeunes femmes si belles et élégantes ?

— Ce soir, je vais communiquer à Miss Demeroven les informations nécessaires pour comprendre les réalités de la Saison, mais je me joindrai à la prochaine partie, dit Gwen d'un ton paisible.

Lady Meredith ouvre la bouche mais reste sans voix.

— Ce n'est pas un réel défi si on connaît tous les noms figurant sur les cartes, non ? ajoute Gwen.

Lady Meredith et Lady Annabeth l'observent en plissant le front.

— Et je vous rappelle en outre que mon père a failli me priver de sortie l'an dernier.

— Seulement parce que vous l'avez suivi partout pour identifier tous les héritiers, dit Lady Annabeth.

Gwen hausse les épaules d'un air espiègle.

— N'oubliez pas de me dire qui aura gagné, ajoute-t-elle.

Lady Meredith lève les yeux au ciel et Lady Annabeth lui adresse un clin d'œil avant d'esquisser une petite révérence et de se diriger vers le fond de la salle, a priori pour rejoindre les jardins.

— Vous n'avez pas à rester avec moi, dit Beth sans enthousiasme, tout en sachant que si Gwen l'abandonne maintenant, il est fort probable qu'elle aille se cacher dans les sanitaires pour le reste de la soirée.

— Sincèrement, si mon père me surprend encore à jouer à « Repérez l'héritier », il pourrait réellement me confisquer mon argent de poche.

— « Repérez l'hé... » ?

— Il faut bien s'amuser lors de ces événements, dit Gwen avec un haussement d'épaules. Je crée généralement des cartes mais je ne m'en suis pas donné la peine cette année.

— Des cartes ?

— À épingler au dos des carnets de bal. Habituellement je dresse une liste. Le premier à tous les repérer obtient le droit de s'en vanter durant toute la Saison. La situation se révèle un peu étrange si vous vous retrouvez finalement à danser avec l'un des héritiers en question, mais c'est amusant malgré tout, dit-elle, le regard pétillant.

Beth observe sa nouvelle amie légèrement excentrique. Elle a des jeux pour les festivités annuelles auxquels elle peut se livrer avec ses nombreuses connaissances. Vraisemblablement certaines d'entre elles doivent être de sexe masculin, en âge de se marier et disponibles.

Et pourtant elle est là, abordant sa quatrième Saison et n'éprouvant manifestement pas le moindre intérêt pour l'idée de se retrouver sur la piste. Mais à n'en pas douter, une femme aussi splendide et charismatique que Gwen doit avoir plusieurs choix qui s'offrent à elle.

— Qu'y a-t-il ?

— Désolée, marmonne Beth en détournant les yeux.

Elle était en train de la fixer du regard.

— Vous pouvez poser votre question, dit Gwen d'un ton plus doux.

— Je n'étais pas..., commence Beth avant de secouer la tête. Eh bien, n'avez-vous pas envie de vous marier ou est-ce simplement que vous êtes vraiment exigeante ?

Gwen soupire.

— Je suis exigeante.

— Ce ne peut être votre apparence qui les fait fuir, insiste Beth.

Gwen lève une main pour arranger les boucles gracieuses tombant de son chignon tressé.

— Non, cela tient entièrement à ma personnalité. J'en attribue la faute à mon père. Il m'a offert un très mauvais modèle.

Beth suit son regard et voit le grand homme blond, le père de Gwen, qui se tient au milieu du groupe d'épouses et de mères, souriant d'un air charmant et plein d'assurance.

— S'est-il remarié ? questionne Beth.

Gwen secoue la tête.

— Non, jamais. C'est un éternel célibataire et il a pour fille une intrigante.

— Eh bien, vous deux m'avez sauvée, je vous donnerai donc de bonnes références, s'il vous en faut, pour ce que cela peut bien valoir. Ma mère le ferait également. Au moins possède-t-elle des amies ici, dit Beth en donnant un coup de menton en direction de l'autre côté de la salle.

La façade affichée par Cordelia est en train de se fissurer. Elle commence à avoir l'air légèrement avachie comme lorsqu'elle est fatiguée.

— Je vous remercie, dit Gwen, souriant à Beth au moment où celle-ci repose les yeux sur elle. Mais c'est sur vous que nous devrions nous concentrer. Il nous faut vous trouver un jeune homme acceptable.

Beth esquisse un haussement d'épaules à ces mots.

— Je me contenterai tout aussi bien de rester en position de spectatrice ce soir. De sorte à prendre la mesure de la situation.

— Eh bien, dans ce cas, je pense que nous aurons besoin de plus de vin et peut-être de profiteroles, qu'en dites-vous ?

— Oh ! absolument, dit Beth, ravie que Gwen puisse préférer passer sa soirée à faire tapisserie avec elle qu'avec ses amis à l'extérieur.

Gwen, un large sourire aux lèvres, prend sa main, la ramenant vers la table des rafraîchissements et toutes deux se mettent à rire et bavarder tandis que les couples de danseurs tourbillonnent autour d'elles.

Et bien qu'elle soit fatiguée et encore un peu nerveuse, en se trouvant ainsi pressée contre le mur à partager des profiteroles et des gorgées du brandy de Gwen, elle s'amuse presque. Elle ne reçoit guère d'invitations à danser, certes, mais elle a une nouvelle connaissance et cela lui semble ne pas être rien. Peut-être a-t-elle même rencontré une nouvelle amie, se dit-elle tandis que le rire de Gwen résonne à son oreille, alors que toutes les deux ont les joues rouges et sont un peu éméchées.

— Vous devriez danser, lui dit Gwen une ou deux heures plus tard, alors qu'elles se tiennent appuyées l'une contre l'autre, l'air somnolent.

— Ce sera pour le prochain bal, répond Beth.

Gwen la pousse doucement de son coude.

— Je ne peux vous laisser seule ici.

Sa nouvelle amie arque un sourcil interrogateur.

— Vous pensez que je dépérirais sans vous ?

Beth fait un signe de tête en direction du garçon maussade et dégingandé dont il est clair qu'il vient d'être abandonné par sa dernière cavalière.

— Je pourrais toujours lui dire que vous aimeriez danser, dit-elle, commençant à lever sa main pour lui faire signe.

— Je vous l'interdis, voyons ! lâche Gwen entre ses dents, saisissant sa main et écarquillant les yeux.

Beth émet un rire triomphateur et son amie la scrute des pieds à la tête d'un air d'approbation.

— Vous êtes un peu diabolique, n'est-ce pas ?

— Merci pour le compliment, lance fièrement Beth.

— Je me vengerai, dit Gwen.

— Nous verrons bien.

Gwen glisse sa main au creux du bras de Beth avec un petit sourire en coin et dans un silence satisfait elles se livrent ensemble à l'observation des couples virevoltant sur la piste.

Après quelques minutes, Gwen soupire.

— Vous devriez au moins prend part à une danse. Je tiendrai votre verre de vin.

Beth secoue la tête en voyant Gwen ouvrir la bouche pour argumenter.

— Vous n'avez pas eu comme moi à effectuer votre présentation officielle aujourd'hui.

Gwen, comprenant fort bien la situation, se sent frémir.

— Ciel, l'attente dans la calèche est ce qu'il y a de pire, n'est-ce pas ?

— J'avais déjà besoin de me servir des commodités au bout de deux heures puis il a fallu attendre deux heures de plus avant que nous puissions entrer, et quarante minutes supplémentaires avant que je voie la reine. J'ai craint d'uriner sur le sol du salon, avoue Beth.

Gwen lâche un petit rire.

— Une fille l'a fait l'année de ma présentation, à vrai dire. Pas dans le salon, mais dans les escaliers. C'était affreux. Elle n'est jamais revenue.

— Oh ! mon Dieu, je ne peux même pas imaginer cela, s'émeut Beth qui sent son estomac se tordre à cette seule pensée.

La pauvre fille.

— Mon père dit que ma mère en rêvait parfois. Elle se réveillait paniquée en croyant être en retard pour le grand jour.

— Voilà qui est des plus compréhensible, dit Beth tout en observant les couples tournoyer autour de la piste.

Les crinolines nouvellement en vogue ne laissent pas beaucoup d'espace libre autour d'elles, par conséquent les danseurs sont plus en train de se balancer qu'autre chose. L'ensemble offre toutefois un spectacle véritablement charmant.

— Votre mère n'a pas apprécié la Saison, elle non plus ?

— Mon père dit que non, en effet, répond Gwen en se déplaçant légèrement. Et la vôtre ?

— Je ne le crois pas, fait Beth tout en remarquant que Cordelia semble s'agiter un peu elle aussi. Ce sol de marbre n'est en rien confortable pour ceux qui s'y tiennent debout. Mon père et elle... je ne peux pas vraiment les imaginer se livrer l'un et l'autre à ces jeux de séduction.

— N'était-il pas romantique ?

Beth étouffe un rire.

— Oh ! loin de là. Il lui donnait de l'argent pour qu'elle s'achète quelque chose de joli pour son anniversaire. Parfois il rapportait des bijoux chez nous, mais ils n'étaient jamais vraiment à son goût, reconnaît-elle, en se sentant un peu enivrée. Et votre père, est-il romantique ?

— Il est charmant, répond Gwen après un instant de réflexion. Et absolument délicieux. J'ignore toutefois s'il est romantique. Je ne l'ai jamais vu animé de l'envie de l'être.

— Il ne courtise personne ?

Gwen se mord l'intérieur de la joue avant de baisser les yeux vers Beth.

— Vous entendrez parler de sa réputation d'ici peu, je pense.

Beth lui adresse un petit hochement de tête et dirige de nouveau ses regards vers la piste. Il a dansé avec bon nombre de débutantes ce soir, mais a toujours offert l'apparence d'un homme affable, poli, avenant. Rien dans son attitude ne s'approchait de la façon dont Lord Psoris déshabillait les jeunes femmes des yeux. Le regard de cet homme lui a d'ailleurs laissé sur la peau une impression désagréable. Mais le père de Gwen semble simplement être un homme plus âgé, aimable et séduisant.

— Mais vous l'aimez, dit Beth qui remarque le regard tendre que Gwen adresse à son père tandis que ce dernier fait tournoyer sur la piste l'une des matrones de la haute société.

— En effet, répond la jeune femme, en haussant les épaules. Il est amusant.

— Voilà qui est charmant, fait Beth. Mon père était loin d'être amusant.

Le morceau s'achève et, soudain, des gentlemen plus âgés commencent à sortir de la foule des spectateurs pour inviter des débutantes.

Beth sent la stupeur la saisir. Il ne peut y avoir autant de célibataires plus âgés. Sa mère a promis que des hommes tels que Lord Psoris seraient des anomalies.

Gwen adresse un petit signe de la main à son père et Beth sursaute légèrement. Bien sûr, il s'agit du moment de la danse père-fille.

— Il ne vous dérange pas de rester seule ici ?

Beth cligne des yeux et, levant la tête vers elle, voit que Gwen l'observe avec peut-être trop de compréhension dans le regard.

— Non, bien sûr. Partez, partez, se hâte de répondre Beth, prenant le verre de brandy des mains de Gwen et la poussant doucement vers les danseurs.

Gwen s'éloigne et lui jette un regard au moment d'atteindre la piste. Presque toutes les filles semblent avoir un cavalier et Beth s'affaisse contre le mur en tentant de ne pas trop songer à la situation. Non pas que son père eût daigné venir ce soir s'il était encore en vie. Il aurait dit que son nom suffisait pour ce qui était de lui trouver un époux et qu'il n'avait nul besoin de gâcher son temps.

Elle regarde les couples commencer à danser au son joyeux de la valse et finit le brandy de Gwen. L'onde de chaleur qui s'épanouit dans sa gorge n'aide guère à dissiper la crispation qui étreint son estomac. Il ne lui manque pas. Mais elle est triste malgré tout.

Gwen et son père conversent tout en dansant, affichant tous deux un franc sourire.

Il ne cesse de la renverser en arrière avec un sourire idiot et Gwen semble ravie. Beth sent le nœud quitter son estomac pour remonter vers sa poitrine. Elle ne peut se souvenir d'une seule fois où son père l'ait regardée de cette façon, dans l'éventualité même où il aurait pris la peine de poser les yeux sur elle. Elle n'était pas le fils qu'il voulait, voilà tout ce qu'elle a jamais été à ses yeux.

— Je vois que vous m'avez écoutée.

Beth sursaute et en se retournant découvre sa mère à ses côtés qui lui prend déjà le brandy des mains et fronce les sourcils en voyant son verre d'alcool presque vide.

— Je vais bien, dit Beth.

Et c'est la vérité. Toute sensation de vertige provoquée par l'alcool s'est estompée. À présent que Gwen n'est plus là, tout ce qu'elle ressent c'est de l'épuisement et de la mélancolie.

— Comment sont vos amies ?

Cordelia conserve son air désapprobateur un instant avant de lâcher un lourd soupir et de s'adosser au mur auprès d'elle.

— Abominables. Et la vôtre ?

— Elle est sympathique, dit Beth en hochant légèrement la tête en direction de la piste de danse.

Cordelia suit son regard avant de se figer juste à l'instant où la valse s'achève.

— Mère ?

Mais son attention est captée quand elle aperçoit Gwen entraîner son père dans leur direction. Cordelia se redresse, dépose le verre de Beth et le sien à la hâte sur un guéridon et arrange sa coiffure.

— Père, je vous présente ma nouvelle amie, Miss Demeroven, et ce doit certainement être sa mère ?

Cordelia se contente de fixer le père de Gwen, qui l'observe à son tour. Tous deux pâlissent et restent ainsi l'un face à l'autre, les yeux écarquillés.

— Oui, intervient Beth en poussant doucement sa mère du coude. Voici ma mère, Lady Demeroven. C'est un plaisir que de faire votre connaissance à tous deux.

— Oui, prononce Cordelia lentement tandis que son dos demeure parfaitement raide. Oui. Lord Havenfort et moi nous connaissons déjà, à vrai dire. Mais je n'ai pas encore rencontré votre nouvelle amie.

— Je vous présente Lady Gwen, dit Beth en regardant cette dernière adresser une révérence à sa mère.

Lord Havenfort la fixe toujours à la manière d'un poisson à la bouche grand ouverte.

— Nous devrions rentrer. Ce fut un plaisir de vous rencontrer, dit Cordelia en adressant un sourire forcé à Gwen et en saisissant le bras de Beth. Lord Havenfort, ajoute-t-elle, saluant l'homme d'un hochement de tête.

— Lady Demeroven, répond Lord Havenfort d'une voix aiguë.

Cordelia entraîne Beth au loin tandis que Gwen et elle échangent des regards perplexes.

— Mère, proteste Beth mais celle-ci continue juste à avancer.

En temps normal, la jeune fille argumenterait ou la retiendrait, mais elle est trop occupée à tenter d'éviter de faire tomber quelqu'un. Sa mère fonce tête baissée, la conduisant à travers la foule de convives enthousiastes, sans se soucier de qui elle percute avec ses jupes, l'entraînant en haut de l'escalier puis à l'extérieur de la salle de bal.

— Mère, la presse Beth alors qu'elles quittent le palier supérieur pour gagner en hâte l'entrée principale de l'incroyable propriété des Halyard. Que se passe-t-il donc ?

— Rien, répond cette dernière d'une voix tendue, hochant la tête pour remercier les gardiens ouvrant le portail et faisant ainsi apparaître sous leurs yeux une file de voitures attendant leurs passagers.

Elles doivent faire partie des premières personnes à quitter la soirée.

— Nous avons des visites à effectuer demain matin.

— Vous aviez dit que nous pourrions paresser au lit, dit Beth qui se renfrogne quand sa mère la fait entrer en hâte dans la première voiture à louer qui se présente. Et j'aurais aimé rester plus longtemps avec Gwen.

— Je suis sûre que vous aurez grandement le temps de parler avec votre nouvelle amie lors du prochain événement, même s'il vous faudrait consacrer plus d'efforts au fait de lier connaissance avec une partie des jeunes hommes présents, ce qui est la raison principale pour laquelle nous nous trouvons ici, dit Cordelia d'un air pincé tandis qu'elle prend place sur son siège et que la voiture s'élance.

Beth la fixe, complètement déconcertée.

— Mère, que se...

— J'ai la migraine, chérie, je vous en prie, répond Cordelia en fermant les yeux, signe que la conversation est terminée.

Beth observe sa mère assise là, refusant de parler, tête renversée en arrière, respirant énergiquement. Jamais elle ne l'a vue dans pareil état en dehors de leur maison.

Irritée, oui. Épuisée, également, mais ceci... ceci est l'expression de la panique. Quoi qu'il ait pu se passer entre sa mère et Lord Havenfort avant ce soir, il est clair que ce ne fut pas positif.

2

Gwen

— Allez-vous m'expliquer ce qui s'est passé ? s'enquiert Gwen au moment où le domestique referme la portière de leur voiture.

Son père lui jette un regard, l'air impassible, et Gwen croise les bras, tentée par l'idée de lui faire une scène. Deux heures se sont écoulées depuis qu'il s'est figé tel un cerf dans la ligne de mire d'un chasseur au moment où la mère de Beth est apparue. Deux heures, voilà le temps durant lequel il les a forcés à rester pour éviter ses questions. Elle a dû danser avec Albie *et* Bobby. Deux fois.

— Père, insiste-t-elle.

— Ce n'est qu'une vieille connaissance, dit-il avec un haussement d'épaules indifférent, regardant par la fenêtre alors qu'il n'y a absolument rien à voir dans cette obscurité d'avant l'aube.

— Qui s'est presque enfuie de la soirée dès qu'elle vous a aperçu ?

— Elle a toujours été dotée d'une sensibilité excessive, fait-il pour écarter sa remarque, feignant bientôt de s'intéresser à ses boutons de manchette. Comment était votre soirée ?

Gwen lève les yeux au ciel.

— Aussi ennuyeuse que les trois derniers bals d'ouverture auxquels j'ai assisté. J'ai vu brièvement Meredith et Annabeth, mais la plupart de mes amies sont mariées et résident à la campagne désormais. Et la seule nouvelle jeune femme avec laquelle j'ai sympathisé est apparemment la progéniture de votre ennemie jurée.

— Lady Demeroven n'est pas mon ennemie jurée, dit-il d'un ton moqueur, levant la tête pour croiser son regard. Elle est... personne. Son mari, toutefois, était un crétin.

— C'est ce que j'ai cru comprendre en écoutant Beth.

— Vraiment ? questionne-t-il, surpris.

Gwen hausse les épaules.

— Elle n'en a pas dit beaucoup mais on dirait qu'il était au mieux médiocre. Comment avez-vous fait sa connaissance ?

— Nous siégions à la Chambre des lords ensemble. C'était un homme épouvantable. Et souffrant de flatulences également.

Gwen plisse le nez avec dégoût. Difficile d'imaginer la belle et élégante Lady Demeroven avec un homme trop âgé et souffrant de ballonnements. Sa beauté est tout simplement renversante.

— Elle a dû se voir offrir d'autres possibilités d'union, dit Gwen sans réfléchir.

Les traits de son père se crispent.

— Oui, eh bien, espérons que vous ferez mieux en tout cas cette année, ou peut-être serez-vous la prochaine victime de Lord Psoris ? La jeune Miss Demeroven s'en est-elle bien sortie ce soir ?

Gwen lâche un petit rire.

— À merveille. Elle est réellement charmante. Et amusante.

— Cordelia aussi avait un esprit mordant.

Gwen l'observe prendre conscience de ses paroles avant de se redresser d'un air raide.

— Eh bien, je crois qu'il est temps d'aller au lit.

La voiture à cheval s'arrête brusquement devant leur demeure.

— Père...

Mais il a quitté le véhicule en un clin d'œil et est déjà occupé à lui tendre la main pour l'aider à descendre, visiblement pressé d'être débarrassé de ses questions. Le soleil commence à se lever. Ils ne restent jamais aussi tard ; elle pourrait dormir depuis déjà des heures. Elle n'a pas toutefois l'intention d'abandonner le sujet.

— Comment avez-vous fait la connaissance de Lady Demeroven ? s'enquiert-elle tout en suivant son père en haut du majestueux escalier, relevant ses jupes plus haut qu'elle ne le devrait pour ne pas se laisser distancer.

C'est comme s'il tentait de la fuir. Il ouvre la porte d'un geste vif et se rue à l'intérieur du vestibule avant de s'immobiliser sous le regard assassin de Mrs Gilpe. Gwen se glisse à l'intérieur derrière lui et couvre sa bouche de sa main pour réprimer un rire. Mrs Gilpe est intimidante avec sa robe de chambre en tissu écossais et ses cheveux tressés.

— Il est près de 5 heures, énonce-t-elle.

— Et ? répond son père, dont l'air d'indifférence feinte est rapidement compromis par le bâillement qui vient déformer son visage.

— Vous ne revenez jamais de ces bals infernaux plus tard que 2 heures du matin. Nous étions malades d'inquiétude, dit Mrs Gilpe d'un ton sévère.

— Père ne voulait pas risquer de tomber de nouveau nez à nez avec Lady Demeroven, dit Gwen tout en ne manquant pas de noter le léger tressaillement de Mrs Gilpe à l'énoncé de ce nom.

Elle doit en savoir davantage.

— Je vais me coucher, annonce père tout en secouant la tête au moment où Gwen ouvre la bouche. Et vous devriez en faire de même. Il nous faut entamer une promenade bien trop tôt demain.

— Non ! Nous n'allons pas vraiment nous promener, n'est-ce pas ? Ne pouvons-nous pas simplement paresser au salon ? Cela représente tellement moins de travail pour un résultat similaire.

— Si j'ai dû rester debout toute la nuit avant de devoir préparer un déjeuner, le moins que vous puissiez faire est d'aller vous promener dans le parc, intervient Mrs Gilpe.

— Vous voyez, dit père. Nous ne pouvons décevoir Mrs Gilpe.

Il les salue puis s'élance vers les escaliers.

— Mais vous détestez les promenades ! lance Gwen derrière lui.

Il hausse simplement les épaules de façon théâtrale puis disparaît à l'angle du palier, laissant ses protestations suspendues dans l'atmosphère.

— Venez donc, vous pourrez le tourmenter plus tard aujourd'hui, dit Mrs Gilpe, tendant la main pour prendre le bras de Gwen et l'entraîner dans les escaliers à la suite de son père.

— Savez-vous qui est Lady Demeroven ?

— L'épouse de Lord Demeroven, j'imagine, répond Mrs Gilpe sèchement.

— Oh vraiment ? Je voulais dire par rapport à mon père. Il a failli tomber à la renverse lorsqu'il l'a vue et elle s'est enfuie aussi vite qu'elle l'a pu. Elle a quasiment entraîné sa fille, Beth, hors de la pièce.

Mrs Gilpe pince les lèvres. Elles traversent le palier, gagnent le second étage et s'engagent dans le couloir. La porte de la chambre de son père est déjà fermée. Gwen s'apprête à aller l'aiguillonner, mais Mrs Stelm sort la tête de la chambre de Gwen.

— Ils ne sont donc pas morts dans un accident de carrosse alors ! lance-t-elle gaiement en souriant sous son bonnet de nuit, dont quelques-uns des rubans à moitié défaits encadrent son visage.

— Vous n'étiez pas réellement inquiètes, n'est-ce pas ? s'enquiert Gwen tandis que Mrs Gilpe la fait entrer dans sa chambre et que les deux femmes la font pivoter sur elle-même pour commencer à la libérer de la monstruosité que constitue sa robe.

— Pas vraiment, lui assure Mrs Stelm. Mrs Gilpe, toutefois, étais... préoccupée.

— Pour vous, précise Mrs Gilpe, passant derrière Mrs Stelm en pressant légèrement sa taille pour commencer à délacer les rubans de la jupe de Gwen.

— Votre père peut sortir toute la nuit si tel est son désir. Vous, il vous reste encore un peu d'honneur à protéger.

— Un peu ? s'exclame Gwen.

Mrs Stelm donne une petite tape sur le bras de Mrs Gilpe.

— Tant que votre père garde l'œil sur vous, cela n'est pas grave, fait Mrs Gilpe.

— Il m'a à peine quittée des yeux durant toute la deuxième moitié de la soirée, maugrée Gwen tandis que Mrs Gilpe achève de défaire ses boutons. C'était comme s'il croyait que si je m'éloignais de lui, Lady Demeroven ferait sa réapparition.

— Lady Demeroven ? répète Mrs Stelm.

Les deux femmes disparaissent brièvement à sa vue durant le temps où elles lèvent sa jupe par-dessus sa tête.

— Ont-ils parlé ?

Le regard de Gwen passe de sa gouvernante à sa femme de chambre tandis que toutes deux échangent une suite de regards suspicieux et d'expressions interrogatives.

— Qui est cette femme ? Qu'a-t-elle donc fait ?

— Ce n'est personne, répond fermement Mrs Gilpe.

Mrs Stelm lève les yeux au ciel, étalant la jupe et le corsage de Gwen pour qu'ils s'aèrent durant la nuit.

— Mais..., commence Gwen, en regardant Mrs Stelm.

Cette dernière se contente de hausser les épaules et se tourne de nouveau pour défaire les agrafes de son corset tandis que Mrs Gilpe défait l'attache de la cage de sa crinoline et l'abaisse vers le sol.

— C'est une vieille connaissance. Je suis sûre qu'il a simplement été surpris.

— Il était plus que surpris, c'est comme si...

— Le temps est venu de vous coucher, insiste Mrs Gilpe tout en retirant adroitement les épingles des cheveux de Gwen.

— Il vous faut avoir l'air au moins un peu reposée pour cet après-midi. Vous n'avez plus seize ans.

Gwen reste bouche bée et Mrs Stelm rit de sa plaisanterie.

— Mrs Gilpe, vraiment...

— Filez au lit, lance Mrs Gilpe d'un ton résolu en poussant Gwen en direction des draps déjà ouverts. Bonne nuit.

— Mais il fait déjà jour, proteste Gwen en regardant Mrs Gilpe prendre le bras de Mrs Stelm et la traîner quasiment hors de la chambre.

— Dormez, dit Mrs Gilpe d'un ton sévère, avant d'entraîner Mrs Stelm vers le couloir.

La porte se referme et Gwen se retrouve seule à contempler sa chambre, un peu échevelée et complètement déconcertée.

Gwen se tord les mains tandis qu'elle foule avec père le chemin de promenade logeant le lac de Long Water. Les nuages ne se sont pas dissipés et le parc est baigné d'une lumière grise et triste qui ne fait rien pour égayer leurs humeurs respectives. Elle a à peine fermé l'œil de la nuit et son père ne semble pas en bien meilleure forme qu'elle.

Toutes ses tentatives pour lui soutirer subtilement des informations semblent se fracasser sur son apathie. Elle regarde autour d'eux les autres familles qui se succèdent le long du sentier, munies de leurs imposants services à thé et toiles étendues au sol, les jeunes filles vêtues de couleurs vives, leurs mères tout autant apprêtées qu'elles. Elle se sent en comparaison un peu pauvrement vêtue avec sa robe et sa pèlerine bleu sombre – mais il fait froid.

Elle peut voir l'une des plus jeunes filles frissonner. Elle jette un regard implorant par-dessus son épaule, mais sa mère la force à se tenir au bord de leur couverture de pique-nique défraîchie pour sourire aux jeunes hommes qui sont plus intéressés par les rameurs pratiquant l'aviron sur le lac que par les jeunes femmes qui se tiennent le long du sentier.

— Nous aurions dû rester chez nous, grommelle son père, prenant son bras et se courbant vers elle pour affronter le coup de vent cinglant qui balaye le parc.

— Tout à fait, répond Gwen en l'attirant son père. Pourrions-nous jouer aux échecs ?

Il sourit et lui donne un petit coup de coude.

— Excellente idée ! Et poursuivre ainsi notre pari ?

— Évidemment, fait-elle avec un large sourire.

L'un des jeunes gens jouant sur la pelouse rate le ballon et tombe dans l'herbe. Gwen étouffe un rire.

Son père ne fait pas preuve de pareil scrupule ; il s'esclaffe bruyamment, ignorant les regards noirs lancés par les matriarches assises sur les bancs bordant la rivière. Il esquisse un haussement d'épaules à leur attention, son charmant sourire faisant fondre leur air méprisant comme neige au soleil. Étrangement, lorsque Gwen sourit de la même façon quand elle est en mauvaise posture, les choses ne prennent jamais une tournure si favorable. Mais son père réussirait grâce à son sourire à échapper à une exécution capitale s'il le voulait.

— Devons-nous emprunter cette bifurcation et vous faire longer le terrain de cricket ? propose-t-il au moment où ils atteignent Carriage Drive où s'offre le choix de continuer à longer le lac ou de traverser le parc pour rejoindre le boulevard opposé.

Gwen hésite. Elle apprécie les parties de cricket, et il y en aura au moins une en cours sur les terrains de sport. Mais voici qu'elle aperçoit Beth et Lady Demeroven près du pont. Un passe-temps bien plus attrayant, assurément.

Elle commence à mener son père dans leur direction sans un mot.

Lui ne semble pas les voir et Gwen retient son souffle, espérant pouvoir arriver à un jet de pierre d'elles pour saisir le bras de Beth.

À n'en pas douter, sa mère voudra que Beth effectue une promenade. Après tout, deux jeunes ladies attirent plus d'attention ensemble que séparément avec leurs chaperons. Tout le monde le sait et cela ne laissera pas d'autre choix à son père que de converser avec la mystérieuse Lady Demeroven.

Beth aperçoit Gwen la première et se tourne pour lui adresser un signe de la main. Gwen sent son père se raidir à ses côtés et s'écarter instinctivement, comme s'il voulait tourner les talons et s'enfuir. Mais ils se trouvent à bien trop courte distance des deux femmes pour que pareil comportement soit désormais approprié, et Gwen réprime un sourire. Beth tire sur le bras de sa mère, toutes deux entraînant fermement leurs parents respectifs avec elles pour que les deux paires se retrouvent sur le bord du chemin de promenade.

Beth et Lady Demeroven sont splendides, taches éclatantes de couleur pastel se découpant sur la grisaille de cette journée lugubre. La robe bleu clair de Beth est particulièrement seyante, elle met merveilleusement en valeur ses cheveux sombres relevés, tandis que la toilette couleur lavande de Lady Demeroven est à la fois tout à fait adaptée aux circonstances mais tout à fait gaie. Si Beth adresse un large sourire à Gwen, Lady Demeroven, elle, donne l'impression d'avoir avalé du poison.

— Vous êtes toutes deux fort ravissantes, dit aussitôt Gwen.

Son père semble figé sur place à présent qu'elles sont à portée de voix. On dirait en vérité qu'il vient de recevoir un coup de poing dans l'estomac.

— Mère, pourrais-je me promener en compagnie de Lady Gwen ? questionne Beth en tournant un sourire radieux vers sa mère. Je suis certaine que Lord Havenfort serait ravi de vous tenir compagnie.

Les adultes échangent quelque chose... qui ressemble quasiment à un regard. Mais Gwen est presque certaine que leurs yeux ne se sont toujours pas réellement croisés. Elle peut voir Lady Demeroven chercher une objection tandis que son père bafouille quelques mots.

— Miss Demeroven et moi pourrions aller marcher près du terrain, choisir quelques jeunes gens à encourager – débuter la Saison en exerçant une influence positive sur eux, peut-être ?

Son père jette un regard à Gwen. Jamais elle n'a encouragé le moindre gentleman lors d'un match. Elle en a raillé bruyamment avec père, s'est moquée d'Albie, mais jamais elle n'a offert le plus petit encouragement sincère à un joueur. Mais Beth devrait essayer.

— S'il vous plaît, fait cette dernière d'un ton enjôleur.

— Oui, c'est entendu, vous pouvez y aller, répond Lady Demeroven qui libère Beth en soupirant.

Gwen, un sourire radieux aux lèvres, attrape son bras et l'entraîne vivement quelques pas plus loin, de sorte qu'elles devancent leurs parents. Beth serre son bras et elles se mettent à déambuler lentement. Leurs parents les ont torturées la veille au soir ; le temps de la revanche a sonné.

— Comment était le reste de votre soirée ? demande Beth.

— Fort ennuyeux. Père m'a forcée à danser à quelques reprises mais ensuite ils ont cessé de servir de quoi manger et il a commencé à faire affreusement chaud.

— Y avait-il de charmants gentlemen ? questionne Beth, d'une voix pleine d'innocence.

Elle ne sait pas ce qui l'attend pour cette Saison avec les débuts peu glorieux qu'elle a connus la veille.

— Bien sûr que non, répond Gwen qui éclate de rire en voyant le regard stupéfait de Beth. N'oubliez pas que j'ai des critères très exigeants.

— Visiblement, en effet, dit Beth mais ses mots ne sont empreints d'aucune méchanceté.

— Choisir un époux est une affaire sérieuse. Difficile de faire la connaissance de quelqu'un au milieu de toute cette agitation de toute façon, ajoute Gwen qui saisit le prétexte de se tourner vers Beth pour jeter un regard derrière elles en direction de leurs parents.

Tous deux se tiennent à près d'un mètre de distance l'un de l'autre et ne se regardent pas. Son père marche d'un pas raide et Lady Demeroven risque de causer des dommages irréparables à ses gants de cuir à en juger par la façon dont ses mains sont crispées dessus.

— Votre mère a-t-elle dit quelque chose hier soir ? Regardez-les.

Beth, faisant mine d'arranger ses jupes, jette un coup d'œil derrière son épaule.

— Oh ciel, Mère semble sur le point de se briser les dents.

— Elle ne vous a rien dit ?

— Non, rien, répond Beth en secouant la tête tandis qu'elles empruntent le virage en direction du terrain de sport. Et elle m'a à peine adressé la parole ce matin. Votre père a-t-il été plus disert ?

— Il m'a juste appris qu'elle était une vieille connaissance. Il a essayé de me faire croire que c'était une relation sans la moindre importance, mais il est clair que quelque chose s'est passé entre eux.

Beth se mordille la lèvre, son bras toujours étroitement noué à celui de Gwen. Voilà qui est bienvenu avec la fraîcheur du vent, et Gwen trouve leur différence de taille assez charmante. Le corps de Beth se blottit contre le sien de façon ravissante.

— Votre père et le mien ont-ils passé beaucoup de temps ensemble ? Il avait un certain nombre d'ennemis. Peut-être a-t-il eu des démêlés avec Lord Havenfort ?

Gwen jette un regard derrière elle pour s'assurer que son père ne se trouve pas à portée de voix.

Il fixe avec tant d'intensité la pelouse qu'il ne prêterait probablement pas attention à ses paroles de toute façon. Inutile de la surveiller de près quand il n'y a pas d'hommes autour d'elle. Non pas qu'il produise de grands efforts non plus quand l'occasion se présente, en toute sincérité. Il s'agit d'un besoin qui s'est rarement imposé à lui.

— Il a dit qu'ils ne s'entendaient pas, mais ce n'est pas un fait inhabituel avec père. Il a tendance à prendre les gens à rebrousse-poil.

— Il a l'air adorable, dit Beth tout bas. Et vous deux semblez vous entendre à merveille.

— C'est le cas, en effet, acquiesce Gwen en remarquant l'air abattu de sa nouvelle amie. Je suis sûre que vous pourriez vous joindre à nous lorsque nous monterons à cheval plus tard cette semaine. Il est toujours heureux quand mes amis viennent nous rendre visite. Vous pourriez même passer la nuit chez nous si cela vous dit. Afin de voir si vous êtes réellement la joueuse de whist que vous prétendez être.

Beth lui jette un regard suspicieux.

— Doutez-vous de ma sincérité ?

— Je pense juste que vous n'avez pas encore trouvé d'adversaire à votre mesure.

Beth éclate de rire à ces mots.

— Je suis impatiente de vous prouver le contraire.

— Ce week-end ? propose Gwen, imaginant déjà quelles friandises elle pourrait préparer avec Mrs Stelm de sorte qu'elles puissent se goinfrer tandis qu'elle battra Beth à plates coutures.

— Voilà qui me plairait beaucoup, fait Beth en levant vers elle un visage souriant avant de jeter un regard à leurs parents. Bien que je ne sache pas si Mère me laisserait passer la nuit hors de la maison si tôt dans la Saison. Elle est certaine que nous sommes sur le point d'être envahies par les visiteurs et veut que je sois disponible chaque jour à la première heure à partir de maintenant.

Elle semble clairement mal à l'aise à cette pensée.

— Une autre fois, dans ce cas, note simplement Gwen.

Beth acquiesce tandis que son sourire s'évanouit.

— Et je ne doute pas un instant qu'elle a raison. Une fille belle comme vous est certaine d'être submergée par les prétendants une fois que ceux-ci se montreront enfin lucides, ajoute-t-elle en souriant tandis que Beth rougit à ses mots. En fait, qui sait, vous pourriez fort bien trouver un prétendant aujourd'hui. Courez, les garçons, courez ! lance Gwen au moment où elles atteignent le bord du terrain.

Elle entend son père ricaner derrière elles mais ne lui prête pas grande attention. Elle n'a pas envie d'être témoin de la réaction de Lady Demeroven, même si Beth rit de nouveau, son visage toujours paré d'une charmante teinte rosée.

Une bande formée par les jeunes hommes les plus convoités de la haute société, engagés dans un match de rugby, se dispute le ballon sur le terrain boueux. Tous sont comme à chaque fois animés par une belle énergie, sales et en sueur, et Beth et Gwen ne sont pas les seules jeunes femmes à les regarder.

De petits groupes de débutantes vêtues de teintes pastel ou plus éclatantes se tiennent tout autour du terrain, agitant des mouchoirs et formulant de discrets encouragements.

Gwen peut déjà voir leurs mères la fusiller du regard. Elle a toujours été turbulente, mais en toute franchise, les garçons semblent aimer cela.

— Allons, Mason, tentez donc votre chance ! crie-t-elle, affichant un petit sourire narquois au moment où Albie la fusille du regard.

Il sue comme un cochon et est recouvert de plus de boue que n'importe qui d'autre.

— Ne soyez pas méchante, fait Beth en la poussant légèrement de son coude. Il se donne beaucoup de mal.

Gwen éclate de rire.

— Ne vous tracassez pas au sujet d'Albie. Il s'agit là de ma prérogative en tant que cousine – il n'a pas de sœurs. Celui qui se tient près de lui, cependant, Lord Brightly, est célibataire, premier dans l'ordre de succession et pas complètement exaspérant. Et il regarde dans votre direction.

Beth se raidit, le rose que la gaieté a semé sur ses joues disparaissant, tout comme son sourire.

— N'est-il pas à votre goût ? s'enquiert Gwen en jetant un regard aux autres gentlemen réunis. Est-il trop trapu ?

Beth, immobile auprès d'elle, garde le silence.

— Trop grand ?

Beth secoue la tête.

— Trop...

— C'est son regard, répond Beth à voix basse.

Gwen se sent plisser le front.

— Son regard ?

— Il est froid.

Gwen tourne les yeux vers Beth, mais la jeune femme fixe de l'autre côté du terrain les autres filles, toutes adorables et occupées à minauder.

— Les hommes ayant un tel regard sont cruels, explique Beth.

Ces mots calment l'enthousiasme de Gwen. Elle attire son amie plus près d'elle et sent la détente la gagner. Désireuse de dissiper le froid qui a été jeté, Gwen tourne la tête derrière elle et cache un petit sourire quand elle aperçoit leurs parents à deux mètres de distance l'un de l'autre et occupés à regarder le match d'un air indifférent.

Elle est sur le point de clamer qu'ils ont l'air de deux ennemis mortels lorsqu'elle remarque qu'en réalité son père ne suit pas le match. Son regard est tourné vers le terrain, certes, mais à intervalles rapprochés il jette de petits coups d'œil vers Lady Demeroven. Et le visage de Lady Demeroven n'est pas non plus le masque pâle et stoïque qu'elle aurait cru.

— Je ne crois pas que ceci ait quoi que ce soit à voir avec votre père, dit Gwen.

Beth sursaute à ces mots.

— Qu'y a-t-il ?

— Regardez-les.

Gwen se déplace légèrement pour permettre à Beth d'apercevoir leurs parents.

Son parfum est délicieux.

— Il s'est passé quelque chose entre eux. J'en suis certaine.

— Ma mère *rougit*, dit Beth, abasourdie, avant de reposer son regard sur Gwen. Jamais je ne l'ai vue ainsi.

Gwen affiche un large sourire et ensemble elles reportent leur attention sur le match juste au moment où Albie reçoit un coup violent dans le dos. Il s'étale tête la première dans la boue et Gwen réprime un ricanement. Beth, inquiète, plaque une main sur sa bouche.

— Va-t-il bien ?

— Ne vous inquiétez pas pour lui. Allons, debout, Mason ! Montrez-leur ce dont vous êtes capable !

— Gwen ! s'exclame Beth alors qu'Albie, de la boue dégoulinant sur son visage, leur lance un regard noir.

Son père glousse derrière elles et elle peut voir Bobby, pareillement couvert de boue, sourire face à la détresse de son frère.

Gwen hausse les épaules et lève le pouce à l'adresse de son cousin avant de reposer les yeux sur Beth.

— Il faut bien que quelqu'un encourage ce pauvre garçon.

Beth la regarde en affectant un air sévère, mais un coin de sa bouche est légèrement relevé.

— J'aime soutenir ceux qui ont le moins de chance de gagner.

— Vous ne soutenez pas, vous faites du chahut.

— Peut-être, admet Gwen, en lançant un regard en direction de leurs parents.

Les joues de Lady Demeroven ne sont plus teintées de rose, mais son père a l'air un peu réjoui.

— Mais j'aime sincèrement soutenir celui que l'on n'attendait pas, et je pense que mon père est cet homme pour votre mère.

Beth la regarde.

— Que dites-vous ?

— Je pense que mon père a peut-être un petit faible pour elle.

— Elle n'aurait pas pu me faire sortir de la salle de bal plus vite qu'elle ne l'a fait, note Beth, jetant un coup d'œil derrière elles. Et voici à présent qu'elle entortille ses cheveux autour de son doigt !

— Et alors ? s'enquiert Gwen en jetant un nouveau regard par-dessus son épaule pour constater que l'exemplaire lady joue bel et bien avec l'une de ses mèches.

— Jamais elle ne le fait.

— Vous voyez ?

— Je ne crois pas que cela signifie qu'ils ont eu le béguin l'un pour l'autre, prononce Beth lentement.

— Il a un faible pour elle. Quant à ce qu'elle ressent pour lui, cela reste à déterminer, corrige Gwen. Mais je parie que nous pouvons le découvrir.

Beth hésite tandis qu'elle assiste à un autre tacle violent.

— Ne le voudriez-vous pas ? Je vous en prie, j'ai besoin de quelque chose pour égayer cette Saison. Les bals et les fêtes sont affreusement ennuyeux autrement.

— Et ceci vous paraît plus intéressant ?

— Découvrir pourquoi ils feignent de se détester mais ont l'air d'écoliers amoureux ? Bien sûr, voyons ! Il s'agit d'un mystère. Et je raffole des bons mystères. Pouvez-vous me promettre que vous essayerez au moins de le découvrir ?

Beth s'agite, mordillant sa lèvre, hésitante.

— Ce sera amusant, insiste Gwen, en songeant que résoudre un mystère avec son amie pourrait être le remède parfait pour supporter la corvée que représente la saison.

Beth lâche un petit rire.

— Très bien. Il ne peut pas être dommageable d'aborder un autre sujet que la circonférence des crinolines durant le petit déjeuner, dit-elle.

— Parfait, se réjouit Gwen au moment où Albie tombe de nouveau. Debout, Mason ! Debout !

Beth éclate de rire et couvre sa bouche de sa main. Le garçon lève les yeux au ciel et se relève d'un pas titubant, avant de regagner la mêlée d'un pas pesant.

— Vous voyez ? C'est amusant, n'est-ce pas ? insiste Gwen en adressant un petit clin d'œil à Beth.

Cette dernière ne peut s'empêcher de sourire à son tour, un éclat de malice pétillant dans son regard.

— Très amusant, en effet, acquiesce-t-elle.

3

Beth

— J'ai l'air d'avoir douze ans, se plaint Beth.

Sa mère ajuste la robe de satin et dentelle rose pâle sur les couches d'exquis tissus matelassés.

— Les teintes pastel sont très à la mode cette saison.

Beth grimace et s'agite, fronçant les sourcils en contemplant dans le miroir ses joues rondes et fardées. Sa mère peut promettre autant qu'elle voudra, Beth aimerait bien mieux paraître son âge. La jeunesse attire peut-être des hommes tels que Lord Psoris, mais elle est fière et non honteuse de ses vingt ans. Gwen a vingt et un ans et elle est tout aussi séduisante qu'elle devait l'être à dix-huit.

— Je veux que vous dansiez davantage ce soir, dit sa mère tout en décrivant un cercle autour de Beth, ajustant un détail de-ci, de-là. Nous aurions dû avoir au moins quelques visiteurs à cette heure-ci.

— La Saison n'a débuté que depuis une semaine, proteste Beth qui n'apprécie pas de voir ainsi la tension crisper la mâchoire de sa mère.

Elles ont participé à huit thés et *garden-parties*, se sont promenées chaque jour, ont effectué d'interminables visites matinales et ont été invitées à quatre dîners. Ce n'est pas comme si elles ne se donnaient aucun mal.

— J'ai au moins eu cinq visiteurs la première semaine de ma première Saison, note sa mère tout en ajustant le collier de diamants qu'elle a forcé Beth à porter ce soir.

— Gwen n'en a pas eu non plus, plaide la jeune fille.

Cordelia lâche un léger ricanement.

— Voilà qui ne me surprend guère.

— Mère, la sermonne Beth, en lui jetant un regard noir.

— Votre amie est une charmante jeune femme, mais on peut dire qu'elle est dotée d'un sacré toupet et sa réputation auprès des mères est épouvantable. Elle s'est en outre disputée avec la fille Gentry.

— Miss Gentry se moquait de Gwen au prétexte qu'elle n'avait pas de mère pour lui apprendre les bonnes manières. Gwen aurait dû lui donner un coup de poing.

Cordelia se renfrogne à ces mots. Beth n'a pas vu Gwen depuis le thé organisé par les Jelison le jeudi précédent. Et même si Gwen a prétendu avoir oublié cette histoire, elle sait que Miss Gentry doit l'avoir blessée. Quel comportement cruel de sa part. Ce n'est pas comme s'il était la faute de Gwen de ne pas pouvoir bénéficier de l'influence d'une mère.

Et elle est drôlement plus intelligente, spirituelle et ravissante que les autres filles disposant d'une mère de toute façon.

— Vous êtes résolue à ne pas apprécier Gwen, dit Beth en voyant que Mère garde les sourcils froncés.

— En aucun cas, répond cette dernière.

Beth plisse les yeux d'un air suspicieux.

— C'est tout à fait faux, poursuit-elle. C'est une agréable jeune lady, et que vous soyez amies ne me dérange nullement, mais je ne veux pas que vous voyiez en elle un exemple sur lequel calquer votre comportement durant la Saison. Elle a fait son entrée dans le monde il y a déjà quatre ans.

— Je le sais, répond Beth, sa colère se dissipant face à l'inquiétude de sa mère. Mais je l'apprécie sincèrement.

— Fort bien, dit Cordelia en prenant une profonde inspiration. Mais ne passez pas toute la soirée en sa compagnie, entendu ?

Beth hoche la tête. Ce n'est pas vraiment ce qu'elle avait prévu... elle comptait juste passer avec elle tout le temps qui n'aurait pas été consacré à la danse. Mais il n'y a aucune raison pour que sa mère le sache. Au lieu de cela, elle devrait tirer profit de ce moment de détente. Ils sont si rares.

— Vous ne détestez pas Gwen à cause de son père, n'est-ce pas ?

Cordelia cligne des yeux.

— Comment ? Non, pas du tout.

— Parce que je sais que vous n'avez pas une très haute opinion de lui, poursuit Beth tout en observant sa mère soupirer.

— J'aurais aimé qu'il soit un meilleur exemple pour votre amie, sans nul doute, énonce-t-elle lentement. Mais je ne lui adresse aucun reproche. Il ne nous est pas donné de choisir son père, ajoute-t-elle, son regard rencontrant alors celui de Beth.

Cette dernière hoche la tête tout en s'abstenant de mentionner que sa mère a bel et bien choisi son père à elle et que cela s'est avéré une piètre décision.

— Néanmoins, elle est accomplie et gentille. Cela doit apporter quelque chose au crédit de Lord Havenfort, non ? Ainsi que l'a dit Miss Gentry, ce n'est pas comme si elle avait une mère à ses côtés.

Mère pince les lèvres et Beth attend sa réponse tout en se tournant vers son miroir pour jeter un dernier regard à son visage. Elle a l'air ridicule.

— Peut-être a-t-elle hérité de l'intelligence de Lord Havenfort, mais vous pouvez certainement comprendre qu'avoir pour père un homme tel que lui ne lui fournit pas un bon exemple quant à la manière de se comporter en société. Il est loin d'être un modèle de bienséance.

— Il est très gentil ! proteste Beth.

— La gentillesse et la respectabilité sont deux choses bien distinctes.

— Il siège à la Chambre des lords, complète Beth.

— La Chambre des lords ne se soucie guère du nombre de femmes avec lesquelles un homme a partagé sa couche.

— Ce n'est pas comme s'il encourageait Gwen à agir de la même façon. L'honneur de mon amie est parfaitement intact.

— Je n'en doute pas un instant, réagit sa mère en levant vivement ses mains devant elle. Je dis simplement qu'il n'est pas un exemple de bon comportement.

— Comment le savez-vous ? insiste Beth.

Cordelia lève les yeux au ciel.

— Je connais Lord Havenfort depuis longtemps. Sa réputation le précède.

— Et vous pensez qu'il était ainsi à l'époque où il a été présenté ?

Mère secoue la tête.

— Il était... charmant. Et il est clair que son charme lui a permis d'aller loin.

— Vous le connaissiez donc lorsque vous étiez engagée sur le marché du mariage ? la presse Beth.

Sa mère plisse les yeux d'un air agacé.

— Nous avons fait connaissance au moment de ma Saison. Il s'est marié à la fin de sa seconde Saison, pour autant que je sache. Et depuis le décès de son épouse, il a connu la moitié des femmes de Londres. Ce charme est demeuré intact. À présent, pouvons-nous changer de sujet ?

Beth soupire, se contentant de conserver précieusement l'information délivrée, consciente qu'elle n'en obtiendra pas davantage de sa mère en cette soirée. À contrecœur, elle tourne sur elle-même pour une dernière vérification de sa tenue.

— Je doute qu'il ait véritablement mis dans son lit la moitié des femmes de Londres, dit-elle en guise de piètre défense. Ce n'est pas comme s'il était capable de tomber amoureux d'autant de femmes.

Cordelia sourit et laisse échapper un petit rire tout en venant arranger l'une des mèches de cheveux de Beth.

— J'adore que vous pensiez cela, dit-elle avec douceur. Et je vous adore. Je veux simplement que vous vous amusiez ce soir. Juste une chose, souvenez-vous pour quoi nous sommes ici, entendu ?

Elle ouvre la bouche pour défendre son amie.

— Entendu ?

— Oui, dit Beth dont les épaules s'affaissent. Entendu.

Ce bal accueille, fait absurde, encore plus d'invités que le précédent. La salle de réception des Kleisted pourrait aisément loger la plus grande partie de leur demeure londonienne à l'intérieur de son immense hall d'entrée haut de trois étages. Des guirlandes mêlant tous les types de fleurs imaginables courent le long des murs. Beth, qui tente d'englober l'ensemble du regard, trouve l'effet tout simplement étourdissant.

Il fait déjà très chaud et les corps semblent s'agglutiner alors que la soirée n'en est qu'à ses premiers instants. Elle se sent encore plus ridicule à présent avec ses jupes roses et son maquillage de toute jeune fille. Sa mère ne s'est pas trompée – nombre des débutantes affichent un air plus doux ce soir – mais étant donné l'anxiété qui tord son estomac en présence de toutes ces personnes, elle préférerait paraître son âge et pouvoir les darder du regard.

Aucun froncement de sourcil ne réussira toutefois à atténuer le charme enfantin émanant de son visage ce soir.

— Je devrais commencer à planifier nos visites pour la semaine prochaine, dit Mère.

Beth lâche un soupir, tout en jetant un regard en direction des mères de la haute société. Il y a toujours quelqu'un d'autre à qui parler, les sentiments de quelqu'un d'autre dont il faut s'occuper.

— Vous êtes belle, intelligente et n'importe lequel d'entre eux serait chanceux de vous avoir, ajoute sa mère en pressant son bras.

C'est bien là le problème, songe Beth tout en la laissant s'en aller en affichant un sourire factice. N'importe lequel d'entre eux se sentirait peut-être chanceux de l'avoir.

Mais elle doute qu'elle se sentira aussi chanceuse d'avoir été choisie par l'homme en question.

Beth se tient sur le bord de la pièce, la poitrine oppressée et le souffle court. Mais elle peut le faire. Elle n'entend pas se laisser impressionner par une abondance de fleurs et de personnes.

Elle commence à fendre la foule, restant vigilante pour ne pas croiser Lord Psoris, résolue à ne s'entretenir, faute de mieux, qu'avec de jeunes hommes qu'elle trouve au moins acceptables au cours de cette soirée, lorsque quelqu'un saisit son bras.

Elle se retourne, surprise, puis se détend soudain en découvrant Gwen qui lui adresse un large sourire.

— Vous voici enfin ! dit cette dernière d'un ton enthousiaste.

Beth hoche la tête et un sourire vient s'épanouir sur ses lèvres.

La jeune femme lui presse le bras.

— Et si nous mangions quelque chose ?

— Vous êtes un vrai cadeau du Ciel, dit Beth avec franchise.

Gwen éclate de rire et l'entraîne à travers la pièce. Beth remarque les regards qui leur sont à présent adressés – la façon dont les mères leur sourient avec un air quelque peu méprisant. Peut-être sa mère n'avait-elle pas tout à fait tort. Il semble en effet que Gwen jouisse d'une certaine réputation.

Mais lorsqu'elles atteignent la table où sont disposés les rafraîchissements et que Gwen lui tend un verre de vin et une petite bouchée de quiche, Beth s'aperçoit que sa poitrine n'est plus palpitante d'inquiétude. Il ne vaut vraiment pas la peine de renoncer à son amie dans le seul but d'apaiser quelques ladies.

— Une demeure impressionnante, n'est-ce pas ? lance Gwen, conduisant Beth vers un endroit moins fréquenté, tout près du mur du vestibule.

— C'est fabuleux, dit la jeune fille qui sent la détente la gagner entièrement lorsque sa crinoline effleure le mur et qu'elle se trouve véritablement à l'écart de la cohue. Êtes-vous déjà venue ?

— Ils donnent quelques bals à chaque Saison, en effet, explique Gwen. Avez-vous déjà été invitée à celui des Yokely ? Ils ont les jardins les plus fabuleux qui soient, ce qui est la seule petite ombre au tableau concernant l'endroit où nous sommes.

— Non, je ne crois pas, dit Beth, tentant de se souvenir de la liste interminable d'événements mondains prévus citée par Mère. Ai-je déjà rencontré les Yokely ?

— Ils étaient présents au thé organisé par les Jelison, fait Gwen sans que la moindre moue vienne déformer ses traits. Lord Yokely est un homme bedonnant et son épouse a un visage très pincé.

— Oh ! Et leur fille est Lady Caroline ?

— Oui. Celle avec la voix nasillarde, ajoute Gwen avec un petit sourire.

— Elle était sympathique, fait Beth qui éclate de rire en voyant son amie lever les yeux au ciel. Si, je le pense sincèrement !

— C'est quelqu'un de tout à fait acceptable, en effet. Et elle va certainement épouser l'héritier Jackland.

— Oh ! vraiment ?

— Ils ont déjà effectué deux sorties ensemble, rien que cette semaine, dit Gwen, esquissant un petit haussement d'épaules tandis que Beth la regarde, bouche bée. Certaines filles ont de la chance.

Beth se mord la lèvre. Elle n'a même pas reçu une seule visite et Lady Caroline, elle, a déjà un soupirant ?

— Impossible de rivaliser avec la fortune des Yokely. Je suis sûre que sa dot est considérable, explique Gwen, et Beth croise son regard tout en tentant de chasser la moindre trace d'inquiétude de son visage.

— Certainement, dit-elle avant de boire une gorgée de vin pour calmer ses nerfs.

— Ne vous tracassez pas. C'est juste qu'ils n'ont pas encore eu le temps de voir combien vous êtes merveilleuse.

Beth rougit et boit une autre gorgée, tout en essayant de croire aux paroles de Gwen. Elle n'a pas envie de paraître inquiète, pas alors qu'elle est avec son amie, qui durant toute la semaine n'a certainement eu que ses cousins pour l'approcher ou lui proposer une danse, et cela uniquement dans le but de pouvoir s'amuser à se critiquer mutuellement.

— Tout va bien, je ne suis pas...

— Oh ! en voilà un. Fichtre, il s'agit de Freddie Highsmith, quel ours mal léché.

Beth déglutit avec peine en voyant un jeune homme grand et séduisant doté d'une mâchoire carrée et d'épais sourcils bruns se diriger vers elles.

Gwen s'affale à côté d'elle, mais Beth remarque que de l'autre côté de la pièce sa mère affiche un grand sourire. Si ses souvenirs sont exacts, il est le fils d'un comte.

— Bonsoir, mesdemoiselles, dit-il d'une voix basse et douce. Heureux de vous revoir, Lady Gwen.

— J'en suis également ravie, dit cette dernière tout en exécutant une révérence peu enthousiaste.

Beth ignore sa réaction et gratifie quant à elle le jeune homme d'une révérence conventionnelle.

— Et qui est votre amie ?

— Je vous présente l'Honorable Elizabeth Demeroven, répond Gwen, d'une voix bien plus froide qu'elle ne l'était quelques minutes plus tôt. Miss Demeroven, voici Lord Clyson.

— Vous êtes la fille du défunt vicomte Demeroven, je présume ? Mon père a été très peiné d'apprendre son décès. C'est un plaisir que de faire votre connaissance, dit Lord Clyson en prenant la main de Beth pour y déposer un baiser.

— Je suis également ravie de vous rencontrer, répond Beth alors qu'à ses côtés Gwen lâche un soupir.

— Je me demandais si vous pourriez me faire l'honneur de m'accorder votre première danse, poursuit Lord Clyson en lui souriant.

Son visage est plutôt plaisant à regarder et il n'a peut-être que quelques années de plus qu'elle.

— Nous étions à vrai dire en train de...

— J'en serais enchantée, répond Beth, interrompant ainsi Gwen.

— Fabuleux, se réjouit Lord Clyson, lui arrachant son verre pour le donner à son amie qui le prend en fronçant les sourcils.

C'est un peu malpoli, de leur part à tous deux, se dit Beth tout en adressant à Gwen un faible sourire. Elle laisse Lord Clyson prendre son bras pour la conduire vers la piste. Ils rejoignent le groupe des autres couples se mettant en place pour la valse d'ouverture.

Beth tente d'étouffer son inquiétude tandis qu'ils attendent le début de la danse, prêtant l'oreille au son des conversations autour d'eux et aux dernières notes lancées par le petit orchestre installé sur un vaste balcon destiné aux musiciens pour annoncer le début du bal.

Avoir ainsi l'argent pour édifier un endroit uniquement dédié à la musique...

— Vous plaisez-vous à Londres ? s'enquiert Lord Clyson après s'être incliné face à elle tandis qu'elle le gratifiait d'une révérence.

La main droite du jeune homme vient se poser sur sa taille et les doigts de sa main gauche s'enroulent autour des siens. Beth lutte contre l'envie de s'agiter. Un moment lui est nécessaire pour réussir à user de mots tout en continuant en même temps à déplacer ses pieds.

— C'est un endroit charmant, ment Beth.

Elle aimerait bien mieux être endormie dans son lit à la campagne en cet instant précis. Mais elle suppose que si tel était le cas elle serait toujours seule et n'aurait pas rencontré Gwen.

Gwen, qui les regarde danser en fronçant les sourcils.

— C'est un vrai plaisir d'être ici chaque année. Je m'ennuie tant dans notre propriété de campagne, comprenez-vous ? Bien que j'attende avec impatience l'ouverture de la chasse.

— Vous aimez la chasse ? s'enquiert Beth qui tente de concentrer son attention sur ce que son cavalier a à dire.

Son visage est assez plaisant il est vrai, mais cela ne saurait suffire. Il faudra qu'un lien puisse s'établir entre eux sur un plan intellectuel pour qu'il puisse être considéré comme un compagnon potentiel.

— Je vise très bien, précise-t-il.

— Avec un pistolet ou un arc et des flèches ?

Elle est elle-même assez douée pour le tir à l'arc. Elle a remporté des compétitions lorsqu'elle était petite fille.

— Avec un pistolet, bien sûr. Un arc et des flèches ! Voilà qui est un peu archaïque, vous ne croyez pas ?

Beth se force à passer à un autre sujet.

— Qu'aimez-vous faire d'autre à la campagne ? Monter à cheval me manque. Les sentiers près de nos terres sont merveilleux.

Lord Clyson lui adresse ce qu'elle suppose être un regard complaisant.

— Je préfère parier sur les chevaux plutôt que de les monter sur d'agréables sentiers forestiers, bien que se promener à cheval soit une charmante façon de mener une cour.

Beth s'enfuirait si elle le pouvait. Le regard de son cavalier est devenu quelque peu avide, et tout ce qu'il a réussi à faire jusqu'à présent est se montrer désobligeant vis-à-vis de ses centres d'intérêt.

Il pourrait malgré tout devenir intéressant à ses yeux, suppose-t-elle. Elle aime les courses de chevaux. Elle espère que Gwen et elle pourront convaincre leurs parents d'aller pique-niquer ensemble à Ascot.

— Et qu'aimez-vous donc encore, à part vos promenades à cheval ? l'interroge Lord Clyson.

Et quelque chose dans la façon dont il prononce *vos promenades* fait penser à Beth qu'il essaye de jouer avec elle.

— Je lis et j'aime broder si je peux m'installer à l'extérieur. Le temps ici est assez maussade.

— Il s'améliorera à mesure que la Saison avancera. Je crois comprendre qu'il s'agit de la première pour vous ?

— En effet, répond Beth en jetant un nouveau regard en direction de Gwen, qui affiche presque un air d'hostilité à présent. Il faut s'habituer à toutes ces nouveautés.

— Je vois que votre amie veille sur vous. Il est certain qu'elle dispose d'une certaine expérience, dit Lord Clyson en suivant son regard.

— Elle est charmante, réplique Beth d'un ton ferme.

Elle est peut-être capable d'accepter ce genre de commentaires de la part de sa mère, mais elle ne tolérera en aucun cas que cet homme dénigre son amie.

— Oui. Elle ressemble à son père.

Beth fronce les sourcils, troublée, échouant à déterminer si ses paroles sont un compliment. Mais en vérité ses mots semblent sonner creux tout en étant empreints d'une certaine cruauté.

— Elle est tout aussi charmante que lui.

— Et est-ce que ce genre de charme-ci a un effet sur vous ? demande Lord Clyson, sa main se resserrant à ces mots sur sa taille. J'adorerais vous proposer une promenade dans les jardins. Ceux-ci sont petits mais quelque peu envahis par la végétation.

Ses doigts se pressent sur sa taille et sa main de façon à présent désagréable et Beth sent presque ses épaules s'affaisser sous l'effet du soulagement lorsque la valse se termine.

— Non, je vous remercie, dit-elle aussi poliment qu'elle le peut. Je préférerais rester à l'intérieur et de plus, je suis assoiffée. Si vous voulez bien m'excuser..., ajoute-t-elle en tentant de s'éloigner.

Lord Clyson résiste un bref instant avant de la laisser partir en secouant la tête.

— Votre réaction ne m'étonne guère. J'ignore pourquoi j'ai cru que l'une des amies de Lady Gwen pourrait être une charmante jeune femme.

Beth relève le menton d'un air fier.

— Et moi, j'ignore pourquoi j'ai cru qu'un vicomte pourrait être doté de bonnes manières.

Elle tourne les talons, abasourdie par son propre aplomb, et quitte à pas lents la piste, laissant le malotru seul sur place.

Elle retourne auprès de Gwen et reprend son verre de vin tout en luttant pour ne rien laisser voir de son malaise. Quel petit homme vaniteux, possessif et geignard.

— Un imbécile ?

— Un imbécile, acquiesce Beth avant d'avaler une généreuse gorgée de vin.

— J'ai tenté de vous avertir, dit doucement Gwen.

Beth soupire et lève les yeux vers elle.

— Vous l'avez fait. Et je vous en remercie. Je pensais juste que...

— Je comprends, dit Gwen en agitant la main pour l'interrompre. Nous vous trouverons un bon époux.

Beth boit une autre gorgée, laissant la chaleur dispensée par le vin chasser son sentiment de malaise.

— Ne vous donnez pas cette peine. S'ils sont tous comme lui, je ne suis pas intéressée.

— Tous ne sont pas comme Clyson.

— Alors pourquoi n'êtes-vous pas là-bas, occupée à danser avec eux ? questionne Beth, surprise par la note acerbe dans sa voix.

La raison en est qu'elle croyait que les plus jeunes seraient de meilleures personnes que les plus âgés et non qu'ils proposeraient leurs propres affreuses nuances de monstruosité.

Gwen lui prend délicatement son verre de vin et le dépose sur un guéridon avant de s'approcher et de passer un bras autour de sa taille. Beth se force à prendre une profonde inspiration. Alors que le geste appuyé de Lord Clyson avait quelque chose de possessif, la façon dont Gwen la touche est aussi charmante qu'apaisante et elle laisse ses épaules se détendre.

— Ce n'est pas parce que je pense que tous sont des crétins que vous le devez également, et certains d'entre eux sont réellement agréables.

— Être « agréable » ne semble pas une qualité suffisante pour épouser quelqu'un.

Gwen laisse échapper un soupir et Beth sent l'abattement la gagner. Elle n'a nullement l'intention de jouer les rabat-joie, mais elle pensait que… Que pensait-elle au juste ? Qu'elle rencontrerait un beau garçon et que brusquement elle aurait envie de se marier pour la première fois de sa vie ?

— Vous avez raison. La plupart d'entre eux sont abominables, et même épouser ceux qui sont gentils revient à abandonner un sacré nombre de choses.

— Ma mère avait toujours l'air si malheureuse, concède Beth qui voit cette dernière, semblant libre et pleine d'assurance, rire de l'autre côté de la piste.

Jamais elle n'a semblé dans de pareilles dispositions lorsqu'elles vivaient avec son père.

— Je préférerais être célibataire et sans un sou que piégée dans une union de cette façon.

Gwen soupire.

— Je suis entièrement d'accord avec vous. Bien qu'être sans le sou semble bien différent de ce que l'on imagine lorsque cette situation s'impose réellement à vous.

— Je le sais, dit Beth d'un ton abrupt.

Gwen presse sa taille.

— Je n'ai pas plus envie que vous d'être mariée. Coincée avec un homme ennuyeux pour le reste de ma vie ?

— Serait-il pire d'être coincée avec votre père durant toute votre vie ? questionne Beth.

Au moins Gwen peut-elle faire le choix de rester sans époux. Elle aura un endroit où vivre lorsque la Saison aura pris fin.

— Oh ! mon père est loin d'être ennuyeux. Il est drôle et amusant, et j'adore notre maison. Elle vous plairait également. Je vous le dis, vous devriez venir séjourner chez nous un jour. Vous ne pouvez avoir mon père…

Beth se met à glousser en plissant le nez et Gwen sourit largement en pressant sa hanche.

— Mais il pourrait vous convaincre du fait que certains hommes en valent la peine.

Beth lève les yeux au ciel tout en riant tandis que Gwen ricane.

— Bien sûr, je n'en doute pas !

Durant un instant, elles contemplent les danseurs sur la piste. La scène est charmante, même si elle fait partie d'un rituel auquel elle ne veut pas prendre part. Gwen donne un léger coup de coude à Beth et celle-ci suit son regard : de l'autre côté de la pièce Lord Havenfort ne quitte pas des yeux sa mère, occupée à danser avec l'un des membres âgés de la Chambre des lords.

Lord Havenfort leur jette à tous deux des regards noirs. Et lorsque Cordelia l'aperçoit par-dessus l'épaule du lord, elle rougit et détourne le regard.

Gwen se raidit.

— Qu'y a-t-il ?

— Rien, dit Gwen en secouant la tête.

— Qu'y a-t-il ? insiste Beth, remarquant son air calculateur et sa posture rigide.

— C'est stupide.

— Dites-moi, rire un peu ne me déplairait pas, la presse Beth.

Gwen soupire et repose son regard sur elle.

— Cela va vous paraître grotesque, l'avertit-elle.

— Dites-moi.

— Et si au lieu de tout cela, nous les réunissions ?

Beth la fixe du regard.

— Que dites-vous ?

— Nos parents. De toute évidence, il y a une histoire ici. Votre mère est libre de toute attache, mon père l'est également. Il serait très bon et bienveillant avec elle, et il l'apprécie déjà, c'est évident.

Beth regarde sa nouvelle amie, bouche bée. Réunir leurs parents...

— Mais ma mère le déteste !

— Vraiment ? Elle refuse de croiser son regard mais cela ne ressemble pas à de la haine selon moi, dit-elle tout en désignant à Beth d'un coup de menton la façon dont, de l'autre côté de la pièce, Cordelia lance un regard noir à une jeune débutante qui fait les yeux doux à Lord Havenfort.

Beth se mord la lèvre. Elle ne se croit pas capable de regarder sa mère vivre une autre union malheureuse.

— Ce serait un fabuleux époux, insiste Gwen.

— Même si c'est un débauché ? demande Beth tout en grimaçant au moment où Gwen lève un sourcil étonné. Toutes mes excuses, je ne voulais pas dire...

— Il se sent seul, explique Gwen. Et il peut trouver un remède à cette solitude par des moyens auxquels les femmes n'ont pas accès. Mais c'est un parfait gentleman et je pense que pour la femme adéquate, il serait un excellent époux.

Beth hésite. C'est intrigant, mais...

— Nous n'avons pour nous que cette seule saison. Ma mère ne peut se permettre de me présenter une nouvelle fois. Je ne voudrais pas que ceci vienne faire obstacle à notre projet.

— Si votre mère épousait mon père, nous aurions assez d'argent pour que vous participiez à dix Saisons, rebondit aussitôt Gwen. Mais si votre mère épousait mon père, vous n'auriez même pas à le faire. Ils pourraient avoir un héritier.

Beth s'agite. Sa mère, de nouveau enceinte ? Susceptible de donner naissance à un héritier ?

Jamais elle n'aurait à se marier si sa mère avait un fils pouvant hériter. Elle pourrait devenir la vieille tante célibataire qu'elle a toujours voulu être.

Plus de bals. Plus de visites matinales. Plus d'hommes aux regards concupiscents, plus de mains qui vous capturent et d'invitations pour des rendez-vous galants inconvenants dans les jardins.

— Allons. Je ne veux pas me marier. Vous ne voulez pas vous

marier. Il est si évident qu'ils sont tous les deux amoureux l'un de l'autre, tout cela serait parfaitement sensé, dit Gwen, serrant sa main sur sa taille.

Si cela pouvait lui éviter une union malheureuse et de plus faire le bonheur de sa mère...

— Entendu, fait Beth, opinant tandis que Gwen lui adresse un franc sourire. Je suis partante.

4

Gwen

— Venez, je vous prie ! gémit Gwen qui se tient dans le vestibule vêtue sa plus belle robe vert pastel, un châle de dentelle sur les épaules. Nous allons être en retard !

Son père descend l'escalier d'un pas lent, tripotant le nœud de sa cravate et paraissant clairement désintéressé.

— Je déteste ces choses.

— Je le sais.

— L'endroit sera chaud, humide et rempli d'ennuyeuses personnes prétentieuses aux chemises empesées.

— Et vous, il vous faut arranger la vôtre, note Gwen, s'avançant pour redresser sa veste sous sa redingote. Portez-vous vos beaux boutons de manchette ? Nous jouerons au croquet, êtes-vous présentable sous tout cela ?

— Pourquoi jouerais-je au croquet ? Et, oui, bien entendu, je ne suis pas un barbare, enfin.

Gwen passe en revue sa tenue, les sourcils froncés. Il a l'air tout à fait présentable – bien coiffé, chaussures cirées, manteau repassé. Très séduisant. Certainement suffisamment séduisant pour tourner la tête de Lady Demeroven.

— Ne devrions-nous pas évaluer votre propre allure ? questionne-t-il d'un ton amusé tandis qu'elle marche tout autour de lui.

— Mrs Stelm l'a déjà fait. Et que savez-vous de la dernière mode de toute façon ?

— Je sais que vous ne portez jamais de couleurs aussi vives à moins qu'elle vous y oblige.

— Il s'agit d'une *garden-party*, il me faut paraître joyeuse.

Que le fait qu'elle soit bien habillée et prévoie de se comporter au mieux ne soit qu'un stratagème pour appâter Lady Demeroven n'a pas d'importance.

— Je ne suis pas une barbare moi non plus.

— Non, mais vous êtes bien trop enthousiaste à propos de tout cela. Vous détestez les Kingsman.

— Non, c'est vous qui détestez les Kingsman. Moi, j'apprécie Eloise, proteste Gwen au moment où Mrs Gilpe et Mrs Stelm descendent l'escalier.

— Vous devriez être déjà partis, note Mrs Gilpe.

— Il a fallu une éternité à Père pour se faire beau.

— Je vous avais bien dit qu'elle aurait fini la première, intervient Mrs Stelm.

Mrs Gilpe lui tend alors une livre et Gwen éclate de rire.

— Et combien avez-vous parié sur notre jeune débutante ? demande son père.

— Parier sur moi ? Mais à quel propos ? dit Gwen tout en tentant d'afficher un air innocent.

— Si je ne m'abuse, toute la maisonnée a parié sur le nombre de jeunes hommes que vous pourrez faire pleurer en jouant au croquet, fait son père en la gratifiant d'un large sourire.

— Pas sur le nombre de prétendants dont je pourrais me vanter à mon retour à la maison ? Je suis outrée, réplique Gwen, en secouant la tête tandis que Mrs Gilpe lève les yeux au ciel.

— Misez deux livres pour moi, annonce son père tout en tendant deux billets à Mrs Stelm. Si je gagne, je commanderai du vin pour tout le monde.

— À présent, il ne vous reste plus qu'à faire pleurer quelques garçons, dit Mrs Stelm à Gwen.

Gwen lâche un petit ricanement.

— Je crois qu'il nous faut partir. Je vous rendrai tous fiers, d'une façon ou d'une autre, à présent, venez, dit-elle, tout en conduisant son père hors du vestibule.

Elle suppose que leurs taquineries devraient la contrarier. Absolument personne ne s'attend à ce qu'elle revienne avec un prétendant intéressé après un événement tel que celui-ci. Pour être honnête, elle ne pense pas que l'un d'eux, y compris elle-même, ne s'attend à ce qu'elle parvienne à la fin de cette Saison avec une demande en mariage ni même l'expression d'un intérêt pour sa personne.

Mais à présent elle a juste envie de voir si elle est capable de faire pleurer Albie.

Bien qu'elle doute que son père prendra cette performance en compte, étant donné qu'elle rend régulièrement malheureux à la fois Albie et Bobby. Cela dit, se rappelle-t-elle tandis que son père et elle prennent place dans la voiture pour un trajet d'une vingtaine de minutes à travers le parc, faire pleurer les garçons n'est pas l'objectif.

Le but est de placer Lady Demeroven et son père dans une situation qui les contraindra à entamer une conversation. Elles débutent modestement. Les amener à se parler, voilà tout. Puis raviver la passion qui a pu exister, et les sortir toutes deux de ce ridicule marché du mariage.

Mais une conversation, voilà qui sera suffisant pour aujourd'hui.

— Vous êtes véritablement trop enthousiaste à propos de tout cela. Qu'avez-vous donc prévu ? s'enquiert son père.

Le regard de Gwen rencontre le sien et elle le gratifie de son sourire le plus innocent.

Il plisse les yeux d'un air suspicieux malgré tout, mais le sourire de sa fille est radieux. C'est probablement ce qui a éveillé ses soupçons.

— Je suis juste impatiente de voir Beth et de jouer, répond Gwen avec franchise.

Il ne s'agit pas là de l'entière vérité mais la moindre journée que Beth et elle ont la possibilité de passer ensemble est une bonne journée. Son amie est la parfaite complice.

Elle est vive, pleine d'esprit, astucieuse et diablement amusante – Gwen ne s'est jamais autant amusée avec quiconque. Et si leur plan réussit, elles pourront être ensemble tout le temps. Ce qui vaut largement la potentielle perte d'argent de poche qui pourrait la frapper si son père devait le découvrir.

Ils roulent dans un silence satisfait jusqu'à leur arrivée à la propriété des Kingsman. Ils quittent la voiture à cheval et franchissent une porte à l'arrière de la bâtisse pour rejoindre la fête qui est déjà bien animée. Ils ne sont pas tout à fait en retard, mais sont bien loin de compter parmi les premiers arrivés.

— Jouez en vous montrant respectueuse, murmure son père avant que les Kingsman ne les accueillent.

Saluts, révérences et amabilités sont échangés jusqu'à ce que Gwen soit invitée à les quitter pour retrouver les autres « enfants ».

Elle gratifie son son père d'un large sourire et s'empresse de traverser le vaste jardin en direction du groupe marqué par une abondance de tulle et d'étoles près du petit étang.

Les Kingsman sont peut-être des gens affreusement ennuyeux, mais leur jardinier est un génie. Les treillages de fleurs luxuriants et les buissons fleuris qui habillent le jardin à l'arrière de la bâtisse sont splendides. Les touches de violets, jaunes, orange et roses offertes par les fleurs au milieu des feuilles vertes illuminent l'après-midi quelque peu lugubre. Tables et chaises ont été installées près du patio à l'arrière de la maison en prévision du thé qui sera servi une fois tous les invités présents. Des bancs sont disposés le long du chemin de promenade bordé de sculptures qui serpente à travers le jardin.

Chaque recoin est minutieusement conçu pour servir de parfait écrin aux conversations polies et aux cours guindées.

Un parcours de croquet sophistiqué a été dessiné pour leur amusement dans l'espace ouvert que constitue la pelouse. Parce qu'il n'y a rien que la haute société aime plus que d'avoir une excuse pour se rapprocher en usant du prétexte d'une petite compétition. Et les partenaires ne manquent pas en ce jour. Chaque chaise, banc et emplacement dédié au pique-nique sont occupés par les jeunes personnes les plus convoitées de la haute société. Toutes habillées de manière bien trop extravagante pour cet après-midi humide mais toutes impatientes de prendre part à ce délicieux rituel matinal qu'accompagnent de petits amuse-gueules.

Gwen balaye du regard la foule grouillante, souriant et saluant les gens de la tête mais n'engageant jamais la moindre conversation. Il n'y a qu'une seule personne qu'elle désire trouver et un large sourire se peint sur ses lèvres lorsqu'elle l'aperçoit occupée à discuter avec Albie. Beth porte une charmante robe jaune qui apporte un éclat indéniable à sa chevelure et crée un contraste ravissant avec ses joues rosées et ses yeux sombres. Gwen peut voir qu'Albie est un peu envoûté, même si leur différence de taille est désopilante.

Quel dommage que le père d'Albie ait besoin que son fils se marie pour des raisons financières et non pour une unique question de rang à respecter. Elle est certaine que Beth a une dot à offrir, mais rien de suffisamment important pour aider les Mason à s'extraire de leurs dettes croissantes. Albie et Bobby n'en parlent jamais, mais elle sait que les jeux d'argent auxquels se livre le vicomte pèsent lourdement sur les épaules de la famille entière.

Si Lord Mason ne détestait pas tant son père, ils pourraient peut-être faire davantage pour lui. Mais son oncle lui en veut pour la mort de sa mère à la suite de son accouchement, et ils se parlent à peine, bien qu'ils permettent au moins aux enfants d'être amis.

— Gwen !

La jeune fille chasse d'autres pensées plus sombres à propos de la réputation de son père et se hâte d'aller rejoindre ses amis.

Elle étreint brièvement Beth puis frappe le bras d'Albie de son poing. Ce dernier se contente de lever les yeux au ciel en guise de réponse et d'un coup de menton désigne le stand des boissons, jouant ainsi comme toujours les cousins dévoués.

— Vous m'avez manqué, dit Beth d'un ton enjoué, sans lâcher le bras de Gwen quand elles se retournent pour observer ensemble la scène qu'offre la fête.

— Vous étiez censée effectuer une promenade hier, note Gwen.

Beth soupire.

— Oui, en effet, mais Mère a estimé qu'une autre série de visites matinales était plus important. Voilà qui ne nous a pas fait beaucoup avancer toutefois. Mr Mason est le seul qui m'ait parlé.

— Ce bon vieil Albie, dit Gwen alors que ce dernier s'avance d'un pas pesant vers elles, lui tendant un verre de vin avant d'avaler une gorgée généreuse de son brandy. Vous vous êtes fait beau, dites-moi, ajoute-t-elle en le détaillant des pieds à la tête.

Il a fort belle allure à vrai dire. Mais sa grimace illustre ce qu'il ressent intimement.

— Père est résolu à ce que cette Saison soit la bonne pour moi à présent que Bobby a fait son entrée dans le monde, lui aussi, dit-il d'un ton morose.

Gwen lève son verre à sa santé.

— Cela ne pouvait durer pour toujours.

Il éclate de rire et vient faire tinter son verre contre le sien.

— J'imagine, en effet.

Gwen scrute l'assemblée des jeunes femmes. La première venue ne pourrait faire l'affaire pour Albie.

— Miss March ? propose-t-elle.

— J'ai entendu dire que Dyfort a jeté son dévolu sur elle, énonce Albie en haussant les épaules.

— Et alors ? Dyfort est un idiot. Vous êtes adorable et elle est grande.

Beth ricane discrètement et Albie éclate de rire.

— « Grande », est-ce là l'unique qualité que vous lui trouvez ?

— Eh bien, c'est là la vérité ! N'avez-vous pas dit que les différences de taille étaient étranges ? demande-t-elle en regardant Beth, qui calme son enthousiasme en la voyant froncer les sourcils et hoche la tête d'un air sérieux tout en levant la tête vers Albie.

— Il me faudrait grimper sur deux cagettes de pommes juste pour embrasser votre joue. Comme ce serait embarrassant.

Albie lève les yeux au ciel mais hoche la tête.

— J'imagine, en effet.

— Lady Meredith ? suggère Gwen en jetant un regard de l'autre côté du jardin vers Meredith, parée d'une robe rouge un peu criarde qui accentue chacune de ses courbes et met en valeur ses cheveux auburn brillant.

— Si l'on met de côté son goût pour les couleurs vives, elle est absolument adorable, vive et intelligente. Très douée pour les duos musicaux.

— Peut-être, fait Albie, et Gwen sourit en prenant note de son intérêt pour la jeune femme.

— Je suis une source constante de déception pour Albie, dit-elle à Beth. Je suis bonne quand je joue seule mais les duos n'ont jamais été mon fort.

— C'est juste que vous n'aimez pas partager, réplique Albie. Peut-être que vous deux pourriez vous exercer ensemble. Miss Demeroven dit que sa mère et elle jouent en duo chaque jour.

— C'est le cas, en effet, acquiesce Beth. Je préfère grandement jouer en duo que seule.

— Je crois que je pourrais me laisser convaincre, répond Gwen en songeant qu'un après-midi passé à laisser Beth lui apprendre quelques duos serait bien plus plaisant que de supporter l'exaspération d'Albie.

Beth sera probablement une partenaire plus aimable et bien plus agréable à regarder que lui.

— Parfait ! Mère pourrait donner son accord à vrai dire, fait Beth.

— Formidable, se réjouit Gwen, cognant légèrement son épaule pour voir Beth sourire.

— Et qu'en est-il de vous ? demande Albie en baissant les yeux vers Beth. Quelqu'un a-t-il retenu votre attention ? Si je n'avais si besoin de chasser une fortune, je viendrais vous rendre visite, sachez-le.

Beth rougit un peu et secoue la tête.

— Personne pour l'instant. Ce qui bouleverse un peu Mère, à vrai dire, ajoute-t-elle en lançant un regard vers Lady Demeroven, qui salue tour à tour les mères agglutinées autour des gâteaux servis pour le thé.

Les pères sont tous assis sur la terrasse, déjà occupés à boire du brandy tout en fumant des cigares. Ils sont peu nombreux ; la plupart d'entre eux fuient pour rejoindre leur club s'ils le peuvent plutôt que d'avoir à endurer ce genre d'événements.

Gwen remarque que son père suit des yeux les mouvements quelque peu frénétiques de Lady Demeroven au sein du groupe. Peut-être devrait-elle mettre son plan à exécution sans tarder, avant que son père ait fini son verre et aille en chercher un autre.

— Eh bien, nous n'aurons qu'à faire advenir un petit miracle dans ce cas, qu'en dites-vous ? propose Gwen, en se tournant de nouveau vers ses amis.

— Et de quelle manière ? interroge Albie.

— Je pense qu'un peu de compétition en couple s'impose. Si vous voulez bien m'excuser, dit Gwen en pressant le bras de Beth avant de vider le reste de son verre de vin.

— Qu'avez-vous donc en tête ? demande Beth.

— Quelques petites manigances, répond Gwen avec un air entendu, affichant un large sourire tandis que celui de Beth s'épanouit davantage. Que les jeux commencent !

Elle repose le verre sur l'une des tables puis s'avance vers le centre de la pelouse en inspirant profondément. Le moment est venu de faire appel au peu de charme qu'elle peut bien avoir.

Elle vise les jeunes gens en premier lieu.

— Rassemblons-nous ! appelle-t-elle, invitant d'un geste de la main ses amis à venir la rejoindre, convaincue que tous les autres suivront.

Elle n'est peut-être pas le premier choix de quiconque mais elle est connue pour ses frasques. Elle s'est fait un point d'honneur à entretenir l'enthousiasme du groupe depuis sa deuxième Saison. S'il lui faut endurer tout cela, elle veut que ce soit en s'amusant.

— De quoi s'agira-t-il cette année ? questionne Eloise, qui entraîne avec elle Annabeth et Lord Prous.

Son ton évoque la réprimande mais l'air de ravissement sur son visage délivre le message inverse.

— Je propose une compétition, répond Gwen tandis que le reste du groupe se rassemble autour d'elle. Par équipe.

L'annonce suscite des regards curieux. Gwen affiche un grand sourire et adresse un petit clin d'œil de conspiratrice à Beth, qui se place à la périphérie du groupe avec Albie.

— Tout d'abord nous formerons des paires mixtes, ladies et gentlemen. Les trois couples obtenant les plus hauts scores remportent la partie. Puis...

Gwen fait volte-face d'un air théâtral pour faire face à l'assemblée des parents, qui tous observent leur petit groupe.

Amusement, résignation et dédain se peignent sur leurs visages mais Gwen ne se laisse pas décontenancer. Son père, au moins, lui apportera son soutien. Elle compte là-dessus.

— Les mères des débutantes victorieuses et les pères des gentlemen vainqueurs devront former des paires afin de se battre pour la victoire finale, annonce Gwen.

Elle entend les enfants rire tandis que mères et pères échangent des regards.

— Quelle charmante façon pour de potentiels futurs membres d'une même famille de mieux faire connaissance, n'est-ce pas ? poursuit Gwen d'un ton délicieux et léger.

Son père l'observe en plissant les yeux mais elle estime qu'il n'a pas encore compris ce qu'elle manigance. Elle attend l'approbation parentale, bras tendus devant elle, et avec un soupir sonore, Lord Kingsman hoche la tête et agite la main pour signifier son accord.

Gwen applaudit et tourne les talons pour se consacrer à la raison de toute cette mascarade : la constitution d'un couple. Nul besoin de mentionner que ses cibles réelles sont clairement des personnes plus mûres.

— Très bien : Lady Eloise et Prous, Miss Blighe et Mort,

Lady Annabeth et Johnson, Lady Meredith et Mason, dit-elle en lançant un bref regard à Albie.

Son sourire aux lèvres pincées en dit long.

— Thorton, vous êtes avec moi.

Elle hoche la tête en direction du joueur de cricket, un jeune homme grand et bien bâti, avec lequel elle a partagé quelques sorties peu reluisantes.

Il n'y a pas à craindre de sentiments fâcheux de sa part et, elle est persuadée qu'il l'aidera à gagner. Il aime la compétition sans mesure.

— Miss Susan avec Haroldson, Miss March avec Dyfort, et Miss Demeroven avec Jacobson, ajoute Gwen indiquant à Beth d'un coup de menton de se diriger vers l'Honorable John Jacobson.

C'est un garçon fluet, timide, mais elle sait qu'il est féroce sur le terrain, et son esprit de compétition rivalise presque avec celui de Lord Thorton. Il est également déjà promis à Miss Rose Anderson, mais elle n'est pas certaine qu'il ait trouvé le courage de le dire à ses parents. Avec un peu de chance, Lady Demeroven ne l'apprendra que plus tard, ou, au moins, ne pensera pas de mal d'elle à cause de cela. Fait plus important encore, le père du garçon n'est pas dans l'assistance en ce jour.

— Très bien, prenez vos maillets, mettez-vous en ligne et jouons. Nous aurons trois équipes par manche ! s'exclame Gwen, radieuse, tandis que les « enfants » se bousculent pour attraper le meilleur matériel.

Lord Thorton s'approche d'elle d'un pas nonchalant, déjà muni des meilleurs maillets.

— À quoi jouez-vous, Lady Gwen ?

— Ces fêtes sont affreusement ennuyeuses. J'ai songé que regarder nos parents s'agiter en vain pourrait être amusant, dit Gwen d'un ton désinvolte.

— Lumineuse idée, dit Thorton, et c'est la dernière fois qu'ils échangent le moindre mot.

Au lieu de cela, ils se concentrent sur l'anéantissement de leurs concurrents. Grâce à l'allant de Thorton et au nombre d'années qu'elle a passées à jouer au billard avec son père, ils constituent sans peine la meilleure équipe sur le terrain. Meredith et Albie leur donnent du fil à retordre – ils fonctionnent parfaitement bien ensemble, ainsi qu'elle l'avait imaginé – et Beth et Jacobson ne sont pas loin derrière eux. Ils n'ont pas l'air de s'amuser autant ensemble, mais ils sont aussi concentrés qu'eux sur le jeu, et Beth est dotée d'un swing étonnamment harmonieux.

Tout se passe exactement comme elle l'avait imaginé. Eloise et Lord Prous sont trop troublés par leur proximité pour prêter une authentique attention au jeu. Dyfort est un malotru qui laisse à peine Stephanie essayer. Quel goujat. Susie et Lord Haroldson sont au mieux médiocres. Et ainsi qu'elle l'avait prévu, Annabeth et Lord Johnson ainsi que Samantha et Lord Mort s'en sortent tous affreusement mal, parce qu'ils devraient échanger leurs partenaires. Elle se sent un peu dans la peau d'un génie maléfique au moment où la partie touche à sa fin.

Elle lève la main de Lord Thorton tout en adressant un large sourire à Beth tandis que le reste des débutantes s'éloigne en compatissant à leurs défaites mutuelles.

Ils se dirigent vers la table où sont servis les alcools pour s'installer et observer ce qui ne peut être qu'un match intéressant entre les parents restants.

Gwen conduit les trois équipes gagnantes à la lisière du patio. Les parents les applaudissent poliment et tous s'inclinent face à eux ou leur adressent les révérences appropriées. Gwen savoure le sentiment de puérilité qui s'empare brièvement d'elle. C'est comme si elle avait de nouveau sept ans et venait d'effectuer une danse pour un diner donné par son père, petite poupée brillamment mise en lumière.

— Vos champions, leur dit Gwen, qui éclate de rire tandis que son père lève les yeux au ciel et que les mères se mettent à glousser. Ce qui veut dire que Lady Harrington et Mr Mason joueront pour Lady Meredith et Mr Mason, explique Gwen, adressant un petit signe de tête à la lady collet monté et à l'oncle d'Albie.

Mr Mason tend son bras et escorte l'hésitante mais visiblement ravie Lady Harrington depuis le patio jusqu'au terrain. Albie et Meredith leur donnent leurs maillets et Gwen remarque que l'oncle Albie tapote l'épaule de ce dernier. C'était charmant de sa part de venir pour Albie aujourd'hui, étant donné que le vicomte Mason préférerait tomber raide mort que de participer à un thé de la haute société. Charmant et fort commode.

— Puis Lord Lawson pour Lord Thorton, et Lady Kingsman, cela vous ennuierait-il beaucoup de prendre ma place ? demande Gwen en la regardant avec de grands yeux implorants.

Lady Kingsman jette un regard à son mari, qui agite la main et secoue la tête face aux bouffonneries de Gwen. Lady Kingsman acquiesce et laisse Lord Lawson la conduire auprès de Gwen et Thorton.

— Je vous rendrai fière, promet Lady Kingsman.

Gwen sourit et lui tend son maillet. Bien que Lord Kingsman soit un fanfaron et un balourd, elle a toujours apprécié son épouse.

— Il ne reste plus que Lady Demeroven pour venir remplacer Miss Demeroven, et, Père, pourriez-vous vous substituer à Mr Jacobson ? s'enquiert Gwen d'un ton enjoué tout en adressant à l'assemblée réunie sur le patio un large sourire.

Lady Demeroven reste immobile, et son père – oh, elle n'a pas vu pareille expression sur ses traits depuis la fois où elle a brisé un vase quand elle avait dix ans. Mais il est impossible pour eux de refuser. Lady Kingsman, leur hôtesse, vient tout juste d'accepter de prendre sa place.

Ils ne peuvent guère décliner la proposition à présent, faute de quoi leur attitude serait considérée comme terriblement, terriblement grossière.

Néanmoins, même si son père se lève d'un air raide et escorte une Lady Demeroven clairement mal à l'aise depuis le patio jusqu'à l'endroit où les attendent Beth et Jacobson, Gwen déglutit péniblement. Elle était certaine en lançant la partie que tout se passerait au mieux. Mais l'expression qui se lit sur leurs traits à tous deux au moment où ils prennent leurs maillets – la façon dont il tient son bras...

— Allons, allons, dit Mr Mason, qui ne remarque visiblement pas le sentiment de malaise qui s'est abattu sur deux des joueurs. Envie de parier, Havenfort ?

Son père semble sortir de sa stupeur et il observe son jeune beau-frère en plissant les yeux d'un air soupçonneux.

— Le droit de vous vanter en cas de victoire ne vous suffit pas ?

— Je pensais peut-être à tirer le premier coup de feu lors de la saison de chasse, en août.

— Dans mon manoir bien sûr, dit son père.

— Incontestablement.

Gwen grimace tandis qu'elle et les autres « enfants » vainqueurs se replient vers la table des rafraîchissements pour regarder la manche suivante. Beth quitte Jacobson pour venir la rejoindre et noue anxieusement son bras au sien.

— Êtes-vous sûre qu'il s'agisse là d'une bonne idée ? murmure-t-elle.

— Évidemment ! lance son père. Venez, Lady Demeroven, offrons un spectacle à ces gens, voulez-vous ?

— Oh ! mon Dieu, marmonne Gwen.

Il affiche son masque de compétiteur, et quand il l'arbore, bonnes manières, attitudes charmantes et bienveillance disparaissent tout à fait. Pire encore, il semblerait que Lady Demeroven ne connaisse absolument rien en matière de croquet.

Gwen et Beth observent, l'air inquiet, Lady Kingsman et Lord Lawson frapper leurs premiers coups. Très doués tous les deux. Si la mère de Beth avait le moindre talent, ce pourrait être une partie endiablée.

— Pourquoi ne pas m'avoir dit qu'il s'agissait là de votre plan ? Mère n'a aucune coordination, chuchote Beth, et Gwen se mord l'intérieur de la joue, tout en luttant contre l'envie violente de se ronger les ongles.

Mr Mason et Lady Harrington sont les prochains à jouer et ils sont également merveilleux, s'encourageant mutuellement de manière polie et adressant un large sourire à Albie et Meredith. Chaque duo de partenaires doit faire passer les deux boules à travers le même arceau afin de progresser, et son père et Lady Demeroven n'ont pas encore échangé le moindre mot.

— À votre tour, monseigneur, lâche Mr Mason d'un ton hautain.

— Je vous ferai ravaler vos paroles, réplique joyeusement son père. Venez, Lady Demeroven, honneur aux dames.

Beth resserre ses doigts sur le bras de Gwen au moment où Lady Demeroven se prépare à frapper sa boule en se penchant de manière curieuse. Gwen peut dire cinq secondes avant qu'elle donne une impulsion à son maillet qu'elle ne touchera même pas sa cible.

Lady Demeroven chancelle avant de trouver son équilibre alors que s'échappent quelques rires polis. Elle hésite un instant, les joues rosies, puis se reprend, se tournant vers Beth et Gwen pour leur adresser un haussement d'épaules exagéré. Beth éclate de rire et Gwen la gratifie d'un sourire encourageant, mais son père attend davantage de sa part.

— Allons, Lady Demeroven, vous êtes plus douée que cela, la sermonne-t-il en s'avançant trop près pour la contraindre à s'écarter.

Elle s'exécute avec autant de grâce que possible, mais trébuche et titube malgré tout, ce qui ne fait que renforcer son embarras. Son père ne le remarque pas, tant il est occupé à frapper sa boule avec trop de force. Le projectile franchit le premier arceau mais rate le second.

— Mince ! s'exclame-t-il.

Lady Demeroven prend un air renfrogné. Son père secoue la tête et saisit son bras, l'écartant sans délicatesse tandis que Lady Kingsman et Lord Lawson reviennent pour leur prochain tour.

— Voilà qui est parfaitement ridicule. Vous êtes capable de jouer au pianoforte et de peindre, mais ne pouvez pas frapper une simple boule ? Gwen l'entend-elle grommeler.

Elle grimace. Beth se tourne pour presser son front contre son épaule quand sa mère lâche d'un ton incisif :

— Ce n'est pas comme si vous aviez fait beaucoup mieux. Je croyais que les tireurs étaient censés viser juste.

— Qu'avons-nous fait ? murmure Beth tandis que leurs parents continuent de se chamailler de manière de plus en plus sonore et que les deux autres couples poursuivent la partie en faisant semblant de les ignorer.

Gwen pensait que la bienséance réduirait au minimum le comportement odieusement compétitif de son père – qu'il avait suffisamment d'affection latente pour Lady Demeroven pour incarner l'homme charmant qu'elle l'a vu être avec d'autres femmes.

Mais au lieu de cela, on dirait qu'elle a libéré un odieux monstre.

Quand son père et Lady Demeroven s'avancent pour leur second tour, il affiche le même air sombre que s'il venait de perdre de l'argent en Bourse et Lady Demeroven arbore un teint grisâtre.

— Allez-y, alors, dit-il avec brusquerie, en adressant un geste moqueur à Lady Demeroven pour l'inciter à jouer son tour.

Elle le fusille du regard et se prépare à l'action. Il reste derrière elle pour l'encourager mais se tient trop près. Lorsqu'elle balance son maillet vers l'arrière, celui-ci rencontre plus que l'air environnant.

Père recule en titubant, serrant ses mains sur son entrejambe et lâchant un grognement sourd. Lady Demeroven fait volte-face, bouche bée, le frappe accidentellement dans le genou et provoque sa chute.

Des exclamations surprises et des cris s'élèvent quand son père se retrouve recroquevillé sur l'herbe, levant la tête vers Lady Demeroven, les yeux plissés.

— Toutes mes excuses, Lord Havenfort, s'exclame Lady Demeroven, lâchant son maillet et tombant à genoux, mains battant l'air, sa jupe et ses cerceaux recouvrant la moitié du corps de sa victime qui continue de grimacer.

Elle a véritablement l'air sincèrement désolée.

— Non, non, ne vous approchez pas. Je n'ai... aucune confiance... dans la coordination de vos mouvements. . . non, parvient-il à prononcer, repoussant vivement ses jupes et peinant à se relever.

Sans proposer sa main à Lady Demeroven pour l'aider à se redresser ni accorder le moindre regard à ceux qui les entourent, il s'élance d'un pas titubant vers la maison, laissant Lady Demeroven sur l'herbe sous les regards consternés des membres de l'assistance.

Gwen balaie la scène des yeux et découvre que la plupart des filles ont rejoint leur mère pour échanger ouvertement avec elle des commentaires chuchotés.

Beth, horrifiée, se précipite vers sa mère pour l'aider à se relever en faisant preuve dans cet exercice d'autant de fierté qu'elles le peuvent. Lady Demeroven prend sa main et leurs efforts conjugués lui permettent de se retrouver debout. La femme habituellement si digne remet de l'ordre dans sa tenue et adresse un petit sourire coupable aux invités.

— Toutes mes excuses pour cette agitation. Je crois que Miss Demeroven et moi-même devrions vous laisser... je me sens moi-même un peu souffrante. Lady Gwen, pourrez-vous vous assurer que votre père va bien ?

— Bien sûr, dit Gwen dont le regard trouve celui de Beth.

Toutes deux sont stupéfaites de constater combien les choses se sont étonnamment mal passées.

— Au revoir, Lady Demeroven, ajoute-t-elle, tout en faisant une petite révérence.

Cette décision semble sortir brusquement tout le monde de sa sidération. Lady Kingsman s'avance pour raccompagner les Demeroven jusqu'à la porte tandis que la fête reprend son cours. Gwen imagine que cet incident sera le sujet de conversation de nombreuses *garden-parties* à venir. Quant à savoir si Beth ou elle y seront invitées, cela reste à voir.

Elle peut dire adieu à son après-midi de duos musicaux avec Beth.

— Cela s'est très bien passé, note Albie en apparaissant à ses côtés en compagnie de Meredith.

Gwen serre les mâchoires et lui donne une tape sur le bras avant de s'en aller d'un pas raide, désireuse de trouver son père afin qu'eux-mêmes effectuent une retraite précipitée.

5

Beth

Le soleil abat sur le parc ses rayons puissants et Beth sent un filet de sueur cheminer le long de sa nuque. Elle se réjouit en songeant qu'elles auront au moins la soirée pour elles. Elle est sûre que sa coiffure n'aurait pas supporté un après-midi entier passé sous sa capote.

Sa mère essuie délicatement son visage avec un mouchoir de dentelle et soupire. Beth lève les yeux vers elle puis les tourne de nouveau vers le parc, ne prêtant qu'une oreille distraite à sa liste sans fin des bons partis et des fortunes familiales qui leur sont associées.

Après le fiasco du jeu de croquet, elles n'ont pas échangé un seul mot de toute la journée suivant l'événement. Et le matin suivant, sa mère est descendue pour le petit déjeuner en affichant une volonté concernant les projets de mariage de Beth si intense que c'en était franchement effrayant.

Envolé leurs discussions matinales pleines de légèreté en parcourant la presse quotidienne.

Envolé les parties d'échecs et même les duos.

Thés du matin, thés de milieu de matinée, déjeuners, visites matinales, pique-niques et dîners ont rempli chaque moment disponible depuis le début de la semaine. Et tous ont été marqués par l'absence notable de Gwen.

Comme si penser à son nom suffisait à faire apparaître la jeune femme, Beth aperçoit alors cette dernière de l'autre côté de la pelouse, prisonnière d'une conversation avec quelques mères. Un chaperon, sans doute sa gouvernante, se tient à quelques pas d'elle. Beth a envie de traverser le parc et d'arracher Gwen à cette conversation pour l'emmener avec elle. De parler de tout sauf de thés, de bals et de tentatives de séduction. Lui demander de lui raconter la fin de son histoire au sujet de la fois où son père et elle se sont retrouvés bloqués en bateau au milieu de leur lac jusqu'à ce que leur gouvernante vienne les y chercher. Elle a été interrompue lors du thé donné par les Gentry juste au moment où elle évoquait la partie où son père était tombé dans le lac, et Beth veut savoir ce qui s'est passé. Elle veut entendre Gwen la lui raconter, entendre tout le plaisir et l'espièglerie dans sa voix. Beth est quasiment certaine que Gwen l'a poussé à l'eau, mais elle ne le saura pas avant de pouvoir lui parler de nouveau.

Mais sa mère ne considérera jamais le moindre moment passé uniquement en compagnie de Gwen comme ayant la moindre valeur.

Rien de ce que fait Beth ne peut plus avoir d'autre but.

Tout doit être dirigé vers leur objectif, et Beth soupire tandis qu'elle reporte son attention sur la longue tirade de sa mère au sujet... mon Dieu ! des ourlets de dentelle ? Gwen capte son attention alors qu'elle les regarde d'un air triste, paraissant dans l'impossibilité de s'enfuir, tout aussi malheureuse qu'elle et écoutant ce qui doit être une conversation tout aussi ennuyeuse.

Elles ne peuvent pas laisser leur plan tourner court de la sorte.

— Ne pourrions-nous pas nous reposer un peu, Mère ? demande Beth tout bas, interrompant de ce fait les explications de celle-ci quant aux différentes subtilités ayant trait à la fortune des Halyard.

Mère baisse les yeux vers elle et découvre le rougissement

qui teinte ses joues et la sueur perlant à son front. La crinoline sous ses jupons et ses jupes violet pâle laissent filtrer un peu d'air mais même le soulagement ainsi procuré ne suffit pas en ce jour. Le soleil frappant directement ses épaules commence à brûler sa peau. Sa détresse doit certainement se lire sur son visage. Un moment de repos peut lui être accordé de sorte qu'elle retrouve toute son assurance, non ?

— Entendu, chérie, regardons donc les bateaux, acquiesce Cordelia en guidant Beth vers le bord du lac pour observer les nombreux couples occupés à une agréable sortie sur les eaux.

Tous semblent souffrir à peu près autant qu'elle de la chaleur et se sentir tout aussi peu à leur aise, mais au moins tous ont quelqu'un qui veut d'eux. Elle observe une jeune fille blonde rire en renversant la tête. Le garçon assis face à elle paraît enchanté.

Beth quant à elle, sur la rive en compagnie de sa mère, est invisible et heureuse ainsi. Le regard du garçon est agréable, certes, mais elle préférerait lire à l'intérieur de sa maison, à l'abri de la chaleur.

— Que se passe-t-il ? demande Cordelia, d'une voix douce.

Beth lève les yeux et découvre le visage de sa mère libéré pour la première fois de toute la semaine de cet air frénétique qu'y fait naître la mission qu'elle s'est fixée.

Beth hausse les épaules tout en posant de nouveau les yeux sur les bateaux, désireuse de ne pas la décevoir, mais mourant d'envie de se montrer honnête. Elle aimerait tant retrouver leur vie au manoir, au cœur de la campagne, quand il n'y avait qu'elles deux et Miss Wilson, s'amusant follement tout en menant une existence des plus paisibles.

— Je me sens comme du bétail que l'on évalue avant un achat, déclare Beth, jetant un regard derrière elle et remarquant les gentlemen qui passent à leur niveau en la scrutant comme pour estimer sa valeur.

Sa mère lâche un petit ricanement et Beth croise son regard, surprise par l'amusement et l'air de compréhension qui se peignent sur ses traits.

— Tout cela fait beaucoup, n'est-ce pas ? reconnaît-elle.

Beth se retient d'afficher un air de stupéfaction.

— Je ne me souviens pas d'en avoir fait autant avec ma mère. Cela semblait... plus facile lorsque j'avais votre âge.

Beth l'observe un instant et songe au soin extrême avec lequel elle s'est engagée dans toute cette entreprise. Le travail et les efforts qu'y consacre sa mère, les soirées passées à calculer les dépenses et à organiser les itinéraires quotidiens. Il y a ce maquillage qui camoufle les stigmates de son épuisement également, et son application à se montrer enjouée et charmante lui pèse comme elle pèse à Beth.

— Permettez-moi de douter de cela, lance Beth.

Cordelia éclate de rire et l'attire plus près, son bras venant presser le sien.

Et bien qu'il fasse chaud, cette proximité ne dérange pas vraiment la jeune fille.

— C'est épouvantable, reconnaît sa mère en haussant les épaules tandis que Beth la fixe. Je n'ai participé qu'à une seule Saison et je ne peux vous dire quel a été mon soulagement lorsque j'ai enfin épousé votre père. J'ai vécu vingt-deux ans sans tout ceci, dit-elle presque tendrement.

Mais elle a toutefois passé vingt de ces années avec le père de Beth...

— Avez-vous..., commence Beth, avant de se mordre la lèvre et de diriger son regard vers les bateaux.

— Qu'y a-t-il ? demande doucement Cordelia.

Beth hésite. Elle ne veut pas poser la question mais elle a envie de savoir. Elle a toujours voulu savoir.

— Avez-vous épousé Père juste pour échapper à tout ceci ?

Elle est incapable de regarder sa mère. Ne peut supporter de voir le mal qu'a causé sa curiosité, mais elle a besoin de savoir. Son père était épouvantable, méprisant et cruel. Passer vingt ans sous sa coupe pour simplement échapper aux incertitudes de la Saison en valait-il la peine ?

La main de sa mère s'enroule autour de son coude et la presse doucement.

Beth ose un regard vers elle et constate que sa mère l'observe non pas avec colère mais avec un air de compréhension.

— J'aimerais vous dire que c'est l'amour qui m'a forcé la main, mais je ne le peux pas, reconnaît-elle, l'ombre du regret, mais nulle trace de souffrance, passant sur son visage. J'ai effectué un choix favorisant ma sécurité financière - pour que mes parents n'aient pas à s'inquiéter pour moi, pour être en mesure de subvenir aux besoins des enfants que je désirais de toutes mes forces, poursuit-elle, levant sa main libre pour écarter un cheveu rebelle égaré sur le front de Beth.

— Mais il était si…

Cordelia acquiesce d'un hochement de tête.

— Mais je vous ai eue, vous, insiste-t-elle. Et ce n'est pas ce que je voulais pour vous. Je veux que vous le sachiez, ajoute-t-elle avec sérieux.

Beth hoche la tête rapidement. Elle ne se plaindra pas quant à la raison pour laquelle elles se trouvent là en ce jour, c'est simplement que ceci est… déplaisant.

— Et je suis désolée que cela se passe également de cette façon pour vous, poursuit sa mère.

Beth arrache son regard au sien, en se tournant de nouveau vers les bateaux avant que la tristesse ne les submerge trop.

— Y avait-il au moins quelque chose d'amusant dans tout cela ? demande-t-elle, essayant d'user un ton plein d'ironie mais échouant dans sa tentative.

Mais sa mère rebondit.

— Oui, certaines choses, en effet, dit-elle, donnant un petit coup de coude taquin à Beth quand celle-ci plisse les yeux d'un air sceptique.

— Quoi, par exemple ?

— Les sorties en bateau. Et puis, j'avais un... ami avant de rencontrer votre père et ce gentleman était un merveilleux danseur, lui dit Mère.

— Mais c'était uniquement un ami ? s'enquiert Beth.

Elle s'est souvent dit qu'il était impossible que sa mère n'ait pas eu d'autres prétendants durant sa Saison. Avec sa beauté, son esprit et son charme, elle a dû être la reine de chacun des bals auxquels elle a participé.

Beth n'est qu'une pâle imitation de la personne pleine d'entrain qu'était sa mère lorsqu'elle était plus jeune. En vérité, elle est toujours une pâle imitation de celle qu'elle est aujourd'hui.

— Il n'était pas en position d'hériter et ne pouvait m'offrir la sécurité que Père voulait pour mon avenir en m'offrant un titre, dit Cordelia, détachant elle-même son regard des bateaux. Mais nous nous sommes bien amusés durant un temps.

Beth regarde le joyeux couple dans l'embarcation la plus proche, la fille radieuse et rougissante, le garçon semblant à la fois rayonnant et timide. Elle ne peut se souvenir d'une fois où sa mère aurait regardé son père de cette façon. Ne peut se souvenir de son père rien d'autre qu'un air d'indifférence.

Sa mère rougissait-elle ainsi lorsque son premier soupirant la regardait de la sorte ? A-t-elle jamais été aussi heureuse et insouciante ? A-t-elle déjà été amoureuse, ne serait-ce qu'une fois ?

— Mon espoir vous concernant est que vous rencontriez quelqu'un qui vous fasse rire et que les solennités sans fin vous semblent un peu amusantes et farfelues, dit sa mère, dirigeant de nouveau son regard vers Beth. Vous avez toutes les chances d'y parvenir cette Saison, et je sais que c'est pénible, mais si vous vous ouvrez à cette idée, je suis certaine que vous trouverez un homme merveilleux.

Beth se force à acquiescer, à sembler croire les paroles de Cordelia. Mais si sa mère, avec ses nombreux atouts, n'a pas pu tomber amoureuse de l'homme qui convenait, quelles chances

Beth a-t-elle ? La seule compagnie qui lui a été agréable pour l'instant est celle de Gwen.

— Voulez-vous que nous reprenions le chemin de la maison ? s'enquiert sa mère, son sourire de façade de nouveau plaqué sur ses traits, tous ses souvenirs et sa mélancolie à présent mis sous clé.

— Oui, acquiesce Beth, la laissant les conduire à l'écart de la berge pour retrouver le chemin de promenade. Et vous me le promettez, pas d'événement mondain ce soir ?

— Pas le moindre, lui assure Cordelia. Je me disais que nous pourrions jouer quelques duos après diner ?

Beth sourit et se penche vers elle.

— Voilà qui me plairait beaucoup.

Elles marchent durant quelques minutes, et Beth réussit à ne pas prêter attention aux regards scrutateurs que leur lancent les hommes et les mères autour d'elles, stimulée par le retour, bien que bref, de sa mère à la normalité.

Elle lui a manqué durant tous ces moments passés ensemble durant la semaine écoulée. Ces moments où elle n'a pas été véritablement *sa mère*.

Il y a plus qu'il n'en faut d'occasions de faire semblant en dehors de leur maison.

Elles ne devraient pas avoir à poursuivre cette mascarade lorsque ne sont que toutes les deux.

Beth est à deux doigts de forcer sa chance et de demander si elles pourraient peut-être jouer aux échecs après leurs duos quand quelque chose vient violemment percuter son dos.

Elle titube et laisse échapper un cri de surprise. Mère agrippe son bras pour l'empêcher de tomber. En se retournant elles découvrent sur le sol un ballon de rugby et voient un jeune homme se précipiter vers elles, criant déjà des excuses.

Beth tente de glisser sa main derrière elle pour frotter son dos endolori. Quiconque a jeté cette chose a un bras puissant.

— Je suis affreusement désolé. Sincèrement, sincèrement

désolé, s'exclame le jeune homme en courant vers elles et en s'arrêtant juste avant de les percuter et de les faire chuter.

— Tout va bien, dit Beth machinalement.

Elle aurait préféré ne pas être frappée par un projectile égaré, mais le garçon semble affreusement bouleversé.

Ce n'est que lorsqu'il se redresse de toute sa hauteur et s'incline légèrement vers elle que l'occasion lui est offerte de véritablement le découvrir. Sculptural avec une mâchoire ciselée, bien coiffé malgré ses cheveux brun noisette légèrement en bataille – il est très mignon, pour un garçon.

— Mes plus sincères excuses. Je suis un piètre lanceur, dit l'homme en voyant son air désapprobateur. Et je, eh bien, je me présente, vicomte Montson. Je suis horrifié de vous avoir fait mal et je vous demande de me pardonner et de participer à au moins un dîner chez moi ainsi qu'à un thé. Aimez-vous les pâtisseries ?

— C'est un plaisir de faire votre connaissance, Lord Montson, intervient Cordelia pour voler au secours du pauvre garçon.

Beth se sent étourdie par le nombre d'obligations mondaines auxquelles il lui est à présent nécessaire de participer au simple motif d'avoir reçu un coup dans le dos.

— Votre père est-il le comte d'Ashmond ?

— Oui, acquiesce Lord Montson. Et il sera fort fâché d'apprendre ce que j'ai fait. Je crois que vous êtes Lady Demeroven, n'est-ce pas ?

— Oui, renchérit sa mère en lui adressant un sourire charmeur. Et ma fille, Miss Demeroven, va parfaitement bien, n'est-ce pas, très chère ?

— En effet, répond Beth avec franchise bien qu'elle n'apprécie pas du tout la petite lueur brillant dans l'œil de Cordelia. Vous n'aviez pas besoin de vous donner tant de tracas. Ce n'était vraiment pas si douloureux que cela.

— Je me réjouis en cet instant d'être un si mauvais lanceur doté d'un jet de balle si médiocre, dit Lord Montson en affichant un large sourire.

Beth se sent rougir.

— Je suis sûre que vous avez un jet très puissant, se hâte-t-elle de répondre, en faisant une petite grimace tandis que Cordelia simule une toux pour cacher un rire.

— Eh bien, ce qui est certain c'est que je suis puissamment intéressé par votre première danse demain soir lors du bal donné par les Smith, dit-il, et même Beth est impressionnée par le charme avec lequel il a formulé cette invitation.

— Elle sera enchantée de danser avec vous, n'est-ce pas, chérie ? demande Cordelia.

Beth tressaille. Comme cela est embarrassant.

— Oh ! bien entendu, répond-elle en croisant le regard de Lord Montson. Je vous remercie et attends ce moment avec impatience.

— Tout comme moi, dit Lord Montson en tendant sa main vers Beth.

Elle la saisit après un instant de surprise, puis prend une courte inspiration au moment où il élève sa main gantée vers ses lèvres pour en embrasser le dos. Il lui faut se pencher franchement pour y parvenir. Il est très grand.

— À demain soir, alors, Miss Demeroven. Et je vous autoriserai à marcher sur tous mes orteils en guise de châtiment.

— C'est une danseuse fort accomplie, s'empresse de préciser sa mère.

— Je ferai de mon mieux pour ne pas nous infliger plus de douleur mutuelle, dit Beth en lui souriant tandis qu'il se relève, l'air toujours très préoccupé.

— Montson ! lui crie l'un des autres jeunes hommes de son groupe.

Il lui jette un regard et lui adresse un hochement de tête avant de se tourner de nouveau vers Beth et sa mère, en s'inclinant bas devant elles.

— Au revoir, dit-il, avant de ramasser son ballon et de repartir en courant.

Elles le regardent partir, immobiles. Que vient-il de se passer à l'instant ?

— Il nous faut rentrer immédiatement, récupérer votre robe et nous rendre chez la couturière, annonce sa mère après un instant de stupéfaction.

— Comment ? s'exclame Beth, contrainte de se remettre brusquement en mouvement quand Cordelia reprend son bras pour la traîner pratiquement hors du parc. Mais je croyais que nous allions jouer des duos et...

— Nous avons à impressionner un futur comte et sa famille et vous avez bien trop peu de dentelle sur la robe prévue pour demain soir, fait sa mère, ignorant Beth. Il nous faudra annuler cette commande de viande de bœuf. Miss Wilson peut prévoir autre chose pour le repas du week-end. De la courge, peut-être ? Et nous aurons à nous rendre chez le cordonnier pour acheter de nouvelles chaussures... les vôtres sont si ternes, marmonne Cordelia tandis qu'elles se pressent sur le chemin, quittant les lieux à grandes enjambées.

Beth sent ses épaules se crisper et cette tension ne doit pas tout à la douleur lancinante née du coup porté par le lancer de ballon enthousiaste de Lord Montson.

6

Gwen

— Voulez-vous bien vous tenir immobile, Gwennie ? grommelle Mrs Stelm tandis que la jeune fille fixe son reflet dans le miroir en agitant nerveusement la jambe.

— Je suis morte d'ennui, avoue-t-elle.

Mrs Gilpe lâche un petit ricanement derrière elle, tout en mettant la dernière touche au ridicule chignon tressé destiné au bal prévu le soir même.

Mrs Stelm applique un dernier soupçon de fard sur la joue de Gwen et sourit d'un air encourageant.

— Vous vous amuserez ce soir, fait-elle.

Mrs Gilpe pousse légèrement Gwen pour qu'elle se lève et entre dans la cage de la crinoline.

— Et si Beth n'était pas là ? demande la jeune fille, bien consciente de sembler geindre et pourtant incapable de s'en empêcher.

— Dans ce cas, il vous faudra – Dieu nous en garde – danser avec un gentleman. Ou parler avec les autres jeunes femmes présentes, dit Mrs Gilpe en nouant la crinoline de Gwen à sa taille.

— Mr Mason dansera avec vous, ajoute Mrs Stelm.

Elle fait signe à Gwen de lever les bras pour qu'elles puissent passer le jupon par-dessus sa tête.

— Albie a dansé avec Meredith durant toute cette semaine. Je ne crois pas que cela changera, marmonne Gwen.

— L'autre Mr Mason dans ce cas, fait Mrs Gilpe en levant les yeux au ciel avant de se tourner pour préparer la jupe de Gwen.

— Voilà qui ne me semble guère envisageable, répond Gwen. Bobby lui marche sur les orteils.

— Alors entamez une nouvelle amitié, dit Mrs Gilpe d'un ton autoritaire.

— Avec un garçon, ajoute Mrs Stelm en agrémentant sa remarque d'un petit clin d'œil.

Gwen se regarde plisser le nez avant qu'elles n'abaissent sa jupe par-dessus sa tête.

— Sans façon.

— Vous êtes tout comme votre père, grommelle Mrs Gilpe tandis que le monde disparaît brièvement à ses yeux dans un éclair de tissu vert sombre.

— Que cela signifie-t-il ? s'enquiert Gwen dont le regard passe de l'une à l'autre une fois sa jupe mise en place.

— Oh ! votre père était un vrai casse-pieds lors de sa première Saison, explique Mrs Stelm en ignorant le regard sévère que lui lance Mrs Gilpe. C'est vous qui avez commencé, très chère, complète-t-elle à l'adresse de cette dernière.

Gwen bondit sur cette information.

— Père n'était-il pas charmant ?

— Oh ! il l'était, sans nul doute. Il suscitait beaucoup d'intérêt, mais il était difficile, tout comme vous, précise Mrs Gilpe.

— Exigeant, voulez-vous dire, réplique Gwen, en relevant le menton d'un air fier pour faire rire Mrs Stelm.

— Il n'avait à l'esprit que la boisson, la danse et le rugby. Ce qui provoquait l'exaspération de son père. Il refusait d'aller rendre des visites, ne voulait rien faire qu'il ne trouvait pas amusant.

Gwen ne peut réprimer un sourire. Voilà qui ressemble bien à son père, et paraît bien plus divertissant que d'être ficelé dans un habit pour être exposé aux yeux de la société.

— Et il n'a donc courtisé personne ?

— Eh bien, commence Mrs Stelm, jetant un regard à Mrs Gilpe qui referme les boutons du corsage.

— Je vous en prie, je m'ennuie tellement. J'aurais bien besoin d'un ragot vieux de vingt ans, insiste Gwen.

Mrs Gilpe hausse les épaules.

— Il n'a pas mené de cour, mais il avait une amie.

— Dans le genre « amie de la nuit » ? demande Gwen en grimaçant.

— Pas à ce moment-là, répond Mrs Stelm en gloussant tandis que Mrs Gilpe lui donne une petite tape pour la réprimander.

— Juste une amie. Ils couraient partout comme deux petits garnements, un peu comme votre amie Beth et vous, semble-t-il, dit Mrs Gilpe.

Ses mots font éclore un sourire sur les lèvres de Gwen.

— Mais il n'y a pas eu de cour entre eux ?

Mrs Stelm contourne Gwen pour arranger sa jupe avec soin.

— Pas exactement, non.

— Il n'a pas… ils ne se sont pas retrouvés en difficulté, tous les deux, n'est-ce pas ? demande Gwen au moment où cette pensée traverse son esprit.

— Non, Mrs Gilpe et Mrs Stelm s'empressent-elles de répondre.

— Non, mais elle a brisé son cœur, reconnaît Mrs Gilpe.

Gwen la dévisage un instant. Son père, dévasté par un chagrin d'amour ?

— Mais vous avez dit qu'il n'y avait pas eu de cour entre eux.

— Non, en effet, acquiesce Mrs Stelm. Ce qui ne veut pas dire qu'il n'avait pas envie de la courtiser.

— Mais pourquoi ne l'a-t-il pas fait ?

— Votre père n'était pas l'héritier du titre, dit Mrs Gilpe avec un autre petit haussement d'épaules.

Elle tend la main pour arranger l'échancrure du corsage de Gwen sur ses épaules.

— Qui était cette femme ? s'enquiert la jeune fille, tentant de garder un ton léger malgré l'accélération de son pouls.

— Oh ! qui est donc capable de se souvenir de tous les noms…, répond Mrs Stelm d'un ton enjoué.

— Vous le savez. Bien sûr que vous le savez, insiste Gwen. Était-ce…

— Nous allons être en retard, lance son père en faisant irruption dans la chambre de Gwen sans même avoir pris la peine de frapper.

Toutes trois se tournent vers lui, prises de court. Gwen fronce les sourcils.

Il est élégamment vêtu, mais l'épuisement marque encore ses traits. Il est sorti et a bu chaque soir de cette semaine, et Dieu seul sait ce qu'il a bien pu faire d'autre.

— Prête ? questionne-t-il.

Gwen acquiesce, jetant un dernier regard à Mrs Stelm et Mrs Gilpe tandis que son père l'entraîne au loin. Une minute de plus et elle aurait su. Si Lady Demeroven a brisé son cœur, il n'y a rien d'étonnant à ce que tous deux soient à peine capables de s'adresser la parole.

Et ceci expliquerait comment une femme si belle et accomplie a fini mariée à pareil malotru. Gwen ne peut imaginer échanger son père contre celui de Beth. Elle devrait détester Lady Demeroven pour la douleur qu'elle lui a infligée, mais même avec un cœur brisé, son père a sûrement été celui des deux ayant connu le meilleur sort.

— Vous êtes ravissante, lui dit-il, et Gwen se force à sourire tandis qu'il l'aide à monter dans la voiture à cheval.

— Je vous remercie. Vous êtes très beau aussi.

Il prend place sur la banquette face à elle et ils partent en direction de la maison des Smith.

— Vous êtes-vous amusé hier soir ?

Il croise son regard, un sourire sardonique aux lèvres.

— Oui, en effet.

— Trop amusé ?

Il éclate de rire à ces mots.

— Je me comporterai bien ce soir. Un homme a besoin de pouvoir profiter de certaines libertés.

— Il serait fort appréciable qu'une lady puisse en faire autant, grommelle Gwen.

— Jamais, au grand jamais, vous ne bénéficierez de pareilles libertés, répond-il dans l'instant.

Gwen cligne des yeux, surprise.

— Je...

— Ce que je voulais dire..., commence-t-il en notant l'air outré qui doit se lire sur ses traits, c'est que vous êtes une jeune femme honorable et raffinée. Je ne voudrais pas que vous connaissiez les univers que j'ai traversés ni que vous y cherchiez jamais le moindre réconfort.

Gwen le dévisage, se sentant insultée et touchée à la fois.

— Je peux prendre soin de moi moi-même, vous savez.

— Je prie pour que vous n'ayez jamais à le faire, dit-il d'un ton ferme. Ce qui est la raison pour laquelle nous nous trouvons là, n'est-ce pas ? ajoute-t-il, tentant d'afficher un sourire. Pour vous trouver un fabuleux époux.

Gwen rit malgré elle.

— Ne pourrions-nous pas vous en trouver un à la place ?

Il ricane et Gwen se détend, laissant s'envoler tout sentiment de contrariété.

— Ne croyez-vous pas que cela ne ferait qu'entacher encore davantage ma réputation ?

— S'il s'agissait d'un charmant époux, pourquoi devrais-je m'inquiéter ? réagit Gwen. Lord Bletchle est un très bel homme.

— Oh ! oui, c'est un bel homme, mais il est bien trop snob à mon goût, dit-il d'un ton léger. Et j'aimerais quelqu'un de plus costaud.

Gwen ne peut réprimer un gloussement en imaginant son

père, grand et large d'épaules, comme un petit homme serré dans les bras d'un Goliath.

— Nous vous trouverons un gentil géant, dans ce cas.

Son père sourit puis regarde par la fenêtre, l'étrange tension entre eux s'étant enfin évanouie. Ce n'est pas qu'il ait été désagréable envers elle depuis le match de croquet, mais cela n'a pas été comme... maintenant. Ce n'est pas sa faute si Lady Demeroven est tout bonnement incapable de manier un maillet de croquet mais tout ceci était aussi entièrement sa faute. Une situation orchestrée de sa propre main.

Elle n'a pas trouvé de second plan valable pour forcer son père et Lady Demeroven à se retrouver ensemble sans que cela se termine en querelle. Mais elle espère que Beth et elle pourront s'esquiver ce soir.

La semaine a été longue et déplaisante sans son amie et elle meurt d'impatience de passer de bons moments avec elle.

Dès qu'ils arrivent dans la salle de bal de taille respectable des Smith, Gwen tend le cou dans l'espoir d'apercevoir Beth. Il est vraiment ennuyeux de constater combien elle a tendance à disparaître dans la foule tant elle est petite.

— Elles sont là, dit son père, gratifiant Gwen d'un petit coup de coude pour qu'elle se retourne et aperçoive Lady Demeroven et Beth attendant sur le côté du vestibule, près de l'escalier incurvé de l'entrée.

Elle ne les a pas vues en entrant.

— Viendrez-vous les saluer avec moi ? demande Gwen.

Il secoue la tête.

— Non, non, allez-y seule. J'ai des affaires à régler ce soir. Il faut que la Loi sur les affaires matrimoniales soit adoptée et je dois graisser quelques pattes.

Gwen se contente d'acquiescer d'un hochement de tête avant de le laisser s'éloigner. Il semble quasiment jubiler tandis qu'il se dirige vers on ne sait quel politicien qu'il pense pouvoir soumettre à sa volonté.

Mais Gwen ne conçoit nul intérêt pour les droits du divorce ce soir.

Ce soir, elle va entraîner Beth à l'écart, elles mettront au point leur prochaine attaque, et avec un peu de chance s'enivreront fabuleusement par la même occasion.

La semaine a été tellement longue.

Gwen se précipite en direction de Beth et Lady Demeroven. Son amie l'aperçoit et tapote le bras de sa mère à l'endroit où leurs coudes sont noués.

Les deux femmes sont splendides. Beth porte une magnifique robe bleue et ses cheveux sombres sont ramenés sur le dessus de sa tête, des boucles stylisées retombant pour encadrer son visage. Sa robe est couverte de dentelles et elle porte des talons plus hauts, ce qui place pour la première fois son front presque au niveau de la joue de Gwen.

Lady Demeroven est tout aussi éblouissante dans sa robe d'un bleu plus sombre, une ceinture noire ceignant sa taille et sa teinte trouvant écho dans la couleur de ses gants. Mais elle ne ressemble guère à une veuve à l'humeur morose. À vrai dire, elle a l'air un peu… démente, à regarder ainsi chaque personne faisant son entrée dans le vestibule. Gwen s'inquiète du risque de voir son cou se briser.

— Bonjour, la salue Beth après qu'elle a enfin pu se frayer un chemin jusqu'à elles.

— Vous êtes superbe, dit Gwen qui ne peut réprimer un rire en voyant Beth rougir. Tout comme vous, Lady Demeroven.

— Je vous remercie, très chère, répond Lady Demeroven. Vous êtes également splendide. Le vert vous sied bien mieux que ces teintes pastel. Quelle magnifique chevelure que la vôtre !

Gwen cligne des paupières, surprise.

— Je vous remercie, milady.

Lady Demeroven lui sourit brièvement avant de continuer à se tordre le cou. Gwen voit dans son geste une manière de lui indiquer qu'elle ne désire pas parler davantage et elle se glisse alors aux côtés de Beth en s'inclinant vers elle de sorte qu'elles puissent parler plus à leur aise au milieu du brouhaha.

— Qui recherche-t-elle ?

— Lord Montson, répond Beth, s'écartant de Lady Demeroven autant que le lui permettent leurs bras toujours liés.

— Pour quelle raison ?

Beth fronce les sourcils et lève les yeux vers elle.

— Vous ne l'appréciez pas ?

Gwen hésite. Il n'y a rien à reprocher à Lord Montson. Il n'y a rien d'exaltant à son propos non plus. Il est parfaitement… neutre, en tant que personne.

— Il est convenable, louvoie-t-elle.

Beth semble se détendre à ces mots.

— Bien. Il a demandé à se voir accorder ma première danse après m'avoir frappée dans le dos avec un ballon de rugby.

— Il vous a frappée ? s'alarme Gwen en saisissant aussitôt la main de Beth.

— Avec un ballon de rugby, répète Beth d'une voix assez forte pour que cette fois-ci Gwen comprenne bien la situation. C'est un très mauvais lanceur, apparemment.

Gwen lâche un petit ricanement.

— Et votre mère vous laisse danser avec lui ?

— Il a demandé à le faire, et nous a invitées à dîner. Mère pense qu'il représente une chance pour une future union, explique Beth, se déplaçant un peu pour arranger sa crinoline de sorte qu'elles soient plus proches l'une de l'autre.

— Je vois, dit Gwen, son regard errant sur la pièce bondée. C'est… bien.

— Oui, acquiesce Beth, bien que la jeune fille perçoive bien peu d'enthousiasme dans sa voix. Nous attendons donc son arrivée. Je crois que Mère craint que je m'éloigne et qu'ils ne me retrouvent jamais.

— Vous êtes toute petite, il est vrai, acquiesce Gwen qui éclate de rire quand Beth lâche sa main pour donner une petite tape sur son bras.

Un geste adorable au demeurant.

Beth pince les lèvres, mais Gwen peut dire qu'elle tente de ne pas sourire.

— Montson est grand.

— Je le sais, dit Beth dont le sourire s'évanouit. Il me faudra peut-être danser en me juchant sur ses chaussures.

Gwen éclate de rire et reprend la main de son amie.

— Pensez-vous qu'elle vous libérerait juste assez longtemps pour que nous allions boire un peu de vin ? demande Gwen tout en regardant le vestibule continuer à se remplir, rassemblant plus de personnes qu'il n'en faut pour se perdre parmi elles.

Beth hausse les épaules et se penche vers sa mère. Gwen peine à entendre leur conversation mais son regard rencontre celui de Lady Demeroven au moment où elle jette un coup d'œil dans sa direction.

—... immédiatement dès que Lord Montson sera arrivé.

— Oui, Mère, acquiesce Beth d'un air sérieux avant de se tourner et d'entraîner Gwen rapidement à l'écart, lui faisant pour une fois à son tour traverser la pièce.

— J'ai cru qu'elle ne me laisserait jamais partir, dit-elle tandis qu'elles se faufilent le long du mur, passant entre des de grappes de parents et de débutantes.

Gwen observe son amie fendre la foule d'un air assuré.

C'est comme si quelque chose de nouveau s'était animé en elle, qu'était née une confiance qu'elle ne possédait pas avant. Gwen espère que cela n'est pas uniquement dû au fait que Montson lui a demandé une danse.

— Était-ce affreux ?

Gwen sursaute. Elles ont déjà atteint la table des rafraîchissements.

Beth glisse un verre de vin dans sa main ; son préféré, placé de l'autre côté de la table. Elle n'a même pas eu à demander.

— Quoi donc ? fait Gwen de manière inélégante.

Elle prend une bonne lampée d'alcool.

Beth est ici pour trouver un mari. C'est là le but recherché. Qu'elle ait trouvé un partenaire de danse ne devrait être rien d'autre qu'une bonne chose à ses yeux. Bien que cela signifie que désormais Gwen devra l'abandonner, pour la plus grande partie de la soirée si Lady Demeroven le décide.

— Votre père a-t-il été sérieusement blessé ?

— Oh ! fait Gwen, en riant un peu. Il s'en est remis. Et votre mère ?

— Seul son orgueil a été atteint pour ce qui la concerne, dit Beth en prenant le coude de Gwen pour qu'elles rejoignent l'autre côté de l'entrée.

Elles peuvent clairement voir Lady Demeroven qui se tient toujours près des marches et se trouve à présent engagée dans une conversation avec Lord et Lady Barthelmis. Pauvre femme, ils sont affreusement ennuyeux.

— Était-il très mécontent ? demande Beth, et les pensées de Gwen ralentissent quand elle surprend l'inquiétude marquant les traits de son amie.

— Non, répond-elle aussitôt, constatant avec joie que les épaules de son amie se détendent à ces mots. Non, il n'était pas ravi, et il était énervé, mais pas en colère contre moi, pas vraiment.

— Bien, fait Beth. J'ai voulu vous rendre visite mais Mère ne voulait pas en entendre parler et ensuite vous avez été absente lors de tous nos thés et *garden-parties*.

— J'ai passé la plus grande partie de la semaine à suivre Albie, reconnaît Gwen. Père n'était pas furieux, mais je crois qu'il était un peu rebuté par les événements mondains. Il est agréable de parler avec Meredith, au moins.

— C'est vrai, acquiesce Beth. Et Mr Mason, comment va-t-il ?

— Il est totalement épris, répond Gwen en souriant à cette pensée. Et il se montre un peu bêta à vrai dire. C'est très amusant.

— C'est adorable, dit Beth en poussant du coude Gwen au moment où elle éclate de rire. Il le mérite.

— En effet, acquiesce-t-elle. Et vous ? Épuisée par toute cette gaieté ?

Beth opine du chef d'un air sérieux.

— C'est comme si elle était possédée, dit Beth, jetant un regard en direction de Lady Demeroven, qui a l'air de s'ennuyer terriblement. Mais j'ai bel et bien découvert qu'elle a eu un prétendant, je crois, lors de sa première Saison.

Gwen hésite.

— Oh ! vraiment ?

— Un ami, c'est ainsi qu'elle l'a nommé. Mais l'air qu'elle affichait en parlant de lui… je pense qu'il lui plaisait. Son père cependant lui a interdit de l'épouser. J'ignore s'il lui a un jour fait sa demande.

Gwen soupire à mesure que l'affreux tableau dans son ensemble se met en place dans son esprit.

Elle ne peut détester cette femme dans ce cas, n'est-ce pas ? Elle pourrait plutôt détester le grand-père de Beth, suppose-t-elle, pour avoir interdit cette union.

— Elle semblait triste à ce souvenir, à vrai dire, ajoute Beth.

— Je pense qu'il s'agissait de mon père, lance aussitôt Gwen.

— Comment ?

— Mon père a eu une amie lors de sa première saison également. Mrs Gilpe croit qu'elle lui a brisé le cœur mais il a dit que cette histoire était sans importance, que cette femme n'était qu'une amie.

— Ma mère a brisé son cœur ? demande Beth en écarquillant les yeux, un air consterné sur le visage.

— Ce n'était pas sa faute. Vous avez dit que votre grand-père avait dit non.

Beth hoche lentement la tête.

— Il voulait qu'elle se marie pour obtenir titre et fortune. Mon père…

Elle s'interrompt subitement tandis que son regard vient se poser sur Lady Demeroven de l'autre côté de la pièce.

— Il lui a donné un titre et une fortune, complète Gwen qui remarque que son père, qui se tient un peu plus loin, près du même mur, observe également Lady Demeroven. Ainsi ils ne pouvaient être ensemble.

— Il évoquait parfois l'autre prétendant de Mère, dit Beth tout bas.

— Qui donc ?

— Mon père. Il la taquinait lorsqu'elle rédigeait des lettres, demandait si elle écrivait à son autre prétendant. Mère prenait toujours cela avec légèreté, mais je crois que cela l'attristait.

Gwen réprime le commentaire qui s'apprête à jaillir de ses lèvres. Voilà qui est affreusement cruel. Mais Beth est déjà suffisamment bouleversée pour qu'elle insiste sur ce point. Et Gwen n'avait pas réfléchi à tout ceci en ne songeant qu'à elle-même – que son père se marie lui permettrait d'oublier le marché des unions, du moins pendant un moment. Leur offrirait, à Beth et elle la possibilité de s'amuser au cours de cette Saison.

Mais maintenant... maintenant elles doivent les réunir de nouveau.

Parce que si leurs Saisons à tous deux ont été semblables à celles qu'a connues Gwen, ils méritent que cette histoire trouve une issue après toutes ces années. Elle veut que Père soit heureux – qu'il ait quelqu'un dans sa vie. Si, par malheur, elle devait se marier un jour, que ferait-il tout seul, à errer dans leur manoir ? Il aime peut-être la politique, mais même cela ne peut éternellement suffire à un homme. Il mérite lui aussi d'avoir une chance de connaître l'amour.

— Nous devons arranger cela, dit Beth d'un ton résolu.

— Entièrement d'accord.

Gwen noue son bras libre à celui de son amie.

— Il nous faudra simplement songer à des activités qui ne requièrent pas une bonne coordination des mouvements.

Beth éclate de rire et se penche vers elle.

— Si vous m'aviez fait part de votre plan, j'aurais pu vous dire que le cas de Mère est désespéré.

— Oui, eh bien, le fait que je sois l'unique conspiratrice joue en notre faveur. Elle ne vous soupçonnera pas. Quant à moi, je vais devoir me montrer très habile pour obtenir quoi que ce soit de Père désormais.

— Hum. Nous avons parlé d'Ascot, énonce Beth lentement.

— Mais cela aura lieu dans une éternité, dit Gwen tout en observant son père qui se déplace dans la pièce en menant ses affaires mais en restant toujours curieusement dirigé vers Lady Demeroven.

Elle ne l'a jamais vu ainsi avant. C'est adorable, vraiment.

— Une sortie à cheval ? propose Beth.

— Nous pourrions faire cela avec d'autres chaperons, dit Gwen. Votre mère aime-t-elle monter ?

— Il s'agit de notre activité favorite lorsque nous résidons à la campagne, dit Beth dont le ton s'allège un peu à cette pensée. Elle est très douée. Nous pourrions faire la course ?

— Oh ! j'aimerais beaucoup vous voir toutes deux essayer de nous vaincre à cet exercice.

— Vous ne nous en croyez pas capables ? Nous n'avions rien d'autre que du temps et des terres autour de nous durant toute mon enfance. Je parie que je pourrais décrire des cercles au galop autour de vous.

— Père m'a appris à faire de la voltige, réplique Gwen.

— Voilà qui a dû être amusant, fait Beth, paraissant si sincère que la jeune fille ne peut s'empêcher de sourire.

— Ce le fut, en effet. Je pourrais vous montrer un jour. Il existe quantité de choses que nous pourrions faire ensemble.

Le regard de Gwen s'éclaire soudain.

— Peut-être pourrions-nous convaincre nos parents de superviser cette activité ?

Beth soupire.

— Je crois que Mère ferait une crise cardiaque si je faisais cela sous ses yeux.

— Il ne s'agira donc que de leçons de voltige secrètes ?

— J'en ai bien peur, dit Beth d'un ton grave.

Toutes deux éclatent alors de rire.

— Le théâtre, peut-être ? propose la jeune fille, arrachant ainsi Gwen à ses pensées, Gwen qui s'imagine aider Beth à se tenir sur le dos d'un énorme cheval, qui les voit toutes deux vêtues de pantalons.

— Oh ! voilà un projet qui paraît prometteur, acquiesce Gwen. Le fait d'être placés les uns à côté des autres devra toutefois ressembler à une pure coïncidence. Je suis certaine de pouvoir arranger quelque chose.

— Excellent, dit Beth qui lève un visage souriant vers elle, les joues un peu rouges.

Elle a déjà bu beaucoup de son vin.

— J'adore le théâtre, mais nous nous y sommes rarement rendues.

Gwen est sur le point de suggérer quelques représentations à venir lorsqu'elle voit Lady Demeroven lancer des regards affolés autour d'elle.

Elle aperçoit Montson et la mère de ce dernier descendant l'escalier.

— Mince, je crois qu'il me faut m'en aller, dit Beth, se détachant lentement de Gwen.

Cette dernière plaque un sourire sur ses traits.

— Dansez bien, dit-elle en essayant de se montrer encourageante.

— Quant à vous, parlez à votre père et choisissez une pièce. Je vous retrouve bientôt, promet Beth. Je préférerais mille fois boire avec vous, ajoute-t-elle en lui tendant son verre de vin avant de se sauver de l'autre côté de la pièce.

Gwen la regarde s'éloigner puis se faufile entre les convives pour s'adosser au mur, à l'écart de la cohue alors que les couples s'alignent pour danser. Elle peut voir Lady Demeroven et Beth saluer Montson et sa mère.

Le visage de la comtesse Ashmond semble ne jamais quitter son air renfrogné, mais Montson a l'air ravi de voir Beth. Qui ne le serait pas ?

Gwen avale à grands traits ce qui reste de son vin et repose le verre sur un guéridon, s'affalant contre le mur pour commencer à siroter ce qu'il reste dans le verre de Beth. Adieu, soirée amusante.

Elle observe Montson conduire son amie jusqu'à la piste. Leur différence de taille est si importante que c'en est absurde, mais à en juger par le dessin affirmé de la mâchoire du jeune homme et les charmantes pommettes de son amie, elle suppose que leurs enfants ne seraient pas affreux à regarder. Ils auraient au moins une chance d'avoir une taille normale.

L'orchestre se met à jouer et elle suit le couple du regard tandis qu'il valse à travers la pièce. Beth est très gracieuse et Montson est loin d'être empoté. Il n'est pas extraordinairement doué non plus, toutefois, et Gwen soupire avant de vider le verre de Beth. Beth mérite tellement plus que ce médiocre Lord Montson. Sa fortune est peut-être avantageusement immense, mais elle mourra d'ennui. Beth, avec son amour pour Shakespeare, les duos musicaux, les échecs, et l'équitation, cloîtrée avec une belle-mère dyspeptique dans le Nord – quel gâchis.

Ce qui est certain, c'est que les terres des Ashmond valent réellement la peine d'être contemplées. Elle se souvient y avoir fait halte un jour lors d'un voyage en compagnie de son père. Il s'entendait bien avec le grand-père de Lord Montson, le défunt comte d'Ashmond.

Ils avaient chassé tandis que Gwen et Montson parcouraient les jardins. Son père et le défunt comte avaient même pour habitude de prendre ensemble des repas en ville. Bien sûr, lorsque le père de Lord Montson l'avait remplacé au Parlement, il était allé à l'encontre de toutes les positions adoptées par le défunt comte. Ils ne s'étaient plus rendus à la propriété.

Gwen se sent mal à l'aise de regarder ainsi Beth et Montson converser et même rire. Son amie a l'air de passer un merveilleux moment. Ciel, et si elle l'appréciait vraiment ?

Et si, pour Beth, Lord Montson était véritablement un futur époux potentiel ? Comme elle n'a pour référence que son abominable père, Gwen peut comprendre à quel point Montson pourrait sembler plus que convenable pour remplir ce rôle.

— Quel dommage...

Gwen sursaute au moment où son père se glisse à ses côtés.

— Annoncez votre arrivée, voyons ! grommelle-t-elle.

Il lui prend le verre de vin vide des mains.

— Et qu'y a-t-il de dommage selon vous ?

— Vous avez dit que Miss Demeroven adore converser. Elle mourrait d'ennui avec les Ashmond.

— C'est vrai, acquiesce Gwen.

— Ce garçon serait un beau parti pour elle, cependant, dit-il, s'adossant contre le mur à ses côtés. Elle pourrait faire pire.

— Elle pourrait faire mieux, réplique Gwen d'une voix tendue, irritée par la façon dont la main de Montson se serre sur la taille de Beth.

D'un point de vue rationnel, elle sait fort bien que, tout simplement, Beth a une silhouette menue et Montson est un homme aux larges épaules. Mais cela donne l'impression qu'il a envie de la posséder – qu'il pourrait la tuer en la serrant trop fort si l'envie lui en prenait.

Elle regarde de l'autre côté de la pièce et voit Lady Demeroven observer le couple, une lueur dans le regard. Elle est certaine que la mère de Beth fera tout son possible pour s'assurer que cette rencontre débouche sur une union. Gwen imagine que c'est ce que toute mère à l'esprit pragmatique ferait. Mais malgré cela...

— On prendra bien soin d'elle, dit son père à voix basse.

— Mais au lieu de cela elle pourrait être heureuse, rétorque Gwen, levant les yeux vers son père qui porte son regard de l'autre côté de la pièce, sur Lady Demeroven. Ne préféreriez-vous pas que je sois heureuse plutôt qu'à l'abri de tout besoin ?

Il cligne des yeux puis son regard trouve le sien.

— Je préférerais que vous connaissiez ces deux états à la fois, répond-il d'un ton sérieux.

Gwen sent sa gorge se serrer en voyant l'expression sur son visage.

— J'essayerai, dit-elle après un instant de silence.

Il hoche la tête et reporte son attention vers la pièce.

— Auriez-vous pu être heureux, avec Lady Demeroven ?

Il se fige sur place face à son manque criant de tact. Elle se mord la lèvre, confuse, et redirige son regard vers la piste. La valse s'achève et Montson raccompagne Beth auprès de leurs parents, sa main toujours posée au bas de son dos.

Beth lance un regard par-dessus son épaule en direction de Gwen et celle-ci avance d'un pas, songeant de façon inconsidérée qu'elle pourrait peut-être se joindre à leur petit cercle.

La main de son père se referme sur la sienne et la tire en arrière. Gwen lève la tête vers lui et lit plus de choses sur son visage qu'il ne veut en montrer, elle en est certaine.

— Le bonheur n'est pas l'unique chose qui compte, lâche-t-il d'une voix tendue.

— Mais..., dit Gwen en jetant un nouveau regard vers Beth.

— Lady Demeroven a la tête sur les épaules, tout comme l'avait son père. Je n'avais aucune valeur particulière à l'époque.

— Mais c'est le cas à présent, insiste Gwen.

Il sourit et lui entoure les épaules de son bras tandis qu'ils observent la prochaine série de danseurs former des paires.

— C'est gentil, merci.

— Si seulement elle avait eu juste un peu de foi, grommelle Gwen.

Il secoue la tête. Tous deux regardent Lady Demeroven qui rit à une parole de Lord Montson, chacun de ses mouvements, chorégraphié, exercé.

— La foi ne paye pas les factures, note-t-il tout bas.

Gwen lève son regard vers lui et remarque qu'il semble bien loin. Cela ressemble fortement à un chagrin d'amour à en juger dont se crispent ses sourcils et son front, et dont ses yeux brillent.

Il leur faut remédier à cela. Elles ne peuvent laisser l'histoire de leurs parents se terminer par cette souffrance.

Son père et elle ne peuvent pas *tous les deux* achever cette saison le cœur brisé. L'un des deux mérite de connaître une fin heureuse.

— Ah, Albie, lance son père et Gwen cligne des yeux au moment où le jeune homme s'avance auprès d'eux, lui bloquant ainsi la vue sur Beth et sa mère, ainsi que sur le séduisant et terne vicomte qui pourrait concourir pour obtenir la main de son amie. Pourquoi Gwen et vous n'iriez pas valser sur la piste, si vous pensez que cela ne dérangera pas Lady Meredith ?

— Avec plaisir, répond Albie en tendant sa main vers Gwen.

Elle la prend, la poitrine toujours serrée. Pourquoi faudrait-il qu'elle ait le cœur brisé à la fin de cette saison ? Que Beth se marie serait l'issue appropriée, après tout.

7

Beth

Beth tient le bras de sa mère tandis qu'elles progressent lentement sous les colonnes blanches à l'extérieur du Théâtre Adelphi, tentant de ne pas être séparées malgré la pression de la foule. Leurs jupes sont ballottées de tous côtés et Beth entend sa mère jurer à mi-voix.

L'affluence est plus massive encore lorsque, ayant quitté la rue nappée de brume, elles parviennent à pénétrer dans l'étroite entrée du théâtre.

Les murs tendus de velours rouge foncé orné de pampilles dorées donnent l'impression que l'espace est plus exigu qu'en réalité et au beau milieu de toutes ces crinolines et hauts-de-forme, Beth oublie les plans échafaudés avec Gwen, se contentant de suivre sa mère qui fend la foule d'un pas décidé pour gagner la première mezzanine à l'étage. La haute société frétille d'impatience, ravie d'assister à cette représentation de bienfaisance, nombre des hommes se vantent des sommes qu'ils ont données en l'honneur de Céline Céleste. Cordelia et Beth ont été les bénéficiaires surprises de deux billets offerts par les Harrington. Meredith est chez elle auprès de sa mère, qui est tombée malade.

Beth ne sait comment Gwen a réussi à ce qu'il en soit ainsi ou si c'est la chance qui est vraiment tombée du ciel. Mais Gwen a promis d'arranger cette rencontre, et c'est bien ce qui va avoir lieu. À présent il revient à Beth de les faire s'installer dans les bons sièges, à condition qu'elles parviennent à progresser en se faufilant entre les gens. Même si elle présente nombre d'avantages, la jupe à crinoline est fort peu pratique dans une foule où se pressent les corps et même sans être chargées d'un tas de jupons, au moment où elles atteignent leurs places dans la mezzanine, sa mère et elle sont en sueur et essoufflées.

— J'ignore pourquoi vous m'avez entraînée là-dedans, grommelle Cordelia tandis que Beth la guide vers leur rangée qui, par chance, est vide.

— Oui, c'était tout à fait mon projet que les choses se passent ainsi, réplique Beth lui lançant un regard avant de s'arrêter. Voici nos places, annonce-t-elle en lui faisant signe d'avancer.

Elles se faufilent tant bien que mal entre les sièges et elle laisse sa mère à côté de la place libre solitaire se trouvant tout au bout du rang.

— Dieu soit loué, nous voici installées, lâche Cordelia quand elles se laissent enfin tomber sur leurs sièges.

Ou du moins tentent-elles de le faire.

Deux minutes de contorsions leur sont nécessaires pour finir d'arranger leurs jupes autour de leurs jambes, jupes qu'elles ont dû tordre pour ménager autant d'espace que possible de chaque côté de leur corps. C'est encore assez inconfortable, mais Beth se force à peindre un sourire sur ses lèvres, résolue à profiter pleinement de l'occasion.

L'enthousiasme qu'elle ressent pour cette soirée tient principalement aux projets qu'elle a élaborés avec Gwen, mais elle ressent un petit frisson d'excitation à la pensée d'assister à une représentation théâtrale. Son père les a emmenées au théâtre de temps à autre, mais profiter de si bonnes places pour une première si somptueuse eut été tout bonnement impensable à l'époque. Assurément s'il avait été question de dépenser leur propre argent, elles ne seraient pas présentes ici ce soir. Il lui faudra remercier Lady Harrington pour l'honneur qui leur a été accordé.

— Est-il indiqué de quoi traite la pièce ? s'interroge sa mère en feuilletant son programme froissé.

Beth se penche pour jeter un coup d'œil au livret, car elle a perdu le sien dans la cohue, puis aperçoit Gwen et Lord Havenfort de l'autre côté de la rangée de sièges.

Elle agite la main pour leur faire signe, remarquant du coin de l'œil que Mère a relevé la tête. Les plis qui marquent son front ne sont pas de bon augure.

Gwen commence à se glisser gaiement entre les sièges, ses sobres jupes bleu sombre rassemblées de façon experte pour lui permettre de circuler à son aise.

Il ne fait aucun doute que Gwen et Lord Havenfort sont des habitués du théâtre.

Le large sourire de Gwen est communicatif et Beth lui sourit à son tour avant d'éclater de rire quand son amie se laisse retomber d'un air théâtral à côté d'elle.

— C'est une épouvantable épreuve que d'arriver jusqu'ici, n'est-ce pas ? dit Gwen, avant de jeter un regard à son père tout en vérifiant ostensiblement le numéro de son siège. Oh Ciel ! Beth, êtes-vous assise à la place de Père ?

— En aucun cas, lance aussitôt sa mère avant de serrer la mâchoire.

Sa réponse a fusé d'un ton sec.

— Nous avons vérifié, dit Beth pour s'excuser, levant les yeux au moment où Lord Havenfort arrive près de Gwen. Quel est le numéro de votre place, Lord Havenfort ?

— 10, répond-il en consultant son billet.

— Oh ! c'est à côté de Mère, fait Beth avec douceur, ignorant le coup de coude assez peu discret de Gwen.

— Nous pouvons simplement nous décaler, dit Cordelia.

Beth se mord les lèvres, jetant un regard vers sa mère, mais elle lutte déjà pour déplacer ses jupes. Le groupe attend un instant et Beth retient son souffle, craignant que sa mère parvienne à se dégager et que leur plan soit anéanti. Mais leur manque d'expérience – elles ne savent pas manier ces nouvelles robes à crinoline à l'intérieur d'un théâtre – semble avoir le dessus et Cordelia, prisonnière de sa place, lâche un soupir contrarié.

— Pourquoi ne pas vous asseoir à côté de Lady Demeroven, dit Gwen d'un ton innocent en tournant la tête vers son père. Il nous faudra à toutes trois une éternité pour déplacer nos jupes.

Lord Havenfort fronce les sourcils tandis que son regard se baisse vers elles, pressées dans leurs sièges, les cerceaux de leurs jupes venant tout juste d'être mis en place.

— Oui, c'est entendu. Ne vous dérangez pas, Lady Demeroven, sincèrement, ajoute-t-il, adressant un hochement de tête à Cordelia avant de tourner les talons pour sortir à l'autre bout de la rangée.

— Ces jupes grotesques, lâche cette dernière entre ses dents tout en s'agitant sur son siège. C'est tout bonnement ridicule.

— Nous apprendrons à mieux les manier, dit Beth pour l'apaiser.

— J'imagine, en effet, mais il n'est même pas possible à quelqu'un de bouger. Votre père ne devrait pas avoir à faire des contorsions pour simplement atteindre sa place, dit sa mère en se penchant devant Beth pour regarder Gwen.

— Cela ne le dérange pas, répond la jeune fille en lui adressant un sourire radieux. Et il se comportera beaucoup mieux avec vous. Il a une tendance au chahut.

— Comment, vous ne l'incitez pas à agir de la sorte, j'espère ? réagit Beth, lui donnant une petite tape sur le bras et lâchant un rire en voyant Gwen rougir.

— Elle est pire que moi.

Toutes se retournent pour découvrir un Lord Havenfort légèrement essoufflé se tenir à l'autre bout de la rangée.

— Et à qui en revient la faute ? demande Gwen.

Il lève les yeux au ciel et s'assoit près de Cordelia.

— À Mrs Gilpe, répond Lord Havenfort.

— Une tante, peut-être ? s'enquiert Cordelia, et Beth doit serrer ses mâchoires de toutes ses forces pour s'empêcher de rire en voyant l'expression surprise de sa mère face à cette question qui semble avoir franchi ses lèvres malgré elle.

— Une gouvernante. Vous l'avez rencontrée un jour, dit négligemment Lord Havenfort tout en feuilletant son programme.

— Oui, avec votre femme de chambre. Des dames charmantes, acquiesce Cordelia en gardant le regard fixé droit devant elle.

Mais Lord Havenfort ne semble pas le remarquer.

— Oh ! mince, je ne m'étais pas aperçu qu'il s'agissait d'une œuvre mettant Webster en scène.

— Vraiment ? demande Gwen en s'affalant à côté de Beth.

— Que... qu'avez-vous contre Benjamin Webster ? questionne Beth, dont le regard passe de l'un à l'autre.

N'est-il pas la coqueluche de la haute société ? Une représentation de bienfaisance a également été donnée en son honneur plus tôt cette année.

— C'est un parfait goujat, proclame Lord Havenfort.

Beth baisse les yeux vers ses genoux en se mordillant la lèvre. Les Havenfort sont sans nul doute plus mondains qu'elles.

— Et vous êtes bien placé pour le savoir, entend-elle sa mère dire à mi-voix.

Beth grimace et Gwen soupire tandis que les lumières commencent à baisser.

— Aimeriez-vous le frapper avec un maillet de croquet également, dans ce cas, ou ce traitement n'était-il réservé qu'à moi ? entend-elle Lord Havenfort murmurer.

— C'était une erreur, glisse Beth à l'oreille de Gwen tout en nouant son bras au sien dans le brouhaha ponctué de quintes de toux et du bruit du froissement des programmes.

— Laissez le temps faire son œuvre, dit Gwen, son coude venant presser celui de Beth par petits coups saccadés avant qu'elle ne s'enfonce dans son siège à côté d'elle de sorte que leurs têtes soient au même niveau.

— Frapper intentionnellement un homme avec un maillet de croquet serait qualifié d'agression, non ? reprend Mère. Je ne peux abandonner Beth, la laisser livrée à elle-même pour la Saison.

Beth fixe sa mère, les yeux écarquillés. Gwen réprime un rire. Lord Havenfort dévisage Cordelia, bouche bée, tandis que cette dernière tourne négligemment une page de son programme comme si elle venait d'émettre un commentaire sur le temps qu'il fait. Mais Beth peut apercevoir un coin de sa bouche se relever légèrement.

— Est-ce là l'unique raison de votre hésitation, la Saison de Miss Demeroven ?

— Et le risque de me retrouver en prison, j'imagine. Même si l'on pourrait me laisser libre après m'avoir adressé un simple avertissement, ne croyez-vous pas ? questionne Cordelia en jetant un regard à Lord Havenfort.

L'air scandalisé sur ses traits vient à bout de son sérieux et elle éclate de rire.

Il fronce les sourcils avant de secouer la tête.

— Vous avez toujours été incorrigible.

— Un de mes plus grands charmes, acquiesce-t-elle.

— Malgré l'opinion de Père, murmure Beth à Gwen.

Cette dernière la gratifie d'un petit coup de coude à ces mots.

— Mon père trouve clairement cela charmant.

— À quel propos murmurez-vous, jeunes filles ? demande alors Lord Havenfort tandis que les derniers retardataires se frayent un chemin dans l'entrée, en marmonnant des excuses.

— Beth croit qu'il s'agira d'une pièce morale. Quant à moi, je penche pour une histoire de meurtre, répond doucement Gwen.

— Hum, je vote pour les deux, fait Lord Havenfort. Votre avis, Lady Demeroven ?

— Oh ! j'espère que ce ne sera pas une pièce morale, réagit Mère. Elles sont affreusement ennuyeuses.

— Parfois elles sont amusantes, plaide Beth. S'il y a suffisamment de choses exaltantes avant que ne débute la partie moralisatrice.

— Gwen, je crois que vous avez trouvé une bonne amie, note Lord Havenfort.

Gwen affiche un large sourire.

— Qu'ai-je donc dit ? questionne Beth.

— Gwen adore les sports violents et le scandale puis soudain elle se montre capable d'endurer une pièce morale. Je trouve les œuvres intéressantes sans cela.

— Uniquement parce que vous aimez déconstruire les histoires. Vous n'accordez pas plus de place à la morale que Benjamin Webster, dit Cordelia d'un ton raide.

— Le temps n'a pas émoussé le tranchant de vos paroles, n'est-ce pas ? demande Lord Havenfort.

Elle esquisse un haussement d'épaules et Beth s'installe de nouveau dans son fauteuil, découragée. Les choses avaient semblé aller plutôt bien. La discussion était animée, mais tout allait bien. Toutefois sa mère est déterminée à ne pas aimer cet homme, voilà qui saute aux yeux. Et une fois que son opinion est faite il est impossible de l'en faire changer.

Les lumières sont baissées au maximum et les rideaux s'ouvrent sous eux sur l'avant-scène.

— Je n'aurais pas dû m'emporter contre vous. La compétition a fait ressortir ce qu'il y a de pire en moi, murmure Lord Havenfort.

— En effet, acquiesce Cordelia. Mon intention n'était pas de vous frapper avec le maillet, pour ce que cela vaut.

Lord Havenfort glousse.

— Voilà qui n'est pas rien.

Elle se redresse avec raideur, la question apparemment réglée. Tous deux évitent délibérément de se regarder et dirigent leur attention vers la représentation.

Gwen soupire et Beth se rapproche d'elle.

— Ça aurait pu être pire, non ? chuchote-t-elle.

— J'imagine, en effet, concède Gwen. Mais c'est entre eux une sorte d'affrontement, néanmoins.

Beth opine de la tête, se penchant vers Gwen et se forçant à se concentrer sur la scène plutôt que sur leurs parents querelleurs.

Il ne s'agit pas d'une histoire de meurtre, et la morale de l'histoire est assez évidente, mais Beth apprécie les personnages et les relations que décrit *George Darville*. En dépit de l'opinion que Lord Havenfort a de ce comédien, Benjamin Webster offre une excellente interprétation d'un homme conduit au désespoir par la culpabilité.

Et Céline Céleste est rayonnante dans le rôle de Marion. Beth se voit fascinée par ses expressions – la façon dont elle passe de la joie au chagrin, exprime la colère et la trahison, c'est incroyable.

— Elle est magnifique, murmure Gwen.

— Oui, acquiesce Beth, un peu émerveillée.

Jamais elle n'a vu une femme incarner un personnage avec autant de talent.

— Cela semble si réel.

— J'aimerais donner un coup de poing à cet homme, dit Gwen.

— Le faire trébucher dans la rue.

— Un maillet de croquet propulsé dans les bijoux de famille pourrait être une réaction tout à fait justifiée, ajoute Gwen.

Beth glousse et se mord la lèvre quand sa mère leur demande de faire silence. À côté d'elle Gwen laisse entendre un discret ricanement.

— Vous êtes incorrigible, décidément, murmure-t-elle.

Beth donne une petite tape sur son genou et Gwen la pousse légèrement. Le sourire de Beth ne quitte pas ses traits pour le reste de la représentation et elles continuent à chuchoter durant toute la pièce. Le ravissement de Gwen est contagieux.

Lorsque retombe le rideau, le public déclenche un tonnerre d'applaudissements. Beth et Gwen peinent à se remettre debout, tirant sur leurs jupes pour se lever avec le reste de l'assemblée.

Le visage radieux, elles applaudissent avec enthousiasme. Gwen pousse même des cris ravis.

Beth jette un coup d'œil à leurs parents et découvre qu'ils sont déjà engagés dans une discussion houleuse.

— Oh mon Dieu, dit-elle, alors que la réalité la percute de nouveau.

Elle donne un petit coup de coude à Gwen, qui se penche vers eux, un air de désarroi sur ses traits.

— C'est juste que je ne vois pas pourquoi il fallait qu'elle meure, s'exclame Lord Havenfort.

— Ce n'est pas une tragédie s'il n'y a pas de mort, répond Mère.

— Pourquoi ne pas faire d'elle une sorte de Lady Macbeth ? Un coconspiratrice. Cela n'eut-il pas été plus amusant ?

— Dans un théâtre qui n'accueille que des créations, vous vous attendez à une version moderne de Lady Macbeth ? Ce serait un scandale.

— Mieux vaut un scandale qu'une pièce moralisatrice, maladroite, qui ne sert qu'une autoglorification...

— N'y a-t-il donc rien qui vous plaise ? réplique Cordelia dans la voix résonne autour d'eux malgré le fracas des applaudissements.

— Père, les gens vous regardent, lâche Gwen dans un souffle.

Lord Havenfort lève ses mains devant lui. Mais Cordelia et lui continuent de se fusiller du regard. Ils se tournent à nouveau vers la scène, applaudissant à contrecœur.

— Bien qu'il n'ait pas tort, marmonne Gwen à l'attention de Beth au moment de se rasseoir.

— Elle aurait dû prendre l'argent et s'enfuir. Elle est bien trop bonne pour lui, acquiesce Beth, s'écartant de sa mère de crainte qu'elle ne l'entende.

Elle ne peut l'imaginer approuver la mort du personnage de Céline Céleste. Elle sait juste que la rendre complice de l'escroquerie au long cours consistant à utiliser de l'argent volé pour améliorer le statut social de son mari ne serait pas du goût de la bonne société. En toute honnêteté, la proposition de Lord Havenfort produirait une pièce bien plus intéressante. Non pas que celle-ci fût mauvaise, en aucune façon. Mais, vraiment, que la femme meure de chagrin parce que son époux lui a procuré une belle existence mais que cela s'est fait au moyen de moyens douteux ?

Les rideaux se referment sur le salut des comédiens, et Beth se concentre sur la façon dont elle réussira à passer entre les sièges en pressant les pans de sa crinoline. Gwen se penche pour l'aider à la tordre. Beth sourit et prend sa main avec gratitude tandis qu'elles quittent leurs sièges et se hâtent derrière leurs parents. La paume de Gwen est moite dans la sienne. Elles avancent en traînant des pieds, échangeant des grimaces sous les poussées de la foule.

— Dites simplement que vous êtes d'accord avec moi.

— Je ne le ferai pas.

Beth lâche un petit grognement et Gwen serre sa main. Leurs parents continuent de se quereller durant tout le temps que dure la descente de l'escalier et l'arrivée dans le hall. Même quand Lord Havenfort prend galamment le bras de Cordelia pour la conduire jusqu'à la rue, il la taquine, insistant pour qu'elle adhère à son avis.

— Il est obstiné, n'est-ce pas ? demande Beth.

Elles franchissent après eux les portes ouvertes du hall et rejoignent la rue puis avancent nonchalamment pour rejoindre la file de personnes attendant leur tour afin de louer une voiture.

— Assurément, acquiesce Gwen en soupirant. Mais parler est mieux que ne pas le faire. Je crois que cela plaît à votre mère, réellement.

— C'est possible, en effet, répond Beth en scrutant la manière dont se serre la mâchoire de sa mère.

Est-ce une marque de colère et d'indignation ou tente-t-elle de dissimuler un petit sourire narquois ?

Elle apprécie véritablement les débats.

Les deux jeunes filles passent quelques minutes agréables à observer la foule et à parler à propos de la pièce. Cela fait des jours que Beth ne s'est pas sentie aussi libre et la sensation est fabuleuse. Même si leurs parents ne s'entendent pas tout à fait, tout ceci est largement mieux que toute autre activité qu'elles aient pu réaliser durant cette semaine. Et sans aucun doute largement mieux que tout moment passé avec Lord Montson.

Tandis qu'elles chuchotent au sujet de Céline Céleste, les joues roses à force de rire, Beth sent la chaleur de la main de Gwen dans la sienne. Elle croit possible que Céline et Webster aient une liaison, tant leur passion semblait réelle. Mais Gwen est persuadée que Céline est trop bien pour lui et qu'elle ne s'abaisserait jamais à coucher avec un goujat.

Beth la pousse du coude et son amie se contente de sourire, le regard éclatant, et se tenant aussi près que possible d'elle face au vent.

— Très bien ! s'exclame Cordelia.

— Ha ! fait Lord Havenfort en affichant un large sourire. Je me disais bien que vous êtes bien trop intelligente pour aimer quelque chose d'aussi condescendant.

Elle lève les yeux au ciel et dégage son bras du sien. Beth ne sait pas vraiment comment ils ont réussi à atteindre le début de la queue si rapidement.

Elle a été trop inattentive, tant elle était occupée à glousser avec Gwen et à inventer une vie sentimentale de plus en plus exaltante à Céline Céleste. Elle a envie de savourer plus longtemps ce moment paisible et joyeux.

— Vous êtes un horrible snob, vous savez, dit sa mère tout en tendant son bras vers Beth.

La jeune fille s'accroche à Gwen, peu désireuse de se voir déjà séparée d'elle.

Elles ont à peine passé le moindre moment ensemble.

— Mère, ne pourrions-nous pas…

— Une promenade importante vous attend demain matin. Venez donc, nous laisserons votre amie livrée aux fanfaronnades de son père. Toutes mes excuses, Lady Gwen.

Cette dernière lâche un petit gloussement puis se couvre la bouche. Lord Havenfort éclate de rire et s'écarte d'un pas pour prendre le bras de Gwen. Elle s'accroche au bout des doigts de Beth et les presse avant de la libérer avec un sourire attristé au moment où elles sont séparées par leurs parents.

— Bonne soirée à vous, Lady Demeroven, Miss Demeroven, dit Lord Havenfort en soulevant son chapeau.

Cordelia se contente de lever les yeux au ciel mais Beth lui rend son sourire avant de laisser sa mère l'entraîner vers le début de la file. Cette dernière s'avance la première, souriant timidement au laquais aidant les personnes à grimper dans les voitures, comme si elle n'avait pas passé les dix dernières minutes à critiquer l'un des hommes au titre le plus prestigieux de la ville.

Beth jette un regard par-dessus son épaule à l'adresse de Gwen – qui lève discrètement son pouce – puis se laisse guider dans la voiture. Elles prennent place sur les banquettes, l'une face à l'autre, et le véhicule se propulse brusquement vers l'avant.

— Quel homme affreux et imbu de lui-même, lâche Cordelia, arrangeant délicatement ses boucles légèrement décoiffées.

Beth hoche la tête distraitement tout en l'observant regarder par la fenêtre.

Ce ne fut peut-être pas un franc succès – il n'y a pas eu de regards rêveurs, de minauderies ou de flirt – mais Beth trouve que sa mère proteste avec un peu plus de vigueur qu'il ne faudrait.

La chaleur règne de nouveau. Le soleil les frappe durement de ses rayons et même sa capote peine à protéger ses yeux de la lumière. Beth doit plisser les paupières chaque fois qu'elle lève la tête vers Lord Montson. Et étant donné qu'il semble ne pas vouloir cesser de parler de ses chevaux de course, elle est contrainte de fixer l'éclat éblouissant encore et encore.

Beth hoche la tête aux bons moments et feint de sourire alors même qu'elle aimerait l'interrompre pour lui demander de s'asseoir n'importe où.

Sur la pelouse. Sur la rive. Même l'endroit où ils se trouvent sur le chemin ferait l'affaire. Mais Lord Montson ne semble rien remarquer. Elle jette un regard par-dessus son épaule en direction de leurs mères, qui les suivent discrètement à quelques pas. Mais les deux femmes paraissent entièrement épargnées par le soleil aveuglant et la chaleur de plus en plus accablante, tant elles se concentrent intensément sur la paire qu'ils forment.

Beth soupire silencieusement quand Lord Montson entreprend de décrire la dernière course remportée par son étalon. Il lui semble qu'il a dit avoir nommé l'animal Champion. En plein dans le mille, vraiment.

Ce n'est pas que se promener en compagnie de Lord Montson soit totalement désagréable.

Si l'on met de côté son obsession pour les chevaux de course, il est poli et plutôt intéressant. Et il semble assez épris d'elle, tout bien considéré. Il s'agit de leur seconde promenade cette semaine.

Ses pieds la font souffrir.

Lord Montson glousse à sa propre plaisanterie, quelque chose à propos de mottes d'herbe, et sourit au moment de poser les yeux sur elle. Elle aimerait pouvoir parler à Gwen. Leur soirée au théâtre lui semble déjà remonter à des mois, même si elle a eu lieu il y a à peine quelques jours. Depuis lors il n'a été question que de passages chez la couturière ou le fleuriste et de visites matinales à des mères du cercle de Lady Ashmond afin d'obtenir leur approbation. Pas de temps pour de simples visites de courtoisie, les amis ou quoi que ce soit d'amusant.

Beth a juste envie de s'asseoir avec Gwen et de lui demander comment diable elle est censée survivre à plus encore de tout cela. Chaque interaction qu'a Beth est débattue avec sa mère pendant des heures. Elle doit songer à son rire, à sa posture et aux histoires qu'elle peut raconter. Tout doit être captivant et attrayant, et que Dieu la garde de montrer la moindre authentique émotion humaine ou le moindre signe d'épuisement. Les jeunes femmes ne doivent éprouver que reconnaissance pour l'attention que la gent masculine leur témoigne.

Cela ne semble pas déranger Lord Montson non plus. Il est toujours affable – l'image même de l'aisance et d'un bon caractère.

Bien que Beth présume que tout ceci ne compte probablement pas beaucoup à ses yeux. Il sera comte un jour, qu'il l'épouse ou non.

Beth, en revanche, n'a qu'une seule chance de devenir sa comtesse, ainsi que Mère le lui a rappelé chaque matin de cette semaine.

— Toutes mes excuses, Miss Demeroven. Je parle de mes chevaux depuis un long moment déjà, n'est-ce pas ?

Beth lève les yeux vers lui, brusquement tirée de ses pensées maussades.

— C'est intéressant, ment-elle.

Il lui sourit. C'est un jeune homme très séduisant. Elle aimerait qu'il lui inspire plus de sentiments. Mais bien que sa mère l'ait taquinée à propos de son épuisement, laissant entendre qu'il était dû aux nuits qu'elle passait éveillée à songer à Lord Montson, elle n'a rien ressenti d'autre que du désintérêt à son égard depuis le bal.

Même sa mère semble éprouver plus de choses envers Lord Havenfort lorsqu'ils se querellent que Beth n'en ressent pour Lord Montson lors d'une agréable promenade.

Ne devrait-elle pas tomber en pâmoison devant lui ? Il mérite tout à fait qu'on se pâme devant lui, elle peut le voir.

Mais elle ne ressent rien de cet ordre en sa présence.

— Dites-moi, de quoi pourriez-vous parler pendant des heures ? s'enquiert-il.

— Je suis sûre qu'il n'y aurait rien qui vous intéresserait, répond aussitôt Beth.

— J'en doute grandement, réagit Lord Montson en la gratifiant d'un regard encourageant. Les jeunes ladies sont si accomplies – bien plus que je ne pourrais espérer l'être. Après tout, je ne fais que posséder les chevaux – ce sont les jockeys qui détiennent tout le talent. Il doit bien y avoir quelque chose qui vous plaît. Je vous en prie, c'est à votre tour de parler.

Beth rit un peu à ces mots.

— J'apprécie les échecs, reconnaît-elle.

— Oh ! vraiment ?

Il paraît si étonné. N'est-ce pas une activité couramment appréciée par les jeunes ladies ?

— Mère et moi effectuons au moins une partie chaque jour et nous jouons de la musique en duo également. Je suis assez douée pour la broderie.

— Je n'ai jamais eu la dextérité nécessaire pour les travaux d'aiguille, note Lord Montson d'un air grave.

— Cela vous causerait des maux de dos, répond-elle d'un ton sérieux.

Il lâche un petit ricanement.

— J'imagine, en effet. Quelle est la pièce de broderie que vous avez préféré réaliser ?

Beth regarde de l'autre côté du lac, surprise par sa question. La véritable réponse – celle qu'elle donnerait à Gwen – est un petit poème humoristique et profane qui lui avait valu des protestations outrées de la part de sa mère durant presque une demi-heure. Bien sûr, Cordelia s'était ensuite empressée de l'accrocher dans son salon derrière la méridienne, pour pouvoir le regarder et en rire sans que Père ne le sache.

— J'ai réalisé des vues de nos jardins, préfère répondre Beth. Et de la forêt. Je ne participe pas aux courses de chevaux, mais j'aime monter et j'ai mémorisé plus d'un sentier.

— J'adore les forêts !

Beth croise son regard et tente de ne pas rire en voyant le voile rosé qui s'est épanoui sur ses joues.

— Moi aussi.

— Ce sont des lieux si paisibles, poursuit-il d'une voix plus basse et sérieuse alors qu'une rougeur s'épanouit aussi au-dessus de son col.

— J'ai toujours voulu pour ma part posséder une cabane secrète dans un arbre, dit Beth, sentant qu'elle doit elle aussi avouer quelque chose.

— Oh ! vraiment ? demande Lord Montson, sa gêne s'évanouissant devant ce qui semble un intérêt sincère.

C'est un gentil garçon.

Beth hausse les épaules tout en tripotant ses gants.

— Quelques endroits sur nos terres auraient convenu à merveille, mais Père n'était jamais assez longtemps présent à la maison pour se charger de commander les travaux. J'aimerais toujours le faire un jour, poursuit-elle en songeant à cette petite clairière pourvue d'un énorme chêne. Mais, bien sûr, ces terres ne m'appartiennent plus désormais.

— Nous pourrions la bâtir sur les miennes, dit Lord Montson.

Beth lève les yeux vers lui, toute à son étonnement.

— Oh ! vraiment ?

— Je peux songer à quelques bons emplacements. Ce serait charmant pour les enfants.

À ces mots sa poitrine se serre douloureusement et Beth se force à sourire. Elle n'est pas du tout certaine de vouloir être la mère de ses enfants ni de voir édifier sa cabane légendaire sur ses terres. Qui ne seront jamais les siennes. Elle n'aura pas ses propres terres, même s'ils se marient. Même s'il hérite de mille acres, ils ne seront pas à elle.

Juste à ce moment-là, Cordelia et Lady Ashmond les rejoignent.

Beth effectue une révérence tandis que Lady Ashmond leur présente ses excuses. Lord Ashmond reçoit à dîner des lords de la Chambre, et il leur faut rentrer.

— Tant d'histoires pour cette stupide Loi sur les affaires matrimoniales, dit Lady Ashmond à sa mère. Comme si nous avions besoin de changer toute la structure de l'institution du mariage.

— Mère, intervient Lord Montson d'un ton de réprimande.

Beth se souvient de sa mère mentionnant combien elle est favorable à cette loi. Voici encore une autre chose qu'il leur faudra cacher au comte, en plus de l'état désastreux de leur fortune et de sa forte aversion pour le hareng.

— J'aimerais bien mieux marcher quelque temps encore avec vous, dit Lord Montson à Beth.

Beth sourit et cela ne lui semble presque pas forcé. Elle accepte le baiser qu'il dépose sur sa main puis le regarde prendre congé, s'inclinant devant sa mère avant de s'éloigner en escortant la sienne.

— Cela s'est bien passé, dit Cordelia tout en s'avançant pour prendre le bras de Beth.

La jeune fille se penche vers elle et elles se dirigent dans la direction opposée.

— Vous trouvez ?

— Il semblait sincèrement au regret de vous quitter.

Beth a un petit haussement d'épaules. Elle se dit que sa compagnie est certainement plus agréable que celle de la plupart des lords, du moins de ceux qui venaient rendre visite à son père à la campagne. Ils n'étaient pas favorables à la loi si elle se souvient bien. Aucun d'eux ne semblait penser qu'une femme pourrait avoir la moindre raison de rompre une union à moins d'être battue jusqu'au sang, et par conséquent ils ne voyaient aucunement ce qui justifiait d'arracher l'arbitrage des conflits aux griffes de l'Église.

— Pensez-vous que si la Loi sur les affaires matrimoniales avait été adoptée, vous auriez pu...

— Le vicomte m'a tout l'air d'un charmant jeune gentleman. Dites-moi, de quoi avez-vous donc parlé ?

Beth pince les lèvres tandis que sa mère garde son regard fixé droit devant elle, en accélérant soudain un peu le pas. Elle aimerait tant qu'elles parlent de tout sauf de Lord Montson.

— Il est gentil, reconnaît Beth.

— Il semble bien plus que gentil, dit sa mère, qui l'incite à parler en la poussant légèrement du coude.

— Il est très bien, ajoute la jeune fille, un peu plus fort qu'elle n'en avait l'intention.

Quelques mères plus âgées tournent la tête vers elles et Beth rougit.

— Il n'y a rien de négatif à son propos.

— Voilà une bien élogieuse critique, dites-moi.

— Je ne sais pas, Mère, lâche vivement Beth, contrariée par son propre manque d'intérêt.

Il n'y a absolument rien à reprocher à Lord Montson. Et pourtant il n'y a... rien. Elle se sent vide, c'est comme si elle s'observait de loin être courtisée.

Elles marchent en silence un long moment, traversant la plus grande partie du parc.

Beth commence à détester cet endroit, même avec ces fleurs roses qui déploient leurs pétales dans les buissons et le vert sombre des feuilles qui projettent des motifs complexes sur l'impeccable pelouse. Elle aimerait pouvoir chevaucher sur leurs chemins forestiers plutôt que de se trouver là.

— Devrais-je ressentir plus que cela ? demande-t-elle en songeant à l'aimable proposition de Lord Montson, celle de construire la cabane perchée qu'elle a toujours voulue.

Combien celle-ci l'a laissée froide.

— Plus ?

— Il est tout à fait charmant, reconnaît Beth. C'est juste que... ce n'est que plaisant. Devrais-je ressentir plus que cela ?

— Le fait que cela soit plaisant, voilà déjà plus que nombre de femmes n'auront jamais, répond aussitôt sa mère, avant de s'abîmer dans ses pensées.

— Je devrais donc me réjouir de mon sort, conclut Beth qui déglutit pour chasser une vive bouffée de déception.

Cordelia ouvre la bouche quelques fois, mais ne semble pas trouver quoi dire tandis qu'elles longent les quelques pâtés de maisons qui les séparent de leur demeure. Beth s'affaisse un peu contre elle, une profonde mélancolie venant soudain s'abattre sur ses épaules. Elle devrait être pleine de gratitude mais elle se sent juste contrariée et déçue.

Une fois leur maison regagnée et leurs capotes retirées, elle observe attentivement sa mère. Elle doit certainement vouloir plus que cela pour Beth. Elle devait certainement vouloir plus pour elle-même.

— Fut-ce un jour plaisant avec Père ?

Sa mère s'immobilise, ses doigts se serrant si fort sur ses gants que ses jointures blanchissent.

— Étiez-vous satisfaite du fait que ce ne soit que « plaisant » ? Devrais-je ressentir de la gratitude s'il ne crie pas, ainsi que le faisait Père ?

— Beth, fait sa mère, sa voix adoptant cet accent cinglant que font naître épuisement et exaspération.

— Gwen dit que Lord Havenfort n'est jamais en colère comme l'était Père. Que même lorsqu'il est furieux, il se montre parfaitement mesuré. Pouviez-vous deviner que Père serait effrayant ? Était-il aimable avant de se transformer en brute ?

— Beth, cingle sa mère d'une voix dure.

— Ne devrais-je pas au moins m'assurer que Lord Montson sera gentil ? Même si c'est un débauché, Lord Havenfo…

— Bien sûr qu'il n'est en rien un débauché, lâche sa mère dont la voix résonne à travers l'étroit vestibule. Il n'y a pas une once de méchanceté chez Dashiell. Il est affable, bienveillant et terriblement loyal.

Beth la fixe, sans voix. Sa mère passe une main dans ses cheveux, les arrachant à l'attache imbibée de sueur qui les retient et faisant ainsi tomber et tinter sur le sol ses épingles.

— Et je suis désolée de ne pas avoir pu vous offrir l'exemple d'une union idéale et que mes choix continuent d'être pour vous source de déception. Mais Lord Montson est un gentil garçon, dont le père, bien qu'affreusement vantard, n'a pas la réputation de boire comme le faisait le vôtre. Vous auriez beaucoup de chance d'intégrer grâce au mariage la famille Ashmond. C'est plus que je n'aurais jamais pu espérer. Soyez reconnaissante, insiste-t-elle, avant de tourner les talons et de s'élancer dans l'escalier, laissant Beth seule dans le silence oppressant laissé dans son sillage.

La jeune fille passe les heures suivantes à verser des larmes, sans savoir vraiment si elles sont pour elle-même ou pour sa mère. Tout ce qu'elle sait c'est qu'un sentiment général de tristesse s'est abattu sur toute la maisonnée. Même Miss Wilson peine à esquisser un sourire ou à se livrer à des bavardages inutiles tandis qu'elle aide Beth à se vêtir pour le dîner.

Si sa mère aimait vraiment Lord Havenfort et qu'elle a été contrainte d'épouser son père à sa place, alors elle a perdu l'amour pour connaître la torture psychologique. Elle affirme toujours que Beth valait la peine qu'elle endure chaque mot cruel prononcé par son père, mais ce ne peut être vrai.

Cet homme était abominable. Rancunier. Elle ne l'a jamais *vu* frapper sa mère, et cette dernière n'a jamais évoqué le sujet, mais elle sait qu'il y a eu des violences à l'occasion. Il n'a jamais levé la main sur Beth, bien qu'elle ait craint qu'il le fasse plus d'une fois. Que penserait-il s'il la voyait pareillement tiraillée alors que s'offre à elle une possibilité d'union si avantageuse ?

Beth se ressaisit au moment d'entrer dans la salle à manger presque vide.

Sa mère a déjà pris place en bout de table et fixe, les sourcils froncés, le poisson posé dans son assiette. Ce que penserait son père n'a pas d'importance mais ce que pense sa mère compte toujours à ses yeux. Elle a souffert une vie durant pour Beth. Cette dernière peut bien endurer les prochains mois, non ?

— Je suis désolée, murmure Beth au moment de s'asseoir à la gauche de sa mère.

Celle-ci lève la tête et quand leurs regards se croisent, elle voit que ses yeux sont légèrement injectés de sang.

Elle a fait pleurer sa mère.

— Tout va bien, cher trésor, dit Cordelia, tendant sa main pour presser la sienne. Tout ceci est difficile.

Beth hoche la tête, la gorge nouée.

— Je suis néanmoins désolée.

— Moi aussi, dit sa mère tout bas. À présent, mangez, voulez-vous. Je ne sais pas ce qu'il en est pour vous, mais pour ma part je pense avoir sué l'équivalent du poids de mon corps au cours de cette promenade. Mon Dieu, comme cette femme est capable de déblatérer sans fin !

Beth éclate de rire malgré elle et essuie ses yeux larmoyants. Elle prend une généreuse gorgée de vin et manque de s'étouffer.

Baissant les yeux vers le liquide dans son verre, elle réalise qu'elle a en main un grand verre de brandy.

— Je n'ai pas hésité à me servir dans la réserve d'alcool de votre père. Je me suis dit que nous en avions besoin, dit sa mère avec un haussement d'épaules.

Beth tousse puis prend une autre gorgée, laissant la brûlure de l'alcool éliminer sa mélancolie.

— Voilà qui m'aurait été fort plaisant durant ma promenade, dit-elle, souriant quand sa mère lâche un petit ricanement.

— Je suis sûre que Lord Montson est bien plus intéressant que sa mère.

— Il l'est, assurément, acquiesce Beth. Et je... vous avez raison, je devrais être... Je suis reconnaissante du fait qu'il soit intéressé. Je ferai de mon mieux.

Elle prononce ces paroles de son plein gré, mais le nœud dans son estomac se serre plus fort encore.

Une existence ennuyeuse avec Lord Montson ne serait pas la pire chose qui soit. Et peut-être sa mère et elle pourraient-elles encore chevaucher ensemble chaque jour. Si sa mère était capable de supporter de voir Lady Ashmond aussi souvent.

Elles gardent le silence durant quelques minutes, se concentrant sur leurs efforts pour avaler le poisson. Beth réprime un haut-le-cœur. Elle aurait préféré qu'elles n'aient pas à se séparer de leur cuisinière, Mrs Mildred. Miss Wilson est la meilleure gouvernante au monde, mais la cuisine n'est pas son fort, en particulier quand il s'agit de préparer du poisson.

Beth lance un regard en direction de sa mère et soudain s'impose à elle la vision de cette dernière mangeant seule dans une demeure encore plus vide que celle-ci. Si Beth épouse bel et bien Lord Montson, elle ne doute pas qu'elles se verront souvent, mais sa mère ira habiter ailleurs. Elles ne dîneront plus ensemble. Beth prendra son repas avec Lord Montson et le comte, et Cordelia dînera seule, dans une autre maison avec des pièces aux meubles couverts de draps, fermées et inutilisées.

— Y songez-vous parfois ? demande Beth, la question franchissant ses lèvres avant qu'elle puisse la retenir.

— Songer à quoi ? répond sa mère, levant les yeux vers elle puis se redressant en voyant l'expression soudain peinte sur son visage.

— À vous remarier. Une fois que je serai installée dans l'existence. Vous y avez droit à présent.

Cordelia la regarde, bouche bée.

— Je voulais juste... si vous trouviez quelqu'un de merveilleux... pas quelqu'un de simplement bon ou aimable. Vous remarieriez-vous ? Si c'était par amour ?

Sa mère déglutit et l'observe en clignant des yeux avant que son regard ne se perde dans le lointain et qu'elle réfléchisse avec le plus grand sérieux à sa question. Beth baisse de nouveau la tête vers son poisson mal assaisonné, incapable de regarder les émotions passant sur le visage de sa mère. Peut-être était-il cruel de poser pareille question, peu importent les espoirs que Gwen et elle ont formé concernant ce qui pourrait se produire... peut-être ne devrait-elle même pas exprimer cette pensée.

— J'ai déjà eu mon grand amour, dit sa mère quelques minutes plus tard.

Beth lève les yeux vers elle, stupéfaite, et la voit la regarder avec tendresse. S'agissait-il de Lord Havenfort ? Elle craint de le demander.

— Vous, précise sa mère avec un petit sourire.

Beth se force à sourire à son tour pour la remercier et serre sa main. Mais son cœur se brise quand elle songe que sa mère ne peut même pas imaginer retrouver l'amour. Ou peut-être ne peut-elle pas imaginer le trouver pour la première fois de sa vie ?

Gwen et elle doivent réussir. La question de savoir si Beth épousera Lord Montson ou non doit être oubliée. Sa mère mérite de connaître l'amour au moins une fois dans sa vie. Quant à Beth... tout ira *bien*, c'est certain.

8

Gwen

— Il est sec.

— Mangez-le.

— Je vous le dis, il est trop cuit.

— Dans ce cas rentrez dans la boutique, plaignez-vous et récupérez votre argent.

— Je ne peux aller me plaindre du fait que mon scone est trop cuit.

Assis à table face à face, Gwen et Albie échangent des regards noirs.

— Alors allez au moins demander plus de crème si cela vous dérange, fait la jeune fille.

— Seulement si vous admettez que ces pâtisseries sont aussi sèches que du papier de verre.

Gwen se retient de tirer la langue, mais de justesse.

Ils sont censés se comporter de manière sage et convenable, être installés devant la Pâtisserie Violette pour déguster de petites spécialités hors de prix à la manière de discrets compagnons. Mais au lieu de cela, ils n'ont cessé de se donner des coups de pied et d'accaparer à tour de rôle la crème pour leurs scones et leur thé en se faisant remarquer.

Son père, assis à quelques tables de distance, continue de glousser tout en faisant mine de lire son journal.

— Je n'ai plus faim, décrète Gwen, s'affalant légèrement sur sa chaise tandis qu'Albie ricane. Je parie que vous iriez chercher plus de crème pour Meredith.

— Bien sûr que je le ferais, répond-il aussitôt. Mais elle me le demanderait poliment.

— Accordez-lui une année puis nous verrons bien ce qu'il en sera, réplique Gwen, chassant d'un geste son petit sourire fier.

Meredith et lui ont effectué neuf sorties ensemble et il est probable qu'il lui fera sa demande d'ici un mois. Il rend service à Gwen en s'asseyant ainsi dehors avec elle. Que ce soit Albie qui lui rende un service et non l'inverse, voilà qui montre combien la situation a changé.

Ce qui est bien irritant.

— Eh bien, mangez le reste si cela peut servir à vous faire quitter cette mine boudeuse, lâche Albie en faisant glisser son scone couvert de crème et de confiture de l'autre côté de la table.

Gwen le prend sans se plaindre, le fourrant dans sa bouche et savourant la crème même si la pâte est affreusement sèche. L'endroit est censé être la meilleure pâtisserie de la ville, mais les scones de Mrs Gilpe pourraient se pavaner devant ces pathétiques choses friables.

— Je pourrais parler à Grish, dit Albie à voix basse tandis que Gwen s'affale de nouveau sur sa chaise, le plaisir passager procuré par les sucreries cédant la place à sa tristesse.

— Grish est une personne parfaitement ennuyeuse, cingle aussitôt Gwen.

Albie fronce les sourcils et jette un regard en direction de son oncle, qui est désormais complètement absorbé par la lecture de son journal.

— Il n'est pas... si atroce que cela.

— Il faut attendre le moment où l'on trouve quelqu'un qu'on

apprécie véritablement. Accordez-moi au moins cette gracieuseté, dit Gwen avec brusquerie.

Albie soupire.

— C'est juste que… j'aimerais vous voir heureuse, dit-il et Gwen note alors que ses traits expriment une parfaite sincérité.

— Je vais bien, répond-elle en se redressant, l'air guindé et convenable, avant de coller un sourire sur ses traits.

Elle ne peut laisser Albie commencer à se sentir mal pour elle maintenant. Pas *Albie*.

— C'est juste que…

— Quelle agréable surprise !

Gwen se retourne, ravie de découvrir Beth tout près d'elle.

Lady Demeroven fronce légèrement les sourcils mais c'est le sourire éclatant de Beth qui retient toute l'attention de Gwen.

— Bonjour ! gazouille-t-elle, sa mauvaise humeur soudain envolée.

Elle se lève pour embrasser la joue de Beth et adresser une révérence à Lady Demeroven.

— Vous joindrez-vous à nous ? s'enquiert-elle.

Beth jette un regard à sa mère qui scrute les alentours pour constater qu'il ne reste plus une table de libre à l'extérieur.

— Dix minutes seulement. Je vous retrouverai à l'intérieur – restez à l'affût de l'arrivée de Lord Montson.

— Oui, Mère, fait sagement Beth.

Lady Demeroven lance à sa fille un regard entendu et se dirige dans la boutique.

Gwen remarque que son père observe la scène par-dessus son journal avant de baisser de nouveau rapidement la tête dès que leurs regards se croisent.

Elle lâche un petit ricanement et approche une chaise pour Beth de sorte qu'elles puissent se serrer autour de la petite table qu'elle occupe avec Albie.

— Miss Demeroven, fait ce dernier pour la saluer.

— Comment allez-vous, Mr Mason ? questionne Beth, ses

joues parées d'une charmante teinte rosée tandis qu'un bruit de froissement de tissu s'échappe de ses jupes vert clair.

Elle ressemble un peu à une pâtisserie.

— Je vais bien, dit-il.

— Il va demander sa main à Meredith, indique Gwen d'un ton de conspiratrice juste pour le voir lever les yeux au ciel.

— Oh ! comme c'est excitant ! Elle sera si heureuse, dit Beth.

Sa main presse celle de Gwen avec enthousiasme. La jeune fille peut sentir la chaleur de sa paume même à travers leurs gants blancs.

— Elle me disait hier combien elle aimait les sorties en bateau avec vous.

— N'êtes-vous pas tombé dans le lac ? demande Gwen qui grimace en voyant son amie froncer les sourcils.

Beth et elle n'ont participé à aucun événement en commun de toute la semaine.

Albie lance un regard noir à Gwen.

— Vous êtes-vous blessé ? s'inquiète Beth.

— Vous devriez lui ressembler davantage, grommelle Albie à l'adresse de sa cousine. Et la réponse est non. Mais Mère a beaucoup ri cependant.

Beth sourit et, se tournant, croise le regard de Gwen.

— Comment allez-vous ? Cela fait une éternité que nous ne nous sommes vues.

— En effet, acquiesce Gwen, serrant la main qu'elle n'a pas encore libérée. Montson occupe-t-il tout votre temps ? demande-t-elle, se décalant un peu plus près pour savourer le moment qui leur est offert sans lui.

— Oui, en effet, concède Beth. Ma mère et la sienne ont prévu tant d'événements mondains, c'est épuisant.

— J'imagine qu'il va venir vous retrouver ici ? demande Albie.

— C'est ce qui est prévu, acquiesce Beth. Bien que l'endroit soit affreusement bondé. Mère voulait s'assurer que nous serions vus, ajoute-t-elle à l'attention de Gwen.

— Vous pourrez vous joindre à nous, dans le pire des cas, fait Albie d'un ton enjoué. Je la vois tout le temps.

Gwen lui tire aussitôt la langue, pour le plaisir d'entendre résonner le rire enjoué de Beth. Le son la fait sourire.

— Qu'avez-vous donc fait ? questionne cette dernière.

Gwen hausse les épaules, tout en nouant ses doigts aux siens. Rien ne lui a jamais paru aussi bon que d'être assise là, auprès de Beth, dans cette bulle de douceur où elles se trouvent si proches l'une de l'autre.

— J'ai assisté à quelques thés ennuyeux et à quelques dîners et bals sans envergure. Bobby s'améliore, ajoute-t-elle par égard pour Albie.

— Bien. C'est un garçon maladroit, dit-il, en buvant une gorgée de son thé.

— Avez-vous terminé la lecture de *Madame Bovary* ? demande Gwen à Beth. Je ne pouvais arrêter d'y penser après la représentation.

— Oui ! répond la jeune fille, se tournant pour lui faire mieux face.

Gwen se délecte de son regard enthousiaste et une douce chaleur se répand à travers sa poitrine.

— C'était presque comme une inversion des rôles. Je viens de prêter le livre à ma gouvernante, j'espère que cela ne vous dérange...

Albie lève une main, arrachant Beth à ses pensées.

Gwen suit son regard et aperçoit Lord Montson qui s'approche, l'air parfaitement séduisant et affable. Aussitôt le moment charmant et douillet s'évapore, c'est comme être subitement aspergé par un seau d'eau glacée. Gwen soupire doucement alors que Beth se lève, l'amenant à se relever avec elle, sa main toujours fermement serrée autour de la sienne.

— Bonjour, Lord Montson, fait Beth en détachant ses doigts de ceux de Gwen, de sorte à pouvoir effectuer une charmante révérence.

Gwen fait de même, tirant discrètement sur la jupe de Beth afin que ses pans ne s'emmêlent pas lorsqu'elle se rassoira. Montson lui sourit puis regarde Beth, et son sourire se mue en une expression empreinte de tendresse qui vient tordre déplaisamment le ventre de Gwen. Ses mains vides se serrent dans les replis de ses jupes.

Elle ne devrait ressentir rien d'autre que du bonheur pour son amie et pourtant elle a l'impression d'avoir envie de taper du pied tant elle est frustrée. Elle ne veut pas renoncer à ce moment avec Beth au simple prétexte que Montson est là. Elle a envie de crier que Beth devrait rester à sa table – de dire au lord de ficher le camp avec sa chevelure et sa dentition parfaites ainsi que son évidente fortune. Beth doit encore parler de livres avec elle.

Lady Demeroven sort de la pâtisserie, l'air soucieux, et aperçoit Montson avec leur petit groupe. Gwen remarque combien sa mâchoire est crispée tandis qu'elle vient les rejoindre. Elle sent l'agitation la gagner, elle qui brûle soudain de l'envie de trouver une raison pour empêcher le rendez-vous galant de Beth et Montson.

Lady Demeroven adresse une révérence au jeune homme.

— Lord Montson, quel plaisir de vous voir. Je suis désolée de vous apprendre qu'il n'y a plus aucune table de libre. J'ai commandé du thé pour Miss Demeroven et vous, mais...

— Ils peuvent se joindre à nous, dit Albie qui se lève pour saluer Lady Demeroven cérémonieusement.

Gwen serait capable de l'embrasser pour cette intervention.

— Je ne crois pas que nous ayons été présentés. L'Honorable Albert Mason, cousin de Lady Gwen.

— Ravie de vous rencontrer, dit Lady Demeroven en effectuant une autre révérence sommaire. Je détesterais que Miss Demeroven et Lord Montson interrompent votre thé, ajoute-t-elle aussitôt.

Gwen ouvre la bouche, désireuse d'expliquer combien elle aimerait que Beth continue à interrompre...

— Cela nous donnera du temps pour renouer, lance gaiement

Montson. Cela fait au moins une année que nous ne nous sommes vus, n'est-ce pas, Mason ?

— Plus encore que cela, répond Albie avec un petit sourire. C'était lors de ce match de boxe, je crois, près d'Oxford, non ?

— Oh ! un sacré moment, n'est-ce pas ? répond Montson en se glissant sur le siège à côté d'Albie au moment où celui-ci se rassoit.

Gwen lâche un soupir de soulagement. Pour une fois, elle se réjouit que les hommes soient si parfaitement prévisibles. Elle se tourne vers Lady Demeroven et Beth qui échangent une série de regards sans équivoque. Albie et Montson sont peut-être contents, mais Lady Demeroven semble bien décidée à ce que rien ne vienne troubler le rendez-vous galant prévu pour Beth. Gwen se mord la joue pour s'empêcher de lancer des regards hostiles à la femme, un agacement nourri de possessivité venant étreindre sa poitrine. Elles auront à endurer l'intrusion de Montson, n'est-ce pas suffisant ? Ont-elles vraiment à être séparées également ?

Gwen se creuse la tête pour trouver une autre excuse. Ce serait bien loin d'être la solution idéale, mais peut-être que Lady Demeroven pourrait se joindre à eux également, elle cesserait alors d'afficher cette expression revêche...

— Je crois pouvoir apporter mon aide, dit son père en s'avançant derrière Lady Demeroven.

Gwen ravale un rire. Le chapeau de la femme le cachait aux regards.

— Lady Demeroven, m'accompagneriez-vous pour boire une tasse de thé en ma compagnie ? En laissant les enfants à leur conversation ?

Un sourire plein d'espoir s'épanouit sur les lèvres de Beth alors que Lady Demeroven étudie la question, levant des yeux pleins d'appréhension vers le lord. Gwen se sent presque vibrer d'impatience tandis qu'elle prie en silence pour que Lady Demeroven cède pour une fois, ne serait-ce qu'un peu.

— Si vous êtes sûr que cela ne vous dérange pas, dit Lady Demeroven à mi-voix.

Gwen s'affaisse presque sous l'effet du soulagement. Elle adresse un large sourire à Beth, qui la regarde d'un air tout aussi radieux.

Le gentleman sourit simplement à Lady Demeroven, tout en lui adressant un clin d'œil – décidément, quel effronté !

— Mais permettez-moi au moins d'offrir le thé, répond Lady Demeroven. Je vous ai… blessé les deux dernières fois où nous nous sommes vus.

Le père de Gwen fronce les sourcils.

— Seulement la première fois.

— La seconde était une blessure portée à votre ego.

Il pose une main sur son cœur d'un air théâtral tandis que Gwen fixe son regard, abasourdie, sur le petit sourire satisfait de Lady Demeroven. Il lâche un éclat de rire et Gwen reste bouche bée devant la teinte rosée qui vient colorer ses joues et le ravissement qui émane de lui. Mon Dieu, il est toujours épris.

Lady Demeroven l'a frappé dans les parties, l'a insulté et il est pareil à un écolier amoureux malgré tout.

En toute franchise, elle peut difficilement le blâmer. Lady Demeroven a une manière de rougir presque aussi adorable que celle de Beth. Et s'il est aussi enthousiaste à l'idée de passer un après-midi avec Lady Demeroven que Gwen ne l'est quand il est question de Beth, comment pourrait-il ne pas être un peu stupide ? Non pas que ce soit la même chose, bien sûr, mais elles sont charmantes, ces femmes de la famille Demeroven.

— Mon orgueil est plus qu'intact. Toutefois, je vous laisserai offrir le thé si nous prenons ces Florentines que vous aviez l'habitude d'engloutir par paniers entiers, dit-il.

— Ils en proposent encore ? demande Lady Demeroven, toute hésitation désormais envolée.

— Mrs Chutsky en préparera, pour moi, assure-t-il avec un petit sourire.

Lady Demeroven éclate de rire.

— Très bien. Mais nous prendrons deux thés dans ce cas.

— Heureux de voir que votre appétit est resté intact.

Il jette un regard en direction de leur table et adresse un signe de tête à Albie et Montson.

— Nous vous enverrons vos biscuits lorsqu'ils sortiront du four. Profitez bien de ce moment, ladies. Messieurs, comportez-vous comme il convient.

— Je vous remercie, Lord Havenfort, dit Beth, réussissant à trouver les mots que Gwen semble incapable de prononcer tant elle est empressée et ébranlée.

Il la salue d'un hochement de tête puis adresse un clin d'œil à Gwen avant de prendre délicatement le bras de Lady Demeroven tandis qu'Albie et Montson le saluent.

Cela s'est passé incroyablement bien pour une chose qu'elles n'avaient pas prévue.

Beth glousse et saisit la main de Gwen pour l'amener à se rasseoir. La jeune fille noue de nouveau ses doigts gantés aux siens, une bouffée d'enthousiasme montant en elle à la perspective d'un véritable après-midi avec Beth. Même si elle doit la partager avec Lord Montson.

Ils s'installent ensemble, tous quatre entassés autour de la table, trop proches et ayant un peu trop chaud. Mais elle est à table avec Beth, prête à vivre un après-midi tout entier avec elle, leurs jointures se cognant les unes contre les autres, leurs épaules se frôlant. Ses joues commencent à lui faire mal tant elle sourit.

Albie achève une histoire au sujet d'un autre match de boxe puis les deux garçons se tournent de nouveau vers elles. Montson semble se conformer de nouveau aux règles de la bienséance et il sourit à Beth. Un bref et étrange silence s'abat sur la table et un peu de l'allégresse de Gwen s'envole alors.

— Miss Demeroven, je voulais vous demander… Lady Gwen dit que vous pouvez la battre aux échecs. Est-ce vrai ? questionne Albie.

— En effet, dit rapidement Beth.

Albie lâche un sifflement admiratif.

— C'est une véritable prouesse, dit-il à Montson. Lady Gwen est capable de gagner même contre le doyen des lords de la Chambre.

— Oh mon Dieu, et vous êtes capable de la battre ? s'étonne Montson en regardant Beth. Je suis perdu.

Gwen se mord l'intérieur de la joue. Sa poitrine se serre à la vue de Beth accordant son attention à Montson, dont les joues rosissent également de façon charmante. Elle veut retirer sa main, se disant que cela aidera Beth dans sa tentative de flirt mais l'étreinte de son amie se renforce.

Peut-être n'est-elle pas aussi à son aise qu'elle en a l'air. Incontestablement, ses talents d'actrice se sont améliorés au cours des deux semaines qui viennent de s'écouler.

— Je suis sûre que vous pouvez toujours me battre au tir à l'arc, dit Beth.

Gwen ne peut s'empêcher de rire à ces mots.

— Qu'y a-t-il donc, enfin ?

— Vous êtes une archère hors pair, indique Gwen, adressant à Montson un regard compatissant au moment où ce dernier s'affale avec espièglerie dans son siège. Il vous faudrait lui enseigner quelque chose de nouveau. Elle est si douée dans tous les domaines que c'en est agaçant.

— Ce n'est absolument pas vrai, dit Beth dont le visage devient plus cramoisi encore.

— Vous n'êtes pas grande, en effet, concède Gwen.

Beth soupire.

— Eh bien, vous, vous êtes très pâle.

— Et vous, plus encore ! réplique Gwen en souriant largement tandis que les yeux de Beth scintillent d'un air de défi.

— Lady Gwen est affreusement peu douée pour les danses de groupe, intervient Albie.

Gwen lui jette aussitôt un regard assassin.

— C'est aussi mon cas, ajoute le jeune homme. Nous étions les moins bons élèves lors des cours.

— Notre niveau était catastrophique, concède Gwen, les yeux toujours plissés. Mais moi je suis capable de rester à bord d'un bateau.

— Elle m'a fait rire ! proteste Albie.

— Vous êtes tombé de bateau ? demande Montson.

— En faisant la cour à Lady Meredith, précise Gwen, souriant quand Beth se penche plus près d'elle en gloussant.

Il propulse une petite étincelle à travers sa poitrine, ce rire qui n'est destiné qu'à elle.

— Une charmante jeune femme, dit Montson, en frappant Albie sur l'épaule. Mais qu'est-ce qu'un petit moment d'embarras quand il est question d'amour ?

— Rien, en effet, répond Albie en levant fièrement le menton. Bien que Père ait failli me tuer. Le costume était neuf.

— Je suis certain qu'il vous pardonnera, fait Montson d'un ton plein de sérieux. La possibilité d'avoir des petits-enfants fait oublier de nombreuses fautes.

Beth rougit et Albie lâche un petit ricanement. Gwen se force à émettre un petit gloussement poli mais cette seule pensée lui glace le sang. Elle ne veut pas imaginer Beth occupée à prendre le thé avec Montson et encore moins à avoir des bébés avec lui.

Le lord cligne des yeux puis se met à rougir violemment.

— Toutes mes excuses, c'était grossier de ma part.

— Amusant, dit enfin Albie, lorsque ni Beth ni Gwen n'ont rien trouvé d'autre à répondre.

Albie jette un regard à Gwen, sourcil levé. Elle serre les mâchoires, cherchant une parole convenable pour se montrer courtoise.

— Je suis sûre que Lady Demeroven pardonnerait Miss Demeroven également si elle était tombée dans un lac, se force-t-elle à prononcer, imprimant une douceur forcée à son ton.

— Oh ! jamais, dit Beth, en triturant un morceau de dentelle sur sa robe. L'argent et les heures de travail que représente une telle création ? Elle m'en ferait coudre une nouvelle moi-même, c'est certain.

— Et en seriez-vous capable ? s'enquiert Montson avec une curiosité sincère.

Gwen éclate de rire, quelle idée grotesque !

— Que dites-vous ?

— Je suppose que je le pourrais, répond Beth, son pouce caressant le poignet de Gwen.

La sensation lui arrache presque un frisson.

— Mais cela prendrait une éternité et le tissu...

— J'en serais pour ma part absolument incapable, intervient Gwen, un peu trop fort. Je ne suis pas assez adroite de mes mains.

— Vous avez dit être très douée pour les travaux d'aiguille, dit Montson, quelque peu troublé.

— Mais pas autant que ne le serait une couturière, explique Beth.

Gwen réprime son envie de lever les yeux au ciel tandis que Beth livre une explication plus détaillée du travail que nécessite la confection d'une robe destinée à la Saison.

Durant tout ce temps, son pouce ne cesse de tracer des motifs hypnotiques contre le creux du poignet de Gwen. Elle se demande si Beth peut ressentir la façon dont son pouls s'affole à travers ses gants.

Lady Demeroven et Père sortent de la pâtisserie, portant un panier contenant biscuits, théière et tasses et suivis par un employé chargé d'apporter un plateau de friandises vraiment gigantesque jusqu'à leur table. Gwen ne quitte pas du regard son père et Lady Demeroven tandis qu'ils se dirigent vers leur table, mais sa tâche se révèle ardue avec les doigts de Beth noués aux siens et la quantité ridicule de pâtisseries déposée devant eux.

Ils ont sorti le grand jeu – biscuits, gâteaux, canapés et sandwichs, avec un service à thé complet. Elle espère que son père a au moins réussi à convaincre Lady Demeroven qu'il pourrait payer pour tout cela. Gwen sait qu'il est important que Beth connaisse le succès avec Montson, mais ceci est... excessif.

— Excellent ! s'exclame Albie qui sourit comme Montson d'un air impatient.

Beth sourit et son regard s'éclaire quand ses yeux se posent sur Lady Demeroven. Gwen voit alors que cette dernière rit à une parole de son père tandis qu'ils se chamaillent au sujet des biscuits, et elle presse la main de Beth.

— Les choses se passent étonnamment bien, non ? marmonne la jeune fille.

— En effet, acquiesce Gwen en se penchant pour murmurer à son oreille.

La senteur de lavande de son parfum, sucrée, délicieuse, enivre Gwen. Un instant s'écoule avant qu'elle soit en mesure de trouver ses mots.

— Peut-être que des sorties en groupe sont la solution ?

— Il nous faudra prévoir des rencontres surprises, je pense, murmure Beth, en tournant la tête pour croiser le regard de Gwen.

Cette dernière déglutit avec peine et acquiesce, son souffle se bloquant quand leurs regards se trouvent, lui donnant le sentiment de se trouver alors dans une bulle intime et secrète. Entre la senteur du parfum, la chaleur du soleil et *Beth*, elle se sent un peu étourdie.

Les doigts de Beth se serrent autour de ceux de Gwen et celle-ci se sent frissonner d'impatience. La promesse de plus d'intrigues, de manigances et de moments simplement passés en compagnie de Beth se met à palpiter dans sa poitrine. Elle sent ses joues rosir de plaisir et s'apprête à formuler une autre suggestion quand Lord Montson tend à Beth une assiette où trône une haute pile de biscuits, sucre et crème.

— Quel est le sujet de ces murmures qui vous occupent toutes deux ? demande-t-il.

— Oh ! ce n'est rien, s'empresse de répondre Gwen, se renfonçant dans son siège à regret.

— Je parlais à Lady Gwen de ma cabane dans les arbres, fait Beth, sa main quittant lentement celle de son amie.

Perdre le contact de sa main procure à Gwen l'effet d'être balayée par un courant d'air froid, toute la chaleur, le réconfort et le plaisir s'éloignant brusquement d'elle. Beth utilise ses doigts nouvellement libérés pour retirer les macarons à la pistache de son assiette et les faire glisser dans celle de Gwen comme pour la consoler.

— Une cabane dans les arbres ? s'étonne Albie.

— Miss Demeroven veut construire une maison perchée dans la forêt, explique Montson.

— J'en désire une depuis mon enfance, reconnaît Beth.

— Oh ! il y a pour cela un endroit fabuleux sur la propriété de mon père. Nous pourrions placer la vôtre près de la mienne, dit Gwen d'un ton enthousiaste, une petite bouffée de fierté enflant en elle au moment où Beth se retourne vers elle, le regard brillant.

— Vous en avez une ? demande Beth.

— Père et moi avons aidé notre personnel à la bâtir un automne, explique Gwen tandis qu'un regard lui apprend que son père et Lady Demeroven sont à présent en train de *rire*. Peut-être pourrez-vous venir la voir plus tard cet été. Nous pourrions emporter des livres et passer la journée entière dans l'arbre.

— Voilà qui me plairait grandement, répond Beth en lui adressant un large sourire.

Gwen se sent sourire elle-même tandis qu'elle décroche deux profiteroles – ses pâtisseries préférées – du croquembouche pour les déposer dans l'assiette de Beth.

— Si son terrain est parfait pour votre projet, je serai heureux de vous fournir le bois nécessaire, intervient Montson.

Gwen jette un regard dans sa direction et le voit observer avec tendresse le hochement de tête enthousiaste de Beth ; elle se retient de répliquer sèchement que son père et elle ont plus de bois qu'il n'en faut. Si cela signifie que la cabane dans les arbres de Beth sera sur ses terres, elle peut tolérer que Montson effectue cette dépense.

— J'ignorais que Lord Havenfort et vous l'aviez construite vous-mêmes, dit Albie, impressionné.

— Nous avons été aidés, reconnaît Gwen. Mais Père a insisté pour que nous accomplissions autant de travail que possible. Nous avons presque brisé tous nos doigts et je suis tombée d'un arbre, mais nous avons réussi. C'était amusant.

— Lord Havenfort est un homme bon, dit Albie en souriant.

— Le meilleur, acquiesce Gwen.

— Vous devriez venir chasser avec nous, ajoute Albie, impliquant Montson dans leur échange, bien que Gwen remarque que l'intérêt de Montson paraît tout au plus mitigé. Les terres des Havenfort regorgent de gibier et Lord Havenfort remplit toujours son lac à ras bord. Il lui faut inviter le village entier pour l'ouverture car autrement il ne se vide jamais.

— Voilà qui est fort généreux de sa part, dit Montson avec un sourire tendu.

Gwen se demande la nature de l'hésitation qui se cache sous ses dehors placides.

Son père n'a jamais été rien moins qu'aimable avec lui, même si, comme elle, il le trouve parfaitement ennuyeux.

Beth tapote son genou et lance un regard en direction de leurs parents, tous les deux riant, les joues rosies, se donnant même quelque peu en spectacle.

Gwen aimerait soudain pouvoir partager cette plaisanterie avec eux.

Elle aimerait que Beth et elle puissent simplement s'asseoir à leur propre table, serrées l'une près de l'autre. Aimerait pouvoir passer l'après-midi avec les doigts nus de Beth mêlés aux siens, joues rosies, toutes deux riant à perdre haleine.

Mais au lieu de cela, une tension guindée s'abat sur leur table et Beth repousse ses biscuits dans son assiette. Lord Montson commence à livrer le détail des tâches effectuées sur la propriété des Ashmond chaque été et dit combien Beth adorera cet endroit.

L'appétit de Gwen s'évanouit complètement. Elle résiste à la tentation d'insister sur le fait que Beth sera trop occupée à lui rendre visite pour beaucoup voir Lord Montson.

Le père de Gwen ne se départit pas de son sourire durant toute la soirée. Il revient des cuisines avec leurs desserts, riant seul et époussetant un peu de farine, souillant sa veste, entièrement absorbé dans le souvenir d'une plaisanterie dont elle n'a pas connaissance. Probablement une chose que Lady Demeroven a dite. Gwen l'observe tandis qu'il s'assoit et attaque sa part de gâteau, paraissant toujours heureux comme tout – offrant le visage d'un homme entièrement différent de ce père caustique avec qui elle a quitté la maison le matin même et qui la taquinait à propos d'Albie et Meredith.

— Vous avez l'air absolument épris, dit-elle finalement, incapable de contenir ce commentaire plus longtemps.

On dirait un enfant.

Il lève les yeux au ciel.

— Pas plus que vous.

Gwen s'immobilise.

— Je vous demande pardon ?

— Miss Demeroven et vous, vous êtes inséparables, dirait-on. Je suis étonné que Montson ait pu placer un mot.

— Il n'a pas cessé de parler, réplique Gwen, sentant le rouge lui monter aux joues sans absolument aucune raison.

— Et pourtant c'est vous deux qui avez partagé vos sandwichs, et il a passé plus de temps à élaborer des projets avec Albie qu'avec Miss Demeroven quand nous sommes partis.

— Je ne vois pas ce que vous voulez dire, fait-elle, prenant une bouchée de gâteau pour éviter son regard.

Le retour en voiture n'a été que jeux et amusement, leur conversation portant sur les défauts de Montson, les plaisanteries racontées par Lady Demeroven et l'air parfaitement adorable de Beth en ce jour. Mais à présent il affiche son visage de joueur impitoyable.

Son père adoré est sur le point de lui prodiguer une leçon de vie. Et pour la première fois peut-être de son existence, Gwen est prise de l'envie de fuir.

Parce que ce sentiment qui la tenaille viscéralement est toujours là. Il ne l'a pas quittée depuis le bal. Il n'a fait qu'empirer à mesure que durait le thé, et même avec Beth à ses côtés, elle était incapable de le faire disparaître. Ou peut-être était-il présent parce que Beth était à ses côtés justement. Elle n'a pas envie de réfléchir aux raisons.

— Soyez prudente, Gwennie, c'est tout ce que je vous demande.

Gwen fronce les sourcils.

— Prudente… à quel propos ? demande-t-elle d'un ton feutré, comme si elle était redevenue enfant.

Son père l'observe. Elle patiente tout en le regardant ouvrir et refermer la bouche à quelques reprises avant de secouer la tête.

— Qu'y a-t-il ? demande-t-elle, en haussant les épaules.

Il n'est jamais timide quand il s'agit d'exposer ses opinions et ne recule jamais face à une conversation franche.

Sans mère sous leur toit, ils en ont eu plus d'une.

— Rappelez-vous simplement de la raison pour laquelle vous vous trouvez toutes deux là, c'est tout ce que je demande, finit-il par dire, tendant la main pour presser la sienne qu'elle a serrée en poing, ses ongles mordant dans sa paume.

— Bien sûr, répond-elle, tout en scrutant son visage.

Elle ignore ce qu'il veut dire – ou peut-être n'a-t-elle pas vraiment envie de savoir ce qu'il en est.

Gwen l'observe alors qu'il la dévisage un instant encore avant de se lever. Il s'approche et dépose un baiser sur sa tête.

— Pourquoi n'emporteriez-vous pas tout cela à la cuisine ? propose-t-il d'un ton léger, en désignant du menton la vaisselle.

Mrs Stelm et Mrs Gilpe sont occupées à faire des gâteaux. Je suis sûr qu'elles apprécieraient un peu d'aide.

Il la quitte après lui avoir tapoté l'épaule. Gwen reste assise, laissant ses mots tourner dans sa tête. Prudente… mais à quel propos ? Cela a-t-il trait à sa volonté de se tenir près de son amie ? Ou au risque qu'il y aurait à perturber la relation de Beth ?

Lord Montson n'est peut-être pas assez bien pour Beth, mais elle n'a pas pour intention de bouleverser quoi que ce soit concernant la cour à laquelle se livre le jeune homme auprès d'elle ou de faire quelque chose d'absurde comme cela. Peut-être interférera-t-elle davantage, trouvera-t-elle des moyens de les mettre parfois à l'écart l'un de l'autre, d'épargner à Beth l'épuisement qui accompagne la saison des tentatives de séduction autant qu'elle le pourra. Mais il n'y a rien dans tout cela qui nécessite de sa part de se montrer prudente.

Elle se lève et débarrasse les assiettes machinalement. Les pièces de vaisselle s'entrechoquent entre ses mains. Son père lit dans tout cela quelque chose qui n'existe pas. Une chose étrange et inquiétante mais c'est simplement qu'il est ainsi, surprotecteur et… Gwen ouvre en grand la porte menant à la cuisine et se fige sur place quand ses yeux tombent sur Mrs Gilpe et Mrs Stelm appuyées contre le plan de travail, couvertes de farine et s'embrassant comme si l'air qu'elles respiraient leur était dispensé par la bouche de l'autre.

Il lui faut plus de temps qu'elle ne l'aurait voulu pour décoller ses pieds du sol et repasser le seuil en sens inverse. La porte se referme sur l'image de Mrs Stelm gloussant tandis que Mrs Gilpe se penche en arrière sur le plan de travail, toutes deux un grand sourire aux lèvres et les joues rosies.

Gwen regagne la salle à manger d'un pas chancelant. Elle dépose ses assiettes avec fracas avant de se laisser retomber tremblante sur sa chaise.

Elle le savait. Bien sûr qu'elle le savait – elle le sait depuis son enfance. Jamais le sujet n'a été abordé, mais les femmes partagent la même chambre et échangent des marques d'affection sans vraiment se cacher. Mais elle n'a jamais... au cours de toutes ces années, elle ne les a étrangement jamais vues ensemble. Elle suppose qu'elles font montre de plus de prudence à la campagne avec plus d'employés autour d'elles. La maison de Londres accueille moins de personnel en général. Son père, qui insiste pour que les employés prennent congé le soir, qui s'assure que le foyer compte peu de personnes et conserve intimité et discrétion ... est-ce pour cette raison qu'il lui a demandé de débarrasser les assiettes ? Voulait-il qu'elle voie ?

Pense-t-il qu'elle a ce même penchant ? Pense-t-il qu'elle veut être comme Mrs Stelm et Mrs Gilpe – vivant joyeusement ensemble en secret sous leur toit depuis son enfance ? Ces femmes aimantes, attentionnées, adorables qui l'ont aidée à grandir pense-t-il qu'elle ressent... qu'elle veut... cela... avec Beth ?

Gwen fixe le mur, le regard vide. Elle ne peut... elle apprécie Beth.

Elle pense beaucoup à elle, bien sûr. Et les journées sont plus belles lorsqu'elles peuvent passer du temps ensemble. Et quand elle se prépare pour le bal désormais, elle songe plus à ce que Beth pourrait penser de sa robe qu'à l'avis du moindre jeune homme. Et tenir la main de Beth aujourd'hui a suscité plus d'émotions en elle qu'elle n'en a jamais éprouvées en dansant avec quiconque, même les garçons les plus beaux, les plus charmants.

Mais cela ne veut certainement pas dire que... elles sont *amies*. Ne devrait-elle pas aimer son amie ?

Gwen cligne des yeux alors que l'image de Mrs Stelm et Mrs Gilpe est désormais comme marquée au fer rouge sur sa rétine. Elle n'a jamais beaucoup aimé voir des couples d'amoureux s'embrasser, trouve cela dérangeant et ostentatoire, et a toujours un peu l'impression que chacun dévore le visage de l'autre.

Mais Mrs Gilpe et Mrs Stelm avaient l'air... heureuses. Espiègles, amusantes et radieuses. Magnifiques.

Est-ce ce que veut Gwen ? Est-ce ce qu'elle désire avec Beth ?

Ce pincement qui tenaille son ventre, ce sentiment déstabilisant de jalousie – est-ce parce qu'elle aimerait que ce soient elles contre ce plan de travail, gloussant et s'embrassant, le rouge aux joues ?

Et son père… quoi ? Approuve cette idée ? S'inquiète pour elle ?

Gwen laisse échapper un soupir et s'enfonce plus profondément dans son siège, un poids massif venant oppresser sa poitrine tandis qu'un vertige la saisit.

Il n'était pas furieux. Il n'était pas révulsé. Il n'était pas critique. Mais il l'a vu. Le voit. Voit ce qu'elle s'est répété ne pas ressentir depuis des semaines – des sentiments qu'elle ne devrait pas avoir.

Des sentiments dont la société ne voudra pas. Et dont elle est certaine que Beth ne voudra pas non plus.

Des sentiments qui pourraient les faire toutes deux terriblement souffrir.

9

Beth

Beth, feignant de devoir étirer son cou, jette des regards tout autour d'elle.

Elle est assise avec Lord Montson sur l'un des bancs de la propriété des Bloughton à l'occasion de leur deuxième thé de la semaine. Le gentleman jacasse encore au sujet des paris engagés par son père pour la course d'aviron qui aura lieu le mois prochain, mais Beth prête à peine attention à ses paroles.

Elle sait que Gwen se trouve quelque part tout près. Elle est arrivée en compagnie de son père et Beth a vu sa mère les saluer. Cette dernière et Lord Havenfort sont à présent sur le patio, occupés à discuter paisiblement. Lord Havenfort est penché vers elle pour l'écouter, esquissant un petit sourire narquois en entendant ce qui doit être un commentaire plein d'esprit. Ils deviennent terriblement amis tous les deux, même si Cordelia refuse toujours de dire quoi que ce soit à propos du thé qu'ils ont partagé un peu plus tôt dans la semaine. Beth aimerait se sentir à moitié aussi satisfaite en étant assise comme elle l'est avec Lord Montson que ne semble l'être sa mère en flânant avec Lord Havenfort, échangeant plaisanteries et commérages, son épaule presque collée à la sienne.

Gwen était censée venir la sauver. Elles s'étaient entendues après le départ de Lord Montson pour que la jeune fille vienne faire diversion de sorte que Beth puisse bénéficier d'un petit moment de répit. Lord Montson est charmant, mais il devient de plus en plus intense, et, pour être parfaitement sincère, lever la tête vers lui est douloureux pour son dos et son cerveau. Elle aurait vraiment bien besoin de l'une des blagues douteuses de Gwen en cet instant.

— Donc si le LRC l'emporte, cela pourrait vraiment le mettre dans tous ses états, dit Lord Montson.

Beth dirige de nouveau son attention vers lui, à regret.

— A-t-il parié sur une autre chose ?

— Sur une loi en train de cheminer au sein des Chambres, lâche Lord Montson avec dédain. Mais ce sont vraiment les événements sportifs qui le motivent.

— Il semble en effet en être ainsi avec les hommes, dit Beth en se forçant à esquisser un sourire.

— Pariez-vous sur des jeux de cartes ou quoi que ce soit de la sorte ?

Elle parie, certes, mais n'entend pas à l'avouer, sachant d'autant plus qu'elle ne le fait jamais qu'avec le personnel.

— En aucun cas une lady ne se livrerait à pareille activité, dit-elle.

Lord Montson se met à glousser.

— J'effectue quelques petits paris, concède-t-il, mais rien qui soit comparable à ce que fait mon père. Imaginer ce qui pourrait se produire lorsque l'on va trop loin, comme Lord Mason, me fait froid dans le dos.

Beth se retient de grimacer quand elle aperçoit Mr Mason et Meredith de l'autre côté du chemin, riant ensemble, assis sur une couverture de pique-nique parsemée de fleurs tombées. Lord Montson ne devrait pas parler si ouvertement de la mauvaise fortune des Mason. Gwen lui en a touché un mot et il semble que Mr Mason ait de la chance d'avoir la moindre fortune à offrir, et ce fait tient principalement en l'espèce à l'intervention de Lord Havenfort.

— Il vous faudra donc vous en tenir à des jeux de moindre envergure, acquiesce Beth d'une voix tendue.

Lord Montson opine du chef puis agite la main. Beth tourne la tête et aperçoit la mère du jeune homme qui lui fait signe.

— Je suppose qu'il me faut partir, mais votre mère et vous nous rejoindrez sur le bateau demain, n'est-ce pas ? Ma mère est tellement impatiente d'avoir une compagne et je promets de vous apprendre à le diriger si vous le souhaitez.

Beth opine du chef en affichant le plus beau des sourires dont elle soit capable. Elle est quasiment persuadée qu'elle aura le mal de mer, mais il est si impatient de lui montrer le bateau de son père qu'elle ne peut gâcher son plaisir.

— Parfait. Dans ce cas, je vais prendre congé, annonce-t-il tout en saisissant sa main qu'il lève vers ses lèvres pour y déposer un long baiser.

Beth laisse son large sourire accroché à ses lèvres et baisse les yeux comme si son geste lui procurait un vif plaisir. Elle meurt d'envie qu'il s'en aille. Elle a envie de parler avec Gwen – juste envie de disposer de quelques minutes de liberté, pour s'extraire du rituel que constitue tout cela. Mais Lord Montson prend tout son temps, libérant sa main lentement et restant les yeux baissés vers elle comme si elle était une personne tout à fait spéciale.

Elle aimerait que cela éveille plus de sensations en elle. Elle ignore ce qui ne va pas mais sait qu'il doit certainement y avoir un problème.

Elle est enviée par les personnes présentes dans le jardin, elle peut le voir.

Alors qu'elle n'était personne, elle est devenue l'un des partis les plus convoités de la Saison – elle devrait exulter, être prise de vertige, chavirer de bonheur. Mais au lieu de cela elle est simplement ravie lorsque Lord Montson prend enfin congé après s'être incliné légèrement, affichant son adorable sourire avant de s'éloigner d'un pas tranquille pour rejoindre sa mère.

Beth reste assise, les regardant partir en faisant tressauter sa jambe sous ses jupes. Elle attend qu'ils soient hors de vue pour quitter le banc. Elle prend la direction de la table des rafraîchissements, tout en tentant de ne pas afficher son soulagement. De ne pas donner le sentiment qu'elle cherche désespérément Gwen.

Elle remarque que sa mère et Lord Havenfort sont assis de l'autre côté du patio à présent, parlant avec quelques autres invités, se livrant à des échanges courtois avec leurs relations. Mais alors qu'elle se tient là à les observer, elle constate qu'ils ne cessent de se tourner l'un vers l'autre pour poursuivre leur propre conversation, plus intéressés l'un par l'autre que par toute information partagée par les autres adultes. Leur inconvenance pleine de décontraction la stimule et, cédant à un petit accès de détresse, elle traverse la foule des convives d'un pas décidé, à la recherche de son amie.

Elle aperçoit Gwen tout au bout de la haie. Elle se tient seule, un verre de champagne à la main, et donne l'impression qu'elle aimerait disparaître dans les buissons si elle le pouvait. Beth sent la tension née de sa conversation avec Lord Montson se dissiper enfin. Elle avale une gorgée généreuse dans son verre et se hâte d'aller rejoindre Gwen, une manœuvre assez discrète mais totalement insensée.

— Vous étiez censée venir m'aider à m'échapper, lance-t-elle en venant se glisser aux côtés de Gwen, le tissu de leurs jupes bruissant au contact l'un de l'autre.

Beth aime la façon dont la couleur violet pâle de sa tenue contraste avec le satin vert sombre de celle de son amie. L'ensemble que forment leurs deux toilettes a un air de printemps.

— Désolée, dit Gwen d'un ton raide avant de boire la dernière gorgée de son verre de champagne. Pardonnez-moi.

Beth cligne des yeux et saisit le coude de Gwen.

— Que se passe-t-il donc ?

La jeune fille hésite, arrachant délicatement son bras de la main de Beth.

— Rien. Il me faut plus de champagne.

— En aucun cas, proteste Beth en remarquant la teinte rosée qui s'épanouit déjà le long du cou de Gwen et les quelques boucles blondes échappées de sa coiffure entourant son visage. Bavardez avec moi un instant. Nous pourrons trouver des excuses pour boire de nouveau plus tard.

Les épaules de Gwen s'affaissent sous l'effet de la déception mais elle laisse Beth l'attirer dans leur abri au milieu des buissons. Beth scrute alors son visage, notant la façon dont Gwen évite de poser les yeux sur elle… la façon dont son regard préfère balayer l'assistance, comme si elle était indifférente à sa présence.

— Que s'est-il passé ? insiste-t-elle, inquiète.

— Rien, dit Gwen en faisant tourner son verre vide entre ses mains. Comment se porte Montson ?

— Fort bien. Nous effectuons une sortie en bateau demain, dit Beth d'un ton las, lâchant le coude de Gwen pour nouer son bras au sien mais son amie s'écarte alors. Allez-vous bien ?

— Parfaitement, j'ai chaud, voilà tout, répond Gwen à mi-voix en s'éloignant un peu plus. Va-t-il vous envelopper de ses bras pour vous apprendre à diriger le bateau ?

Beth rougit en entendant la note moqueuse dans sa voix.

La jeune fille lui jette un regard puis lève les yeux au ciel.

— C'est si prévisible.

Beth fronce les sourcils en notant l'air de… mépris, sur son visage.

— J'imagine, en effet. Il est impatient cependant. Tout comme sa mère, au grand dam de la mienne.

— Oui, je suis sûre qu'elles seront amies intimes avant la fin de la saison. Elle pourrait même vivre avec vous et eux, ajoute Gwen.

— Je pense que Mère préférerait mourir. Avez-vous vu, toutefois ? Elle et votre père ont passé la journée à converser. Et à rire.

Gwen acquiesce, se tournant pour regarder de nouveau la fête, l'air indifférent.

Le doute se met à enfler dans la poitrine de Beth. Elle ne peut penser à rien qu'elle ait pu faire qui ait pu la décevoir... l'offenser.

— Êtes-vous fâchée contre moi ? s'enquiert-elle, honteuse de sembler si docile.

Elle est une adulte et toutes deux sont bien trop âgées pour les chicanes de cour d'école.

— Non, dit Gwen en lui jetant un bref regard avant de reposer les yeux sur Mr Mason et Meredith qui ont rejoint un groupe prêt à jouer au croquet. Montson et vous auriez gagné.

Est-elle...

— Êtes-vous jalouse de Lord Montson et moi ? demande-t-elle avant que d'avoir pu censurer cette pensée.

— Je vous en prie, voyons, dit Gwen en riant tandis qu'elle se dirige vers les boissons.

Beth pince les lèvres et la suit après avoir bu le reste de son champagne. Elle se presse et la rejoint.

— Vous vous montrez affreusement malpolie, le savez-vous ?

Gwen se contente de lui répondre par un grognement et s'engage à grands pas vers le côté de la bâtisse comme si cela pouvait suffire à la semer. Beth n'a toutefois nullement envie de perdre son unique amie à cause de Lord Montson, une raison qui serait décidément fort stupide.

— Ce n'est pas comme si j'avais envie de l'épouser, siffle-t-elle entre ses dents.

Elles tournent au coin de la demeure et se dirigent vers la porte ouverte de la cave à vin.

— Vous étiez supposée venir interrompre notre discussion il y a une heure. J'aurais grandement préféré être avec vous.

Beth marque un temps d'hésitation alors que Gwen continue tout droit vers la cave. Elle jette un regard en arrière mais personne ne les a suivies et l'attrait exercé par cet endroit sombre et silencieux est trop fort pour qu'on puisse lui résister. Raison plus décisive encore, peut-être que dans un lieu intime, Gwen se détendra et lui expliquera ce qui ne va pas.

Beth descend dans la cave sombre, seulement baignée de la lumière dispensée par les portes ouvertes au sommet de l'escalier et par une petite fenêtre percée dans le même mur. L'endroit est poussiéreux et exigu mais merveilleusement frais et calme. Gwen s'avance d'un pas décidé vers un empilement de tonneaux, ses souliers noirs frappant la poussière et la faisant tourbillonner dans les rares rais de lumière provenant de l'extérieur.

— Qu'est-ce qui vous prend, enfin ? interroge vivement Beth en s'approchant.

Gwen continue de marcher, tête baissée.

— Quelque chose s'est-il passé avec votre père ?

— Quoi ? Non, dit Gwen, secouant la tête et jetant un regard méprisant à Beth.

— Je suis désolée d'avoir eu à passer du temps avec Lord Montson. C'est... mon Dieu, c'est pour cette raison que nous nous trouvons ici. Il est impossible que vous soyez en colère contre moi. Si vous vouliez bien essayer vous-même, vous vous retrouveriez noyée dans une foule de prétendants et je ne me comporterais pas ainsi que vous le faites, lâche Beth, agacée.

Une autre chose enfle dans sa poitrine à cette pensée, mais elle la repousse, préférant diriger sa colère, sa déception et sa tristesse vers Gwen et son indifférence.

— Je ne désire pas cela plus que vous ne le désirez vous-même, mais je dois... Je n'ai pas le choix, et Lord Montson n'est pas épouvantable. Gwen, je vous en prie, je sais que nous avons conclu une sorte de pacte, mais j'ai besoin de lui, que cela me plaise ou non.

— Il n'est pas épouvantable, reconnaît Gwen en levant les yeux avant de se tourner de nouveau vers les casiers de bouteilles de vin alignés contre les murs. Mais c'est un balourd. Vous pourriez faire mieux.

— Comment ? s'exclame Beth. Si vous ne réussissez pas à obtenir un prétendant, comment suis-je censée y parvenir ?

— Vous le pourrez parce que vous êtes belle et brillante et que vous êtes capable de sourire, de faire la révérence et de donner l'impression d'être alors parfaitement sincère, cingle Gwen.

— C'est… ce n'est pas grand-chose, répond Beth en lui lançant un regard à la fois fasciné et irrité quand Gwen lui fait enfin véritablement face. J'ai la chance que Lord Montson soit intéressé et je devrais… je devrais éprouver de la reconnaissance pour cela.

Le regard de Gwen se fait plus dur.

— Vous méritez sacrément plus que Lord Montson.

— Que voulez-vous de moi ? s'insurge Beth, serrant ses poings contre sa robe. Je ne trouverai pas mieux que lui et je pensais qu'au moins vous seriez à mes côtés alors qu'il me fallait accepter cela.

— Je veux que vous…, dit Gwen s'interrompant dans un soupir.

Quelque chose a changé et Beth aimerait savoir de quoi il s'agit. Comment sont-elles passées du moment où elles se tenaient les mains sous la table à… cela.

— Qu'attendez-vous de moi ? insiste Beth. Que devrais-je faire mieux ?

— Ce n'est pas…

Gwen s'interrompt de nouveau et lance un regard noir à Beth.

— Vous avez eu trois chances et vous n'avez pas réussi. Que fais-je si mal pour que vous puissiez me juger pour cela ? clame Beth. Comment pouvez-vous éprouver la moindre jalousie alors même que vous n'essayez pas vous-même ?

Gwen prend un air renfrogné et s'avance d'un pas décidé. Beth recule en titubant, surprise.

Sa crinoline heurte l'empilement de tonneaux de vin. Mais Gwen ne s'arrête pas. Elle arrive tout contre elle, leurs corsets raides se heurtant l'un l'autre, leurs jupes étant repoussées d'un côté et de l'autre, leurs souffles se mêlant. Ses mains ceignent la taille de Beth et la pressent suffisamment fort pour que cette dernière puisse les sentir sous toutes les couches de tissu séparant leurs deux corps.

— Je ne suis pas jalouse de votre *soupirant*, grommelle Gwen.

Et à cet instant ses lèvres viennent s'écraser sur celles de Beth. Celle-ci hoquette de surprise contre sa bouche, figée sur place par la stupéfaction. Son esprit se vide complètement.

Gwen, ce baiser, le vin, la jalousie… oh.

Oh.

Gwen commence à s'écarter mais les mains de Beth jaillissent, comme d'elles-mêmes, et viennent agripper sa taille pour la maintenir fermement contre elle. Beth se hisse sur la pointe des pieds afin que leurs lèvres soient de nouveau pressées, et un plaisir doux et brûlant s'immisce en elle. C'est ce que l'on est censé ressentir. Se sentir sur le point de défaillir, irradier de bonheur et plus encore.

Gwen soupire contre sa bouche et Beth entrouvre la sienne pour venir sucer la lèvre inférieure de la jeune fille. Gwen lâche une petite plainte et Beth sent un délicieux frisson parcourir son corps. La taille de Gwen entre ses mains, la poitrine de Gwen se pressant contre elle, la plaquant contre les tonneaux derrière elle – tout cela est bouleversant, merveilleux et tellement, tellement plus encore. Gwen laisse entendre de doux gémissements avant de poser sa paume sur la joue de Beth, orientant sa tête pour l'embrasser plus fougueusement et elle se laisse volontiers faire.

C'est comme avoir pris feu et être aspergé d'eau glacée tout à la fois. La peau de ses bras et de ses épaules se hérisse de chair de poule. Une onde de chaleur s'épanouit dans sa poitrine et se diffuse plus bas, jusqu'à son ventre. Elle attire Gwen plus près, se penchant en arrière pour supporter un peu plus de son poids, désireuse d'avoir plus qu'elles ne peuvent avoir avec ces stupides robes entre elles.

Gwen détache ses lèvres des siennes et toutes deux ont le souffle court.

Elle sème des baisers langoureux sur le contour de la mâchoire de Beth. Cette dernière halète, les yeux levés vers le plafond, les vieilles poutres de bois à peine visibles dans la faible lumière. Il n'y a qu'elles deux en ces lieux, bulle secrète cachée aux yeux de monde.

Elle ne peut retenir un petit cri lorsque Gwen se met à mordiller le lobe de son oreille et le son reste suspendu un instant dans l'air environnant.

Elle ignorait que quoi que ce soit pouvait produire pareilles sensations. Quelque chose qui soit à la fois plein de chaleur, doux, fort, intense et magnifique. Elle veut rester ainsi pour toujours, ses mains serrées dans les jupes de Gwen, cette dernière caressant son décolleté.

Elle lâche un petit grognement, tournant la tête pour ravir de nouveau les lèvres de Gwen, suçant sa lèvre inférieure avant que d'y faire courir sa langue. Toutes deux se sentent frissonner quand Gwen lui répond avec une fougue identique et qu'elles s'embrassent ainsi à pleine bouche et que leurs mains courent partout dans leur cou dans un élan doux et vif à la fois. Des rires résonnent soudain au cœur de leur bulle et Gwen se recule, tournant la tête pour fixer les marches remontant vers la pelouse. Beth s'agrippe aux jupes de la jeune fille, refusant d'être séparée d'elle même si plane la menace d'être surprises. Elle serait capable de laisser le monde entier les observer pour pouvoir vivre une autre minute pressée contre ces vieux tonneaux avec les lèvres de Gwen sur les siennes.

Mais personne ne descend l'escalier. Gwen repose lentement son regard sur elle et elles se fixent longuement. Ses mains encadrent toujours le visage de Beth et toutes deux ont les joues en feu et le souffle court.

Beth peine à trouver les mots – *plus, je vous en prie, vite* – ne peut expliquer combien elle désire ardemment, éperdument, rester ainsi pour toujours. Combien ce qui n'a jamais eu le moindre sens jusqu'alors – cela s'est cristallisé dans cet instant – combien il lui semble qu'elles devraient s'enfuir tout de suite, oublier les bals, les sorties en bateau et les soirées et simplement s'étendre sous les arbres dans les bois pour toujours et à jamais.

— Votre mère doit certainement vous chercher.

Beth cligne des yeux, stupéfaite. La main de Gwen quitte subitement son visage. Beth la serre plus fort, refusant de la lâcher même si Gwen tente de s'écarter.

— Elle est avec votre père. Je suis sûre que cette question ne leur importe nullement.

— Vous devriez vous préparer pour demain, choisir votre robe, vous n'avez certainement pas envie de vous faire emporter hors du bateau.

— Gwen, implore Beth, mais son amie secoue la tête, écartant en douceur les mains de Beth de sa taille et reculant d'un pas.

— Amusez-vous bien, dit-elle, et même dans la faible lumière, Beth peut voir la détresse sur son visage.

Elle tourne les talons et se précipite hors de la cave à vin, la laissant appuyée contre les tonneaux.

Beth a les yeux rivés sur les eaux grises et agitées coulant tout près du hangar à bateaux. Ils l'ont rejoint pour prendre le thé et s'abriter de la bruine. Le temps est opportunément morose. En parfaite harmonie avec ce sentiment qui étreint sa poitrine, la douleur dans son ventre et le nœud de tension à la base de son crâne.

— Allez-vous bien ? s'enquiert Lord Montson alors qu'elle se sert une quatrième tasse de thé tandis que Cordelia et Lady Ashmond poursuivent leur discussion sans fin au sujet des nappes qu'il convient d'utiliser pour les dîners mondains.

— Je n'ai pas bien dormi, concède Beth avant de boire une gorgée bouillante.

La chaleur du breuvage la conduit à plaquer sa langue contre son palais, ce qui la ramène dans l'instant à son baiser de la veille avec Gwen – la pression de ses mains, l'habileté de sa bouche, le plaisir enivrant procuré par...

— J'espère que notre sortie en bateau était au moins vivifiante.

Beth se force à sourire, les lèvres plaquées sur le rebord de sa tasse.

— Absolument, concède-t-elle.

La froide brise marine et les épouvantables conditions atmosphériques leur ont fourni à n'en pas douter une distraction, mais celle-ci ne devait certainement pas ressembler à ce qu'il avait espéré, elle en est certaine. La façon dont Lord Montson était pressé contre son dos tandis qu'ils dirigeaient l'embarcation l'a laissée parfaitement insensible. Rien dans cela ne ressemblait au choc violent qu'elle a ressenti contre Gwen.

— Tout va-t-il bien ? demande-t-il de nouveau.

Beth se force à se défaire de son sentiment d'épuisement et de tristesse.

Elle est là pour être une partenaire vive et séduisante. Elle aura plus de temps qu'il n'en faut quand elle sera seule et les yeux grands ouverts ce soir dans son lit pour rejouer en pensée son baiser, pour ruminer ses émotions confuses, pour planifier comment exactement elle pourrait revivre un moment seule avec Gwen.

— Je crois simplement avoir bu trop de champagne hier sous cette écrasante chaleur, dit Beth, tentant de paraître pleine d'autodérision.

Lord Montson hoche la tête doctement.

— Je connais fort bien cette sensation. L'astuce est de boire autant d'eau que de champagne.

Beth évite de lever les yeux au ciel, mais de justesse. Quelles paroles inspirées, vraiment.

Comment diable n'y a-t-elle pas songé elle-même ?

Peut-être parce qu'elle était si stupéfaite, si sidérée et déjà si grandement enivrée qu'elle a vidé quatre verres après que Gwen s'est enfuie. Mr Mason et Meredith l'ont laissée s'asseoir, abasourdie, sur leur couverture de pique-nique jusqu'à ce que sa mère soit prête à quitter la soirée.

Cette dernière a évoqué durant tout le trajet du retour ses conversations avec Lord Havenfort à propos des événements mondains à venir pour cette saison. Puis il a été question de ce qu'elle avait appris de la bouche des autres mères au sujet des Ashmond et de toutes les fabuleuses activités qu'elles avaient proposées pour que les jeunes gens puissent se courtiser.

Cordelia n'a pas remarqué que Beth a à peine parlé la veille au soir. Elle n'a pas noté qu'elle avait regagné sa chambre tôt. Ne l'a pas vue assise sur l'appui de sa fenêtre presque jusqu'à l'aube, revivant les baisers, se demandant ce qui se passerait désormais.

Se demandant quel genre de vie elle pourrait mener qui pourrait lui donner Gwen.

— Mon père ne jure que par un bon morceau de steak en pareil cas, poursuit Lord Montson, et Beth lutte pour lui accorder ne serait-ce que la moitié de son attention. Badigeonné de beurre, bien sûr.

— Bien sûr, pour le gras, je suppose ? demande Beth d'une voix étonnamment calme compte tenu de l'affolement de son pouls.

— Naturellement. Mère boit souvent un autre verre avec son petit déjeuner, tout simplement, ajoute-t-il, s'approchant très près pour lui murmurer à l'oreille.

Beth remarque que sa mère les regarde en souriant, pensant visiblement que le jeune homme lui susurre des mots doux. Mais le souffle de Lord Montson contre son cou ne suscite nul frisson de désir dans son ventre, pas de fourmillement dans ses orteils, pas de sensation d'étourdissement.

— Peut-être est-ce là la meilleure façon d'agir, assène Beth, souriant au moment où Lord Montson s'écarte, l'air amusé. Rester simplement en permanence légèrement enivré. Vous seriez très joyeux.

— Mais je mourrais assez jeune, je pense, dit-il en riant. Vous pourriez peut-être expérimenter la consommation d'alcools moins sucrés. Du vin ou de la bière, par exemple.

Beth hoche la tête, lui adressant ainsi un remerciement feint.

Ces deux boissons la rendent bien plus soûle et ce, plus rapidement ; elles sont trop faciles à consommer. Il est trop simple de boire encore et encore, ainsi que le faisait son père. Boire à l'excès n'est pas par conséquent un genre de comportement qu'elle adopte en général, à moins qu'elle ait été précédemment embrassée follement, apparemment.

Elle a vu ce que l'excès de boisson peut faire à une personne.

Mais elle sait que la plupart des hommes ne font pas preuve de la même prudence qu'elle.

— Quel est votre poison de prédilection ? demande-t-elle, espérant encourager Lord Montson à se livrer à l'un de ses monologues de sorte à pouvoir désactiver de nouveau son cerveau et se contenter de suivre du regard les gouttes de pluie coulant sur les fenêtres.

Lord Montson répond parfaitement à son attente, ce qui permet à Beth de replonger dans un léger hébétement. Quel avenir Gwen et elle peuvent-elles espérer avoir ? Il n'existe nul dispositif leur permettant de posséder une propriété séparément, à peine plus pour en posséder une ensemble, et elles n'ont pas assez d'argent pour vivre.

Elles pourraient être des compagnes occasionnelles, comme ces femmes qui rendaient parfois visite à sa mère lors de séjours à la campagne. Beth se fige tandis que Lord Montson continue de jacasser à propos des différences entre plusieurs marques de whisky. Cordelia et ses amies… Non, non, elle l'aurait su, n'est-ce pas ? Elle aurait été capable de le percevoir.

Mais là encore, elle n'avait pas la moindre idée avant la veille que l'affection qu'elle ressent pour Gwen pourrait se traduire par une telle… ardeur. Que le picotement de ses mains quand elle touchait les siennes avait une nature spécifique ou que la façon dont elle admirait le visage de Gwen n'était pas une simple observation naturelle.

Mais à présent… à présent, penser à son sourire, au contact de ses doigts, à son rire – voilà qui fait s'envoler des papillons dans son ventre. Comment a-t-elle pu se méconnaître tant ? S'est-elle toujours sentie ainsi – a-t-elle toujours souhaité embrasser ses amies, toujours désiré qu'elles la touchent, lui témoignent de l'affection, ressentent pour elle de la passion ?

Non. Jamais elle n'a rien ressenti de la sorte. Voilà qui est merveilleux, dévastateur et dévorant.

C'est comme si Gwen avait allumé une étincelle toute neuve, qui n'existait pas avant la journée d'hier, avant le moment où leurs lèvres se sont touchées, et que la possibilité de vivre plus avait créé une explosion.

Une explosion qui ne peut disparaître.

Il n'y aura pas de retour en arrière. Ce qu'elle ressent pour Gwen, elle ne l'éprouvera jamais pour personne d'autre. C'est rare, beau et elle veut plus de cette chose-là. Plus des mains de Gwen, de ses lèvres, de son temps, de son affection, de… Elle jette un regard à Lord Montson, occupé à présent à parler avec passion de sauts, et ces ailes de papillon extatiques se transforment en lames de rasoirs qui viennent se loger au sommet de son estomac pour y imprimer une vive douleur qui n'est pas près de disparaître.

Il y a ici un avenir qui se construit pour elle où se mêlent luxe, sécurité et la personne de Lord Montson. C'est la plus parfaite promesse de stabilité et de protection qu'une femme puisse espérer. Elle sait fort bien que ce n'est pas là une garantie en matière de gentillesse, mais au moins jusqu'à la mort de cet homme, on subviendra à ses besoins. C'est un avenir qui est aussi stable, robuste et prévisible que possible. Un avenir qui devrait être l'unique objet de son attention. Un avenir qui est la raison pour laquelle elle a initialement fait la connaissance de Gwen.

Elle est ici pour participer à la Saison, et uniquement à cette Saison – faire une rencontre sérieuse, obtenir un époux, vivre heureuse avec lui pour toujours. Sa mère compte sur elle,

Miss Wilson compte sur elle. Une union avec l'héritier Ashmond, c'est là le but poursuivi.

Mais comment va-t-elle imprimer cela dans son esprit alors qu'elle ne ressent rien pour Lord Montson et tout, absolument tout, pour Gwen ?

10

Gwen

Gwen est assise devant le pianoforte, affalée sur son siège, apathique. Elle se force à travailler ses gammes tout en commettant des erreurs intentionnelles. Mais cela ne l'aide en rien. Deux jours se sont écoulés depuis qu'elle a vu Beth et elle a l'impression qu'elle pourrait ramper hors de sa propre peau.

Elle sait qu'elle devrait regretter son geste. La situation dans laquelle elle les a toutes deux placées, le caractère inconvenant, le péché que cela constitue – mais tout ce dont elle a envie, c'est de se trouver de nouveau dans cette cave à vin obscure et poussiéreuse pressée contre sa meilleure amie, dévorant sa bouche comme si c'était la fin du monde.

Gwen lâche un petit grognement et laisse sa tête retomber contre le couvercle du clavier. Une part d'elle croyait vraiment que si elle parvenait simplement à se libérer en agissant une bonne fois pour toutes, ce serait la fin de tout cela.

La fin des pensées confuses, des folles envies, de la mélancolie et de la frustration. Mais au lieu de cela, elle a rendu la situation dix fois pire. Et maintenant il lui faudra regarder Beth épouser Lord Montson en sachant que... En sachant quoi ? En sachant ce que c'est que d'avoir une chose qu'elle ne pourra plus jamais avoir ? Ce que c'est que de tenir dans ses bras quelqu'un à qui elle tient véritablement ? En sachant ce que c'est que c'est d'être amoureuse ?

L'est-elle ? Amoureuse ?

Gwen se redresse et fixe d'un air absent la bruine qui ne cesse de tomber derrière la fenêtre. Ce qu'elle ressent est-il de l'amour ? Cette pensée obsédante ? Le picotement brûlant qui court sur sa peau lorsqu'elle songe à leur baiser ? Ce sourire qui naît sur ses lèvres quand elle pense au sourire de Beth ? Est-ce de l'amour ?

Un homme se croirait-il amoureux après un baiser ? Elle ne peut certainement pas être tombée si profondément amoureuse si rapidement, et encore moins d'une femme qu'elle ne connaît que depuis deux mois.

Mais les papillons dans son ventre lui racontent une tout autre histoire. Elles ne se connaissent peut-être que depuis peu mais Gwen ne s'est jamais sentie si proche de quiconque, homme ou femme, de toute sa vie. Le jour ne semble pas aussi éclatant si Beth n'est pas là.

Mais cette dernière pourrait ne pas éprouver ce qu'elle éprouve. Elle était si happée par la fièvre, le contact si rapproché de leurs deux corps qu'elle a peut-être imaginé que Beth agrippait ses hanches pour l'attirer plus près. Peut-être Beth était-elle révulsée et trop surprise pour s'échapper. Et si elle ne ressentait pas la même chose ? Et si elle ne faisait qu'attendre le prochain thé pour poliment repousser Gwen ?

La jeune fille se mordille l'intérieur de la bouche et se blesse un peu la lèvre. Et si Beth ne ressentait pas la même chose ? Que se passerait-il alors ? Et, ce qui serait d'une certaine façon à la fois mieux et pire, que se passerait-il si elle éprouvait au contraire la même chose que Gwen ?

— Ah, vous voici !

Gwen sursaute et manque de tomber de la banquette, une main plaquée contre son cœur. Elle voit alors son père entrer à grands pas dans la pièce, les joues rougies et les cheveux mouillés.

Il n'était pas censé revenir avant la fin de l'après-midi – il était question d'une réunion de parlementaires au club.

Gwen cligne des yeux en remarquant l'heure indiquée par l'horloge sur la tablette de la cheminée.

Il est déjà presque 5 heures. Est-elle réellement restée assise là l'air morose durant tout l'après-midi ?

— Montez dans votre chambre et passez une robe, lance son père.

Gwen le regarde fixement. C'est comme s'il fallait à ses mots fendre un épais brouillard pour lui parvenir.

— Que dites-vous ?

— Allez vous habiller. Je vous emmène avec Miss Demeroven et Lady Demeroven à l'opéra pour fêter cela.

Gwen sent son ventre se nouer.

— Que voulez-vous célébrer ?

— Nous allons faire adopter la Loi sur les affaires matrimoniales, annonce son père, son large sourire fendant presque son visage en deux.

— C'est… merveilleux, parvient à prononcer Gwen dans un effort pour exprimer une joie semblable à la sienne.

Elle sait combien il a travaillé dur pour cela – combien cela compte à ses yeux – mais le sentiment de crainte étreignant sa poitrine rend tout sourire difficile.

— J'ai envoyé Mrs Stelm à l'étage pour qu'elle prépare votre plus belle robe. Nous dînerons au Wilton puis prendrons une voiture jusqu'au théâtre. J'ai réservé un box, le meilleur de l'établissement.

Gwen ravale son sentiment de malaise et tente d'afficher un sourire.

— Vous êtes très enthousiaste.

Il éclate de rire.

— Oui. À présent, allez donc vous faire une beauté, et j'en ferai autant.

Gwen rit malgré elle et le laisse l'entraîner hors du petit salon, tout en l'écoutant tandis qu'il jacasse à propos de différentes transactions commerciales et négociations qui ont donné lieu à cette magnifique certitude quant à l'obtention des votes. Bien sûr, il faut que ce quorum continue d'exister jusqu'au vote, mais ils ont réussi.

Il la conduit dans l'escalier jusqu'à sa chambre et la confie aux bons soins de Mrs Gilpe et Mrs Stelm. Gwen sent son estomac se tordre.

Des images d'elles deux enlacées dans la cuisine emplissent son esprit tandis que le duo se déplace autour d'elle, l'aidant à quitter sa robe d'intérieur et à enfiler chemise et corset propres.

Leurs estomacs ont-ils ainsi effectué un saut périlleux la première fois qu'elles ont embrassé une femme ? Comment en sont-elles même arrivées à l'idée qu'elles pouvaient le faire ? Et se sont-elles trouvées l'une l'autre ? Comment ont-elles décidé ensemble de tout risquer pour s'étendre dans le même lit chaque nuit ?

— Vous sentez-vous bien ? demande Mrs Gilpe tandis que Mrs Stelm ajuste le corset.

— Comment avez-vous..., lâche Gwen, s'arrêtant juste avant de crier sa question à la manière d'une sommation.

Ses gouvernantes échangent un regard perplexe et Gwen serre les poings, se sentant excessivement mal à l'aise et l'estomac noué.

— Quelque chose vous tracasse-t-il ? questionne d'une voix douce Mrs Stelm.

Il est plus facile de faire face à son visage plus rond et à son air plus ouvert qu'au regard scrutateur de Mrs Gilpe.

Elle sait que toutes deux l'aiment. Mrs Stelm a simplement toujours été la plus douce des deux. Parce qu'elles ont toujours été une sorte de duo toutes les deux.

Même si Gwen n'y a jamais beaucoup réfléchi... même si la question n'a jamais été débattue ou évoquée, elles forment bel et bien un duo. Une équipe. Un... couple.

— Comment vous êtes-vous rencontrées ? ose alors Gwen,

essayant de paraître presque indifférente, bien qu'elle puisse dire à en juger par l'expression de leurs deux visages que son attitude paraît surjouée.

— Mrs Gilpe est auprès de votre famille depuis sa naissance, énonce lentement Mrs Stelm.

— En effet, je le sais, marmonne Gwen qui se sent alors un peu stupide.

Elle sait *comment* elles se sont rencontrées. Mrs Stelm a été embauchée par la mère de son père sur la recommandation d'une couturière locale. Et bien sûr Mrs Gilpe vit avec les Havenfort depuis sa plus tendre enfance, parce que son père était le jardinier de la famille. Elles ont donc fait connaissance dans leur propriété à la campagne et ont travaillé ensemble durant toute l'existence de Gwen.

Elle ne sait comment demander ce qu'elle veut réellement savoir. Comment deux femmes décident-elles de…

— Je pensais bien vous avoir entendue entrer dans la cuisine il y a de cela quelques soirs, dit négligemment Mrs Gilpe.

Elle se penche pour relever la cage de la crinoline puis s'avance derrière Gwen pour la fixer à sa taille.

— Votre père vous a demandé d'emporter la vaisselle à la cuisine ?

Gwen opine du chef et voit les yeux de Mrs Stelm s'écarquiller. Les deux femmes échangent un regard complice. Ce qui la fait rougir. Pourquoi tout le monde sous son toit semble-t-il l'avoir vu avant elle ? Elle n'est pas une enfant. Elle est dans le monde depuis quatre Saisons, elle est… expérimentée pour ce qui concerne les réalités des cours amoureuses. Pourquoi ceci l'a-t-il percutée à la manière d'un carrosse roulant à vive allure ?

— Y avait-il quelque chose que vous souhaitiez demander ?

Mrs Stelm lui sourit, affichant une expression douce et ouverte, comme lorsque Gwen posait des questions du temps de son enfance. *Comment font les abeilles pour dormir ? Pourquoi le ciel est-il bleu ? Pourquoi les arbres perdent-ils leurs feuilles ?* Mais son interrogation actuelle lui semble trop gigantesque pour être énoncée.

— Vous aviez l'air heureuses, dit Gwen, laissant les mots sortir librement de sa bouche même si elle parait incapable de trouver le courage de poser la question qui l'intéresse.

— Nous le sommes, répond résolument Mrs Gilpe comme s'il s'agissait d'une chose simple et acquise.

— Je suis désolée si cela vous perturbe, de nous voir ainsi, ajoute Mrs Stelm.

— Non ! s'exclame Gwen, grimaçant au moment où toutes deux sursautent sous l'effet de la surprise.

Elle ne veut pas qu'elles pensent que...

— Ce n'est pas du tout cela. Non, je suis... je suis heureuse. Enfin, je veux dire, je le savais, mais je suis... cela semblait... agréable, balbutie-t-elle, les joues subitement écarlates.

Mrs Gilpe et Mrs Stelm échangent un autre regard complice et Gwen est saisie de l'envie de disparaître dans le sol. *Agréable.* Elle les a prises en flagrant délit et tout ce qu'elle est capable de dire c'est que cela semblait *agréable* ? Comment peut-elle même émettre un commentaire ? Elle se mord la lèvre. Si l'une d'elles était un homme, ce serait un scandale. Et elle ne trouverait certainement pas cela agréable. Un homme vous poussant contre un plan de travail, enfouissant son visage dans votre cou, agrippant votre taille – voilà qui paraîtrait barbare. Mais ce qu'elle a vu était autre chose. Ce n'était que petits rires ravis, joues rougissantes et juste...

— Ça l'était en effet, dit Mrs Stelm en réprimant un rire. Agréable.

Gwen lâche un petit grognement confus.

— Je ne...

— Si c'est consenti, deux personnes qui se touchent de cette façon... ce devrait toujours être agréable, ajoute Mrs Gilpe.

Mrs Stelm se met alors à glousser. Gwen observe son reflet

tandis que son rougissement se diffuse de sa poitrine à la pointe de ses oreilles. Elle ressemble à une tomate.

— J'ignore combien de baisers vous avez eus... même si, bien évidemment, la réponse devrait être « aucun », poursuit Mrs Gilpe, fixant Gwen d'un regard sévère avant d'éclater de rire elle-même.

Gwen la dévisage. Elle a rarement vu la femme si ouverte.

— Seulement deux - enfin, trois, corrige-t-elle, son visage rougissant plus encore quand des souvenirs de son moment avec Beth traversent son esprit. J'ai juste, je... Comment avez-vous décidé d'être... d'être ainsi ?

Elle achève sa phrase par un murmure, se sentant gênée et honteuse de sa curiosité.

Elle ne poserait pas la question si l'une d'elles était un homme. Personne n'a besoin de poser de question lorsqu'une des deux personnes est un homme. C'est simplement ainsi que les choses sont censées se passer. Si vous naissez fille, vous grandissez pour devenir une épouse, puis une mère, puis, plus que probablement, une veuve, puis vous trépassez, en laissant derrière vous, avec un peu de chance, quelques héritiers mâles.

Vous ne grandissez pas pour embrasser vos meilleures amies et devenir vieille fille.

— J'ai eu plus que ma part de baisers quand j'étais jeune fille, dit Mrs Stelm.

Mrs Gilpe s'empresse d'aller fermer la porte de la chambre de Gwen. Cette dernière déglutit quand elle se retrouve plongée dans cette atmosphère de parfaite intimité. Elle n'est pas certaine d'avoir vraiment envie de savoir cela. Elle a l'impression que nul retour en arrière n'est possible, comme si en quelque sorte cette conversation consolidera une réalité qu'elle n'est pas certaine de vouloir affronter. Mais elle l'a déjà initiée. S'est déjà plaquée contre Beth et s'est emparée de sa bouche - elle aurait été plus conquérante encore si elle avait pu.

— Et je parie qu'aucun d'eux ne vous a procuré la sensation

que vous avez éprouvée lorsque vous avez embrassé cette nouvelle débutante dont vous parlez toujours ? dit Mrs Stelm.

Gwen se sent vaciller. Comment *savent*-elles ?

— Oh ! ma chérie, cela se lisait clairement sur votre visage lorsque vous êtes revenue de cette *garden-party*, dit Mrs Stelm.

— C'était comme si vous aviez été frappée à l'estomac, giflée et qu'on vous avait ensuite offert un nouveau poney, ajoute Mrs Gilpe qui glousse de rire alors que Mrs Stelm lui donne une petite tape sur le bras.

— C'est un peu ce que j'ai ressenti, en effet, murmure Gwen, quelque chose se libérant en elle alors qu'elle croise leur regard dans le miroir.

Exprimer sa vérité est comme prendre une inspiration venant chasser le sentiment de panique qui étreint fermement sa poitrine.

— Une fois que l'on a été embrassée ainsi, il est difficile de retourner aux autres baisers, énonce Mrs Gilpe avec franchise.

Gwen sent ses épaules s'affaisser. Elle sait qu'elle ne ressentira jamais la même chose avec un homme. Ce n'est pas que les baisers échangés lors de ses premières Saisons étaient atroces, mais ils n'étaient pas... ceux de Beth.

— Et vous n'avez jamais songé à vous marier malgré tout, l'une ou l'autre ? s'enquiert-elle.

Mrs Gilpe et Mrs Stelm échangent un long regard. Gwen observe leur conversation silencieuse avec un intérêt tout neuf. Elle a vu des couples lors de soirées se regarder de cette façon, engageant une discussion silencieuse avant de formuler une réponse.

— Notre souhait était de trouver une façon d'être mariées ensemble, lui répond Mrs Gilpe en croisant son regard dans le reflet du miroir.

Toutes deux s'approchent derrière elle.

— Mais, et c'est la seule fois de votre vie que vous m'entendrez dire cela, ceci était plus simple pour nous en tant que roturières que ce ne le sera jamais pour vous.

Gwen laisse échapper un rire surpris.

— Oh ! vraiment ?

Mrs Stelm sourit.

— Même si vous savez que nous dormons dans la même chambre et que nous nous faisons appeler « Madame » en dépit du fait qu'aucune de nous n'ait de mari, à combien de reprises avez-vous réellement réfléchi à notre situation ? demande-t-elle.

Gwen se mord l'intérieur de la joue, peu encline à répondre qu'elle ne l'a jamais fait, pas même une fois. C'est juste ainsi que les choses ont toujours été, même si elle sait qu'il y a plus qu'assez de chambres destinées aux domestiques pour que toutes deux puissent en avoir deux qui communiquent si tel était leur désir.

— Ce qui est précisément ce que nous imaginions. Et étant donné que votre père s'intéresse aussi peu à nos vies amoureuses qu'à celles des autres, cela n'a jamais représenté le moindre problème, ajoute Mrs Gilpe.

— Mais, en toute honnêteté, votre père n'est pas un lord ordinaire. Il est certain que dans une autre maison nous n'aurions pas vécu ainsi longtemps. Votre mère n'a jamais saisi ce qui se passait entre nous, précise Mrs Stelm après un instant de silence.

— Oh ! elle nous aurait toutes deux fait jeter à l'asile, dit Mrs Gilpe en lâchant un ricanement amer. Nous étions juste prudentes.

— Pourquoi aurait-elle fait une chose pareille ? questionne Gwen, la question jaillissant spontanément comme si elle était une enfant innocente.

Elle sait que sa mère était loin d'être une sainte. Elle a surpris des phrases cruelles dont son père prétendait qu'elles étaient simplement l'expression de traits d'esprit, mais Gwen a entendu suffisamment d'histoires pour savoir que de la méchanceté se cachait derrière la façade de la beauté.

Mais faire jeter deux femmes à l'asile pour avoir commis le crime de vouloir être heureuses ?

— Votre père est un homme bon. Votre mère était une femme de son temps et de son rang. Cela l'aurait heurtée, dit Mrs Gilpe.

— Était-elle réellement si abominable que cela ? s'enquiert Gwen, en fixant son reflet.

Qu'aurait donc pensé sa mère d'elle, alors, elle qui rêve de baisers échangés avec sa meilleure amie ?

— Je crois qu'elle était très malheureuse, dit Mrs Stelm d'une voix douce, tendant la main pour presser l'épaule de Gwen. Les gens malheureux sont souvent cruels pour échapper à la cruauté qui brûle leur propre cœur.

— Quoi qu'il en soit, vous êtes une adorable jeune femme, et n'importe qui aurait beaucoup de chance de vous avoir pour épouse. Que ce soit ou non ce que vous souhaitez, sachez que des dispositions peuvent être prises, explique Mrs Gilpe.

Gwen croise son regard dans le miroir.

— Que voulez-vous dire ?

— Nombre de jeunes épouses ont auprès d'elle une compagne en permanence ou lui rendant de fréquentes visites tout au long de l'année. Et dans un nombre encore plus grand de cas, mari et épouse dorment séparément. Vous pouvez vivre votre propre vie, si vous trouvez la personne qui vous convient. Votre rang pourrait vous placer en position favorable pour orchestrer votre propre manière de vivre.

Des compagnes, rien de plus, dérobant ce qu'elles peuvent de moments tandis que leurs maris sont partis siéger au Parlement ou qu'ils dorment dans une autre aile de leur demeure.

— Mais, ce soir, tout ce que vous avez à faire est enfiler votre robe et profiter d'un dîner et d'une soirée à l'opéra avec votre père et votre amie, dit Mrs Stelm en se faufilant pour venir chatouiller le flanc de Gwen et chasser de son visage toute trace d'inquiétude.

Cela fonctionne à moitié.

— Oui, il semblait en effet très impatient d'inviter Lady Demeroven à ce rendez-vous galant.

Gwen se sent prise de vertige pour la seconde fois.

— C'est un rendez-vous galant ?

— Oh ! vous êtes vraiment un cas désespéré ! dit Mrs Gilpe.

Gwen jette un regard noir aux deux femmes qui éclatent de rire tout en l'aidant à se glisser dans sa robe.

Mais leurs sourires sont empreints de douceur et elle les aime tendrement. Plus tendrement qu'elle ne s'en serait jamais imaginée capable – des sœurs dans un monde différent de celui dans lequel elles se trouvent actuellement.

11

Beth

Être assise à côté de Gwen dans la somptueuse voiture à cheval est incroyablement éprouvant pour les nerfs.

Leurs parents ne cessent de parler, Cordelia essayant d'en savoir plus quant au dîner qui les attend et devenant de plus en plus pressante à mesure que Lord Havenfort lui indique qu'elle fait fausse route quant à ses suppositions. Le gentleman à l'air heureux comme un roi, visiblement conquis par la splendide robe de Cordelia, sa superbe chevelure et son air épris.

Si Beth n'était pas si atrocement consciente du moindre mouvement de Gwen près d'elle, elle serait absolument ravie que leurs parents aient l'air si heureux. Que sa mère ait accepté l'invitation était en soi prodigieux mais à présent elle est là et se comporte de manière fort puérile. Beth devrait sautiller de bonheur. Mais elle a du mal à se concentrer.

Gwen s'agite dans sa jupe bleu sombre, ses mains fermement serrées sur ses genoux et Beth ressent l'oscillation de sa crinoline qui en résulte aussi fortement que si elle était produite par un tremblement de terre. Elle risque un regard dans sa direction, mais Gwen se mord la lèvre, les yeux rivés sur la fenêtre. Beth prend ses gants, nouant ses mains sur ses cuisses pour ne pas céder à l'envie d'arranger la disposition des jupes de son amie.

Cela fait des jours qu'elles ne se sont pas vues et elle n'est même pas capable d'articuler un simple bonjour sans avoir l'impression que chaque pensée confuse, emplie d'espoir, désespérée qu'elle ait eue depuis ne s'exprimera pas subitement dans l'une de ses paroles. Elle se trouve stupide, a trop chaud et se sent angoissée comme elle ne l'a pas été depuis le premier bal de la Saison.

Son état est même pire, à vrai dire.

Parce qu'il s'agit de *Gwen*. Elle a embrassé Gwen. Enfin, Gwen l'a embrassée et elle l'a embrassée à son tour puis Gwen s'est enfuie, le monde entier a été alors mis sens dessus dessous et à présent voilà qu'elle est assise là...

La voiture s'arrête et Lord Havenfort la quitte sans délai pour tendre sa main vers Cordelia qui s'empresse de le rejoindre. Beth se dit qu'il a peut-être enfin indiqué où ils se trouvaient mais à la vérité tous les sons se mêlent en cet instant en un bourdonnement résonnant à ses oreilles.

— À vous.

Beth sursaute à ces mots et manque presque de tomber de son siège. Un air de stupéfaction sur le visage, elle remarque l'expression amusée de Gwen.

— Oh ! dit-elle, comme hébétée, suivant des yeux le signe de tête de son amie en direction de la main que lui tend Lord Havenfort. Très bien.

Elle glisse sa paume aux doigts engourdis dans la sienne et quitte la voiture, les yeux levés vers les murs blanchis à la chaux du Wilton qui clame être le premier bar à huîtres de Londres.

Jamais elle n'a mangé d'huître.

— Il s'agit du meilleur restaurant de fruits de mer de tout Londres, leur indique Lord Havenfort tout en menant leur groupe vers l'entrée.

Beth sent les battements de son cœur s'accélérer quand la main de Gwen frôle le bas de son dos pour la pousser doucement vers l'intérieur à la suite de sa mère. Le contact propulse des frissons tout au long de sa colonne vertébrale. Elle espère que Gwen ne peut le percevoir.

Le long des murs s'alignent des boxes de velours vert divisés par des tables couvertes de nappes de lin blanc pourvues en leur centre de chandelles projetant des lueurs vacillantes.

Il y a un bar imposant en chêne le long d'un des murs et des serveurs en grande tenue déambulent parmi les tables, distribuant assiettes de poissons et de crustacés.

L'odeur évoque l'air doux et salé de l'océan.

— Lord Havenfort, bien sûr, suivez-moi, je vous prie, dit l'hôte en les guidant vers le coin du fond de la salle où le box le plus vaste a été réservé.

Beth se raidit en voyant sa mère et Lord Havenfort se glisser sur le même côté, ne laissant aux jeunes filles pas d'autre choix que de venir s'asseoir face à eux. Leurs jupes se pressent de nouveau l'une contre l'autre, leurs épaules se touchent.

Le contact envoie une onde le long de son bras et Beth espère de tout son cœur que personne ne peut voir le feu qui gagne ses joues à la lumière vacillante des chandelles.

— J'ai emmené votre mère au Wilton il y a vingt-deux ans de cela, énonce Lord Havenfort, et un instant est nécessaire à Beth pour qu'elle réalise que c'est à elle qu'il s'adresse.

— Vraiment ? s'étonne-t-elle, essayant de se concentrer suffisamment pour se réjouir à cette pensée - essayant de garder ses idées suffisamment claires pour réaliser qu'il s'agit d'un *rendez-vous galant*.

Il les a invitées ici parce que cet endroit est spécial pour sa mère.

— Ce n'était qu'un kiosque à l'époque, ajoute Cordelia dont le visage s'illumine à l'évocation du souvenir.

Beth ne l'a pas vue aussi joyeuse depuis très longtemps.

— Nous nous sommes enfuis de… de quoi s'agissait-il, déjà ? De leçons de danse ?

— De badminton, peut-être ? hasarde Lord Havenfort. Quelque chose de pompeux. Je l'ai convaincue de prendre une voiture avec moi pour rejoindre Great Ryder Street et nous avons flâné et parcouru les boutiques. Nous avons dégusté des huîtres ici...

— Puis de la glace et des pâtisseries plus bas dans la rue. Pensez-vous que la boutique existe toujours ?

— Elle s'appelait Gephino's, n'est-ce pas ? demande Lord Havenfort et Beth les regarde tandis qu'ils inclinent leur tête l'un vers l'autre, échangeant chacun à leur tour les noms d'anciens restaurants.

— Peut-être devrions-nous nous éclipser lors de notre prochain thé, susurre Gwen, sa bouche tout près de l'oreille de Beth qui sursaute violemment, amenant ainsi leurs jupes à se percuter.

Gwen grimace tandis que Beth trouve suffisamment de courage pour croiser son regard, pour agir comme si elle n'était pas complètement ébranlée par le simple fait d'être assise près d'elle.

— Nous devrions, acquiesce-t-elle, d'une voix tendue et aiguë. Je doute toutefois que nous puissions simplement louer une voiture.

— Il nous faudrait convaincre Albie... ce qui est affreusement peu pratique, vraiment, acquiesce Gwen, hésitante. Jamais il ne voudra laisser Meredith.

— Elle pourrait être partante, dit Beth, les imaginant tous les quatre abandonnant leur thé, dans leurs plus beaux habits, pour aller flâner dans les marchés aux poissons et acheter de la cuisine de rue.

— Ce pourrait être amusant.

— Oui, vraiment, reconnaît Gwen, avec un sourire timide. Je vous offrirais une glace.

Beth sent un peu de son hésitation s'envoler. C'est facile – familier – de prévoir des frasques avec Gwen. Même après tous ces... baisers, elles sont toujours amies. À tout le moins, elles sont toujours amies.

Et une activité aussi simple que de parcourir un marché aux poissons paraît si amusante parce que Gwen serait présente. Elle rend tout si amusant.

Tout est mieux avec Gwen, qu'il s'agisse de s'embrasser ou d'être assise là à écouter leurs parents se chamailler.

Sa mère rit bruyamment et Lord Havenfort lui demande gaiement de faire silence tout en gloussant. Il ne s'agit pas vraiment de chamailleries mais plutôt de... flirt ? Il semble qu'il s'agisse là d'un trait familial de transformer les activités banales en amusement.

— Tenez-vous correctement, enfin, le réprimande Gwen en riant.

Son père feint de lui adresser un regard noir et Cordelia se redresse, en s'essuyant les yeux. Beth ne sait même pas quelle était la cause de leurs rires. Elle est sur le point de s'en enquérir lorsqu'un homme vêtu d'un veston de velours vert s'approche de leur table. Il arbore une grande moustache et une touffe de cheveux bruns bouclés, qui toutes deux complètent à merveille son sourire radieux. Sa veste est assortie à la couleur des boxes.

— Mr Wilton, lance Lord Havenfort qui tente de se lever et manque de tomber quand ses pieds se prennent dans les jupes de Gwen et de Cordelia.

— Asseyez-vous, asseyez-vous, dit l'homme.

Lord Havenfort se laisse retomber sur son siège et Beth dissimule un rire.

— Cela fait trop longtemps.

— En effet, acquiesce Lord Havenfort. Vous souvenez-vous...

— Mais bien sûr ! dit Mr Wilton en adressant un sourire éclatant à Cordelia. Miss Paulson.

— Lady Demeroven, maintenant, dit-elle en souriant. C'est un plaisir de vous voir.

Mr Wilton regarde brièvement Lord Havenfort en fronçant les sourcils avant d'adresser à Mère un salut gracieux.

— C'est un plaisir de vous revoir, milady. Eh bien, j'imagine que cette occasion mérite la spécialité du chef, dit-il en reportant son regard sur Lord Havenfort.

— Et ce serait...

— Absolument tout ! lance Mr Wilton d'un ton enjoué. Pour vous, Lord Havenfort, nous servirons le menu entier. J'espère que ces dames qui vous accompagnent ont bel appétit, ajoute-t-il en s'inclinant légèrement vers Beth et Gwen avant de disparaître de nouveau vers l'endroit qu'elles supposent être les cuisines.

— Vous vous apprêtez à vous régaler, dit Lord Havenfort.

— Tout, Dashiell, vraiment ? fait Cordelia et il éclate de rire.

— Ne vous sentez-vous pas capable de relever le défi ?

Elle hésite un instant avant de jeter un regard à Beth.

— Qu'en pensez-vous chérie, pouvons-nous ne faire qu'une bouchée d'eux en mangeant plus qu'ils ne le pourront ?

Beth regarde un instant sa mère, bouche bée, avant que l'air de défi dans son regard et les ricanements de Gwen ne finissent par la convaincre.

— Oh ! absolument.

— Il nous faudra prévoir de partir assez tôt pour avoir le temps de rejoindre l'opéra à pied, dit Gwen, qui éclate de rire quand Lord Havenfort vient presser son épaule.

— Vous êtes bien ma fille, décidément.

Un autre serveur s'approche avec des verres de champagne.

Après qu'il les a distribués consciencieusement, son regard s'attarde sur Gwen. Beth sent son estomac se serrer, un accès brutal, brûlant de jalousie s'allumant en elle.

Elle cligne des yeux tandis que l'homme tourne les talons et s'éloigne, sans que personne à leur table ne se soit rendu compte de rien. Lord Havenfort lève son verre. Elle l'imite avec, complètement déconcertée par l'extrême diversité d'émotions qu'elle a ressenties au cours des trente dernières minutes uniquement. Jamais jusqu'à ce jour elle n'a été aussi bouleversée. Songer à Gwen désormais produit en elle un chaos complet, des papillons s'agitent…

— À la sécurité des femmes en tous lieux, et à la bonne santé et au bonheur des trois femmes magnifiques qui m'accompagnent ce soir, dit Lord Havenfort.

Beth boit une gorgée, laissant les bulles éclatant contre son palais tenter de l'arrimer de nouveau à la Terre. Sa mère fait les yeux doux à Lord Havenfort qui tourne la tête pour marmonner dans son oreille, comme s'ils étaient…

— Les choses se passent plutôt bien, non ? murmure Gwen.

Son souffle contre son oreille la fait frissonner.

— Oui, parvient-elle à prononcer.

C'est ce qu'elles ont voulu et on dirait… on dirait que ça fonctionne.

Elle repose son verre d'une main tremblante. À ses côtés Gwen semble se détendre et dépose sa main entre elles sur la banquette. Beth peut en sentir le poids délicat contre ses jupes – une pression presque imperceptible contre le tissu. Elle pourrait si aisément abaisser sa main et toucher celle de Gwen – la tenir, même, et qui le saurait ?

Elle pense que cela plairait à Gwen également, pense à toutes les fois où elles se sont tenues par la main au cours des dernières semaines – combien elle s'est sentie alors en sûreté et un peu frissonnante et comment elle n'a jamais saisi à quoi cela était réellement dû. Elle pourrait ressentir la même chose en cet instant si elle…

Mr Wilton émerge de la cuisine avec un plateau franchement énorme, qu'il dépose sur leur table d'un geste théâtral.

Toutes ses pensées liées à des gestes clandestins quittent l'esprit de Beth quand elle découvre l'incroyable surabondance de mets. Du crabe, des crevettes et des canapés. De grands bols de sauce. Des brochettes de fromage. Et ce qui doit être des huîtres, là, tout autour du plateau, baignant dans le beurre, des sauces et l'eau de mer.

Mr Wilton consacre quelques minutes à l'explication de chaque plat, mais Beth peine à suivre. Sa mère et elles ont principalement mangé ces derniers temps des légumes, de la soupe et des viandes maigres et voilà qu'un plat débordant de nourriture se trouve là, juste pour eux. Elle se met à saliver.

— Beth ? demande Gwen.

Beth cligne des yeux. Mr Wilton est reparti et Lord Havenfort et Cordelia ont déjà entamé leur dégustation.

— Je... ne sais que goûter en premier, reconnaît Beth à voix basse, comme abasourdie.

Gwen sourit.

— Mangeons les huîtres tout d'abord puis nous passerons au crabe. Oh ! mon Dieu, Père, a-t-il dit que c'était du caviar ?

— En effet, répond Lord Havenfort la bouche pleine.

Cordelia lui donne une petite tape et Beth éclate de rire, reprenant ses esprits.

— Quelle préparation est la meilleure ? demande-t-elle à Gwen en pointant le doigt vers les huîtres.

— Goûtez celles au beurre d'ail, répond son amie, tendant la main pour saisir délicatement une huître dégoulinante de sauce et la donner à Beth.

Leurs doigts se frôlent alors et Beth, les joues en feu, manque de faire tomber le coquillage sur ses genoux. Mais Gwen se contente de sourire et attrape sa propre huître, et Beth se force alors à se concentrer sur le repas. Il lui faut observer, étant donné qu'elle ne sait comment la manger. Faut-il vraiment... Elle déglutit avec peine en voyant Gwen gober son huître dans sa coquille, renversant la tête en arrière pour ne rien perdre de la sauce. L'ondulation sur sa gorge, la courbe de son cou et la façon dont sa langue passe sur ses lèvres – Ciel, voilà qui était peut-être la chose la plus émoustillante que Beth ait jamais vue.

— À vous, dit Gwen en riant doucement.

Beth se ressaisit et tente d'avaler son huître aussi gracieusement qu'elle. C'est une explosion de saveurs : sel, eau de mer et piquant de l'ail. C'est légèrement visqueux mais agréable tout à la fois, ça éclate dans sa bouche et glisse dans sa gorge. Elle ronronne de ravissement.

En rouvrant les yeux elle voit Gwen qui la fixe, les yeux écarquillés et les joues en feu. Beth sourit, surprise. Quelque chose monte subitement en elle en découvrant que Gwen est aussi bouleversée qu'elle-même par tout cela.

Ce n'était pas une aberration, une erreur due à la consommation de champagne. Gwen la désire tout comme Beth la désire, elle.

Sa mère lâche un petit grognement et Beth quitte Gwen des yeux pour découvrir que Lord Havenfort est occupé à faire manger une huître à sa mère, tous deux semblant assez enflammés.

Est-ce une sorte de plaisir adulte illicite dont elle n'a jamais entendu parler – faire manger des huîtres à… Qui exactement ? Qui sont-ils tous les uns pour les autres à présent ?

— Est-ce bon ? demande Gwen, d'une voix basse et tendue.

— Ou… oui, répond Beth en tournant la tête vers elle et clignant des yeux.

Elle a d'une certaine façon l'impression d'être de trop dans ce moment d'intimité.

Et pourtant, elle a soudain terriblement envie de faire manger une huître à Gwen. Il est inconvenant de la part de Lord Havenfort de le faire pour sa mère ; ce serait plus que scandaleux que Beth fasse de même avec Gwen.

Mais elle en a *envie*.

Elle veut choyer, savourer, toucher, embrasser et gâter Gwen ainsi qu'elle voit Lord Havenfort le faire pour sa mère.

Elle veut *être* avec Gwen, de toutes les façons possibles. Gober des huîtres, échanger des baisers, faire des promenades et lire tranquillement dans la bibliothèque. Juste… vivre avec elle.

La pensée est immense, éclatante, exaltante et Beth tend la main machinalement pour prendre une autre huître en souhaitant que la sensation qu'elle lui procurera chassera son désir brûlant d'attirer Gwen vers elle et de l'embrasser à perdre haleine.

Curieusement, cela fonctionne. L'eau salée a cédé la place à une réduction de raifort qui la ramène assurément à l'instant présent. Puis Gwen et elle explorent toutes les possibilités offertes. Elle déguste du caviar pour la première fois de sa vie, le goût salé éclate dans sa bouche et est complété par du fromage de chèvre doux servi sur un toast. Elle brise maladroitement la carapace du crabe tandis que sa mère, Lord Havenfort et Gwen semblent le faire avec élégance.

Mais peu lui importe. Elle a l'impression de nager dans le beurre, les rires et le plaisir et si elle pouvait rester là pour toujours, elle le ferait.

Sa mère glousse en écoutant quelque chose que Lord Havenfort lui murmure à l'oreille. Ce moment passé tous les quatre regroupés autour d'un plateau d'huîtres rend sa mère plus heureuse qu'elle ne l'a vue depuis si longtemps qu'il serait triste de réfléchir trop précisément à cette réalité.

Et elle constate à sa grande surprise qu'elle aussi est plus heureuse qu'elle ne l'a été depuis un certain temps. Tout est mieux avec les Havenfort, tranche-t-elle, éclatant de rire au moment où Gwen lape bruyamment un peu de beurre fondu sur sa patte de crabe.

Tout est mieux avec Gwen.

12

Gwen

Il s'agit d'une exquise torture.

Être assise ainsi aux côtés de Beth dans le théâtre plongé dans la pénombre, leurs deux corps pressés l'un contre l'autre, le froissement de leurs jupes résonnant autour d'elles, leurs mains sagement posées sur leurs genoux de peur qu'elles se heurtent sur l'accoudoir. Toute la soirée a été faite de coups d'œil enflammés et de rougissements réprimés encouragés par la consommation d'huîtres et de champagne ainsi que par les rires ravis de leurs parents.

D'une certaine façon, pendant qu'elles étaient en train de… tomber amoureuses l'une de l'autre ?… Eh bien, leurs parents le sont devenus plus encore. Il s'agit sans conteste d'un rendez-vous galant et il se déroule fabuleusement bien.

Gwen jette un regard vers eux et observe, fascinée, son père faire tomber sa main sous son siège et Lady Demeroven la saisir aussitôt, leurs doigts nus se nouant à l'abri des regards dans un geste des plus intimes.

Gwen déglutit avec peine et reporte son attention vers la scène, encore plus consciente de ses extrémités. Plus consciente du fait qu'elle pourrait si innocemment toucher de son pied celui de Beth sous les montagnes formées par leurs jupes.

De la facilité avec laquelle elle pourrait glisser sa main entre elles et prendre celle de Beth. De la possibilité qu'elle aurait de poser sa main sur le genou de Beth, caché sous le tissu de leurs jupes. Elle prend le risque de jeter un coup d'œil furtif à Beth et la découvre tout aussi rouge qu'elle, mais les yeux toujours résolument fixés sur la scène. Gwen l'observe aussi longtemps qu'elle l'ose avant de reporter son attention sur la représentation.

Don Giovanni chante une sérénade, mais elle est incapable de se concentrer. Elle se sent agitée et a un peu trop chaud tandis que son père, assis de l'autre côté, est occupé à chuchoter. Si quelqu'un observe leur loge privée, il doit penser que le veuf Havenfort et la veuve Demeroven sont sans nul doute en train de devenir proches.

Leurs filles, quant à elles ...

Gwen, affalée dans son siège, manque de lâcher un petit grognement. Puis elle se rejette brusquement en avant, se tenant de nouveau le dos droit. Beth a retiré ses gants et ses doigts nus effleurent son genou, un regard posé sur la courbe qui se dessine sous ses jupes. Gwen se mord l'intérieur de la joue, essayant de continuer à paraître indifférente même si elle retient son souffle tandis qu'elle retire ses gants. Son cœur bat à tout rompre au moment où elle abaisse sa main.

Leurs doigts s'entrelacent aussitôt, s'enroulent fiévreusement, se serrent fort et Gwen sent une onde de douce chaleur s'élever depuis son nombril jusqu'à la racine de ses cheveux. Un contact si absurde, simple et innocent lui donne le sentiment qu'un éclair ou un violent frisson transperce son corps, que le feu le dévore tout entier. Beth s'incline vers elle et Gwen bouge lentement sur son siège pour l'imiter de sorte qu'elles se tiennent épaule contre épaule, leurs mains ayant disparu entre elles deux, nouées et fermement serrées.

Le temps semble tout à la fois se dilater et se rétracter. Le spectacle se poursuit sous leurs yeux, en contrebas, la mélodie est lancinante, épique. Mais là, dans leurs sièges, tout se réduit à ce point où leurs deux corps sont reliés.

Gwen oublie complètement la présence de leurs parents, tout autant troublés qu'elles, se concentrant uniquement sur la sensation produite par la main de Beth dans la sienne.

Le regard écarquillé de son amie et la manière dont sa poitrine s'est parée de rose durant le dîner ont apaisé ses inquiétudes, mais à présent, avec leurs doigts entremêlés, leurs jointures qui se heurtent, leur poitrine qui se lève et s'abaisse au rythme de leur souffle court presque à l'unisson… Elle sait que Beth la désire également.

Une myriade de fantasmes déferle dans l'esprit de Gwen. Elle pourrait tirer Beth de son siège et courir vers les sanitaires. Elles pourraient se presser derrière un pilier et s'embrasser jusqu'à la fin du spectacle. Ou, mieux encore, elles pourraient s'enfuir de l'opéra et ne jamais plus regarder en arrière. S'échapper jusqu'à la maison de campagne de Gwen et vivre dans sa cabane perchée. Ou alors elles pourraient fuir jusqu'à Paris, occuper des emplois subalternes et vivre ensemble dans une pension de famille. Deux petites couturières indifférentes à la vie de la haute société, que les riches ne remarqueraient pas, vivant paisiblement ensemble, partageant une seule et même couche chaque nuit.

Gwen est si absorbée par ses rêveries et par la caresse imprimée par le pouce de Beth sur le côté de sa main qu'elle manque de rater la fin de la représentation. Les gens se sont levés et ils applaudissent sous leur mezzanine. Son père et Lady Demeroven se sont séparés pour se lever et applaudir eux aussi.

Mais Gwen n'a pas envie de lâcher la main de Beth, et cette dernière semble ressentir la même chose, tandis qu'elles se lèvent prudemment, toujours pressées, comme en secret, l'une contre l'autre. Elles n'applaudissent pas, mais sourient, mains toujours cachées entre leurs jupes. Elles échangent des regards furtifs durant tout le temps que dure la longue série de saluts. Un monde autour d'elles existe qui ne tolérera pas ne serait-ce que le fait qu'elles se tiennent par la main, mais ceci ne paraît pas avoir beaucoup d'importance dans leur petite loge.

Gwen n'a pas envie de penser à qui que ce soit d'autre – n'a pas envie de quitter ce moment volé pour retrouver les aspects pratiques de leurs véritables existences. Elle veut savourer le plaisir de sentir la paume de Beth fermement serrée contre la sienne – un plaisir silencieux, intime. Bien sûr, les applaudissements finissent par s'éteindre peu à peu et elles sont contraintes de se séparer, contraintes de se retourner et de sourire pour suivre leurs parents hors de la loge puis au cœur de la foule compacte des spectateurs quittant l'opéra, comme si absolument rien ne s'était produit.

Gwen saisit au moins la possibilité de se presser alors contre Beth, posant sa main sur sa hanche pour assurer leur équilibre tandis qu'elles descendent l'escalier. Lady Demeroven parle avec le père de Gwen des orchestrations et du vibrato du chanteur incarnant Don Giovanni.

La jeune fille surprend le sourire de son père, la manière dont sa main est posée au bas du dos de Lady Demeroven. Voilà qui est très similaire à la façon dont elle profite de l'effervescence pour toucher Beth.

Comment il est étrange de voir ainsi les choses – c'est comme s'ils étaient soudain semblables, elle et lui, d'une certaine façon. Touchant à la dérobée, échangeant secrètement des sourires avec celle qui les accompagne. Il a l'air véritablement heureux. Certainement, une part de son allégresse est-elle due à la boisson et à l'enthousiasme persistant né de la certitude d'obtenir les votes – sa fierté et sa fébrilité ne devraient pas être négligées. Elle observe le regard tendre qu'il pose sur la mère de Beth tandis qu'ils jouent des coudes dans le hall, tous quatre pressés les uns contre les autres et agrippant leurs mains pour ne pas être séparés. Le moment n'est plus aussi romantique à présent qu'ils sont en sueur dans cet endroit si plein de monde que c'en est oppressant.

Mais soudain ils jaillissent à l'extérieur dans l'air du début d'été. Une rafale de vent fait bruisser leurs robes et ébouriffe les cheveux du lord avant qu'il ait le temps de poser son haut-de-forme sur sa tête. Lady Demeroven l'observe tendrement et Gwen note combien ils ont l'air détendu. Son père déteste les foules tout autant que Gwen, mais il semble les détester clairement moins avec Lady Demeroven à ses côtés.

Gwen voit une occasion en or s'offrir à elle et y accorde à peine un instant de réflexion avant d'ouvrir la bouche.

— Père, Beth pourrait-elle rester à la maison ce soir ? Nous avons à peine eu le temps de discuter de l'opéra et nous ne nous sommes pas vues de toute la semaine.

Beth se fige à côté d'elle, ses doigts se recourbant sur son coude pour le serrer fort. Mais Gwen ignore sa réaction – ignore les implications plus larges et les papillons qui semblent s'agiter dans son ventre – ignore l'inconvenance qui vacille à la lisière de sa demande tout à fait rationnelle en apparence.

— Bien sûr, si Lady Demeroven n'y voit pas d'inconvénient, répond Père après un instant en se tournant pour sourire à la lady.

— Beth ? s'enquiert-elle.

— Dites oui, je vous prie, répond Beth avec enthousiasme, s'approchant plus près de Gwen de sorte qu'elles puissent toutes deux sourire sereinement à leurs parents. Je vous promets que je peux être à la maison pour le petit déjeuner.

— Oh ! pourquoi ne viendriez-vous pas plutôt pour cela nous rejoindre chez nous, Lady Demeroven ? dit doucement le gentleman. Nous vous déposerons chez vous ce soir et mon cocher viendra vous chercher demain matin, puis peut-être pourrions-nous tous ensemble nous rendre au match ?

C'est vrai, il y a un match de cricket auquel ils ont accepté d'assister, ensemble, étrangement. Après une semaine où elles n'ont pas connu un seul instant partagé, soudain leurs deux familles sont comme les amis les plus proches qui soient.

— Parfait, répond Lady Demeroven tout en laissant le lord

la raccompagner jusqu'à la rue, où leur voiture les attend au milieu d'une marée de véhicules.

Leurs filles les suivent, bras fermement noués l'un à l'autre.

Gwen jette un regard à son amie, dont les yeux croisent les siens un court instant avant qu'une teinte rosée s'épanouisse sur ses joues. Cette invitation n'a rien d'innocent, n'est-ce pas ? Elle peut à peine croire que son père l'ait permise.

Cela dit, peut-être qu'il ne se soucie pas vraiment de quoi que ce soit. Qu'est-ce que l'affection entre deux amies à ses yeux ? En particulier entre deux amies qui ne pourront jamais être plus que cela – jamais plus que des compagnes le temps d'un moment éphémère.

Mais Gwen n'y songera pas ce soir. Ce soir est comme un moment hors du temps, éthéré et fugace. Un parfum de magie semble flotter dans l'atmosphère au moment où ils s'entassent à l'intérieur de la voiture, son père et Lady Demeroven serrés l'un contre l'autre sur une banquette, Gwen et Beth assises sur l'autre. Tous, même son père, ont les joues rosies et gloussent.

Quel curieux ensemble ils forment. Mais Gwen joue le jeu de la camaraderie du mieux qu'elle le peut, serrant la main de Beth sous leurs jupes. Elles discutent de l'opéra avec leurs parents.

Enfin, en vérité, ce sont leurs parents qui discutent. Car Gwen remarque que Beth a aussi peu de choses à dire qu'elle à propos de la qualité du spectacle.

Curieusement, bien qu'elle sache que son père et Lady Demeroven ont eu leur propre échange de caresses subtiles, ils ont malgré tout été en mesure de prêter attention à la représentation. Peut-être cette capacité s'acquiert-elle avec l'âge ou l'expérience, ou bien sont-ils tous deux de meilleurs menteurs que Beth ou elle ne le seront jamais. Elle ne se souvient pas si la soprano principale avait un vibrato ou pas. Le spectacle aurait pu être d'une ineptie sans nom qu'elle ne l'aurait pas remarqué.

Puis voilà qu'ils arrivent devant la demeure des Demeroven et que son père quitte la voiture d'un bond pour accompagner

Lady Demeroven jusqu'à sa porte, laissant Beth et Gwen seules à l'intérieur de l'espace intime, sombre et silencieux de la voiture.

Gwen inspire pour tenter de maîtriser sa nervosité alors que toutes deux observent la scène à travers la vitre. Son père va-t-il *embrasser* Lady Demeroven ?

— Cette soirée s'est bien passée, n'est-ce pas ?

La voix de Beth fait l'effet d'un choc à Gwen dans le silence de la cabine. Elle déglutit difficilement - sa gorge est soudain très sèche - et parvient à esquisser un hochement de tête.

— Bon spectacle, quoi que vous ayez pu faire à votre mère.

— Je n'ai rien fait du tout, dit Beth en tournant la tête vers elle.

Toute autre parole meurt sur ses lèvres au moment où leurs yeux se croisent.

Gwen hésite un court instant avant de lever une main pour effleurer sa joue. Elles se fixent, s'approchant peu à peu, attirées l'une vers l'autre comme deux aimants, puis la portière de la voiture s'ouvre brusquement.

Elles s'écartent vivement, leurs mains se quittent pour jouer nerveusement avec les plis de leurs jupes alors que Père remonte dans la voiture. Gwen remarque à peine la trace de rouge à lèvres sur sa joue au moment où il leur sourit.

Elle tente de paraître sereine, à son aise, désinvolte.

Elle a invité Beth à passer la nuit chez elle. Oh ! mon Dieu, mais que cela *signifie* ?

13

Beth

La maison londonienne des Havenfort est gigantesque. Gwen a toujours évoqué leur demeure comme s'il s'agissait d'une bâtisse ordinaire et sans intérêt, mais le vestibule à lui seul pourrait accueillir la moitié de la maison de ville de Beth. Les sols sont de marbre et étincelants, tous les candélabres sont allumés et projettent des ombres tremblantes sur les colonnes ponctuant les murs. Elle est sûre que rien que dans cette pièce, le prix des peintures pourrait égaler la valeur de sa dot.

— Venez, dit Gwen en riant tandis que Beth tourne lentement sur elle-même sur le seuil, sans prendre garde au fait que Lord Havenfort est occupé à retirer manteau et couvre-chef à côté d'elles. Laissez-moi vous faire visiter.

— Ne veillez pas trop tard, lance Lord Havenfort et Beth cligne des yeux de surprise avant que Gwen la fasse tourner sur elle-même pour qu'elle puisse voir son expression faussement sévère.

— Et vous, ne veillez pas trop tard en rêvant à Lady Demeroven dans ce cas, rétorque Gwen.

Beth réprime un cri de stupéfaction face à pareille impertinence. Elle ne peut imaginer avoir dit un jour quoi que ce soit de la sorte à son père. Mais Lord Havenfort se contente de glousser et de secouer la tête.

— Cessons avec cela, je vous prie. Avez-vous tout ce qui sera nécessaire à Miss Demeroven ?

— Bien sûr, j'ai même plus qu'il ne faut, s'empresse de répondre Gwen. Dormez bien.

— Essayez aussi de dormir un peu toutes les deux, réplique-t-il et Beth sent le rouge lui monter aux joues, soudain renvoyée face à la réalité : elle n'est probablement pas là uniquement en sa qualité d'amie.

— Bonne nuit, Père, dit Gwen d'un ton ferme mais avec une note enjouée et chantante perçant dans sa voix.

Beth regarde Lord Havenfort secouer la tête, tourner les talons et monter l'escalier avec une simplicité dont elle n'a jamais été témoin de la part de son père.

— Ne vous souciez pas de lui, parfois il se comporte comme si j'avais encore douze ans, dit Gwen, en se tournant de nouveau vers elle.

Elles sont seules dans son immense vestibule.

— Ma mère est ainsi, parfois, elle aussi, répond Beth d'un air distrait tout en saisissant la main de Gwen et en pivotant pour continuer à prendre la mesure de l'espace. Quelle demeure !

Gwen éclate de rire et l'attire près d'elle, nouant son bras au sien pour la conduire vers le grand escalier aux courbes majestueuses, à la rampe sculptée et aux marches étincelantes. Que penserait Gwen de sa minuscule maison ? Depuis le premier instant Beth a cru que sa mère et elle étaient tout à fait à leur place dans cette haute société à laquelle elle la présente, mais cela peut-il vraiment être possible quand s'impose à elle la magnificence de la demeure de Gwen ?

Comment son grand-père a-t-il bien pu penser un jour que Lord Havenfort n'était pas un parti tout à fait convenable même s'il ne disposait pas du titre ?

— Mon grand-père a acquis cet endroit il y a presque soixante-dix ans. C'était l'une des premières demeures bâties autour de la place, récite Gwen.

Beth tourne la tête pour tenter de contempler chaque immense portrait et peinture.

— Père n'aime pas passer plus de temps ici qu'il n'en faut mais je crois que ma mère préférait vivre à Londres plutôt que dans notre propriété à la campagne, et sa mère était comme elle.

— Cette ville est très peuplée toutefois, dit doucement Beth, franchissant le premier palier avec elle d'un pas chancelant.

Les œuvres d'art sont tellement impressionnantes.

— Mais il est plus difficile de voir ses amis une fois à la campagne, fait Gwen avec un petit haussement d'épaules. Cela ne m'a jamais dérangée mais on pourrait facilement se sentir un peu seul.

— J'imagine, en effet, acquiesce Beth tout en la suivant jusqu'à la volée de marches suivante.

Elle ne s'était pas réellement rendu compte de la taille impressionnante de la demeure depuis l'extérieur tant elle était préoccupée par la question de la vraie nature de cette visite.

Cette pensée étreint fermement sa poitrine au moment où elles atteignent le second palier et où Gwen commence à l'entraîner dans un long et large couloir dans lequel se succèdent portes fermées et fenêtres donnant sur le paysage. Ce doit être son… aile.

Le bras de Gwen quitte le sien et ses doigts courent sur sa peau pour saisir ses doigts qu'elle presse. Elles s'arrêtent devant la dernière porte du couloir et Beth se demande si Gwen peut entendre les battements sourds de son cœur.

— Nous voici arrivées, dit Gwen en ouvrant la porte.

Beth hésite un instant sur le seuil, impatiente d'entrer mais également terrifiée. Elle jette un regard dans la pièce, souriant en voyant le désordre qui y règne, les quelques jupons et paires de gants disséminés un peu partout.

Gwen tire doucement sur son bras et Beth la suit d'un pas traînant dans la chambre, jetant des regards tout autour d'elle tandis que son amie referme doucement la porte derrière elle. Leurs lits sont si semblables – blancs et couverts d'une haute pile formée d'un édredon, de couvertures et d'une foule d'oreillers inutiles.

Les rideaux du lit à baldaquin de Gwen sont verts toutefois, alors que ceux de Beth sont bleus, mais il y a quelque chose de rassurant dans cette familiarité.

Le reste du mobilier est d'un blanc immaculé – coiffeuse, armoires, et même petite étagère où s'entassent livres et bibelots. Des pièces de vêtements sont éparpillées à peu près partout, mais Beth note que quelqu'un est venu ici pour effectuer un peu de rangement : il y a une pile de jupes et de jupons pliés près de l'armoire.

— C'est en désordre, reconnaît Gwen, s'approchant plus près alors que leurs mains sont toujours jointes.

— C'est charmant, réplique Beth.

C'est plein de vie, songe-t-elle en souriant.

Elle se tourne pour trouver le regard de Gwen et celle-ci se mord l'intérieur de la joue, le visage légèrement rosi et semblant à peu près aussi maladroite et peu sûre d'elle que ne l'est Beth.

— Je peux demander à Mrs Gilpe de préparer la chambre d'amis si vous préférez mais vous...

Elle ne sait pas vraiment pourquoi elle fait cela ou d'où elle tire son courage, mais la porte est close, elles sont seules et il est absolument hors de question qu'elle passe la nuit – leur unique nuit ? – à dormir à l'autre bout du couloir.

Au lieu de cela, elle se penche et presse sa bouche maladroitement sur celle de Gwen, posant tendrement sa main libre sur sa joue et l'attirant vers elle. Gwen sursaute, mais se ressaisit presque aussitôt, intensifie leur baiser et la prend par les hanches pour la presser contre elle, dentelles, tulle et cerceaux se percutant et se tordant alors en tous sens.

Beth sourit contre sa bouche et la fait pivoter pour l'amener à s'adosser contre la porte. Gwen rit et Beth sourit largement, se dressant sur la pointe des pieds pour renforcer la pression sur son corps. Ce n'est pas un tonneau de vin, mais il faudra s'en contenter, même si, Beth étant la plus petite des deux, son geste n'est pas aussi dominateur, en particulier avec tout l'amas de tissu de leurs jupes entre elles.

Gwen la laisse cependant faire, soupirant lorsque Beth s'arrache à ses lèvres pour semer des baisers le long de sa mâchoire puis de sa gorge, ainsi qu'elle l'a fait quelques jours plus tôt. Sa peau est douce et chaude contre sa bouche, son parfum prend d'assaut ses sens. Beth poursuit son exploration et vient mordiller l'oreille de Gwen. Elle y a songé toute la semaine quand elle était étendue dans son lit – la sensation, les sons, la pression de ses mains et de sa bouche.

— Vous ne voulez donc pas rejoindre la chambre d'amis ? demande Gwen, haletante.

Beth recule pour croiser son regard.

— M'avez-vous invitée pour m'installer dans la chambre d'amis ? questionne-t-elle, surprise par l'intensité perçant dans sa voix.

Son corps tout entier lui donne l'impression d'être de chocolat fondu.

— Jamais de la vie, dit Gwen, tirant sur ses hanches pour l'attirer près avant de les pousser toutes deux plus avant dans la pièce. Il y a plus de place qu'il n'en faut dans ce lit pour nous deux.

— Fort bien, dit Beth, dont les mains passent de ses joues à ses hanches avant qu'elles ne s'embrassent de nouveau au milieu de la chambre.

C'est enivrant et splendide et plus longtemps durent leurs baisers plus la sensation devient fabuleuse, c'est comme si elles étaient toutes deux en train d'apprendre, progressant et poursuivant inexorablement le même plaisir.

— Ciel, voulez-vous bien me libérer de cela, marmonne Gwen contre la bouche de Beth.

Celle-ci s'écarte, rieuse et stupéfaite. Les lèvres de Gwen sont gonflées et rouges, tout comme ses joues, et des boucles de ses cheveux blonds tombent de son élégant chignon pour encadrer son visage. Elle a l'air splendide et un peu dépravée, et Beth voit la moindre de ses hésitations s'envoler dans l'instant. Gwen la laisse la voir ainsi – la laisse provoquer chez elle une telle réaction. Ce soir, rien de ce qui existe à l'extérieur de cette chambre n'a plus la moindre importance. Il n'y a qu'elles deux, ensemble, et Gwen a raison : leurs jupes doivent absolument disparaître.

— Tournez-vous, dit Beth tandis qu'elles se sourient.

Gwen pivote entre les bras de Beth et cette dernière essaye de dégrafer au plus vite les attaches, mais ses mains tremblent. Elle prend une profonde inspiration pour tenter de se calmer. Il s'agit de Gwen, la superbe, amusante, bienveillante Gwen. Elle n'a nulle raison d'être nerveuse. Mais bon sang, ces choses-là sont si petites.

— Mon Dieu, marmonne-t-elle tout en se débattant avec une autre agrafe.

Gwen lâche un petit ricanement.

— Vous faut-il davantage de lumière ?

— Je suis parfaitement capable, proteste Beth, réussissant à libérer deux œillets coup sur coup avant de se retrouver coincée quand vient le moment de défaire le troisième. Aimez-vous vraiment cette robe ?

— Ne la déchirez pas, je vous en prie, dit Gwen dans un éclat de rire, son corps tremblant sous les mains de Beth. Je suis sérieuse.

— Entendu, répond Beth en se penchant pour examiner l'attache avec plus d'attention.

Elle la manipule jusqu'à parvenir à l'ouvrir et finit par dégrafer tout le corsage de Gwen.

— Victoire ! se vante-t-elle tout en aidant Gwen à glisser ses bras hors des manches bouffantes avant de soulever corsage et jupe pour les séparer de la crinoline, du jupon et du corset.

Gwen les jette en direction de la coiffeuse, où ils atterrissent en tas.

Toutes deux se mettent à glousser.

— À vous à présent, dit Gwen qui prend délicatement Beth par les hanches et la fait tourner sur elle-même de sorte à pouvoir défaire la rangée de boutons dans son dos.

Beth frémit quand les doigts de Gwen courent le long de sa colonne vertébrale, habiles et rapides. Elle serait gênée par ses doigts maladroits si ceux de Gwen contre sa peau ne propulsaient pas de petits éclairs et picotements délicieux à travers tout son corps.

— J'adore les boutons, murmure Gwen tout en défaisant le premier avant de glisser ses mains sous l'arrière du corsage, nouant ses bras à la taille de Beth et l'attirant contre sa poitrine.

Elle dépose un baiser humide et langoureux dans son cou et fait doucement courir sa langue à l'endroit où bat son pouls. Beth gémit et écarquille les yeux en découvrant l'image qu'elles offrent dans le reflet du miroir de la coiffeuse : Gwen en sous-vêtements, enlaçant Beth tandis que sa robe glisse lentement de son corset. Elle dégage ses bras de ses manches pour pouvoir refermer ses mains sur les bras de Gwen, s'appuyant contre elle et croisant son regard dans le miroir.

Elles se contemplent, serrées l'une contre l'autre, les joues et la poitrine parées de rose, leur coiffure déjà défaite, leurs bouches rougies par leurs baisers, leurs sourires radieux. Elle veut graver ce moment dans son esprit pour l'éternité.

— Poursuivons, voulez-vous ? murmure Gwen, reculant à regret pour ramasser la jupe de Beth.

Cette dernière lève les bras et frissonne au moment où le tissu de satin est relevé pour venir glisser par-dessus sa tête, venant frôler au passage chaque terminaison nerveuse dont la sensibilité est à présent terriblement accrue.

Gwen jette la robe de Beth avec une allégresse similaire pour qu'elle atterrisse sur la sienne. Beth affiche un large sourire et vient aussitôt nouer ses bras autour de la taille de son amie pour défaire jupon et crinoline. Gwen l'imite. Elles partagent quelques minutes de ravissement durant lesquelles des baisers fébriles sont échangés, des rubans dénoués, des jupons passés par-dessus leurs épaules.

Beth pousse un grognement triomphant quand elle est la première à libérer son amie de sa crinoline, souriant largement contre ses lèvres au moment où les cerceaux retombent en cliquetant sur le sol.

Pour ne pas être en reste, Gwen se charge prestement de celle de Beth et elle suit le chemin de la première dans un froissement sonore, toutes deux se retrouvant ainsi bientôt debout au milieu des cercles des cages de leurs crinolines, enlacées l'une contre l'autre même si leurs hanches restent éloignées.

Elles se séparent et se tiennent l'une face à l'autre, se contemplant mutuellement ainsi pour la première fois. Elles sont simplement vêtues de leurs culottes, chemises, et corsets, et Beth sent quelque chose changer dans l'atmosphère. Gwen tend une main vers elle et ensemble elles enjambent leurs crinolines tombées au sol et s'approchent du lit à pas lents. Gwen se penche pour cueillir un doux baiser sur les lèvres de Beth, ses doigts défaisant avec lenteur les agrafes de son corset.

Beth se sent parcourue d'un frisson exquis à chaque petite secousse, la légèreté enjouée des dernières minutes s'effaçant au regard de la portée du moment.

Gwen en arrive à la dernière attache puis elle écarte délicatement le corset de la chemise de Beth avant de le jeter sur la pile formée par leurs jupes. Son baiser se fait plus hardi, ses mains commençant à se refermer autour de la taille de Beth. Mais celle-ci désire qu'elles soient à égalité l'une et l'autre, un jupon pour un jupon, un corset pour un corset. Elle caresse de sa langue la lèvre inférieure de Gwen tout en tirant brusquement sur les agrafes à l'avant de son corset pour l'ouvrir, souriant quand sa compagne lâche un petit cri surpris avant de rire.

Elle ignorait que les femmes pouvaient faire preuve d'une certaine rudesse l'une envers l'autre, pouvaient jouer ensemble, pouvaient être passionnées, désirantes et s'enlacer ainsi jusqu'à ce que Gwen l'embrasse lors de la soirée. Et maintenant, maintenant, elle est sur le point de découvrir toutes les autres choses qu'elles pourraient faire ensemble.

Alors qu'elle se satisfaisait de savourer des baisers et de s'agripper à ses jupes il y a quelques minutes à peine, à présent elle veut qu'elles soient ensemble sur le lit incroyablement moelleux de Gwen. Elle veut connaître le goût de chaque parcelle de la peau de son amie.

La pensée la saisit au moment où elle jette le corset de Gwen derrière elle. Elle recule d'un pas et elles se fixent, comme enivrées, toutes deux vêtues de leurs fines chemises et de leurs culottes, sans rien d'autre pour les séparer que deux couches de tissu. Elles restent là, chancelantes, quelque chose semblant crépiter entre elles et un coup est alors frappé à la porte.

Il déchire le silence à la manière d'une détonation et elles s'écartent subitement, trébuchant sur leurs jupes. Quand s'ouvre le battant, Beth a gagné l'autre côté de la chambre et Gwen est appuyée contre l'armoire placée près de la porte. Elles offrent un tableau des plus suspects et la femme grande et imposante qui entre munie d'une bouillotte et d'un pichet d'eau leur lance alternativement des regards, sourcils haussés.

— C'est pour la nuit, dit-elle simplement en tendant le broc à Gwen avant de s'avancer à grands pas vers le lit afin de placer la bouillotte sous l'édredon.

Elle pivote, pose les yeux sur l'amas de robes et cerceaux et fait claquer sa langue.

— Vous devriez penser à pendre ces vêtements pour qu'ils ne se froissent pas et que vous ne vous tuiez pas en trébuchant dessus durant la nuit, conseille-t-elle avant d'échanger un regard avec Gwen et de quitter la pièce.

La porte se referme en claquant et Gwen et Beth se regardent fixement. Gwen saisit le pichet d'eau, les joues écarlates, tandis que Beth tripote nerveusement sa chemise.

La gouvernante a-t-elle pu deviner ce qui se passait ? Est-ce normal d'entrer ainsi et de trouver des jupes éparpillées partout à travers une chambre, ou cela apparaîtra-t-il comme étrange, amenant les gens à poser des questions ?

Gwen dépose lentement le pichet sur la table de chevet puis se laisse retomber au bord de son lit, les yeux rivés sur le désordre qu'elles ont créé. Beth inspire un filet d'air, brûlant soudain d'envie de trouver une façon de s'arracher aux pensées qui tournoient dans son esprit.

Elle se rue vers leurs robes et entreprend de les ramasser, tournant sur elle-même avec leurs deux tenues dans ses bras, à la recherche d'un endroit où les suspendre.

Gwen lâche un petit rire et se lève, la guidant vers l'armoire qu'elle ouvre avant de lui tendre deux cintres. Ensemble elles se débattent pour faire rentrer les robes délicates dans l'armoire puis se tournent vers le reste de leurs jupes abandonnées.

Elles travaillent à la manière d'une équipe, disposant soigneusement leurs cerceaux en piles près de l'armoire et ramassant leurs jupons qu'elles les déposent sur la chaise de la coiffeuse. Il s'agit là d'une action fort simple, mais Beth a le sentiment que cela en dit long, leurs sous-vêtements, là, ensemble, entassés les uns sur les autres.

Elles se tiennent côte à côte, les yeux rivés sur la pile formée par leurs jupes. Beth peut sentir le frôlement de la chemise de Gwen contre la sienne, elle est proche mais pourrait l'être davantage à son goût. Toutefois, alors qu'elle se sentait pleine d'assurance quelques minutes plus tôt, l'apparition de la gouvernante a mis ses nerfs à rude épreuve et elle ne sait comment regagner leur petit bulle… comment bannir de son esprit les pensées la ramenant à ce que pourrait penser la gouvernante, Lord Havenfort, ou sa mère.

— Vous tremblez.

Beth frémit au moment où la main de Gwen glisse le long de son dos.

— Oh ! dit-elle, clignant des yeux tant sa réaction lui semble stupide.

Gwen lui sourit simplement en la guidant vers le lit. Elle repousse les couvertures et amène Beth à s'asseoir. La jeune fille rit quand Gwen tire les couvertures sur elle pour la serrer étroitement entre leurs pans avant de contourner le lit pour y grimper.

Et alors ce n'est plus si amusant, d'être ainsi toutes deux sous les couvertures, réchauffées par la bouillotte, seulement séparées par leurs chemises et la butte formée par l'édredon de plumes. Beth reste immobile un instant, indécise, mue par le désir et nerveuse, puis la main de Gwen vient trouver les siennes et les presser. Au contact de ses doigts Beth retrouve l'assurance ressentie dans la cave à vin, cette envie fiévreuse de suivre Gwen et de lui sauter dessus – de la pourchasser dans les jardins et de presser son corps contre les haies. Et comme il n'y a rien d'autre à faire que cela, et qu'elle n'a pas d'idée plus gracieuse, Beth rassemble tout son courage et se laisse aller à cette envie.

14

Gwen

Gwen lâche un petit cri au moment où Beth se jette sur elle, là, au milieu de ses couvertures, draps et oreillers. Mais la soudaine pression de son corps n'est absolument pas désagréable. Gwen s'installe joyeusement sous elle, acceptant son poids et son baiser et utilisant leur cachette sous les couvertures pour faire courir ses mains partout, partout où elle n'a pas encore été capable d'aller.

Alors qu'elles étaient précédemment enjouées, elles sont à présent animées par la même fougue, se perdant dans des baisers enfiévrés, leurs mains se posant avidement sur le corps de l'autre, toutes deux se mouvant frénétiquement l'une contre l'autre, comme s'il ne leur restait plus qu'un court instant avant d'être arrachées l'une à l'autre.

Cette pensée fait ralentir l'élan de Gwen. Elles sont seules dans l'abri rassurant de sa chambre, tous les autres occupants de la maison sont endormis et elles disposent de tout le temps qu'elles veulent.

Même si les baisers ardents, fiévreux, serrent son ventre et propulsent une onde de chaleur de ses pieds au bout de ses oreilles, elle ne veut pas que ce moment ne soit pour elles qu'un tâtonnement désordonné et maladroit.

Elle ne veut pas penser au lendemain – au fait que ceci pourrait être la première et la dernière fois où elles sont ensemble de cette façon. Mais elle s'autorise à reconnaître que ce qui se passe est important. Elles doivent profiter au maximum de ce moment et non le bâcler sous l'effet de la panique. Et par conséquent Gwen prend la plus profonde des respirations dont elle soit capable durant ce baiser fabuleux et, une main toujours tendrement posée sur la joue de Beth, elle fait glisser l'autre résolument sur son flanc. Beth hoquette de surprise en sentant la pression exercée et ses jambes, passées de chaque côté de la taille de Gwen, se contractent, la pressant fort contre elle. Beth écarte son visage juste assez pour que leurs regards puissent se croiser. Elle soupire voluptueusement, lèvres rouges et gonflées, cheveux en bataille.

Elles n'ont à aucun instant pris la peine d'essayer de défaire leurs coiffures.

Gwen éclate de rire et écarte de son visage l'une des dizaines de boucles égarées.

— Vous êtes superbe, dit-elle.

Beth rougit davantage et caresse sa joue du bout des doigts. Ce qui propulse des frissons le long du dos de Gwen.

— C'est *vous* qui l'êtes, réplique-t-elle.

Gwen sourit et abaisse ses mains, soulevant un peu la chemise de Beth en levant un sourcil interrogateur. Beth rougit plus encore mais acquiesce d'un hochement de tête, frissonnant de tout son corps quand Gwen fait glisser le vêtement vers le haut de son torse, ses doigts parcourant une peau nouvellement libérée et interdite.

Et à cet instant la maudite chose s'accroche dans les cheveux de Beth. Toutes deux grognent et rient, coincées là, sous les couvertures, la tête de Beth perdue dans sa chemise, les épingles les piquant toutes les deux.

— Ciel, marmonne Gwen tout en gloussant quand Beth se tord contre elle, une sensation aussi amusante qu'excitante. Attendez, asseyez-vous.

Elle les fait se redresser toutes les deux de sorte à pouvoir tenir délicatement Beth sur ses genoux, toutes deux enroulées dans les couvertures. Elle dispose de suffisamment de place à présent pour délicatement faire passer la chemise de Beth au-dessus de son haut chignon artistiquement réalisé.

Elle jette la pièce de tissu plus loin dans la chambre d'un air triomphant avant de reposer son regard sur Beth.

La lueur des chandelles éclaire sa peau d'une douce lueur. Gwen contemple le petit gonflement de sa poitrine, le tracé élégant de son cou, le dessin des pointes de ses seins, le creux de son nombril. Elle ressemble à une déesse et elle est là, sur ses genoux, la regardant tout comme elle. Que doit-elle donc faire de ses *mains* ?

Elle serre ses poings, brûlant d'envie de la toucher, de faire courir ses doigts, puis ses lèvres, partout, de goûter chaque parcelle de la peau dévoilée de Beth jusqu'à ce que le désir lui fasse perdre la tête. Mais elle ne parvient pas à bouger.

Beth laisse échapper un petit rire étouffé et Gwen sursaute quand des mains viennent entourer sa mâchoire pour guider sa bouche vers le haut. La pression de leurs lèvres la libère et Gwen laisse ses mains se poser délicatement sur les hanches de Beth, se délectant de cette juxtaposition entre le tissu de ses culottes et le satin de sa peau.

Beth soupire contre elle et entrouvre la bouche pour venir sucer sa lèvre inférieure. Gwen voit ses mains se déplacer d'elles-mêmes un peu plus haut. Ses paumes s'aventurent sur les flancs de Beth et elle se délecte du léger frisson qui la traverse et de la façon dont les hanches de son amie bougent contre les siennes.

Elle fait lentement glisser ses mains sur son corps et les déposent son ventre, enroulant ses doigts autour de son nombril.

Beth glousse contre ses lèvres mais ne rompt pas leur baiser et Gwen préfère garder ses chatouilles pour plus tard, tant elle a envie d'explorer ce qui lui reste à découvrir d'elle plutôt que d'en rester là, en dépit de la beauté de son rire.

Elle prend une profonde inspiration puis accueille dans sa

paume ses petits seins galbés, son autre main venant s'arrimer à son dos.

Beth se cambre, s'arrachant à sa bouche pour venir presser son front contre le sien. Gwen trace du bout du doigt le contour de son mamelon, presse, caresse, observant chacune de ses réactions, répétant tout geste coupant le souffle de son amie ou la faisant tressaillir ou se tordre. C'est enivrant de voir ce plaisir se refléter sur son visage, de sentir la douceur de sa peau, de savoir qu'elle peut faire cela à Beth, peut offrir cela à Beth.

Elle veut savoir ce qu'elle peut faire de plus, ce qu'elle peut provoquer de plus chez elle. Alors elle la fait s'incliner en arrière, enfouit son visage contre sa gorge et dépose des baisers sur sa peau douce.

Beth gémit au moment où l'un d'eux vient trouver le sommet de son autre sein.

Gwen lève les yeux, attendant que Beth croise son regard avant d'abaisser sa bouche vers la pointe dressée, se glorifiant du cri qui s'échappe des lèvres de son amante.

Sa peau est douce et légèrement rêche tout à la fois, et les *sons* qu'elle produit… Gwen pourrait s'installer là, demeurer ainsi pour le reste de ses jours s'il lui était simplement possible de vivre plaquée contre les hanches de Beth ainsi cambrée sur ce lit en savourant le doux plaisir procuré par sa chair sous sa langue.

Mais bien trop vite Beth s'écarte, tirant à son tour sur la chemise de Gwen.

Gwen essaye de lui échapper en se courbant, ne se sentant pas prête à se détourner de ce moment, de cette découverte.

Mais Beth l'observe en soupirant.

— Écartez-vous donc. Je veux vous toucher, moi aussi.

Son air est pressant et même si Gwen pourrait passer la nuit entière à simplement apprendre comment procurer du plaisir au corps de Beth, elle peut sentir son propre désir enfler en elle. Elle ne peut se retenir de lever les bras, soudain désireuse de sentir plus que la pression de la chair contre sa bouche. Désireuse de sentir ses hanches se frotter aux siennes et exaltée par la promesse de se retrouver bientôt entièrement nue avec elle.

Les gestes de Beth sont délicats mais aussi rapides. Gwen éclate de rire en la voyant jeter sa chemise à travers la chambre avant de se retourner pour l'admirer. Gwen se dit qu'elle devrait peut-être être pudique, mais à présent qu'elle sait ce qu'est de toucher Beth, tout ce qu'elle désire est de connaître à son tour l'effet de ses doigts sur elle – elle ne peut se montrer timide alors qu'elle veut ces mains sur elle si ardemment.

Beth ne la déçoit pas, faisant courir aussitôt le bout de ses doigts depuis la base de son cou jusqu'à son nombril. Gwen frémit, mais rien de cela ne la chatouille. Elle ne ressent que le fourmillement du plaisir et une sensation bouleversante tandis que Beth découvre sa poitrine. Alors que ses mains plus petites se referment sur ses seins, la touchant ainsi qu'elle seule s'est touchée jusqu'alors. C'est différent, nouveau, mais totalement, fabuleusement merveilleux et Gwen constate qu'elle produit ses propres sons à présent.

Leurs bouches s'écrasent de nouveau tandis que leurs corps ondulent l'un contre l'autre. Leur souffle est chaud, leur respiration, sonore. Gwen voit ses mains se déplacer d'elles-mêmes plus bas, vers les hanches de Beth pour tirer sur les liens fermant ses dessous, les desserrant jusqu'à pouvoir les faire glisser sur ses hanches.

Beth abaisse ses mains pour faire de même et lâche un petit grognement lorsque leurs deux culottes se retrouvent entravées par leurs cuisses. Beth arrache sa bouche à la sienne et s'écarte maladroitement d'elle. Gwen ressent aussitôt combien lui manquent la chaleur de son corps et la pression de sa peau sur la sienne et elle se hâte de l'imiter quand Beth jette ses dessous d'un geste triomphant. Soudain, elles sont entièrement nues.

La peau de Beth est splendide, teintée de rose et offrant un tableau fabuleux à la lueur des flammes.

Elles sont assises face à face, toujours haletantes, et se

contemplent. La petite poitrine de Beth et ses hanches étroites sont en accord avec sa frêle silhouette, les boucles au creux de ses cuisses sont aussi sombres que celles retombant de sa coiffure à demi retenue par des épingles. Le contraste entre le clair et le sombre est ensorcelant et Gwen s'approche sans réfléchir, pour faire courir ses doigts vers le haut de la jambe de son amie.

Les boucles sont douces contre sa paume et Gwen lève la tête pour croiser le regard de Beth au moment où elle arrête sa main sur sa hanche. Ses yeux sont écarquillés, ses lèvres gonflées, ses joues roses. Elle est si extraordinairement belle que c'en est presque douloureux.

— Vous êtes si charmante, murmure Beth.

Gwen secoue la tête.

— C'est vous qui l'êtes.

Beth glousse, rougissante, et Gwen vient presser ses lèvres dans son cou et inspirer son odeur. Sa main glisse plus bas, toujours plus bas. Beth frissonne, ses mains se serrent sur la taille de Gwen, ses traits se détendent sous la caresse de ses lèvres.

Gwen laisse échapper une petite plainte en sentant l'endroit chaud et humide entre les cuisses de Beth et la repousse délicatement pour l'amener à s'étendre sur les draps, l'édredon constituant une masse informe au milieu du lit.

Elle poursuit son exploration, identifiant tous les endroits qui arrachent un petit hoquet de surprise à Beth, traçant des cercles de ses doigts et semblant dessiner de délicats motifs contre l'endroit le plus secret de son être. Elle se délecte des petites plaintes et des gémissements, de la manière dont tressaillent les paupières de Beth, de la façon dont ses narines frémissent presque imperceptiblement, de son regard surpris et avide qui croise le sien.

Elle cueille des baisers sur ses lèvres tout en glissant un doigt en elle, toutes deux se figeant à ce geste. Beth halète contre sa bouche.

Gwen s'émerveille de la sensation – être ainsi si intimes, si proches, au point de se trouver à l'intérieur d'une autre personne, à l'intérieur de Beth. La voir vaincue de cette façon, entendre la manière dont son souffle devient heurté à mesure qu'elle décrit des cercles avec sa paume et recourbe lentement son doigt, en quête de l'endroit en Beth qu'elle a trouvé précédemment en elle… Découvrant qu'elle peut la connaître, peut savoir ce qui la rendra heureuse et lui donnera du plaisir.

Elle observe avec joie et fascination le moment où Beth bascule de l'autre côté, atteignant alors la cime du plaisir, dos arqué, jambes tremblantes, souffle saccadé. Elle écarte lentement sa main et les hanches de Beth retombent contre le matelas, son corps se détendant tout à fait à mesure que la vague s'éloigne.

Gwen regarde les paupières de Beth frémir et s'ouvrir. Elle incline la tête de nouveau pour croiser le regard de son amie dont les paupières sont mi-closes.

Gwen sourit et se penche pour déposer des baisers sur le visage de Beth, prenant un instant pour essuyer sa main sur les draps avant d'utiliser ses deux paumes pour entourer son visage.

Son odeur s'attarde dans l'air et Gwen soupire quand Beth vient emprisonner ses lèvres dans un baiser. Son amante semble retrouver le contrôle de ses mains et tout à coup elles sont partout, courant sur ses flancs avant que l'une d'elles se glisse entre ses jambes. Gwen tombe presque sur son amie sous l'effet de la surprise, un frisson incandescent venant consumer son corps, annonçant déjà ce qui va survenir.

Beth sourit contre sa bouche et de son autre main repousse lentement son corps jusqu'à ce qu'elle soit pressée sous elle. Gwen se tord contre les draps tandis que Beth mène sa propre exploration. Sa main est plus petite, différente ; le rythme, le mouvement, la sensation produite par ses doigts en elle est curieuse, neuve et grisante. Les pulsations du plaisir s'animent dans son ventre, ses jambes sont parcourues de tremblements, elle se sent si près déjà de l'extase en touchant Beth, en l'embrassant et en la sentant sur elle, en elle et autour d'elle.

Elle essaye de faire durer l'instant, ne veut pas qu'il s'achève si vite, mais le doigt de Beth se recourbe en elle tandis que sa paume se presse fermement contre le cœur de sa féminité et Gwen tombe alors de cette falaise de plaisir, son corps se serrant et pulsant dans un moment sublime. Elle s'agrippe au dos de Beth et son souffle se coupe quand cette dernière entreprend de se consacrer à elle. L'onde du plaisir subsiste, s'écrasant vagues après vagues tandis que ses hanches sont saisies de secousses, que son dos s'arque et que son ventre se contracte encore et encore jusqu'à ce que cela soit si intense qu'il lui faut repousser la main de son amante.

Elle ouvre les yeux en clignant des paupières juste à temps pour voir les doigts de Beth glisser hors de sa bouche. Elle lâche un petit grognement en y songeant – parce qu'elle a raté cet instant, parce qu'il s'est produit. Leur odeur flotte autour d'elles et Gwen essaye de reprendre ses esprits, de faire naître sur ses lèvres des mots romantiques, quelque chose, n'importe quoi.

Tout ce qu'elle parvient à dire est « Bon sang ».

Beth lâche un petit rire et se laisse retomber sur elle, faisant claquer un baiser sur ses lèvres avant de se lover contre elle, son visage enfoui dans son cou, ses jambes mêlées aux siennes. Gwen inspire l'odeur de sa peau, noue son bras encore parcouru de picotements autour de son dos, ses mains couvrant largement ses épaules.

— C'était fabuleux, murmure Beth, ses lèvres frôlant l'endroit où bat le pouls de Gwen dans son cou.

Le geste propulse un autre frisson en elle et Gwen se demande comment les gens peuvent se résoudre à quitter leur lit, si c'est cela connaître quelqu'un d'autre, donner et recevoir du plaisir, embrasser, s'étreindre passionnément et soupirer d'aise. Pourquoi partir ? Pourquoi ne pas simplement vivre ainsi pour toujours ?

— Je vous aime, laisse-t-elle échapper malgré elle.

Toutes deux se figent et Gwen serre fort ses paupières, affreusement embarrassée.

Elle aime Beth, c'est ce qu'elle croit sincèrement. Comment pourrait-il en être autrement après ce qu'elles viennent de faire, après ce qu'elle vient d'éprouver, avec ce qu'elle ressent à présent en étant étendue là avec elle, tandis que le feu quitte peu à peu sa peau et que se calme l'emballement de son pouls ? Alors que Beth est la première personne à laquelle elle veut parler, la première qu'elle veut voir et celle dont le sourire a fait palpiter son cœur bien avant qu'elles ne s'embrassent ? Et en cet instant – voyant le regard que Beth lui adresse en se redressant, ses bras posés de chaque côté de sa tête – elle sent son ventre se serrer, ses orteils se recroqueviller.

— Je vous aime aussi, murmure Beth en se penchant pour venir presser son front contre le sien. Je veux rester ici pour toujours.

Un large sourire s'épanouit sur les lèvres de Gwen et elle vient ravir les lèvres de son amie, serrant tendrement son visage entre ses paumes, ravie de faire simplement cela. Le matin viendra, amenant ses lueurs et sa réalité. Mais en cet instant, dans le cocon de son lit, dans celui de leur amour, alors que rien ne se dresse entre elles, elle vit un moment de perfection comme elle n'en a jamais connu et elle est saisie de la ferme intention de le savourer aussi longtemps qu'elle le pourra.

15

Beth

— Cessez donc, voyons, dit Beth en riant.

Gwen n'arrête pas de se presser derrière elle, ses lèvres semant des baisers sur sa gorge, ses mains se plaquant sur ses hanches tandis que Beth essaye de mettre la touche finale à sa coiffure.

— C'est déjà suffisamment difficile sans que vous vous employiez à me distraire.

Gwen lâche un petit rire et recule, repoussant les mains de Beth pour mettre en place les dernières épingles afin de garder ses cheveux, ébouriffés par le sommeil et autres activités, disposés artistiquement en haut chignon sur le sommet de sa tête. Les mains de Gwen agissent avec douceur et précision, accomplissant un travail admirable qui ne fait que donner envie à Beth de la pousser de nouveau sur le lit. Mais alors elles viendraient frotter contre les draps blancs le maquillage qui camoufle leurs yeux fatigués. Elle éprouve un sentiment déjà assez étrange à l'idée qu'ils soient prochainement lavés tels qu'ils sont, imprégnés du mélange de leurs deux odeurs.

— Voilà ! annonce Gwen, qui fait la contourne pour examiner sa coiffure. C'est tout à fait acceptable.

Beth lève les yeux au ciel et arrange la chevelure de Gwen à son tour. Ses boucles blondes ont moins souffert, mais toutes deux paraissent malgré tout avoir essuyé de fortes bourrasques. Avec un peu de chance, sa mère et Lord Havenfort ne poseront pas de questions. Ils peuvent simplement supposer que Gwen et Beth ont passé la nuit entière à parler. Ce qu'elles ont fait, en quelque sorte, entre tous ces moments où elles... ont clairement fait tout autre chose.

Beth se sent rougir quand des images de leur soirée se mettent à danser dans son esprit, ardentes, joyeuses et enivrantes.

— Cessez donc cela.

— Que voulez-vous que je cesse ? s'étonne Beth, clignant des yeux pour chasser ces pensées avant de croiser le regard de Gwen.

— De songer à la nuit dernière.

Beth lâche un soupir, remarquant la rougeur qui s'épanouit également le long du cou de son amante.

— À vous de cesser de le faire !

Gwen éclate de rire et l'attire près d'elle pour lui donner un baiser. Beth lâche un petit cri perçant, se sentant un peu gauche dans sa crinoline après une soirée passée nue. Et même si cela est moins que ce qu'elles ont pu avoir en partageant un lit, c'est malgré tout charmant, les doigts de Gwen sur ses joues tandis que ses mains serrent les jupes de son amie. La bouche de Gwen est chaude contre la sienne et elle se dit que peut-être elles devraient se passer totalement du petit déjeuner, feindre une grasse matinée.

Peut-être avoir en fait une...

Elles s'écartent brusquement au moment où un coup sec est frappé à la porte.

— Lady Demeroven est arrivée.

Beth plaque ses mains sur ses joues, comme si on pouvait deviner d'un seul regard ce qu'elles ont fait. Mais la porte ne s'ouvre pas et elle entend des pas s'éloigner dans le couloir.

— J'imagine que..., commence Gwen.

— Vous avez raison, acquiesce Beth, lâchant ses mains et se forçant à abaisser ses épaules.

Il est temps de revenir dans le monde réel.

Elle hésite, ne se sentant pas tout à fait prête – refusant de songer à la réalité au sens plus large, au fait qu'il s'agit probablement de la première et de la dernière fois que... non, non, elle ne peut se laisser aller à ces pensées car autrement elle pleurera à la table du petit déjeuner.

Gwen tend la main pour saisir la sienne et entremêler leurs doigts. Elle ouvre la porte et la guide avec assurance dans le couloir. Ce n'est pas si étrange que cela après tout de tenir la main d'une amie.

Elles peuvent se permettre au moins ce geste-là dans les couloirs de la maison. Et par conséquent Beth concentre toute son attention sur la manière dont se touchent leurs jointures et sur la chaleur de la paume de Gwen. Elle se laisse conduire au bas des marches et à travers l'immense hall d'entrée pour gagner la salle à manger.

Gwen s'arrête si soudainement que Beth percute son dos, et elles se retrouvent là toutes deux chancelantes sur le seuil de la vaste pièce. Elle pourrait s'émerveiller à la vue de l'énorme table en acajou et de l'imposant lustre, mais c'est découvrir sa mère et Lord Havenfort confortablement installés tout au bout de la table, chaises rapprochées l'une de l'autre et mains se touchant presque sur le plateau, qui capte toute son attention.

Sa mère rit de bon cœur tandis que Lord Havenfort la regarde si tendrement que Beth sent presque un éclair de douleur traverser sa poitrine. Son père n'a jamais regardé sa mère ainsi, et Cordelia n'a jamais semblé aussi libre dans leur propre salle à manger. Les seules fois où elle a jamais été autant à son aise au contact de la nourriture remontent aux moments qu'elle a passés dans les cuisines, occupée à confectionner des pâtisseries avec Mrs Mildred ou à prendre son petit déjeuner avec Beth, hors de portée de son père.

La main de Gwen se ferme sur celle de Beth tandis qu'elles observent leurs parents interagir.

Leurs parents, dont elles veulent qu'ils se marient pour qu'elles puissent devenir… Beth, la gorge serrée, déglutit avec peine. Elles étaient supposées faire s'engager leurs parents dans une relation, pas s'y engager… elles-mêmes. Soudain leur projet absurde semble s'être concrétisé, mais tout a été renversé.

— Ah, vous voici toutes les deux, dit Lord Havenfort qui affiche un large sourire en les apercevant. Entre, entrez. Lady Demeroven et moi-même étions en train de fixer à l'instant les termes de notre pari pour le match d'aujourd'hui.

Gwen entraîne lentement Beth dans la pièce, l'y guidant pour qu'elles s'assoient face à Cordelia et lâchant sa main au moment de prendre leur place respective. Beth ressent la perte de ce contact avec acuité, se sentant à peine capable de croiser le regard joyeux de sa mère. Si celle-ci savait ce qu'elles ont fait…

— Lord Havenfort semble certain que l'UEE remportera son match contre l'AEE, ce dont je doute grandement.

— Doutez-vous à hauteur de cinq livres ? la taquine Lord Havenfort.

— Je ne prendrais pas ce pari, Lady Demeroven, conseille Gwen alors que son père lui passe un plat d'œufs. Père remporte tous ses paris quand il est question de cricket.

— Le fait que son père ait étudié avec Jemmy Dean ne transforme pas les nouveaux venus de l'UEE en bons joueurs, répond Cordelia d'un ton pincé, tout en souriant à sa fille. Beth et moi soutenons toujours l'AEE.

— Oh ! vraiment ? s'étonne Gwen, et Beth déglutit avec peine en voyant l'étincelle espiègle dans son œil.

C'est la même qui existait dans son regard avant le tristement célèbre fiasco de la partie de croquet.

— Avez-vous envie de parier vous-même ?

Beth, qui se sent toujours perdue, jette un regard en direction de sa mère. Mais celle-ci n'a pas l'air de vouloir capituler et elle ne laissera personne se liguer contre sa mère, même par leurs…

par qui que puissent être les Havenfort pour les Demeroven ces derniers jours.

— Cinq livres, dit Beth, opinant du chef tandis que Gwen l'observe, bouche bée. George Parr s'est chargé de la composition de l'équipe, et ils ont remporté tous leurs matchs cette année.

— George Parr ne reconnaîtrait pas une stratégie même si elle venait lui mordre l'arrière-train, réplique Gwen.

— Gwen, intervient Lord Havenfort, riant tout en tentant de lancer un regard sévère à sa fille.

Cordelia lâche un petit ricanement.

— C'est la vérité ! se défend Gwen.

— Eh bien, non, bien sûr qu'il n'y parviendrait pas, mais que je ne vous surprenne pas à utiliser pareil langage durant le match. Miss Demeroven, je compte sur vous pour la garder sur le bon chemin. Vous l'avez entendue lors des matchs d'Albie et Bobby.

— Oh ! non, vous ne faites pas de chahut lors des rencontres de premier plan, n'est-ce pas ? dit Beth, percevant la nuance plaintive dans sa voix. Mère le fait également. Cette dernière se met à rougir.

— Oh ! vraiment ? lâche Lord Havenfort d'un ton chantant, un large sourire aux lèvres tandis que Cordelia s'avachit sur sa chaise. Ça par exemple !

— C'est vous qui m'avez appris à le faire ! s'exclame la lady, déclenchant ainsi l'hilarité de tous.

Beth se met à écouter leurs parents se chamailler et évoquer les matchs auxquels ils ont assisté il y a vingt ans. Comment ils ont failli être expulsés un jour des tribunes pour mauvais comportement et comment sa mère a été étroitement surveillée la semaine suivante par sa préceptrice.

Beth et Gwen mangent, échangeant des sourires faciles. Tout cela semble presque… normal. C'est comme si rien ne s'était passé la nuit dernière – comme si leur plan se déroulait simplement à merveille, et qu'ils pouvaient tous se retrouver ainsi autour d'un repas à cette table, prenant des paris et échangeant des taquineries comme une grande et heureuse famille.

Mais alors que tous se faufilent à l'intérieur des tribunes quelques heures plus tard, arborant d'élégantes tenues pour une sortie publique, cette légèreté s'évanouit. En public, considérant tout ce qu'elles ont fait, Beth se sent clairement mal à l'aise.

Les gens peuvent-ils deviner qu'elles ont couché ensemble ? Que la façon dont Gwen se presse contre elle est bien moins qu'innocente ? Que son corps est encore parcouru de fourmillements au souvenir de la nuit passée et que le halo rose qui s'épanouit sur ses joues n'est en rien dû à la chaleur et à ses jupes mais entièrement à cette main que Gwen glisse dans la sienne ?

Cordelia et Lord Havenfort ne leur accordent pas grande attention, eux qui sont assis trop près l'un de l'autre, seul à seul, et ne cessent de se pousser du coude tandis que les équipes entrent sur le terrain pour que les capitaines échangent une poignée de main. Les tribunes sont pleines à craquer, l'intégralité de la haute société étant de sortie pour assister à ce match prometteur. L'AEE, dotée d'une nouvelle direction, l'UEE, toujours considérée comme une équipe de nouveaux venus même cinq ans après sa création – la foule est déchaînée et elle peut entendre plus d'un pari lancé autour d'eux dans un élan d'excès absolu.

— Vous allez perdre, prévient Gwen d'un ton ferme tandis que les équipes se mettent en place.

— Oh ! je vous en prie, répond Beth en pressant sa main.

Gwen pousse légèrement son épaule.

— L'UEE serait incapable de surpasser George même en consultant des mathématiciens, poursuit-elle. Elle ne peut se mesurer à notre vitesse et Mortlock peut faire des cercles autour de Clarke grâce à ses frappes. Vous êtes condamnés à l'échec.

— Père ne jure que par Clarke. Je crois que vous serez déçues.

— Eh bien, il ne peut pas avoir raison à tout propos, réplique

Beth en jetant un regard en direction du lord occupé à murmurer à l'oreille de sa mère d'une façon fort similaire, bien que Beth puisse voir que la lady reste inflexible. Et il se trompe sur ce point.

— Nous verrons bien, fait Gwen en s'appuyant contre elle. Si nous gagnons, il vous faudra passer de nouveau la nuit chez moi ce soir.

Ses doigts viennent courir contre la veine qui pulse sur le poignet de Beth.

— Je croyais que la mise était de cinq livres, fait la jeune fille en tentant de réprimer un frisson.

Gwen ne devrait pas avoir la capacité d'affecter Beth ainsi, en public, juste en posant ses doigts sur son poignet. Mais imaginer ce que ces doigts peuvent faire et le souvenir saisissant de l'endroit où ils se trouvaient à peine quelques heures plus tôt amènent Beth à s'agiter sur son siège et Gwen à sourire d'un air suffisant.

Elle ignore si elles pourront réussir à passer une autre nuit ensemble.

Même si, étant donné la façon dont leurs parents sont assis, semblant si proches, Beth se dit soudainement que ce pourrait ne pas être impossible.

Tout ce qu'elles ont à faire, c'est les réunir tous les deux afin qu'ils prennent un dernier verre de fin de soirée et feindre ensuite l'épuisement. Elle se verrait parfaitement *incapable* de parcourir tout le chemin jusqu'à l'autre côté de la place, ne pourrait-elle pas alors simplement dormir avec Gwen une fois de plus ? Cette pensée l'emplit d'audace et elle s'apprête à se pencher de nouveau vers son amie pour lui proposer que leur pari soit échangé contre une promesse d'actions plus importantes lorsque quelqu'un vient tapoter son épaule.

Elle se retourne et manque de tomber de son siège lorsque Lord Montson apparaît sous ses yeux, chic et souriant, son haut-de-forme coincé sous le bras. Il se laisse retomber sur un siège à côté d'elle et saisit son autre main dont il embrasse le revers. Gwen serre ses doigts sur sa paume cachée aux regards.

— Je suis si heureux de vous avoir trouvée, dit Lord Montson, lâchant sa main pour se tourner vers les autres personnes présentes. Lady Gwen. Lady Demeroven, Lord Havenfort, ajoute-t-il pour les saluer.

Gwen parvient à effectuer un brusque hochement de tête et Beth entend sa mère dire quelque chose, mais elle a du mal à comprendre ses mots en raison du bourdonnement dans ses oreilles. Ou peut-être est-ce le bruit du pistolet donnant le coup d'envoi du match qui résonne à travers le terrain ?

Lord Montson est là. À côté d'elle. Son prétendant. Qui lui demandera très probablement sa main avant la fin du mois. Il est là, assis près d'elle, cet homme si grand et séduisant, tandis que Gwen serre sa main avec des doigts qui ont été en elle, alors que ses lèvres sont toujours légèrement gonflées à cause de ses baisers fervents et d'autres activités… Beth déglutit pour chasser le nœud énorme qui s'est formé dans sa gorge. Elle ne peut fuir. Elle doit rester assise là tandis que Lord Montson parle encore et encore de l'AEE et de sa supériorité. Soudain elle est prise de l'envie de changer de camp. Elle a envie d'encourager l'équipe de Gwen pour le seul plaisir de le contrarier, bien qu'il n'ait absolument rien fait de mal.

— Je veux bien vous accorder que Mortlock a la meilleure moyenne de frappe, mais Clarke est plus rapide et plus agile et l'UEE joue régulièrement dans des conditions pires que celles-là. L'équipe ne rencontrera pas la moindre difficulté lors d'une journée comme aujourd'hui.

— Vous voyez ? s'enquiert Gwen, se penchant vers Beth au moment où Clarke frappe la balle au-delà de la limite et évite tous les joueurs de champ de l'AEE pour courir entre les guichets.

Beth cligne des yeux. Elle n'a prêté attention ni à la conversation ni au jeu. Elle n'avait pas réalisé que Gwen avait repris la conversation là où elle avait échoué à le faire. Elle converse aimablement avec Lord Montson depuis dix minutes le plus naturellement du monde.

Leurs doigts sont toujours entremêlés sous leurs jupes, s'agrippant trop fort, de manière presque douloureuse. Mais Gwen donne l'impression que tout est parfaitement normal.

— Ce n'est qu'un coup de chance qu'Adams soit sur le banc, voilà tout, réplique Lord Montson. Qu'en pensez-vous, Miss Demeroven ? Croyez-vous que Clarke les ait tous écrasés ?

Beth peine à retrouver l'usage de sa voix alors que le pouce de Gwen effleure de nouveau la veine palpitant au creux de son poignet. Elle jette un regard à son amie, qui repose simplement les yeux sur le jeu. Mais Beth peut percevoir, à en juger par la crispation de sa mâchoire et de ses épaules, qu'elle sait ce qu'elle fait. Elle s'amuse avec elle avec Lord Montson juste à côté d'elles.

— Je pense que Mortlock nous fera gagner de nouveau les points perdus lors de notre tour de batte et que Clarke finira par trébucher. Personne ne peut réaliser un match parfait.

— Tout à fait d'accord, dit Lord Montson d'un ton joyeux, son bras frôlant son épaule au moment où il se glisse un peu plus près, serrant Beth entre lui et Gwen. Il y avait un garçon à l'école qui jouait à la perfection jusqu'à la fin de la deuxième manche puis se mettait à rater ses coups lors de chaque match. Cela nous poussait tous à aller noyer ensuite notre déception dans l'alcool.

— Je prendrais bien un verre moi-même en cet instant, murmure Gwen, pivotant la tête et faisant mine de s'étirer le dos pour murmurer à l'oreille de Beth.

Beth presse simplement sa main et elles regardent le match en ignorant les plaisantes chamailleries de leurs parents. Lord Montson émet des commentaires de temps à autre, mais Beth est heureuse de voir son intérêt se détourner d'elle au profit du suspens de la partie. L'affrontement est serré. L'AEE paraît bien partie pour gagner, mais Beth ne pourrait se moquer davantage du sort des parieurs – elle ne peut imaginer comment retrouver leur indifférence insouciante vis-à-vis du monde à présent ; cela est impossible avec la présence physique de Lord Montson qui les arrime lourdement au sol à la manière d'une ancre.

Comme elle était stupide d'imaginer qu'elles pourraient simplement vivre dans leur petite bulle de joie. La réalité a effectué un retour fracassant et c'est comme si quelqu'un s'était assis sur sa poitrine, forçant ainsi tout l'air à quitter ses poumons et toute sa joie à s'échapper d'elle au point que chaque mouvement la fait sursauter et qu'elle pourrait pleurer sous l'effet du désarroi, de la frustration et de la chaleur.

— Vous voyez ?

Beth sursaute quand résonnent les cris d'exultation grandiloquente de Lord Havenfort et elle le voit alors adresser un grand sourire fier à sa mère. Cette dernière lui tend à contrecœur l'argent du pari, mais elle sourit toujours. Gwen ne tend pas la main, choisissant de garder leurs doigts entremêlés sous la montagne formée par leurs jupes. Elle ne fanfaronne ni ne se vante non plus, toutes deux étant tout simplement assises là, vidées de toute énergie. Lord Montson glousse à côté d'elle.

— Eh bien, voilà qui était revigorant, n'est-ce pas ?

Beth réussit à acquiescer d'un hochement de tête, lui jetant un regard avec aux lèvres un sourire tendu qu'il ne semble pas remarquer.

— Notre voiture viendra vous chercher ainsi que votre mère à la première heure demain dans ce cas.

Voilà qui la ramène aussitôt au moment présent.

— Oh ! vraiment ?

— Pour notre sortie à cheval, ajoute-t-il, en lui souriant avec douceur.

— Oh ! bien sûr ! parvient-elle à prononcer. Désolée, je suis toute à l'émotion du match. Oui, nous avons grandement hâte, poursuit-elle, se forçant à imprimer de l'enthousiasme dans sa voix.

Il lui était totalement sorti de l'esprit qu'ils étaient censés visiter sa propriété londonienne le lendemain. Comment a-t-elle pu oublier une chose pareille ?

— Lady Demeroven, mon père et ma mère sont absolument

ravis de prendre le thé avec vous pendant que Miss Demeroven et moi monterons à cheval, ajoute Lord Montson, se penchant devant Beth pour croiser le regard de sa mère. Père a de nombreux sujets à évoquer avec vous.

Beth sent son ventre se nouer au moment où Cordelia acquiesce elle-même d'un air enthousiaste. Beth observe Lord Montson se tourner vers elle, baiser sa main libre et lui dire combien il a hâte d'être au lendemain matin, sans presque rien ressentir. Elle opine de la tête mais peut à peine l'entendre. C'est comme si tout se mouvait autour d'elle derrière le voile d'un épais brouillard. Il s'éloigne, un grand sourire désinvolte aux lèvres, avant même qu'elle ait pu prononcer le moindre mot.

— On dirait bien que vous allez recevoir une demande en mariage, dit doucement Gwen d'une voix blanche.

Ses doigts quittent ceux de Beth et ses mains se nouent fermement sur ses genoux.

Beth a du mal à déglutir, à cligner des yeux. Elle est même incapable d'essayer de récupérer sa main. Elle est incapable de bouger. Une *demande en mariage*.

— Oh ! c'est tout à fait exaltant ! Mes sincères excuses, Dashiell, mais il va nous falloir reporter le dîner prévu pour fêter la victoire. Beth et moi devons nous rendre chez la couturière et ajouter des ornements à cette robe d'équitation.

— Bien sûr, entend-elle Lord Havenfort murmurer. Mais vous devrez nous faire savoir comment se passent les choses. Peut-être pourrons-nous dîner demain, si vous n'êtes pas trop fatiguée ?

— Ce serait charmant, répond Cordelia tandis que Beth sent son estomac se retourner.

Passer ainsi d'une demande en mariage à la salle à manger de Gwen, après avoir perdu la moindre parcelle de joie qu'elle pouvait avoir...

— Venez, chérie, nous n'avons pas un instant à perdre. Bonne journée à vous, Lady Gwen, dit sa mère qui se glisse devant eux et tend le bras pour prendre la main glacée de Beth et l'aider à se relever.

— Bonne journée également à vous, Lady Demeroven, Miss Demeroven, énonce Gwen, son visage ne reflétant pas la moindre expression.

Beth baisse les yeux vers elle.

— Gwen..., parvient-elle à prononcer avant que sa mère ne l'entraîne au loin.

Elle la suit, titubant derrière elle, se sentant en apesanteur et détachée, comme si ses jambes, ses pieds et son corps se déplaçaient sans elle. Elle est toujours dans les tribunes, occupée à plonger ses yeux dans le regard vide de Gwen.

16

Gwen

Le trajet en voiture jusqu'à leur maison de ville se fait dans le silence. Gwen laisse son regard fixé sur l'extérieur et tente de donner un sens à la cacophonie de pensées résonnant dans sa tête. Son effroi, sa douleur, sa tristesse, le sentiment accablant de culpabilité et de regret. Et pourtant, la seule chose sur laquelle elle puisse réellement fixer son attention, c'est la sensation éprouvée au contact des mains de Beth sur sa peau et le sentiment de plénitude parfaite qu'elle ressent quand elles sont ensemble. Comment peuvent-elles abandonner cela pour *Montson* ?

Son père la conduit hors de la voiture et lui fait monter les marches pour rejoindre leur vestibule.

Elle y reste immobile, pensant au soir précédent, à ce moment où elle a pris la main de Beth pour l'entraîner à l'étage. Songeant qu'elle n'aura jamais plus l'opportunité de le faire, que la nuit précédente était la dernière. Pour toujours.

Elle se retourne et se retrouve enveloppée par les bras de son père. Elle s'agrippe à son gilet, enfouissant son visage contre sa poitrine, s'imprégnant de l'odeur de ses cigares et de sa pommade – cette odeur synonyme de foyer, de sécurité et d'enfance. Cela lui donne envie de redevenir petite fille pour qu'il puisse faire s'envoler sa douleur avec un baiser et une sucrerie. Qu'il la fasse tourner en lui tenant les bras, lui donne l'impression de voler et chasse ainsi toutes ses sombres pensées.

Revenir au temps où il n'y avait qu'eux deux dans son cœur, et qu'elle n'avait besoin de rien d'autre. De personne d'autre.

Il recule après un long moment et la tient par les épaules, baissant la tête pour croiser son regard avec un sourire triste.

— Tout ira bien, vous verrez.

Mais elle n'a plus quatre ans et il ne peut arranger la situation avec un sourire et une promesse.

— Non, je ne le crois pas.

Il soupire en l'observant.

— Il peut y avoir plus de liberté que vous ne l'imaginez dans une union. Vous resterez amies. Il aura à passer le plus clair de son temps à Londres, et lorsqu'il le fera, vous pourrez rendre visite Beth à la campagne. Il est… normal pour les ladies d'avoir des compagnes. Vous la verrez plus que vous ne le pensez.

Gwen scrute son visage, le regardant faire tant d'efforts pour lui faire accepter cette idée. Mais est-ce ce qu'elle veut ? Rester vieille fille – aimer une personne mariée à une autre, être un secret honteux – une *compagne* ? Être connue aux yeux du monde comme la petite camarade triste qui vient tenir compagnie à la campagne ? Être uniquement une amie, pour toujours ?

— L'auriez-vous fait ? questionne-t-elle.

Son père cligne des yeux, confus.

— De quoi parlez-vous ?

— Si Lady Demeroven, après avoir épousé cet homme, avait voulu vous garder comme compagnon pour que vous lui rendiez visite et partagiez sa couche lors des absences de son époux, est-ce une chose que vous auriez faite ?

Les traits de son père se durcissent l'espace d'un instant sous l'effet d'une bouffée de mécontentement puis il prend une profonde inspiration. Il peut bien être furieux autant qu'il lui plaira à cause de cette insinuation. Elle veut savoir. Se satisferait-il de pareil arrangement – être une sorte de secret sordide, passant au second plan, derrière une épouse ou un mari ?

Elle sait que c'est là l'unique possibilité qui s'offre à elle. Même si Beth avait une situation financière stable, même si Gwen elle-même pouvait hériter du titre de son père, il n'y a nulle place qu'elles puissent occuper ensemble au sein de la haute société. Pas de place pour elles ensemble à la campagne ou nulle part ailleurs. Deux femmes ne peuvent pas tenir une maison, posséder des terres, vivre ensemble et partager leur lit de manière officielle. Elles peuvent être des amies, oui. Mais aucune union n'est possible pour deux femmes.

Elle ne veut pas être un secret, occuper la deuxième position derrière *Lord Montson* en particulier. Savoir que Beth a senti ses mains sur elle. S'étendre dans le lit où tous deux ont fait l'amour.

— Le feriez-vous ? demande-t-elle de nouveau.

— Non, répond-il à voix basse.

— Alors ne me demandez pas d'y consentir, lance Gwen en s'écartant de ses bras.

Elle ne peut supporter ce qu'elle lit dans son regard, l'immense chagrin qui s'imprime sur ses traits.

Elle ne veut pas qu'il souffre pour elle, alors qu'il a été suffisamment blessé lui-même par les Demeroven.

Elle préfère donc s'enfermer dans sa chambre. Elle fixe son lit soigneusement fait, aux draps changés. Sa coiffeuse rangée, le désordre de la nuit dernière ayant été effacé. Les épingles que Beth et elle ont retirées de leurs cheveux sont mêlées dans la coupelle qu'elle tient de sa défunte mère.

Elle ignore quelles sont les siennes et quelles sont celles de Beth. Elle se laisse retomber lourdement sur la chaise placée face à la coiffeuse et rive ses yeux à cette stupide pile de métal.

Elle connaissait les risques lorsqu'elle a embrassé Beth. Elle savait que la souffrance se dirigeait droit sur elles lorsqu'elle l'a invitée à passer la nuit dernière chez elle.

Elle le savait lorsqu'elles se sont embrassées, déshabillées, touchées dans son lit. Elle le savait lorsqu'elles ont appris à se connaître plus intimement qu'elle n'a jamais connu personne – plus intimement qu'elle ne connaîtra, se dit-elle, jamais une autre personne.

Mais savoir ne rend pas les choses plus faciles. Elle a l'impression que quelqu'un écartèle sa poitrine, l'ouvre en deux pour creuser ses entrailles. C'est comme si un poids était venu se poser sur ses épaules et que le monde s'était assombri en quelques heures à peine.

Gwen grogne contre elle-même et se lève, arrachant les épingles de ses cheveux pour faire quelque chose de toute cette souffrance.

Elle se débat pour quitter sa robe. Jette son jupon à travers la chambre. Défait sa crinoline et la laisse tomber en tas sur le sol. Mais la vue de ses vêtements, froissés et disséminés dans la pièce, tout comme ses affaires étaient mêlées à celles de Beth le soir précédent la fait s'arrêter net.

Elle se tient là écartelée entre une tristesse à briser le cœur et un sentiment profond et pénétrant de vacuité. C'est comme si tous les sentiments agréables qu'elle ait jamais ressentis s'étaient envolés et qu'il n'y avait plus à présent qu'une fosse vide dans sa poitrine.

Comment passer à autre chose à présent ?

La porte s'ouvre, mais elle n'arrive pas à détacher son regard de la pile de vêtements gisant sur le sol – de la robe qu'elle portait au moment où le ciel s'est effondré.

Ce n'est que lorsque des mains se mettent à défaire délicatement le laçage de sa robe qu'elle semble reprendre ses esprits. Mrs Gilpe la fait pivoter en la tenant par les épaules, la serre fort dans ses bras et Gwen presse son visage contre son épaule. Mrs Gilpe la fait se balancer légèrement comme lorsque Gwen était petite. Elle a toujours été sévère et intransigeante mais en pareils moments elle est douce, chaleureuse et lui procure un immense sentiment de sécurité.

— Venez, laissez-nous vous aider à passer une tenue confortable. Sally va monter vos biscuits préférés.

Gwen sent un sourire sincère s'étaler sur son visage et elle laisse Mrs Gilpe l'aider à enfiler un jupon propre. Elles viennent ensuite le recouvrir d'une vieille robe d'intérieur, confortable et défraîchie. Et une fois sa coiffure défaite, Gwen a le sentiment de pouvoir de nouveau respirer.

Mrs Stelm se glisse dans la chambre avec un plateau chargé de biscuits tout chauds.

Et du thé pour trois personnes. Bénies soient-elles toutes les deux.

— Votre père a pensé qu'un peu de réconfort vous ferait le plus grand bien, explique Mrs Stelm en déposant le tout sur sa table de chevet et en lui intimant de gagner son lit.

Gwen sourit en voyant Mrs Stelm et Mrs Gilpe y grimper également, ce qui lui rappelle le temps où elle était enfant et où elles lui racontaient des histoires.

Mrs Gilpe se joignait rarement à elles mais c'était toujours si charmant lorsqu'elle le faisait. Une impression rassurante, une proximité, qui donnait le sentiment d'appartenir à la même famille.

Mrs Stelm lui tend un biscuit et Gwen le prend, mordant dans le sablé au beurre et éparpillant des miettes sur sa robe. Elle sent ses épaules se détendre et elle accepte un autre gâteau avec joie. Manger lui fournit incontestablement une aide précieuse. Après quelques minutes écoulées et quelques gorgées de thé consommées, elle se sent presque de nouveau humaine.

La tristesse l'accable toujours mais elle a l'impression d'avoir repris ses esprits, elle peut sentir sa poitrine se soulever et s'abaisser au rythme de son souffle et le matelas douillet sous son corps. Elle se laisse aller contre ses oreillers, remontant ses genoux contre sa poitrine tout en regardant Mrs Gilpe et Mrs Stelm, qui l'observent simplement avec un sourire attristé.

— Vous sentez-vous un peu mieux ? demande Mrs Stelm.

Gwen acquiesce d'un hochement de tête.

— Merci.

Mrs Gilpe sourit et tend une main vers Mrs Stelm pour que cette dernière lui donne un biscuit. Mrs Stelm lève les yeux au ciel, attrape trois gâteaux et n'en donne qu'un à Mrs Gilpe. Gwen éclate de rire.

—Rabat-joie, grommelle Mrs Gilpe.

Mrs Stelm coupe le troisième biscuit en deux en gloussant et tend les morceaux également. Mrs Gilpe sourit et se penche pour embrasser sa joue. Le geste est si rapide qu'il aurait pu échapper à Gwen, mais Mrs Stelm rougit légèrement. Toutes deux sont assises plus près l'une de l'autre qu'elle ne l'avait réalisé.

Elles sont heureuses ensemble, travaillant au service de la maisonnée et dormant ensemble. En vivant ainsi, elles ont trouvé un moyen de partager leur existence.

Il doit exister une façon grâce à laquelle Beth et elle pourraient ainsi être ensemble, pour toujours. *Des compagnes*, entend-elle dans sa tête et cela lui fait plisser le front. Elle ne veut pas qu'elles soient ensemble en s'organisant autour de la présence de Montson. Elle veut juste qu'elles soient ensemble.

— Avez-vous des regrets ? demande Mrs Gilpe, la question semblant résonner trop fort dans le silence de la pièce.

— Non, répond aussitôt Gwen d'un ton assuré.

Elle n'échangerait la nuit passée contre rien au monde. Avoir connu cette joie, ne serait-ce qu'un seul instant, et même si la conséquence en est un chagrin puissant et éternel, en valait largement la peine.

— Alors cela en vaut la peine, renchérit Mrs Gilpe simplement.

— Vous connaîtrez de nouveau le bonheur, ajoute Mrs Stelm. Des compagnes peuvent bâtir leurs vies ainsi qu'elles le désirent. Votre père sera certainement disposé à financer quelques Saisons supplémentaires pour vous jusqu'à ce que vous trouviez un époux, et vous pourriez peut-être vous installer tout près de Miss Demeroven.

Gwen sent son estomac se nouer douloureusement. C'est une chose d'être confrontée à l'idée de Beth et Montson ensemble. Elle ne croit pas pouvoir supporter l'idée de se retrouver elle-même avec un homme. Elle ne croit pas pouvoir jamais… la façon dont Beth l'a touchée, ce qu'elle a ressenti… elle ne pourrait faire cela avec un homme, ne pourrait éprouver cela avec un homme.

— Il y a pire façon de vivre une existence heureuse, ajoute Mrs Gilpe.

Gwen soupire.

— Ce n'est pas juste, dit-elle, tressaillant en entendant combien son ton semble irascible et mesquin.

Elle n'est pas une enfant. La *justice* n'est pas une chose dont elle s'est un jour attendue de la part du monde.

Mais elle n'attendait pas Beth non plus. Ne s'attendait pas à se sentir ainsi. À découvrir qu'au-delà du simple fait d'être une femme – un être de second ordre, une sorte de bien meuble, de chose que l'on possède – elle pouvait se sentir encore moins comme une personne aux yeux de la société. Ces désirs, ces nouveaux besoins, personne ne les respectera, sauf les femmes sur son lit et son père.

— Votre père vous aime, dit Mrs Stelm. Et nous vous aimons. Et non, ce n'est pas juste. Mais vous ne serez pas jetée en prison.

— C'est le bon côté de la situation, certes, mais il est bien sinistre, acquiesce Mrs Gilpe.

Gwen laisse échapper un soupir, tentant de trouver détermination et courage. Essaye d'éprouver une forme de reconnaissance en songeant au fait que cela ne lui coûte que son bonheur, et non sa vie. Mais tout ce qu'elle a envie de faire c'est pester contre Dieu pour l'injustice de tout cela. Pour ce titre dont elle ne peut hériter, pour ce mari dont elle a besoin pour sa sécurité, pour cet amour qui ne peut pas exister et pour une amante qui appartiendra à quelqu'un d'autre de bien trop de façons.

Elle cherche les mots et échoue à les trouver, épuisée et

accablée. Mrs Stelm sourit avec douceur, lui tend un autre biscuit et attend que Gwen prenne sa première bouchée.

— Alors, était-ce merveilleux ?

Gwen s'étrangle, bafouillant tout en toussant. Mrs Gilpe donne une petite tape à Mrs Stelm et toutes trois éclatent de rire.

— C'était... charmant, parvient à prononcer Gwen après avoir réussi à reprendre son souffle, tout en essuyant les miettes autour de sa bouche.

— Nous allons devoir vous faire belle pour ce dîner demain, voir si vous ne pouvez pas récidiver.

Gwen rougit tout en esquissant une grimace. Elle ignore comment elles pourraient coucher ensemble avec le fantôme de la demande en mariage de Lord Montson planant au-dessus de leurs têtes. Mais elle ne voudrait pas non plus renoncer à cette possibilité.

— Elle est affreusement petite, dit Mrs Gilpe.

Gwen la regarde d'un air stupéfait.

— Comment ?

— Elle est très petite, et menue. Je dis ça comme cela.

— Donc peu importe qu'il s'agisse d'un homme ou d'une femme, vous allez appliquer votre jugement à cette personne, c'est cela ? dit Gwen.

Mrs Gilpe affiche un large sourire.

— Bien entendu, très chère. C'est là notre droit.

— Oui, peu nous importe qui vous embrassez. C'est à propos du baiser que nous devons vous taquiner, ajoute Mrs Stelm.

Gwen lâche un petit grognement.

— Et on dirait que vous ne vous en êtes pas privée, dit Mrs Gilpe tout en tournant le visage de Gwen pour examiner sa joue où se trouve le suçon qu'elle a camouflé à l'aide de maquillage le matin même.

— Mon Dieu, vous êtes deux adultes. Gardez donc cachées ces choses-là !

Gwen la repousse doucement en riant tandis que le rouge lui monte au visage.

Mrs Stelm et Mrs Gilpe commencent à parler de l'affreux désordre qu'elles ont créé la veille et disent combien Gwen et Beth ont réellement l'air adorables ensemble. Et bien qu'elle sache que cela ne pourra pas durer et même alors que la douleur du lendemain se profile, Gwen s'autorise brièvement à savourer leurs moqueries enjouées – l'idée que Beth pourrait être quelqu'un qu'elles taquinent et dont elles s'amusent gentiment, qu'elles pourraient embarrasser, comme deux tantes fanfaronnant au sujet d'un homme. Elle devrait saisir ses moments de bonheur autant qu'elle le peut, car elle sait qu'ils sont pour toujours éphémères.

Mais au moins les aura-t-elle connus.

17

Beth

Beth contemple Londres, observant dans le lointain les voitures à cheval filer à vive allure aux abords de la ville tandis que les fumées s'élèvent d'un nombre incalculable de cheminées. La capitale s'étend devant leurs yeux à la manière d'un sinueux labyrinthe industriel et Beth se dit qu'elle aimerait simplement pouvoir s'y enfuir pour ne jamais revenir.

Les terres des Ashmond sont superbes. Le domaine près du Peak District est paraît-il cinq fois plus vaste et doté de son propre lac, de terres agricoles et d'un verger. Mais la propriété qu'ils possèdent à la sortie de Londres est déjà splendide. Des kilomètres de sentiers équestres, sur et en dehors du domaine, sont à leur disposition et avec les arbres en pleine floraison et la verdure environnante, l'endroit est absolument éblouissant. Elle ne pourrait nier qu'elle est totalement conquise par ces terres.

Lord Montson s'est montré courtois au possible durant tout l'après-midi, serviable et enjoué. Elle l'a écouté tandis qu'il lui livrait tous les détails concernant les terres, leur valeur, le calendrier des activités habituelles et tout ce qui a trait à sa famille. Une petite part de son esprit a pris consciencieusement note des noms des divers tantes, oncles et relations qu'elle devrait connaître, a consigné le moindre détail. Mais la part la plus importante s'est absorbée dans un rêve éveillé, habité du souhait que ce soit Gwen et non lui qui chevauche à ses côtés en cet instant.

Nourri du regret que tout ceci ne soit pas simplement un cauchemar qu'elle aurait fait après s'être endormie au creux des bras de Gwen. Car bien que le talus sur lequel ils ont fait halte permette de jouir d'une vue merveilleuse, bien que Lord Montson soit un homme très agréable et bien que son union avec lui ferait d'elle une femme plus riche que Crésus et capable d'accéder à tout le luxe dont on puisse rêver, elle ne veut rien avoir à faire avec tout cela.

Elle peut entendre leurs chaperons derrière eux, une paire de valets d'écurie ayant reçu pour mission de les suivre à une distance raisonnable. Ils discutent du rendement des cultures, se dit-elle. Et elle préférerait s'entretenir de ce sujet que de continuer à évoquer la famille Ashmond comme si cette dernière s'apprêtait à devenir la sienne.

Ce qui est pourtant bel et bien le cas. Leurs parents se trouvent ensemble en cet instant même dans la demeure familiale et le père de Lord Montson est occupé à discuter des termes de l'arrangement avec Mère.

Autour d'un thé servi dans la bibliothèque surmontée de voûtes et pourvue d'imposants rayonnages – il y a encore deux mois, Beth aurait dit oui avec joie rien que pour le plaisir d'avoir accès à ces livres. Lord Montson est bel et bien un homme aimable avec des terres, des titres, un statut et il pourra lui garantir la plus parfaite sécurité. Il est tout – *ceci* est tout ce qu'elles ont voulu et plus que sa mère et elle auraient jamais pu espérer obtenir.

— Qu'en pensez-vous ?

Tournant la tête vers lui, Beth découvre Lord Montson qui attend sa réponse avec impatience, le bras tendu vers la vue.

— C'est fabuleux, répond-elle avec sincérité.

Le large sourire qui s'épanouit sur les lèvres du lord prouve le plaisir que lui procure son approbation. Il est gentil, charmant et son opinion semble authentiquement l'intéresser et lui tenir à cœur.

Il est parfait et elle continue à se sentir entièrement vide, à ne rien éprouver pour lui.

— Lorsque je peux la voir ainsi, cela me donne toujours l'envie ardente d'être à la campagne, avec rien à des kilomètres à la ronde.

— Mais dans ce cas vous ne pourriez voir l'agitation qui y règne et vous réjouir de ne pas y être, réplique-t-elle, constatant son rire.

— C'est tout à fait juste. Pensez-vous que cela vous manquerait ?

— Vous parlez de la ville ?

— Bien sûr, je me dois d'y passer une part de l'année, mais en toute sincérité je préfère la campagne. La ville vous manquerait-elle si vous restiez dans le nord la majeure partie de votre temps ?

— Pas le moins du monde, s'empresse-t-elle de répondre. Je n'aime pas Londres, et encore moins la Saison. Mais mes amies me manqueraient, dit-elle tandis que sa poitrine se serre douloureusement à l'idée de désigner Gwen par un terme aussi ordinaire que celui d' « *amie* ».

— Elles pourraient venir vous rendre visite, dit-il d'un ton joyeux. Toutes les fois que vous le souhaiterez. Et ainsi vous pourriez même rester à la maison lorsque je regagnerais Londres pour la saison parlementaire si cela vous faisait plaisir.

— Cela ne vous dérangerait-il pas ? demande Beth dont le souffle se bloque à cette pensée.

— Pas le moins du monde. Mon père se trouve toujours au club à conclure des accords et à mener diverses négociations. C'est mortellement ennuyeux pour ma mère. Je ne voudrais pas vous faire subir cela à moins que vous ayez des amies en ville également.

— C'est très aimable à vous, répond Beth tout bas tout en sentant son estomac se serrer.

Elle pourrait garder Gwen.

Elles pourraient passer la plus grande partie de l'année ensemble, au domaine.

En prenant soin d'éviter la mère de Lord Montson, suppose-t-elle, mais ce ne serait pas rien tout de même. Toutes les deux, menant une vie douce et paisible à la campagne, loin des regards indiscrets.

Courant à travers les splendides terres des Ashmond, roulant à travers les forêts, s'étendant dans de gigantesques lits…

— Et bien sûr, il y aurait de la place pour votre mère. Elle pourrait vivre dans notre aile, si cela vous convient à toutes deux, autrement, il y a quelques dépendances qui pourraient être pourvues de personnel pour elle. J'ignore s'il vous plairait d'amener une partie de vos employés également.

— Miss Wilson, c'est certain, dit Beth à voix basse, un immense poids commençant à quitter sa poitrine.

Ils repartent alors à pas lents vers la demeure. Lord Montson se remet à jacasser à propos de différents membres de sa famille et de leurs imposants domaines. Beth se sent prise de vertige. Elle pourrait avoir une sorte de vie avec Gwen.

Elles pourraient vivre leur amitié de manière presque constante. Elles ne peuvent être rien d'autre qu'amies, vraiment. Et avec cet arrangement, elle aura l'argent pour gâter follement Gwen. Pour édifier un petit coin dans ce monde rien que pour elles deux.

Elle préférerait grandement épouser Gwen, même si cela devait entraîner leur perte. Mais elle doit prendre en considération la situation de Mère. Ceci établit Mère dans une vie confortable. Ceci permettra de subvenir à leurs besoins à toutes deux. Ce n'est pas l'avenir pour lequel elle opterait, si le choix lui était offert. Mais étant donné ce qu'elle a…

L'espoir emplit son cœur tandis qu'ils traversent la maison.

Gwen et elle sont douées pour les manigances. Elles trouveront des moyens pour passer pratiquement tout leur temps ensemble. Elle concevra une vie dans laquelle Lord Montson sera aussi peu présent que possible et emplira tout l'espace vide avec Gwen.

Elle pourra avoir Gwen. Elle pourrait presque faire la roue.

Elle est tirée de ses rêveries à propos de ses projets lorsque Lord Montson ouvre d'un geste vif les portes de l'immense bibliothèque. Beth inspire profondément pour savourer l'odeur des livres, se sentant presque prise de vertige. Mais ses épaules se crispent subitement quand elle aperçoit sa mère en compagnie du comte et de la comtesse. Lord Montson est grand mais Lord Ashmond l'est plus encore et il est même plus large d'épaules, une bête d'homme. Elle se demande si son épouse trouve cela séduisant ou si elle aussi se sent intimidée et même un peu menacée lorsqu'il se dresse devant elle.

Lord Montson guide Beth dans la pièce et ils s'approchent de la table basse qui sépare les deux fauteuils où sont installés ses parents du sofa qui accueille sa mère. Beth s'abaisse pour exécuter ce qui semble être une révérence très chancelante et sourit de manière aussi éclatante que possible.

— J'espère que Harry vous a montré les plus belles parties de nos terres, dit Lord Ashmond, sa voix grave résonnant autour d'eux.

— Effectivement, répond Beth, en regardant tour à tour Lord et Lady Ashmond. Vos terres et votre demeure sont tellement belles.

— Nous sommes enchantés qu'elles vous plaisent, dit Lord Ashmond. Malheureusement, Harry, il nous faut partir. Mais, nous avons pris des dispositions pour que vous vous retrouviez dans quatre jours. Ce délai devrait être plus que suffisant pour que tout soit finalisé avec le notaire. Faites vos au revoir, mon fils, et nous partirons. Lady Demeroven, dit-il en adressant un hochement de tête à Cordelia, qui fait la révérence.

Lord Montson prend la main de Beth et y dépose ses lèvres tout en souriant.

— À très vite, promet-il en affichant un air si enjoué que c'en est absurde.

Elle opine, gardant ce large sourire collé sur ses traits tandis qu'il quitte la pièce avec son père. Le bruit de leurs pas – celui de Lord Ashmond est lourd – s'amenuise peu à peu.

Beth se tourne de nouveau vers sa mère et Lady Ashmond. Quatre jours ? C'est donc tout ce qui lui reste ?

Mais elle aura Gwen. Elle n'a qu'à continuer de se le rappeler, elle aura Gwen. Elle est capable de survivre à n'importe quoi si cela lui offre des nuits, des jours et des levers de soleil avec Gwen.

— Nous devrions partir également, dit doucement Mère. Merci infiniment pour votre disponibilité, Lady Ashmond.

— Il vous faut m'appeler Bess, répond la femme en leur souriant d'un air absent. Et bien sûr, bien sûr. Je vous ferai envoyer un messager pour vous fournir les détails pour le week-end. Passez toutes deux une excellente soirée.

— Je vous remercie, parvient à prononcer Beth, effectuant une autre révérence avant de glisser son bras sous celui que lui tend Mère.

Elles quittent la pièce à pas lents, offrant l'image même de la politesse et de l'élégance. Fait inquiétant, sa mère ne dit mot une fois qu'elles se retrouvent dans le vestibule.

Elle devrait afficher un sourire radieux. Elle devrait être folle de joie de cette promesse d'union qu'elles viennent juste de garantir.

Mais au lieu de cela, son visage est étrangement impassible et leur départ de la propriété se fait dans le silence. Même après que les portières de la voiture à cheval se sont refermées, Cordelia ne livre rien. Beth ouvre la bouche, mais sa mère secoue la tête pour l'inviter au silence avant de fermer les paupières et de s'enfoncer dans son siège.

Beth qui se sent trembler d'inquiétude se force à prendre de profondes inspirations tandis qu'elle regarde la ville défiler derrière la vitre. Le trajet les ramenant de la propriété des Ashmond dure près de trente minutes. Mais sa mère refuse de céder.

Au moment où elles atteignent leur demeure de ville, Beth se sent prête à hurler. C'est de sa vie dont elles ne parlent pas. Elle est sur le point de se marier pour avoir un domaine et un titre. Elle a le droit de savoir comment, dans quel but et sous quelles conditions. Elle a le droit de savoir comment commencer à organiser son avenir.

Sa mère bondit quasiment hors de la voiture dès que celle-ci fait halte. Beth se débat avec ses jupes et descend à sa suite, se pressant derrière elle-même alors que sa mère se propulse vers le haut des marches du perron. Elle ne réussit à attraper son bras qu'une fois que la porte d'entrée a claqué derrière elles.

— Que s'est-il passé ? s'enquiert Beth d'un ton pressant, serrant le bras de sa mère alors même que cette dernière tente de s'éloigner.

C'est comme si elle voulait fuir Beth, et si l'une d'elles devait avoir ce droit, Beth se dit que ce devrait être elle.

— Lord Ashmond a dit que tout était arrangé. Quelque chose s'est-il mal passé – ne sont-ils pas d'accord ?

— Tout va pour le mieux, répond Cordelia, lui tournant toujours le dos et les épaules crispées.

— Mère, la presse Beth.

Mais lorsque cette dernière se retourne, Beth regrette aussitôt qu'elle l'ait fait. Quelque chose ne va pas dans l'expression de sa mère, il y a quelque chose de brisé, de meurtri. Elle ne se souvient que d'une fois où son père a frappé sa mère et c'était cet air-là qui s'était alors peint sur ses traits. Elle n'a pas assisté à la scène, mais elle a entendu la gifle reçue lorsque sa mère a essayé de soutenir que Beth devrait être présentée tôt à la reine, afin de lui donner une Saison pour s'habituer à la haute société. Son père avait dit qu'ils n'avaient nul besoin de gaspiller de l'argent pour Beth de cette façon. Cordelia avait répondu qu'il gaspillait de l'argent pour des frivolités chaque jour ; comment pouvait-il se montrer si cruel et arbitraire à propos de Beth ? Et il l'avait alors giflée.

Son expression est pareille à celle qu'elle affichait lorsqu'elle était sortie du bureau et avait trouvé Beth dans le couloir. C'est comme si quelque chose était fissuré, que le pire des dégâts infligés étaient cachés sous sa peau. Et Beth se souvient comment Cordelia s'était alors retirée en elle-même après cela, durant des mois et des mois. Combien elle avait perdu son éclat et s'était peu à peu transformée en cette version de sa mère, avec cet objectif qu'elle poursuit ardemment, avec une détermination implacable.

— Que s'est-il passé ? la presse Beth.

— Lord Montson fera sa demande samedi. Vous aurez toutes les terres dont vous auriez pu rêver, l'assurance d'une fortune qui durera des générations et ils m'installeront dans un endroit luxueux, j'en suis sûre.

— N'est-ce pas ce que vous vouliez ? s'enquiert Beth. Ce que *nous* voulions, se corrige-t-elle aussitôt.

Elle aura Gwen. Elle est capable de supporter tout cela si elle peut avoir Gwen.

— En effet, acquiesce sa mère.

— Dans ce cas...

Cordelia ferme les yeux et inspire profondément. Lorsqu'elle rouvre ses paupières, son regard est plus dur.

— Nous ne pouvons plus voir les Havenfort.

C'est la dernière chose que Beth s'attendait à entendre. Elle s'était dit que le sujet concernait peut-être la mort imminente d'une personne de leur entourage.

— Que dites-vous ?

— Dashiell a largement contribué à obtenir des appuis en faveur de la Loi sur les affaires matrimoniales, et Lord Ashmond y est farouchement opposé. Apparemment il y a eu des pots-de-vin versés, je ne sais pas vraiment de quel côté, mais les choses ont mal tourné entre eux. C'était là son unique exigence.

Beth dévisage sa mère.

— Il l'a exigé ?

Cordelia opine lentement du chef.

— Je prévoyais de trouver une manière plus douce de vous l'apprendre. Je sais combien vous êtes attachée à Lady Gwen.

— C'est absurde, dit Beth qui entend sa voix résonner à travers la pièce.

Quelle réaction mesquine, rancunière et absolument ridicule...

— Si nous continuons de fréquenter les Havenfort, je suis certaine qu'il cessera d'approuver votre union et ce fait entachera votre réputation pour le reste de la saison, ajoute sa mère.

Beth se contente de la regarder fixement tandis que des larmes commencent à piquer ses yeux.

Cordelia s'avance, visiblement capable de lire sur son visage l'angoisse qui la submerge, mais Beth recule d'un pas.

— J'arrêterai de voir Dashiell également, précise-t-elle, comme si Beth pouvait retirer une forme de consolation du fait qu'elles soient toutes deux malheureuses.

— Je ne peux renoncer à Gwen, dit Beth d'une voix rauque, les poings serrés. Je ne le ferai pas.

— Beth.

— Et vous..., ajoute-t-elle, essuyant ses joues et secouant la tête.

Elle refuse de croire une chose pareille, elle le refuse catégoriquement.

— C'est impossible que vous arrêtiez ainsi de voir Lord Havenfort, poursuit-elle. Vous l'appréciez tant. Il vous fait sourire.

— Je ne me soucie pas de...

— Il vous rend heureuse. Jamais vous ne l'avez été ! s'exclame Beth sans ménagement. Et vous voulez abandonner cela juste pour que je puisse épouser quelqu'un ?

— Que sommes-nous supposées faire d'autre ? cingle sa mère, dont le cri assourdi résonne autour d'elles. Votre oncle veut résider dans notre demeure dès que la Saison aura pris fin. Il organise déjà la livraison de ses biens à la propriété. Nous sommes sur le point d'être sans logis et ce qu'il reste de mon argent ne nous permettra pas de tenir six mois. Nous ne pouvons pas gâcher notre unique chance de stabilité, pour...

— Pour quoi, en effet ? lui répond Beth en criant. Pour l'amour, l'amitié, une relation qui a un sens ?

— Vous préféreriez que nous soyons à la rue plutôt que d'épouser l'héritier de la fortune des Ashmond ? réplique Mère.

— Nous ne serions pas à la rue. Je suis sûre que nous pourrions demeurer chez les Havenfort.

— Et sceller votre destin pour devenir un poids pour votre amie qui vous ferait la charité jusqu'à votre mort ? Nous ne survivrions jamais au scandale, dit Cordelia avec fermeté.

— Cela m'est égal, dit Beth.

— Lord Ashmond s'assurera qu'aucune autre demande en mariage ne vous soit adressée si vous refusez son fils. Pas durant cette Saison, ni durant la prochaine, ni même probablement jamais, poursuit Cordelia comme si Beth n'avait rien dit.

— Cela m'est égal, hurle la jeune fille, ses mots venant rebondir à travers la pièce. Je ne peux – nous ne pouvons pas simplement les abandonner parce que Lord Ashmond est furieux à cause d'une stupide loi !

Sa mère ouvre la bouche, puis la referme, mâchoires fermement crispées.

Elle se frotte la nuque, sentant certainement une migraine poindre. Beth elle-même sent qu'elle en sera bientôt victime également. Mais elles resteront là jusqu'à ce que sa mère renonce à cette stupide idée selon laquelle il leur faut tourner le dos à leur unique source de bonheur – selon laquelle Beth devrait abandonner *Gwen* à cause d'un conflit stupide entre Lord Ashmond et...

— Lord Montson est un homme bon, dit Cordelia, sa voix étant à présent teintée de tellement plus que d'épuisement.

— Comment ? demande Beth que ses mots viennent arracher à ses propres pensées angoissantes.

— C'est un homme bon. Il est fou de vous. Il sera bienveillant envers vous et vous offrira tout ce que vous pourrez désirer dans l'existence.

Beth hésite. Bien sûr Lord Montson est bon. Mais il n'est que cela, bon, rien de plus, rien de moins.

— Vous aurez une union heureuse et sûre. Que désirez-vous de plus, Beth ? Expliquez-le-moi.

Ce n'est pas parce que sa mère a baissé les bras qu'elle doit le faire également.

— Je veux être aimée, lâche Beth sans une once d'hésitation. Je veux ressentir plus qu'une tendresse insipide pour l'homme qui sera dans mon lit et auquel j'appartiendrai.

Sa mère s'avance vers elle.

— Vous pourriez apprendre à l'aimer peu à peu.

— Comme vous avez appris à aimer Père ? assène Beth.

Cordelia se fige net tandis que l'air de compréhension ayant éclos sur ses traits s'évanouit.

— L'homme que nous avons trouvé pour vous est doux et bienveillant. Si vous ne parvenez pas à apprendre à l'aimer, vous vous sentirez en sécurité en sachant qu'il ne vous fera jamais aucun mal. C'est tellement plus que ce que la plupart des filles peuvent demander et il jette tout cela à vos pieds.

— Donc, cela n'a aucune importance si je ne l'aime jamais, dit Beth, serrant les poings contre ses jupes tout en dévisageant sa mère.

Cela lui saute aux yeux à présent. L'amour n'a jamais fait partie de l'équation dans l'esprit de sa mère. Il aurait pu être le fruit d'un heureux hasard, certes, mais jamais, au grand jamais, il n'a été le but poursuivi. Toutes ces platitudes, toutes ces excuses, et elle ne s'est jamais attendue à ce que Beth connaisse l'amour. Car c'est une chose qu'elle n'a jamais attendue pour elle-même.

— Nous ne pourrons jamais obtenir davantage que cela et vous devriez… nous devrions toutes deux être reconnaissantes, dit sa mère, s'avançant vers elle pour la tenir par les épaules, baissant la tête pour croiser son regard. Vous serez en sûreté.

Elle s'avance, les yeux emplis de regret, enserre la taille de Beth et l'attire contre elle. Sa fille se tient raide entre ses bras, refusant de se laisser réconforter.

L'unique espoir véritable pour que sa mère connaisse le

bonheur devra être mis de côté tout comme celui de Beth. Un chagrin et une perte étrangement communs leur sont promis alors qu'elles partent pour une vie sous la coupe de quelqu'un d'autre. Cela devrait rendre la douleur moins forte, cette solidarité. Mais cela ne fait que rendre Beth plus furieuse.

— Vous pourriez apprendre à aimer Lord Montson, murmure Cordelia, caressant son dos comme lorsqu'elle était enfant. L'affection peut s'épanouir au fil du temps. Vous n'avez jamais encore connu l'amour, vous pourriez être surprise.

— Je sais ce qu'est l'amour, dit Beth, les mots lui ayant fait l'effet d'une gifle en plein visage.

Elle recule pour quitter les bras de sa mère.

— Telle mère, telle fille.

— Beth, dit Mère d'une voix douce.

— J'ai besoin de m'étendre. Il vous faudra m'indiquer ce que vous avez dit à Lord Havenfort la dernière fois. Je pourrai dire la même chose à Gwen.

L'immense chagrin qui s'imprime sur les traits de sa mère devrait la faire se sentir victorieuse mais tout ce qu'elle retire du moment est une vive douleur étreignant sa poitrine alors qu'elle contourne sa mère et commence à gravir les marches.

Son corps lui semble pesant et sa tête est douloureuse. Une fois parvenue à sa chambre, elle ne trouve même pas en elle l'énergie de claquer la porte.

Au lieu de cela, elle la laisse se refermer seule derrière elle et titube jusqu'à son lit. Elle glisse sur le sol et s'adosse au pied du baldaquin, engoncée dans sa crinoline, les boutons de sa robe s'enfonçant dans son dos. Sa jupe forme une montagne de coton amidonné autour d'elle. Elle fixe le mur nu puis renverse la tête pour poser un regard vide sur le plafond.

Elle s'était persuadée qu'elle pourrait vivre avec tout cela si cela signifiait qu'elle pouvait avoir Gwen. *Des compagnes* – quel mot sans ampleur. Mais c'était un mot. C'était une relation. C'était quelque chose.

C'était son unique chance de connaître l'amour. Et à présent celle-ci a brusquement disparu.

Dans cette chambre qui n'est pas la sienne, cette maison qui ne l'est pas davantage, elle se retrouve avec devant elle une vie qui ne sera pas non plus à elle, dénuée de tout bonheur, de tout désir. Pas d'amour, pas d'espoir, pas de Gwen.

Elle ne peut s'échapper, juste aller de l'avant. Telle mère, telle fille.

18

Gwen

Les Harrington ont pleinement opté pour l'extravagance. Des fleurs semblent créer une explosion de couleurs dans chaque recoin des vastes jardins se déployant à l'arrière de leur demeure.

Des rubans et des guirlandes ont également été artistiquement enroulés autour des topiaires tandis que de superbes et gigantesques compositions florales ornent chacune des deux douzaines de tables rondes disposées au bord de la pelouse.

La moitié de la haute société doit participer à l'événement, et Gwen regrette pour la cinquième fois que son père et elle n'aient pas pu trouver une excuse valable pour ne pas venir. Lady Demeroven et Beth ont décliné leurs deux dernières invitations à diner, et ni l'un ni l'autre n'a eu de leurs nouvelles depuis la redoutée entrevue avec les Ashmond. Lady Demeroven a annulé au prétexte d'un léger rhume, les deux fois, mais ni Gwen ni son père n'ont vraiment cru à cette explication.

Il est toutefois impossible que Lady Demeroven rate ce thé et l'occasion de se vanter de cette heureuse union qui attend sa fille. Car bien qu'ils n'aient pas vu les Demeroven, la nouvelle de l'imminence d'une demande en mariage est bien évidemment parvenue jusqu'à eux.

Gwen a l'impression que son estomac est constamment noué.

Elle se mord l'intérieur de la joue, tout en balayant le jardin du regard, une moitié d'elle mourant d'envie de parler à Beth, l'autre résolue à l'éviter à tout prix. Elle ignore si elle aura la force de sourire joyeusement et de la féliciter. Voilà qui semble impossible alors qu'elle sait que cette future union les voue toutes deux à une demi-existence passée l'une sans l'autre.

Elle a essayé, sincèrement, de se convaincre qu'une demi-vie vaut mieux qu'aucune, mais l'idée lui laisse toujours un goût affreusement amer dans la bouche.

Son père lui a accordé une attention toute particulière – parties d'échecs, matchs d'escrime et même quelques paris hippiques sans grande envergure en attendant le début des courses d'Ascot la semaine prochaine. Mais cela n'a pas suffi à la distraire.

Elle est de mauvaise compagnie.

Et à présent il lui faut sourire, hocher la tête et paraître au moins passablement intéressée au moment d'approcher les invités. C'est tout ce qu'elle peut promettre, en dépit du fait que son père et elle devraient vraiment se réjouir follement de cet événement. Sentant son père prêt à s'éloigner, elle serre sa main sur son coude, incapable de se voir privée de sa paisible robustesse.

— Tout ira bien, murmure-t-il, levant son autre main pour presser la sienne nichée au creux de son bras. Partez donc retrouver Albie et Lady Meredith. Il vous faut vous concentrer sur eux.

— Et les regarder se lancer des regards énamourés durant tout l'après-midi en attendant le grand jour ?

Il lâche un petit ricanement.

— Vous pourriez au lieu de cela passer l'après-midi à interrompre tout moment où ils se retrouveront en tête à tête, ne serait-ce pas amusant ?

Gwen plisse le nez. Ce serait cruel et amusant à la fois, mais ce n'est pas... elle préférerait s'éclipser pour être seule. Les jardins des Harrington sont vastes, leurs allées longues et sinueuses. Elle pourra certainement trouver une occasion pour entraîner

Beth dans un recoin calme, au moins pour parler. Ou voir jusqu'à quel point elle pourrait la presser contre une haie sans endommager sa coiffure.

Son père pousse légèrement son épaule puis s'éloigne pour rejoindre le groupe de pères une nouvelle fois réuni sur la terrasse. Deux factions distinctes se retrouvent en présence en ce jour ; voilà qui a probablement à voir avec la Loi sur les affaires matrimoniales. Lorsqu'il n'était pas occupé à essayer de la pousser à des jeux puérils, c'est tout ce dont il a parlé au cours de la semaine écoulée. Et elle en comprend l'importance – elle serait, et peut-être sera, heureuse un jour d'avoir la possibilité de mettre fin à une union malheureuse sans devoir faire appel à l'église – mais les questions politiques entourant ce sujet sont affreusement ennuyeuses.

Gwen s'autorise un bref moment d'hésitation, titubant là, au bord de la pelouse, avant de mettre en place son masque de jeune femme confiante et prétentieuse. Ce n'est pas parce que sa meilleure amie et… amante est sur le point d'épouser le plus beau parti de la Saison qu'elle ne peut pas malgré tout marcher la tête haute. Elle préférerait se rouler en boule et pleurer à chaudes larmes, mais ceci est aussi proscrit en ces lieux que l'est sa relation avec Beth.

Elle traverse l'assemblée d'un pas décidé, saluant d'un signe de tête les heureux couples attablés ou installés sur des couvertures de pique-nique, faisant comme si elle savait où elle allait alors qu'elle est désespérément en quête d'un visage familier. Elle aperçoit enfin Albie et Meredith près de la table des rafraîchissements et se hâte de les rejoindre.

Ils ont l'air si heureux qu'une nausée la saisit. Meredith a tout d'une montagne de tulle et de dentelle vert pâle et sa tête est surmontée d'une capote si grande que c'en est comique. Mais son sourire est éclatant et ses joues sont d'un rose ravissant. Gwen n'a jamais vraiment remarqué avant ce jour combien le fait de rougir lui seyait. Albie rougit et sourit également, paraissant plus heureux que jamais. Cela suffit presque à la faire changer de chemin pour gagner les jardins, mais Albie l'a vue et il lui fait signe de les rejoindre.

Se forçant à peindre un sourire poli sur ses traits, Gwen s'avance pour les retrouver, acceptant avec gratitude la flûte de champagne qu'Albie lui tend.

— Charmante fête, n'est-ce pas ? questionne Albie.

Gwen acquiesce avant de prendre une gorgée plus que généreuse, en s'efforçant de ne pas montrer qu'elle lance des regards derrière eux dans l'espoir d'apercevoir Beth.

— Avez-vous participé aux préparatifs ?

— Durant presque une heure, dit Albie. Lord Havenfort et vous êtes arrivés avec un retard savamment calculé.

— Toutes mes excuses, fait Gwen en jetant un bref coup d'œil à Albie avant de croiser le regard de Meredith. Père s'est laissé entraîner dans des discussions politiques. C'est un merveilleux festin que vous avez organisé. Votre mère peut être fière d'elle.

— Oh ! Mère ne s'est chargée de rien, répond Meredith en riant. Tout cela est mon œuvre et celle de notre gouvernante.

— Dans ce cas vous devriez être fière, insiste Gwen.

Bien qu'elle ne se sente absolument pas à l'aise dans cet endroit, et qu'elle trouve l'idée même d'organiser des fêtes abominables, il s'agit véritablement d'un charmant pique-nique. Les jardins sont resplendissants. Un soin tout particulier a été apporté aux préparatifs, c'est évident.

— Eh bien, je voulais m'assurer que tout serait parfait pour aujourd'hui, dit Meredith, levant les yeux vers Albie, qui lui répond par un sourire radieux.

Gwen se force à afficher un air ravi, refusant de venir gâcher cette tension pleine d'impatience qui existe entre eux. Elle ne veut pas faire voir son mécontentement à l'idée de devoir rester jusqu'au bout de ces festivités, les fiançailles de son cousin prenant place au beau milieu de tout cela.

Il n'y aura pas pour elle de fuite anticipée possible.

— Miss Demeroven est partie se promener parmi les topiaires, si jamais vous aviez envie de la voir, précise Albie, transmettant l'information d'un ton détaché même si elle peut déceler une petite étincelle dans son regard.

Est-il évident aux yeux de tous à quel point elles sont devenues attachées l'une à l'autre ?

— Je ne voudrais surtout pas manquer quoi que ce soit, prononce Gwen lentement.

Son corps entier vibre presque sous l'effet de l'envie irrépressible de se propulser en direction du labyrinthe de haies tout au fond du jardin.

— Je pense que vous pouvez disposer sans souci d'une heure environ de promenade, dit Meredith avec un haussement d'épaules avant de lever les yeux vers Albie. Qu'en dites-vous ?

— Une heure et demie, d'après moi, complète Albie. Nous attendons quelques retardataires.

— Bien sûr, dit Gwen en se retenant tout juste de secouer la tête face à leur ravissement évident. Je vous verrai plus tard dans ce cas.

— Au revoir, dit Meredith d'un ton vague, et le regard de chacun de chacun des amoureux vient de nouveau se plonger dans celui de l'autre.

Voilà deux tourtereaux décidément perdus dans leurs rêves, se plaint Gwen, tournant son regard vers les portes s'ouvrant sur la verrière. Elle aperçoit à cet instant Lady Demeroven qui entraîne son père à l'écart. Il lui sourit et incline la tête pour l'écouter. Gwen se mord la joue. Elle est incapable de les regarder, si heureux, alors que son ventre se tord si douloureusement.

Elle longe la grande haie jusqu'à arriver à l'arrière du jardin, où la propriété des Harrington s'ouvre sur un labyrinthe de topiaires vertes, de buissons fleuris et de fontaines. Il n'eut été guère convenable de se promener seule en ces lieux si le soir était tombé mais elle se dit qu'elle peut agir en toute impunité alors qu'il fait jour, en particulier si c'est pour partir à la recherche d'une amie.

Ou quoi qu'elles puissent être toutes deux l'une pour l'autre. Elle avance jusqu'à l'allée centrale puis marque une pause au niveau de la première fontaine, hésitant quant au chemin à emprunter en priorité. Et ne sachant pas si elle veut véritablement trouver Beth là. Car à présent qu'elle est seule parmi les fleurs, elle n'est absolument pas certaine d'être capable de conserver son sang-froid lorsqu'elle verra son amie, ni de pouvoir s'empêcher de la toucher. Et bien que cela ait été précisément son rêve quand elle est arrivée à la fête, elle constate que plus longtemps elle déambule entre les haies plus ce rêve se transforme en nœuds dans son estomac.

Quand elle tourne au coin d'une autre longue allée et découvre Beth, marchant d'un pas traînant dans une impasse du labyrinthe, occupée à se mordiller un ongle, Gwen se sent assaillie de sueurs froides. Elle fixe la scène, observant Beth faire les cent pas.

Elle est superbe dans une robe bleu pâle aux manches courtes et au décolleté plongeant, la tête et les bras nus – sa capote gît sur le sol à quelques pas derrière elle, aux côtés de ses gants. La scène entière est merveilleusement charmante, séduisante et si belle que cela en est douloureux. Gwen se dit qu'elle pourrait regarder Beth durant des heures – pourrait songer ainsi à presser ses lèvres sur chaque parcelle de sa peau dévoilée – pourrait rêver à la plaquer contre la haie et à se glisser sous ses jupes pour lui arracher des gémissements.

— Oh !

Gwen sursaute en même temps que Beth, plaquant une main sur son cœur au moment de l'apercevoir.

— Désolée, parvient à prononcer Gwen.

— Vous m'avez fait peur, dit Beth, d'une voix éraillée.

Gwen hausse les épaules d'un air coupable et voit ses pieds avancer d'eux-mêmes pour la mener à deux pas d'elle. Elle a envie de saisir Beth par la taille et de l'attirer tout près pour lui donner un baiser, mais cette dernière recule d'un pas en se tordant les mains.

Gwen se balance sur ses talons, serrant ses doigts sur ses jupes pourpres. Elle regarde Beth, remarque la façon dont elle se mordille la lèvre.

— Alors, comment était-ce ? demande Gwen, grimaçant dès que les mots ont franchi ses lèvres.

— De quoi parlez-vous ?

Elle pousse un lourd soupir.

— La... promenade à cheval avec Lord Montson. Son domaine est véritablement impressionnant, n'est-ce pas ? poursuit-elle, optant pour un ton aux accents sincères et intéressés.

Elle peut se montrer encourageante. Elle le peut. Quel autre choix a-t-elle ?

— Oui, il est... agréable, dit Beth. Ses terres sont... vastes.

— Et elles offrent une très belle vue sur la ville, renchérit Gwen.

— Oui. Il est au moins plaisant de s'y trouver à l'écart de son agitation, j'imagine, ajoute Beth dans un haussement d'épaules.

— Était-ce le lieu rêvé pour une demande en mariage ?

Bon sang, pourquoi faut-il donc qu'elle dise des choses pareilles ? Le visage de Beth se décompose et Gwen se sent vaciller, essayant de trouver les mots pour réparer le tort causé.

— Il ne s'agit pas de quelque petite chose triviale, siffle Beth entre ses dents.

— Je le sais, répond aussitôt Gwen.

— Il est question de sacrifices, d'organisation et de démarches administratives, récite précipitamment Beth. Il y a tant de choses à préparer et à discuter.

Gwen cligne des yeux. C'est comme si son cœur venait de chuter à terre.

— Vous a-t-il réellement déjà fait sa demande ?

Beth croise son regard, surprise, et secoue la tête.

— Non, pas encore.

— Mais cela aura lieu bientôt, présume Gwen.

— Avant la fin du week-end, répond Beth, leurs deux voix soudain basses, étouffées.

Gwen peut entendre au loin les bruits de la fête, mais ils ne sont rien en comparaison du grondement sourd de son pouls dans ses oreilles.

— Ce sera avant Ascot. J'imagine que vous vous trouverez dans sa tribune, alors, plutôt que sur le terrain avec nous ?

Elle essaye de prononcer les mots d'un ton léger mais la façon dont se voûtent les épaules de Beth prouve que ses paroles sont encore chargées d'une pointe acerbe. Elle essaye, sincèrement, mais c'est comme si sa poitrine se fendait en deux.

— Probablement, dit Beth. Mais je ne peux...

Elle marque une pause, et Gwen regarde ses jointures blanchir tant leurs doigts se serrent.

— Qu'est ce qui ne va pas ? demande-t-elle.

L'air de détresse sur le visage de Beth lui fait l'effet d'une main d'acier se refermant sur son estomac.

Elle s'avance d'un pas, sans savoir vraiment ce qu'elle peut offrir mais désireuse d'offrir quelque chose. Beth recule à nouveau et Gwen s'arrête, l'observant tandis qu'elle secoue la tête.

— Mère va aller trouver votre père.

— Oh ! dit Gwen, déconcertée. Elle l'a trouvé. Se sent-elle mieux ?

Beth secoue la tête une nouvelle fois et la jeune fille esquisse un autre pas.

— Va-t-elle bien ?

— Oui, très bien, répond aussitôt Beth, suffisamment tirée de l'état dans lequel elle semble plongée pour prendre en considération l'inquiétude de Gwen.

— Dans ce cas, quel est le problème ? s'enquiert cette dernière du ton le plus léger et désinvolte dont elle soit capable.

Les traits de Beth ne font que se froisser davantage.

— Votre père a rassemblé des soutiens en faveur de la Loi sur les affaires matrimoniales.

Gwen cligne des yeux.

— En effet.

— Et il a eu à passer certains arrangements, à mener certaines opérations en Bourse pour favoriser les votes en sa faveur, continue Beth.

— J'imagine, en effet.

Beth la dévisage, semblant si désespérée que Gwen fait un autre pas vers elle. Son amie voudrait reculer encore mais elle est déjà contre la haie.

— Beth, que s'est-il passé ?

Beth prend un souffle tremblant, et ce n'est qu'à présent qu'elles ne sont qu'à quelques pas de distance que Gwen peut voir les larmes sur ses joues.

— Nous ne pourrons pas avoir notre dîner, dit Beth tout bas.

— Oh ! ce n'est pas grave, répond Gwen, tendant la main pour saisir l'une des siennes, s'inquiétant à présent pour ses cuticules. Est-ce là tout ?

— Il ne nous sera pas possible d'envisager une autre date, ajoute Beth, le menton tremblant.

— Montson vous emmène-t-il voir son domaine à la campagne ou quelque chose de la sorte ? s'enquiert Gwen, essayant de sourire tout le temps que les mots franchissent ses lèvres.

Beth secoue la tête.

— Non. Non, c'est...

Elle prend une inspiration heurtée, essuyant ses joues d'une main tandis que l'autre agrippe les doigts de Gwen.

— Quelque chose s'est-il passé ? Allez-vous bien, votre mère et vous ?

Beth vient lentement croiser son regard.

— Si j'épouse Lord Montson, je ne pourrai plus vous voir, lâche-t-elle subitement.

Gwen s'immobilise, sa main trop serrée sur celle de Beth. C'est comme si le vent hurlait à ses oreilles alors que le temps est parfaitement clément autour d'elles.

— Quoi ? demande-t-elle, trop fort et inélégamment.

— Les accords passés par votre père, les titres boursiers sur lesquels il a porté ses choix… il a visiblement empêché par ses acquisitions Lord Ashmond de mener un immense investissement et celui-ci est furibond. Son unique condition concernant le projet de mariage est que nous rompions tout contact avec vous et votre père.

Gwen la regarde en clignant des paupières. Les mots parviennent à ses oreilles mais c'est comme si la façon dont ils s'agitent dans son esprit rendait leur compréhension impossible.

— Vous… pour que vous puissiez épouser Montson, son père exige que vous promettiez de ne plus me voir ?

— Et Mère ne peut pas voir votre père non plus, s'empresse d'ajouter Beth.

— Voilà qui est absurde, assène Gwen. Montson n'a que faire de tout cela.

Beth laisse échapper un rire surpris.

— Bien sûr que Montson n'en a que faire, dit-elle d'un ton dur. Mais cela compte aux yeux de son père. Et nous vivrions avec lui et son épouse. Nous n'aurons… si je n'accepte pas, nous n'aurons nulle part où vivre, dit Beth d'une voix semblant soudain sur le point de se briser. Je n'en ai pas envie, mais je n'ai pas le choix.

Gwen la dévisage tout en tentant de la comprendre - cette ridicule et mesquine exigence. Quelle importance, qui elles voient, comment le simple fait de passer du temps ensemble peut-il mettre en péril un projet de future union ?

La main de Beth s'agrippe à la sienne et Gwen s'ancre de nouveau au moment présent. Son regard à présent embué par les larmes trouve celui de Beth.

— Ainsi, tout est donc fini ?

— Je voulais venir dîner, dit Beth d'un ton plein de désespoir. Je voulais venir dîner, passer la nuit chez vous et vous dire seule à seule… avoir…

Elle tire vivement sur le bras de Gwen et celle-ci, le souffle court, trébuche vers elle. Beth l'enserre de ses bras, leurs jupes se heurtent et leur proximité fait adopter à ces dernières des angles étranges. Gwen se raidit tandis qu'une foule de pensée tournoie dans son esprit et qu'elle se trouve écartelée entre un sentiment d'indignation et une accablante tristesse. Mais Beth la tient fermement, son corps tremblant contre le sien.

— Je voulais une nuit de plus, murmure Beth dans son cou.

Le chagrin l'emporte et Gwen noue alors à son tour ses bras autour de Beth, et presse sa joue contre la sienne tandis que son regard se perd vers le feuillage de la haie dont elle est presque trop proche pour pouvoir en voir distinctement les détails. Mais peut-être cette impression est-elle due aux larmes qui noient son regard.

Elle s'était dit qu'elle pourrait au moins avoir la moitié de Beth - se convainquant durant tout ce temps qu'elle serait capable de vivre cette existence dans laquelle elle aurait évolué comme une sorte de fantôme, profitant de moments furtifs de bonheur, de simples fragments de félicité. Qu'elles pourraient vivre ensemble en se cachant dans les haies, dans une union sécrète et clandestine. Ce n'aurait jamais été ce qu'elles auraient dû avoir, mais tellement plus que rien du tout.

Et à présent... rien de ce qu'elle pourra proposer n'empêchera que cette union s'accomplisse.

L'unique solution qui s'offrait à elles a été anéantie par le comte. Leurs parents ne se marieront pas, pour que Beth puisse avoir un époux. Et Beth doit épouser Montson. Elle doit être mariée avant que ne s'achève la Saison.

Gwen a vécu dans un rêve - se cramponnant avec entêtement à la croyance puérile selon laquelle elles pourraient déjouer le sort, créer une fin à l'histoire qui soit digne d'un conte de fées.

Mais cela n'arrivera pas. C'est comme recevoir un coup de poignard en plein cœur, certes, mais Gwen doit la laisser partir. Elle l'aime trop pour la retenir, pour la condamner à la réprobation de ses amis et de sa famille. Et même si elle pouvait... si elle pouvait transformer cette privation malheureuse en histoire d'amour, Lady Demeroven ne permettrait jamais qu'il en soit ainsi. Beth épousera Lord Montson.

— Je ne peux..., murmure Beth contre son cou.

Gwen prend une inspiration et se tourne pour presser ses lèvres sur sa tête légèrement moite.

— Il sera...

Elle s'interrompt, forçant les mots à cheminer vers ses lèvres.

— Il sera bon avec vous.

— Cela m'est égal.

— Vous aurez de l'argent, du temps et des enfants, poursuit Gwen, fixant d'un air absent les feuilles qui semblent floues devant ses yeux.

— Il ne sera pas vous, réplique Beth, ses lèvres plaquées contre sa peau.

Gwen tressaille et s'écarte, désireuse d'arracher un moment pour savourer l'instant, un moment dont elle pourra se souvenir.

— Nous nous écrirons, dit-elle.

— Cessez de me réconforter, s'exclame Beth, et Gwen cligne des yeux de surprise.

— Comment ?

— Vous devriez crier, s'indigne Beth dont la voix est comme assourdie alors qu'un feu ardent brûle dans ses yeux. Vous devriez être en colère.

— Bien sûr que je suis en colère, dit Gwen, qui peut ressentir la fureur couver en elle sous la tristesse qui la submerge. Mais que voulez-vous que je fasse ? Que j'aille frapper Montson ou son père ?

Beth lâche un petit ricanement.

— Que je m'enfuie et devienne couturière ?

— Vous ne savez pas coudre, lui rappelle Beth.

— Vous voulez que je sois furieuse ? Que je m'emporte contre vous ? Que je vous dise que vous ne pouvez m'infliger cela et que je vous déteste ? Est-ce ainsi que vous voulez que se passent les choses ?

— Non, répond abruptement Beth.

— Alors, quoi ?

Elle manque de perdre l'équilibre au moment où Beth se projette vers l'avant pour prendre son visage entre ses mains pour lui prodiguer un baiser torride. Gwen lâche un hoquet de surprise, son corps se détendant brusquement sous l'effet du choc avant qu'elle ne reprenne ses esprits et s'agrippe à son tour à Beth. Celle-ci la fait pivoter et la pousse contre les haies, comme Gwen justement rêvait de le faire avec elle. Elle se cramponne à la taille de Beth, s'enivre de la caresse de ses lèvres tandis qu'elles s'embrassent, le souffle brûlant. Le moment est formidablement grisant, défendu et elle aimerait qu'il dure pour toujours.

Juste au moment où elle commence à se dire qu'elles pourraient peut-être rester ainsi pour l'éternité, le son d'une toux semble résonner à travers les haies. Beth s'écarte brusquement et elles chancellent en arrière, les yeux écarquillés d'horreur – si quiconque a vu...

— Il nous faut partir maintenant.

Gwen se sent formidablement soulagée lorsqu'elle aperçoit son père à l'entrée de l'impasse. Découvrir sa fille plaquée contre les feuillages par son amante, la fille de son premier amour, ne semble en rien gâcher son calme et sa sérénité.

— Entendu, parvient à prononcer Gwen tout en se redressant et en lissant ses jupes de ses deux mains.

Beth, rougissante, essuie son visage puis se baisse rapidement pour ramasser sa capote.

— Miss Demeroven.

Elle effectue une révérence maladroite, ne peut penser à nul autre geste ni nulle autre parole – à aucune façon de dire correctement au revoir.

Beth la fixe, tourmentée, avant d'esquisser elle-même une révérence tout en essuyant ses larmes.

— Lady Gwen.

Elles restent ainsi l'une face à l'autre un instant, simplement occupées à se fixer. Gwen tente de graver dans sa mémoire la façon dont la lumière du soleil frappe son visage et fait scintiller les larmes qu'elle n'avait tout d'abord pas vues. La façon dont le souffle de Beth est encore saccadé après leurs baisers – le rose qui teinte ses joues et s'épanouit dans son cou. C'est ainsi qu'elle se souviendra d'elle, avec cet air de légère dépravation et en pleurs après un adieu merveilleux, affreux et splendide à la fois.

Son père tousse de nouveau discrètement et Gwen s'arrache à la contemplation de Beth pour tourner les talons et s'avancer aussi calmement que possible vers le bras que son père lui tend. Elle n'entend pas Beth se déplacer derrière eux et elle laisse son père l'emmener à l'écart de la haie. Mais il ne les ramène pas tout de suite vers la fête, préférant les engager plus profondément à l'extrémité du labyrinthe.

Gwen renifle pour lui signifier sa gratitude et son père l'invite délicatement à s'arrêter au milieu d'une autre impasse. Il sort son mouchoir et pose délicatement sa main sur sa joue pour sécher ses larmes. Le regard de Gwen croise le sien et n'y trouve qu'une tristesse similaire à la sienne et un sentiment de compréhension.

— Elles brisent les cœurs, n'est-ce pas, ces Demeroven ?

Gwen opine du chef, l'air anéanti.

— Je suis désolée.

— Oh ! trésor, moi aussi, dit-il, l'attirant contre lui pour l'étreindre fermement.

Elle enfouit son visage contre son torse, savourant un peu de réconfort entre ses bras durant quelques longues minutes.

Elle ne pourra pas avoir le bonheur dont elle rêvait mais au moins voilà qu'ils sont accablés de chagrin ensemble.

— Prête à regarder Albie se fiancer ?

Gwen lâche un petit grognement et secoue la tête, bien qu'elle sache qu'il lui faut rester. Elle doit reprendre ses esprits et plaquer sur ses traits le premier d'une longue série de sourires factices.

Albie s'est tenu à ses côtés contre vents et marées ; elle doit mettre de côté son chagrin pour se montrer heureuse face à sa joie.

— Si cela peut être utile, Lady Demeroven va aller chercher Miss Demeroven et rentrer chez elle. Je l'ai laissée à quelque distance d'ici et lui ai demandé d'attendre que Miss Demeroven la rejoigne pendant que j'allais vous trouver.

Gwen recule pour lever les yeux vers lui.

— Cela cesse-t-il un jour ?

— La douleur ?

— Oui, murmure-t-elle.

Il lui sourit si tristement qu'elle se dit qu'elle pourrait tomber en morceaux.

— Non. Mais nous vous trouverons un jour quelqu'un qui en effacera une partie. Et vous pouvez vous réjouir d'avoir eu au moins cela.

Gwen se force à acquiescer, comme si avoir eu cela était déjà la moitié de ce qui pourrait suffire. Au moins, elle a connu cela, c'est ce qu'elle aura à se répéter pour le restant de ses jours. Au moins a-t-elle connu un bref moment d'amour, de joie et d'affection avant une vie qui en sera totalement dépourvue.

19

Beth

Beth fixe son reflet tandis que Miss Wilson achève de tirer sur les lacets de son corset. Elle s'avance machinalement dans la cage de sa crinoline et sent à peine Miss Wilson la relever et la fixer à sa taille. Elle n'accorde que peu d'intérêt au jupon dont elle vient la recouvrir ni au corsage et aux jupes brodées qui viennent surmonter le tout pour former un ravissant ensemble rose pale. Rien de tout cela n'a la moindre importance à ses yeux. Elle est probablement plus ravissante qu'elle ne l'a jamais été mais cela est véritablement insignifiant.

Elle se dit qu'il est impossible que Lord Montson ne le remarque pas. Se dit qu'il saura, en plongeant ses yeux dans son regard vide, que ce n'est pas ce qu'elle veut. Elle meurt d'envie qu'il la voit – la tristesse douloureuse dont elle pense qu'elle transparaît sur chaque parcelle de son visage – elle veut qu'il la voie, qu'il en reconnaisse l'existence pour retirer ses promesses.

Mais elle sait qu'il ne le fera pas. Elle se fiance dans quelques heures ; elle devrait être nerveuse, bouleversée et impatiente. Quelle femme ne serait pas un tant soit peu fébrile ? Et quelle femme refuserait pareille proposition ?

Elle doit sourire et faire semblant de pleurer de joie, dc s'enthousiasmer et de se réjouir de cet heureux jour.

Mais au lieu de cela elle a l'impression que son estomac pourrait franchir ses lèvres à tout instant, son cœur ne tardant pas à le suivre.

— Vous êtes splendide, dit Miss Wilson en mettant en place la dernière des jupes de Beth avant de finir d'arranger l'ensemble.

— Je vous remercie, parvient à prononcer Beth dont la voix n'est qu'un murmure à cause de sa gorge nouée.

— Désirez-vous porter les boucles d'oreilles ?

Beth suit des yeux ce que désigne le doigt pointé de Miss Wilson tout en ayant le sentiment de se déplacer sous l'eau. Sa mère a laissé ses boucles d'oreilles de mariage sur la coiffeuse, ce que Beth imagine être de sa part un gage de réconciliation.

— Non, répond-elle en se forçant à un sourire à Miss Wilson. Je ne voudrais pas rajouter trop d'ornements.

— C'est assez discret toutefois, ne croyez-vous pas ? demande Miss Wilson qui se donne beaucoup de mal pour rester enjouée.

Elle poursuit son bavardage, remplissant le silence d'une accumulation de comparaisons florales. Beth grommelle vaguement en guise de réponse.

Cordelia et elle n'ont pas échangé le moindre mot dans la voiture les ramenant après le thé organisé par les Harrington. Sa mère n'a émis aucun commentaire au sujet du rouge barbouillé sur ses lèvres ou de sa coiffure un peu défaite. Elle ne sait si sa mère l'a même remarqué ; il était évident qu'elle avait elle-même pleuré. Elle devrait se soucier du bonheur de sa mère – lui être follement reconnaissante d'avoir abandonné une autre possibilité de connaître l'amour au profit d'une union et de la sécurité pour elle.

Cela devrait lui importer. Elle devrait être reconnaissante. Gentille. Et porter les boucles d'oreilles. Mais tout ce qu'elle veut faire c'est s'emporter, contre sa mère, contre Lord Montson, contre Havenfort, contre le Premier ministre et la reine.

— C'est une magnifique journée, ne trouvez-vous pas ? Mémorable. Il n'y a pas un nuage dans le ciel, continue Miss Wilson, s'appliquant à faire gonfler ses jupes pour avoir quelque chose à faire de ses mains.

Beth serre les mâchoires pour s'empêcher de répliquer qu'elle préférerait qu'il pleuve étant donné qu'elle n'a pas la moindre envie de se souvenir de ce jour. Mais Miss Wilson ne mérite pas de subir sa colère, elle se contente donc de répondre par un haussement d'épaules.

Voilà le chaos que son père a laissé derrière lui pour elles : pas de dispositions pour leur bien-être, pas d'économies pour leur offrir une autre demeure. Sa femme et sa fille démunies et à la merci de son oncle sans cœur ainsi que d'un cousin qu'elle n'a jamais rencontré.

Elle devrait s'emporter violemment contre son père, voilà ce qu'elle devrait faire.

Forcer sa mère à faire s'arrêter la voiture en chemin pour aller vomir des insultes face à sa tombe.

— Il est l'heure.

Le charmant bavardage de Miss Wilson s'éteint. Cordelia se tient désormais sur le seuil de la chambre de Beth, figure sévère à la tenue parme sombre ponctuée de touches de noir – la veuve parfaite.

— Vous serez merveilleuse, dit Miss Wilson en pressant l'épaule de Beth.

Beth la regarde contourner sa mère pour quitter la pièce à toute hâte, emportant les derniers résidus de normalité avec elle.

Cordelia fixe Beth dans sa robe rose pâle, incarnation parfaite d'une future mariée, à l'air toutefois incroyablement malheureux. Elle ouvre la bouche, mais ne semble pas trouver les mots.

Beth n'a pas besoin d'eux. Elle sait ce qu'elle a à faire. Sait qui il lui faut être en ce jour.

— Nous devrions partir, dit Beth dont la voix vient écorcher l'anormal silence.

— Oui, acquiesce sa mère en reculant pour la conduire dans le couloir.

Il y a tant de choses qu'elles pourraient se dire, mais le trajet en voiture s'exécute dans le plus parfait silence. Les mots sont coincés dans sa gorge, il y en a trop, ils sont trop chargés de sens, pour qu'ils puissent s'exprimer au cours de ce si bref trajet. Au lieu de cela, Beth serre les poings et se force à respirer calmement, en comptant les maisons qui défilent sous ses yeux.

Le temps qu'on les conduise à travers la demeure des Ashmond, son impassibilité a quitté Beth. Son estomac n'est qu'un paquet de nœuds et son angoisse se fait rapidement plus pesante. Son cœur bat à tout rompre et elle peut sentir de la sueur couler le long de son dos jusqu'à atteindre ses culottes. Jamais jusqu'à cet instant elle n'avait regretté le barrage offert par les jupons d'autrefois. Et si elle transpirait au point que la sueur forme une flaque sous elle ?

Elle atteint avec sa mère les grandes portes vitrées qui séparent la verrière du patio se déployant devant les vastes jardins.

Le portier les franchit, et Cordelia s'apprête à le suivre mais Beth reste figée sur place, agrippée à son bras.

Elle ne peut faire cela. Elle ne peut pas entrer dans...

— Tout ira bien, lui murmure sa mère en se penchant vers elle. Respirez, souriez et si vous y parvenez, ce dont je vous crois tout à fait capable, laissez-vous aller à une bonne crise de larmes de joie.

Beth frémit. Elle ne devrait pas avoir besoin de conseils sur la manière de réagir convenablement à une demande en mariage, mais étant donné que son instinct la pousserait à tourner les talons et à s'enfuir, elle les acceptera. Elle serre le bras de sa mère, prenant quelques inspirations rapides, saccadées.

— Allons-y.

Durant un instant il lui semble que la Terre s'est immobilisée et qu'il n'y a plus d'air à respirer sous l'immensité du ciel. C'est un moment où elle se trouve comme chancelante, la vie qu'elle veut vivre avec Gwen derrière elle, cette vie qu'elle déteste s'ouvrant devant elle. Un bref instant d'hésitation, comme pour dire adieu.

Puis la Terre se remet à tourner. Elle se force à franchir le seuil et se dirige sa nouvelle existence, si affreusement vide.

20

Gwen

Alors qu'elle est écrasée entre Albie et Bobby, occupée à écouter Meredith qui ne cesse de parler de leur réception de mariage à venir, Gwen envisage de s'étouffer avec sa dernière profiterole.

Le bal donné par les Johnson bat bruyamment son plein. Des chandelles, un millier dirait-on, scintillent au-dessus de leurs têtes et font étinceler les joyaux venus diaprer chaque arrangement floral et guirlande suspendue.

La pièce offre le spectacle d'un tourbillon de tissus de teintes pastel et d'éventails alors que les danseurs virevoltent sur la piste. Des serveurs munis de hors-d'œuvre se faufilent à travers la foule qui se presse de part et d'autre du vaste espace dédié à la danse.

Le spectacle est grandiose même s'il n'est rien en comparaison du bal qui sera bientôt donné par les Yokely. Au moins, dans la propriété des Yokely, elle pourra s'éclipser et disparaître dans leurs jardins. Ici, elle est piégée au bord de la piste de danse, sans pouvoir échapper aux discussions ayant trait aux mariages et fiançailles.

Elle a désespérément tenté de s'enfuir, mais Albie refuse obstinément de lâcher son coude et elle est serrée contre Bobby de l'autre côté. Elle se dit que son père doit avoir quelque chose à voir avec tout cela et elle lui en veut de sa prévoyance tout en appréciant malgré tout son geste.

Si elle pouvait s'enfuir, elle déroberait un lot de bouteilles de vin et se soûlerait dans le couloir réservé aux domestiques. Et même si pareille attitude serait néfaste pour son image, elle préférerait bien mieux cela à ce qu'elle vit en cet instant.

Parce que bien sûr, à présent qu'elle a déjà enduré deux heures en ces lieux, la véritable sensation du bal vient tout juste de faire son entrée et elle a l'impression que son estomac est un morceau de plomb semblant vouloir tomber à ses pieds.

Beth, plus fabuleuse et belle que ne l'a jamais vue Gwen, descend l'imposant escalier pour venir rejoindre la salle de bal au bras de son fiancé tout aussi rayonnant, Lord Montson, et Gwen n'a qu'une seule envie, mourir.

— J'ai besoin de me rendre aux commodités, marmonne Gwen en essayant de s'écarter d'Albie.

— Meredith pourra vous y accompagner quand elle en aura fini avec sa tante, dit Albie qui renforce sa prise sur son bras.

— Je peux très bien...

—Vous enfuir de la pièce au moment où les Ashmond y font leur entrée est bien la dernière chose à faire. Votre père ne vous le pardonnerait jamais. N'essayez-vous pas de vous comporter de manière sereine vis-à-vis des Demeroven ?

Gwen lève un regard noir vers Albie.

— Cela ne vous regarde pas.

— Il m'a demandé de veiller sur vous – ce qui inclut de vous empêcher de vous donner en spectacle, dit Albie en se détournant un peu de l'agitation provoquée par l'arrivée de Beth et Montson pour plonger ses yeux dans les siens, le visage sérieux. Vous devriez vous réjouir pour elle.

— Tout à fait, dit Gwen d'une voix tendue. Le joyau de cette Saison. Je devrais chanter ses louanges et envoyer mes remerciements aux dieux de l'amour ?

— Cela ne ferait sans doute pas de mal d'insuffler un peu

d'énergie positive dans ce monde, dit Albie avec un léger haussement d'épaules.

— Ce n'est pas parce que vous êtes en couple que le reste de l'existence de l'humanité doit se résumer à des roses et à des cérémonies, répond Gwen qui perçoit la note acerbe dans sa voix, mais se révèle incapable de protéger Albie contre sa colère malvenue.

Il faut bien que celle-ci s'exprime néanmoins.

— Il y a deux mois, vous vous seriez moqué d'elle avec moi. Montson est parfaitement rasoir.

— C'est un brave garçon, répond Albie avec sérieux. La jalousie ne vous sied pas, Gwennie.

Elle recourbe ses doigts sur la main d'Albie posée sur son bras et le pince.

Son cousin grogne et la libère.

— Je ne suis pas jalouse.

— Très bien. C'est même parfaitement évident, à vrai dire. Au temps pour moi, dit Albie en se frottant le dos de la main. Meredith, Gwen aurait besoin de se rendre aux commodités, pourriez-vous l'y accompagner ? Je ne voudrais pas qu'elle rencontre des personnes qu'elle ferait mieux d'éviter.

Meredith acquiesce d'un hochement de tête et adresse à Gwen un sourire éclatant. Cette dernière lâche un soupir et laisse Meredith prendre son bras et la conduire dans le couloir, à l'extérieur de la salle de bal. Elle se demande ce qu'Albie a bien pu lui dire à propos de la « brouille » entre les Havenfort et les Demeroven et si la jeune fille a eu l'occasion de parler à Beth depuis ses fiançailles.

Gwen n'a participé à aucun événement mondain depuis que la nouvelle leur est parvenue. Père l'a laissée se morfondre toute une journée, puis ils ont passé l'après-midi suivant à pratiquer l'escrime, laissant s'exprimer leur colère respective en s'affrontant à l'épée et en travaillant leur jeu de jambes. Mais

Meredith et Albie, eux, ont participé à quatre thés au cours des deux derniers jours.

— Pourquoi êtes-vous donc si nerveuse ? demande Meredith alors qu'elles atteignent les sanitaires.

Il règne dans les lieux une écœurante odeur de lavande et Gwen déglutit pour chasser la nausée qui a bouillonné dans son estomac durant toute la soirée. Tout ce qu'elle veut, c'est pénétrer dans l'une des cabines et poursuivre son stratagème.

Mais Meredith la regarde d'un air sérieux, et bien qu'elles n'aient jamais été que des amies de la bonne société, elle s'apprête à faire partie de sa famille.

— La mère de Beth et mon père se sont... brouillés, en quelque sorte. Et les Ashmond sont violemment opposés à la Loi sur les affaires matrimoniales. Nous ne nous sommes pas parlé au cours des derniers jours, voilà tout.

Meredith fronce les sourcils d'un air soucieux.

— Quel dommage. Beth est une jeune femme si adorable. Bien qu'il me faille noter que, pour la reine du bal, elle affiche un air franchement morose depuis les fiançailles. Même Lady Ashmond l'a remarqué. Je l'ai entendue réprimander Lady Demeroven à propos de son comportement.

Gwen s'adosse contre le mur couvert de panneaux de bois et se mord la joue. Il semble qui ni l'une ni l'autre ne soit une excellente actrice.

— Je suis sûre qu'elle va bien. Il lui faut s'adapter à toutes ces nouveautés, voilà tout. Nombre de responsabilités l'attendent, se force-t-elle à prononcer, tentant de toutes ses forces de paraître détendue et indifférente au sujet.

— L'organisation de pareils événements a quelque chose de brutal, il est vrai, acquiesce Meredith en haussant légèrement les épaules et s'adossant au mur à son tour. J'imagine que les choses sont dix fois pires quand on épouse un Ashmond.

— Probablement, acquiesce Gwen qui prend une profonde inspiration pour repousser la bile montant dans sa gorge à la pensée de Beth en robe blanche aux côtés de Montson. Comment le supportez-vous ? demande-t-elle, s'obligeant à croiser le regard de Meredith.

Un peu de distraction ne lui ferait pas de mal, et Albie a beau lui taper grandement sur les nerfs, elle apprécie Meredith et devrait faire plus d'efforts la concernant. Elle n'est pas vraiment en mesure d'exprimer de l'enthousiasme, mais elle peut au moins feindre un certain intérêt.

— Je suis ravie, répond Meredith dans un sourire. Et épuisée. Mais j'aime Albie, donc je sais que tous ces efforts en vaudront la peine. Je me sens très chanceuse.

Gwen l'observe, réjouie par l'accent de franchise dans sa voix.

Il apparaît clairement, quand on regarde Meredith et Albie, que tous deux s'aiment vraiment. Un rare exemple d'heureux projet d'union, en effet. Beth et elle pourraient être comme Albie et Meredith si le monde était différent.

— C'est Albie qui est chanceux, dit Gwen d'un ton aussi enjoué que possible. Vous lui faites une faveur.

Meredith lâche un petit ricanement et vient donner une petite tape sur son flanc. Sa main percute la crinoline de Gwen et toute sa jupe tressaille. Toutes deux éclatent de rire.

— C'est un homme merveilleux.

— Oui, c'est vrai, acquiesce Gwen. Un vrai sale gosse mais un homme merveilleux malgré tout, et je suis certaine qu'il sera un bon mari. Il a toujours veillé sur moi, même si je prétends que c'est l'inverse qui est vrai.

Meredith lui adresse un sourire radieux.

— Je vous en prie, ne lui apprenez jamais que j'ai dit cela, reprend Gwen.

— Oh ! je choisirai mon moment un de ces jours, dit Meredith, semblant vouloir chasser d'un geste les plis qui viennent barrer le front de Gwen. J'utiliserai cette information à bon escient, c'est promis. Un jour, alors qu'il sera très fâché contre vous, je lui dirai que vous l'aimez énormément en vérité et qu'il est votre cousin préféré. Ce sera amusant de regarder sa tête exploser.

Gwen fait lentement courir son regard sur Meredith, la détaillant des pieds à la tête.

— Vous êtes bien assortis, tous les deux, dites-moi.

— Je le sais, répond Meredith avec un petit sourire aux lèvres. À présent, il nous faut juste vous trouver un homme bon.

Gwen se détache du mur. Elle ne se laissera pas entraîner dans la moindre tentative de rapprochement sentimental aussi tard dans la saison. Celle-ci est synonyme pour elle de nouvel échec aux yeux de la haute société ; nul besoin de rendre la situation pire encore. Personne ne saura jamais qu'elle, également, a trouvé l'amour. Alors, qu'ils pensent donc tous qu'elle a échoué.

— Je préférerais vous soutenir, Albie et vous, dit Gwen, ajustant les plis de sa jupe et en retirant une peluche imaginaire.

— Oh ! mais il vous faut quelqu'un avec qui danser pour la réception, réplique aussitôt Meredith.

Gwen commence à reprendre le chemin de la salle de bal, remontant le couloir à grands pas.

Meredith se hâte derrière elle pour tenter de la rattraper.

— Je suis sûre que Bobby danserait avec moi, lance Gwen par-dessus son épaule.

— Bobby est en fait...

Gwen trébuche et ses bras tracent de grands cercles dans l'air au moment où elle percute un autre corps. Elle parvient à ne pas chuter et se tourne pour sermonner vertement le gredin irrespectueux qui l'a percutée pour finalement découvrir face à elle une Beth horrifiée qui la fixe et s'agrippe à sa taille.

— Je suis vraiment désolée, lâche Beth.

Elle est encore plus jolie de près. Ses joues sont rouges et son air un peu hagard, et des boucles de cheveux sont tombées de son élaboré chignon tressé. La teinte écrue de sa robe ne fait que mettre en valeur ses cheveux et ses cils sombres. Gwen fait un bond en arrière pour s'arracher à ses mains et vacille sur ses pieds.

— Miss Demeroven, quel bonheur de vous voir, dit Meredith en s'approchant de Gwen.

— Plaisir partagé, répond aussitôt Beth, avant de la gratifier d'une révérence. Lady Gwen.

Gwen réussit à hocher la tête mais c'est comme si cette dernière était détachée de son corps. Sa langue semble peser une tonne dans sa bouche. Et cela la rend furieuse.

Elle ne devrait pas avoir à se sentir ainsi alors que Beth a choisi quelqu'un d'autre. Alors que Beth et sa mère ont jeté les Havenfort comme des déchets quand la possibilité d'avoir un peu d'argent leur a été offerte.

Ainsi que celle d'une vie protégée, et stable.

Gwen parvient enfin à retrouver l'usage de la parole.

— Je m'étonne de vous voir sans votre fiancé.

À ses côtés, Meredith tressaille. Les yeux de Beth trouvent les siens. Gwen se force à soutenir son regard, même si la douleur qui se peint discrètement au fond des yeux de Beth lui donne envie de se dérober à cet élan.

— Je cherchais les commodités. Nous nous sommes retrouvés coincés dans la circulation en venant ici.

— Bien sûr, c'est juste là, fait gentiment Meredith, pointant le doigt vers le couloir tout en prenant Gwen par le bras. Félicitations, au fait.

— Je vous remercie, dit Beth à voix basse tout en se tordant les mains, la bague de fiançailles géante projetant un vif éclat sous la lueur de l'éclairage au gaz.

— Votre mère doit être absolument ravie.

— En effet, reconnaît Beth en souriant à Meredith, bien que Gwen puisse déceler qu'elle se force à le faire. Et toutes mes félicitations également. Je ne sais plus si je vous les ai déjà adressées. Mr Mason a beaucoup de chance.

Meredith affiche un large sourire.

— Je le sais.

Elles demeurent ainsi un instant dans un silence guindé.

Peut-être Meredith attend-elle de Gwen qu'elle adresse à Beth d'aimables félicitations à son tour, mais la jeune femme s'en révèle incapable. Soit ses lèvres closes restent closes, soit elle dira quelque chose de véritablement horrible, et elle en a déjà assez fait. N'importe qui pourrait passer près d'elles. Meredith ne mérite pas qu'un scandale ait lieu ce soir.

— Je devrais..., dit Beth, jetant un petit coup de menton en direction des sanitaires.

— Bien sûr, répond Meredith, écartant Gwen assez rudement pour que Beth puisse se faufiler près d'elles, toutes leurs jupes se percutant et se déformant dans l'étroit couloir.

— Passez une bonne soirée.

— Vous aussi, répond Beth en lui souriant avant de détacher ses yeux de Meredith pour croiser le regard de Gwen.

« Ne trébuchez pas » est la phrase qui sort subitement de la bouche de cette dernière, qui grimace tandis que le regard de Beth s'assombrit.

— Je vous remercie, marmonne-t-elle avant de s'éloigner en hâte.

— Sincèrement, on dirait que vous avez été élevée dans une grange, grommelle Meredith tout en tirant sur le bras de Gwen pour la ramener vers la salle de bal.

Gwen se laisse entraîner au loin. Elle se sent affreusement mal. Ce n'est pas la faute de Beth. Ce n'est pas la faute de Gwen. C'est celle d'une atroce situation, de la société et de leurs stupides parents... mais elle a besoin de quelqu'un vers qui diriger sa colère, car autrement elle n'a nul endroit où déverser la haine qui brûle dans son cœur. Si elle ne fait pas quelque chose bientôt, cela va tout dévorer et elle se retrouvera à sangloter sur le côté de la salle de bal.

— Buvez.

Elle cligne des yeux, stupéfaite, en voyant Meredith pousser un verre de champagne dans sa main.

— Et pour l'amour du ciel, essayez de ne plus donner l'impression que votre chiot vient de se faire étrangler.

Gwen déglutit tout en ricanant puis tousse au moment où le champagne percute le fond de sa gorge et que ses bulles pétillantes remontent vers son nez.

— Je vous demande pardon ?

— Quoi qu'il se passe entre Miss Demeroven et vous, il vous faut vous ressaisir. Vous attirez l'attention, lâche fermement Meredith, toute trace de cette bonté pétillante ayant à présent déserté sa voix. Bobby va vous inviter à danser dans quelques minutes, puis nous prendrons un autre verre et vous n'aurez rien d'autre à faire que d'afficher un air absent, entendu ?

Albie apparaît aux côtés de Meredith, et Gwen se sent soudain fort abattue.

— Oui, c'est entendu.

— Puis vous mangerez quelque chose, et ensuite vous pourrez boire un autre verre, ajoute Albie à voix basse, s'inclinant pour croiser son regard. Tout ira bien, Gwennie. Essayez de vous amuser.

— Vous, essayez de vous amuser, marmonne-t-elle, levant les yeux au ciel au moment où il éclate de rire et où Bobby surgit auprès d'elle.

— Allons, cul sec ! lance-t-il, en buvant à grands traits le contenu de son propre verre de champagne.

Il est devenu un très beau garçon. L'ombre d'une véritable barbe se devine sur son visage et ses pommettes sont mieux dessinées. Il est toujours un peu dégingandé et maladroit, mais il affiche bien plus d'assurance ce soir qu'il n'en avait au début de la saison. Il a vu certaines choses, flirté avec quelques femmes ; il est en train de grandir.

— Vous n'êtes pas très doué, dites-moi, déclare-t-elle trente minutes plus tard alors qu'ils se balancent tous deux au rythme de leur quatrième danse.

— Vous êtes décidément épouvantable, fait Bobby sans

remords. Mais Albie dit que vous êtes triste, je fermerai donc les yeux sur votre attitude.

Gwen jette un regard en direction d'Albie et Meredith, qui tournent lentement sur place un peu plus loin. Il n'aura certainement pas dit à Bobby pourquoi elle est triste – pas la véritable raison. Elle n'est pas tout à fait certaine qu'Albie comprenne vraiment, bien qu'elle pense qu'il en serait capable. Il lui a dit un jour qu'à Eton les garçons s'éclipsaient parfois vers les buissons et il ne semblait pas aussi révulsé par cette idée que ne le seraient la plupart des gens.

Ce que quiconque fait dans l'intimité d'une chambre, ou dans les massifs d'arbustes, devrait être uniquement son affaire, voilà ce qu'elle pense. Mais malgré tout, elle n'est pas sûre de vouloir que ce jeune homme gauche sache qu'elle s'est roulée dans ses draps avec Miss Demeroven, la reine du bal que Lord Ashmond fait en cet instant tournoyer sur la piste. Beth ne cesse de grimacer, comme s'il était en train de lui marcher sur les pieds.

Gwen brûle d'envie d'aller la sauver – de la tirer de cette situation comme elle l'a fait il y a des mois, lors du premier bal – de jouer la fougueuse inconnue. Mais ce n'est plus à elle de sauver Beth désormais, et ses orteils n'auront qu'à prendre l'habitude d'être écrasés. Elle est promise à vivre cela toute sa vie.

— Je prendrais bien un autre verre, pas vous ? questionne Gwen.

Bobby jette un coup d'œil à Albie qui est entièrement absorbé par Meredith, l'air mièvre et le regard plongé dans le sien.

Ils offrent vraiment un répugnant spectacle, tous les deux. Bobby repose les yeux sur elle et lui adresse un large sourire sournois.

— Je songeais à quelque chose de plus fort que du champagne.

— Excellente idée, mon petit Mason.

Bobby prend sa main pour la guider à l'écart de la piste, vers la table où sont disposées les boissons. Et, bien que Meredith et Albie semblent résolus à faire en sorte qu'elle reste sage et acceptable pour la haute société, Bobby ne s'encombre pas de pareilles considérations. Il saisit une bouteille de scotch et deux verres avant de l'entraîner vers l'une des petites tables placées près des grandes baies étroites surplombant la pelouse.

Et ils restent ainsi là, buvant, gloussant et échangeant d'affreuses histoires concernant des tentatives de séduction entre jeunes gens. Il semble que Bobby soit aussi malheureux qu'elle, et elle se demande pourquoi elle ne s'est jamais donné la peine de lui prêter attention jusqu'alors. Elle aime Albie, mais il n'est plus son partenaire de souffrance. Il a réussi à présent. Et, pire encore, il a fait la réussite de Meredith.

Il n'aura plus le moindre temps à lui accorder désormais.

Il faudra que Bobby soit un remplaçant adéquat.

— Je préférerais réciter la Bible entière en latin que de participer à un autre thé, dit-il, hoquetant un peu.

Gwen lâche un petit ricanement.

— Je préférerais me piquer avec une centaine d'aiguilles à broder qu'endurer un autre pique-nique.

— Je préférerais courir sur des charbons ardents que d'effectuer une promenade, réplique-t-il.

Elle affiche un large sourire.

— Je préférerais porter huit jupons que de regarder un autre match de cricket.

— Vraiment ? Les événements sportifs sont au moins une chose que j'apprécie. Serez-vous à Ascot ?

— Bien sûr, répond Gwen, levant une main pour essuyer la sueur sur son front. Vous vous y rendrez en compagnie d'Albie, n'est-ce pas ? Père a obtenu pour nous tous des tickets pour les tribunes principales.

— Excellent, dit Bobby, les joues dangereusement rouges. Albie dit que vous êtes une femme aimant parier.

— Envie de parier, Mason ? Parce que nous pouvons parier. J'ai une dot que personne n'utilise.

Bobby rit un peu trop bruyamment, attirant les regards des personnes situées à l'arrière de la pièce. Gwen hausse les épaules et prend une autre gorgée, appréciant la brûlure que l'alcool dispense dans le fond de sa gorge et l'onde de chaleur remontant dans sa poitrine. Qui se soucie de ce que pensent les mères ? Elle se sent détendue pour la première fois de la soirée.

— Ah, vous voici ! s'exclame soudain bruyamment son père en s'avançant jusqu'à leur table.

Ses joues sont rouges, il affiche un large sourire plein de chaleur et son verre est vide.

— Bobby, comment allez-vous ?

Le garçon cligne des yeux en levant la tête vers lui. Même si Bobby est dégingandé, il est loin d'être aussi grand que le lord et, en particulier lorsqu'il est ivre et enjoué, ce dernier fait forte impression.

— Fort bien, monsieur, répond-il tandis que le père de Gwen saisit la bouteille et se sert un peu d'alcool. Et vous-même ?

— C'est bon, fait Père après avoir avalé la gorgée. Et je vais bien. À merveille, à vrai dire. Un investissement récent vient tout juste de me rapporter une très belle somme. Gwennie, vous plairait-il de posséder l'un des chevaux d'Ascot ?

Gwen lève les yeux vers lui.

— Êtes-vous sérieux ?

— Pourquoi pas ? répond-il en lui souriant. Nous avons l'argent, l'occasion et toute la haute société à impressionner. Nous ferons notre choix demain puis encouragerons le jockey la semaine prochaine, qu'en dites-vous ?

— Je dis que cela mérite un toast, répond Bobby en remplissant de nouveau joyeusement tous leurs verres.

— Le plus rapide ? demande Gwen à Père.

— Le plus rapide, lui assure-t-il, en faisant retomber sa main sur l'épaule de sa fille tandis qu'il semble tanguer sur place. À votre bonne santé et à une future union heureuse, Bobby, ajoute-t-il.

Le jeune homme éclate de rire et ils frappent maladroitement leurs verres l'un contre l'autre.

— Et à votre bonne fortune, dit Bobby en servant une nouvelle tournée.

— À votre poussée de croissance de l'été dernier, ajoute Gwen qui tend la main vers la bouteille mais la fait tomber par terre dans un fracas spectaculaire.

Le bruit la fait sursauter et elle percute le vase placé derrière son dos, qu'elle projette également au sol.

— Fichtre ! s'exclame son père, suffisamment fort pour attirer l'attention de la moitié de l'assemblée qui ne s'était pas retournée au son du verre brisé.

— Eh bien, c'est assez pour vous trois, je le crois, s'exclame Albie, s'avançant pour masquer la vue sur eux.

Il leur arrache les verres des mains et les repose d'un geste brusque sur la table.

— Je crois qu'il est temps pour vous deux de rentrer chez vous, et Bobby, vous pouvez gagner vous aussi la sortie.

— Il est encore tôt, proteste le père de Gwen dont la voix résonne fortement autour d'eux.

Albie s'approche, cachant totalement cette dernière à la vue de l'assemblée.

Jamais elle n'a lu pareille expression sur ses traits – il affiche un air sombre, menaçant et quelque peu intimidant. Il s'agit d'un adjectif qu'elle n'a jamais jusqu'alors associé à sa personne.

— Vous vous donnez en spectacle avec votre fille, murmure Albie d'un ton dur.

— C'est absurde, je...

— Je détesterais que vous terminiez cette éclatante soirée en devenant un sujet de commérages pour la haute société. Gwen a suffisamment de choses contre elle cette saison sans que votre comportement vienne aggraver la situation. À présent, je vais vous accompagner avec votre fille jusqu'à l'extérieur.

Le gentleman arrime son regard à celui d'Albie et se redresse de toute sa hauteur.

— Je suis votre oncle, jeune homme...

— Et vous m'avez enseigné des comportements bien meilleurs que celui-ci, l'interrompt Albie. Maintenant, venez donc, tous les deux, dit-il, tendant le bras pour aider Gwen à se relever.

Elle titube, la pièce entière semblant basculer sous ses pieds. Elle est plus ivre qu'elle ne le pensait. Tout est trouble, tout tourne autour d'elle.

— Accrochez-vous à votre père. Bobby, soutenez-la de l'autre côté, mais discrètement, lâche Albie dans un souffle.

Formant un étrange groupe, ils longent le côté de la salle de bal, progressant d'un pas lent. Les têtes se tournent sur leur passage, les mères restent bouche bée, les pères secouent la tête d'un air de réprobation. Elle peut voir les autres filles étouffer des rires, mais cela ne lui importe guère. Et soûle comme elle l'est, ce n'est qu'au moment où ils ont presque atteint l'entrée principale qu'elle pense à essayer de trouver Beth.

Mais tourner la tête ne fait que renforcer l'oscillation du sol sous ses pieds et elle doit la subir pour continuer d'avancer, Père et Bobby la tenant tandis qu'Albie les accompagne vers le haut de l'escalier. Lorsqu'ils en ont atteint le sommet et pénètrent dans le vestibule, Gwen pousse un grognement en sentant quelque chose s'agiter dans son estomac.

— Vous rendez-vous compte du spectacle que vous venez de donner ? proteste son père tandis qu'Albie les conduit à l'extérieur et lève la main pour héler l'une des voitures à cheval stationnées dans la rue.

Albie se retourne pour croiser franchement son regard.

— Ce n'était pas plus un scandale que le fait que vous vous vantiez bruyamment de vos paris et de vos dessous-de-table. La moitié des personnes présentes dans la pièce sont contre la Loi sur les affaires matrimoniales, vous le savez. Et le fait que vous vous soûliez et deveniez négligent, retournant ainsi pour eux le fer dans la plaie, ne vous rendra pas plus apprécié. Vos méthodes sont à deux doigts d'être parfaitement douteuses.

Gwen titube et se retrouve appuyée contre Bobby. Sa bouche est sèche, elle ressent des brûlures d'estomac et ses jambes semblent peiner à la porter. Jamais elle n'a vu son père paraître si indigné, ou même soûl, à présent qu'elle y réfléchit. Ses cheveux sont en bataille et sa cravate de travers. Que se passe-t-il donc dans les salons durant ces danses ?

— Vous n'avez nul droit d'agir de la sorte, s'indigne son père en hoquetant.

Le regard d'Albie se durcit davantage à l'instant même où la voiture s'arrête près d'eux.

— Je détesterais vous voir devenir pareil à mon père, monsieur. Les choses sont déjà assez difficiles avec un homme de cette sorte dans la famille, ne croyez-vous pas ? Pour le bien de Gwen ?

Le gentleman lui lance un regard noir mais n'argumente pas. Au lieu de cela, Gwen est conduite sans ménagement à l'intérieur de la voiture, son père la suivant d'un pas chancelant. Albie claque brusquement la portière. Tous deux grimacent. Albie frappe le flanc du véhicule, propulsant la voiture dans un soubresaut qui promet de lui arracher le peu qu'elle a mangé pour le dîner.

A-t-elle mangé, au fait ? Elle aurait dû.

Elle aurait pu manger Beth. Elle avait tout à fait l'air d'un dessert paré de frous-frous.

— Albie est vraiment devenu un homme, n'est-ce pas ? demande son père, assis de biais sur la banquette tandis que Gwen se tient la tête. Combien de verres d'alcool avez-vous bus ?

— Trop, gémit Gwen, ses épaules se recroquevillant au moment où une vague de bile remonte dans sa gorge.

Elle frappe sa paume contre le plafond de la voiture et ils ont juste le temps pour que le véhicule s'arrête et que son père ouvre la portière d'un geste vif avant qu'elle ne se retrouve sur le plancher et se mette à vomir dans la rue.

Elle espère qu'ils sont suffisamment loin de la propriété des Johnson pour que le cocher soit l'unique témoin de cette scène.

— Gwennie, soupire Père en posant un genou au sol pour lui frotter le dos tandis qu'elle vomit.

Tristesse, whisky et haine de soi giclent sur les pavés sous la voiture. Quelle soirée éclatante.

21

Beth

Beth s'agite, mal à l'aise, se tortillant dans son corset mouillé et essayant d'éloigner une perle de sueur de l'endroit dans son dos où elle ressent une démangeaison. L'air est stagnant et humide, et l'odeur de fumier de cheval ne fait qu'aggraver les choses. Ils peuvent entasser toutes les fleurs qu'ils veulent le long des balustrades de l'enceinte royale derrière eux ; cela ne sert absolument à rien.

— Cessez donc de vous dandiner ainsi, marmonne Mère.

Beth veut la regarder mais elle fait un petit bond en arrière au moment où leurs capotes de dentelles à large rebord se cognent l'une l'autre. Le troisième jour des courses d'Ascot n'a rien d'amusant. Beth a l'impression d'être de nouveau alourdie par les jupons d'autrefois avec le nombre considérable de couches de dentelles et de soie qu'on a empilées sur sa crinoline. Sans compter les démangeaisons qui parcourent ses chevilles, causées, suppose-t-elle, par des fourmis. Impossible d'en avoir le cœur net, toutefois, étant donné la façon dont tous sont serrés les uns contre les autres, les cerceaux des robes se percutant gauchement tandis qu'ils continuent d'attendre le coup d'envoi. Il y a eu beaucoup de rires et de cris perçants dans les premiers temps. Désormais tous sont trop fatigués et essayent désespérément de continuer à laisser croire que tout le monde a envie de se trouver sous un soleil de plomb à attendre une course de chevaux qu'ils seront capables de voir seulement durant quelques instants à chaque tour de piste.

Lord Montson est absorbé dans des conversations liées aux paris à côté d'elle.

Elle a tenté de se joindre à la discussion, dans les premiers instants, mais un regard adressé par sa mère et un second de la part de Lord Ashmond ont étouffé toute envie en elle de se glisser dans les conversations de Lord Montson. Elle est là pour ressembler à un dessert enrubanné et fondant, rien de plus. Elle jette des regards vers sa droite puis sa gauche, mais elle est coincée là, sans aucun visage amical alentour.

Elle a depuis longtemps fini la boisson que Lord Montson est allé lui chercher en bravant la foule. Elle ne peut se résoudre à lui demander de renouveler l'expérience alors qu'il a trébuché et presque ruiné son nouveau pantalon blanc parfaitement repassé. Il a failli perdre son haut-de-forme également.

— Pensez-vous qu'ils prévoient de lancer les courses, ou y a-t-il une sorte de concours de chapeaux dont je n'ai pas été avertie ? interroge Beth, jetant un regard à sa mère.

Cette dernière s'apprête à la sermonner, mais la femme située de l'autre côté d'elle s'approche plus près et la crinoline de Cordelia vient percuter celle de Beth. La jeune fille observe avec désarroi un peu du champagne de sa mère se renverser pour tomber sur le terrain poussiéreux et noir de monde.

— J'espère vivement que oui, dit cette dernière, essuyant son gant trempé sur ses jupes lavande.

Personne ne le remarquera, tout comme tous ignorent poliment la sueur qui tache les vêtements de chacun.

— C'est lamentable.

— Oui, vraiment, acquiesce Beth.

Elle jette un regard de l'autre côté de la piste et sursaute, percutant de nouveau Cordelia. Celle-ci ne lâche même pas un soupir de contrariété, se contentant d'attraper son bras pour les aider toutes deux à conserver leur équilibre avant de vider ce qu'il reste de son champagne.

— Je vais aller nous chercher quelque chose à boire, maudites soient ces jupes, dit-elle.

Beth est trop distraite, occupée à regarder la pelouse au milieu de la piste, pour se soucier de ses paroles, même alors que l'effort réalisé par sa mère pour se retourner la bouscule, créant un effet domino autour d'elles dans lequel les crinolines se cognent et s'entrechoquent.

Beth regarde de l'autre côté de la piste la foule de spectateurs faisant la fête de façon tapageuse. Ils disposent d'espace, d'une bonne quantité de nourriture et de boissons qu'ils ont apportés eux-mêmes pour leurs pique-niques. Et au milieu de la foule, contre la balustrade, elle voit Gwen, Meredith, Lord Havenfort et les cousins de Gwen s'amuser follement.

Gwen est ravissante avec sa capote seulement pourvue d'un discret rebord en dentelle, rien qui ne ressemble à l'horreur si pesante qui couronne la tête de Beth. Des bouclettes dorées semblent en sortir pour tomber en cascade et Beth peut voir que sa robe verte repose sur une crinoline bien plus pratique que la sienne. Une crinoline qui permet à Gwen de bouger et de profiter un peu de l'air tout en lui donnant la liberté de savourer un verre de champagne et le sandwich que Meredith lui tend.

Beth observe Gwen qui mène deux conversations à la fois, bavardant avec Meredith tout en prenant clairement des paris avec son père et ses cousins, se retournant à intervalles réguliers pour leur aboyer des chiffres sans perdre le fil de sa discussion avec la jeune femme. Personne ne semble prêter attention au fait que tous semblent un peu décoiffés. Personne ne semble se soucier du fait qu'ils sont bruyants et chahuteurs.

Là, de l'autre côté de la piste, Ascot est amusant, plein de vie, exaltant.

Et au lieu de se trouver là-bas avec eux, ainsi que Gwen et

elle l'avaient prévu, occupée avec son amie à pique-niquer et à amener leurs parents à tomber amoureux, Beth est coincée là dans l'enceinte royale sur la pelouse, écoutant Lord Montson jacasser encore et encore à propos des chevaux et de leurs chances de victoire.

Ce sentiment de désespoir qui pèse sur sa poitrine depuis une semaine l'étreint plus durement, et Beth soupire, essayant de respirer malgré lui. Ainsi, Ascot ne sera pas un moment de plaisir, mais elles n'auront pas à s'y rendre chaque année. Et au moins l'auberge où Lord Ashmond les a tous installés est fort agréable. Les tourtes à la viande du pub sont bonnes et Cordelia et elle en ont grandement profité, mangeant de bon cœur, jusqu'à satiété. Son estomac est plein, ce qui n'est pas rien. Et une fois qu'elles ne seront plus enfermées comme du bétail pour cette course, elle pourrait même avoir la possibilité de déambuler un peu sur le site, voir les jardins que l'on cultive de l'autre côté de la tribune d'honneur.

La journée ne sera pas ainsi totalement perdue.

— Soyez reconnaissante envers moi, j'ai failli faire tomber une comtesse, je crois, dit sa mère, cognant la crinoline de Beth en venant la rejoindre et lui tendant une flûte de champagne.

— Voilà qui aurait au moins créé un peu d'animation, marmonne la jeune fille, esquissant un petit sourire tandis que sa mère ricane doucement.

— C'est de fort mauvais goût, dit une voix sur la droite de Beth.

En se retournant, Beth aperçoit le couple qui se tient juste un peu plus loin sur la même rangée que Lord Montson et ses camarades de classe, qui ont pris place derrière Beth et Cordelia.

— Ce moment est censé être un événement festif. Vraiment, ce n'est pas si inconvenant que cela.

— Il a rendu cette fille aussi soûle qu'il l'est lui-même. Et aussi bruyante que lui. Je peux l'entendre d'ici.

Beth jette un regard de l'autre côté de la piste au moment où un gloussement vient déchirer l'atmosphère tapageuse. Elle reconnaîtrait ce rire en toutes circonstances. Il s'agit de celui de Gwen, se gaussant de Mr Mason pour une raison inconnue tandis que Lord Havenfort l'encourage à poursuivre. Ces deux-là sont décidément incorrigibles.

— Je suis sûre qu'il y a ici un jeune homme qui la trouverait charmante. Un homme ne dirait pas non au fait d'avoir une épouse qui apprécie une bonne compétition sportive.

Beth jette un regard au couple et voit la femme baisser un regard noir vers son verre de vin tandis que son époux vide sa bière. Elle entend Gwen rire de nouveau puis la voit agiter quelque chose sous le nez de Mr Mason tandis que Meredith tente de le lui arracher des mains.

Il est vrai qu'ils se donnent en spectacle, même si, suppose-t-elle, l'homme à côté d'elle n'a sans doute pas tort. La journée d'aujourd'hui n'est pas faite pour les comportements et les conversations guindés, à moins que vous vous trouviez de son côté de la piste, présent pour voir et être vu. La pelouse au centre de la piste est faite pour s'amuser, encourager bruyamment les participants et parier sans modération. Et bien que la haute société puisse regarder avec mépris quiconque n'a pas réussi à obtenir une invitation pour s'installer dans l'enceinte royale sur la pelouse, Beth se dit que ceux qui se tiennent de l'autre côté ont fait le meilleur choix.

— Bien sûr, la loi ne devrait pas être présentée à la Chambre, dit sa mère amenant le regard de Beth à quitter le visage radieux de Gwen.

Elle se tourne et découvre Lord Ashmond près de Cordelia, son épouse coincée entre eux deux, sa jupe et celle de la mère de Beth se pressant tant que la jeune fille bascule. Elle agrippe la balustrade face à elle et boit une trop grande gorgée de champagne.

Mais bien sûr, personne ne lui accorde la moindre attention.

— L'idée même que les choses soient allées si loin est odieuse, dit Lady Ashmond.

— Nous trouverons un moyen de la faire annuler si Havenfort

et sa clique obtiennent son adoption, lance Lord Ashmond, sa voix de stentor se détachant clairement malgré le brouhaha.

— Je croyais que Lord Havenfort avait pratiquement sécurisé le vote, fait Cordelia, et Beth peut deviner à la tension de sa mâchoire qu'elle tente de ne pas laisser deviner ce qu'elle pense réellement.

La conversation doit porter sur la Loi sur les affaires matrimoniales, une fois de plus. Tout le monde ne parle que de cela ces derniers jours. Même les amis de Lord Montson ont déploré son adoption imminente, comme si cette loi n'était pas destinée à protéger les femmes des monstres et des brutes que sont certains maris. Comment doivent-ils traiter leurs fiancées dans l'intimité s'ils sont si inquiets qu'elles puissent avoir la possibilité de convaincre un tribunal de mauvais traitement à leur encontre ?

— Il reste encore quelques semaines avant le vote, soit plus de temps qu'il n'en faut pour trouver les bonnes pattes à graisser et faire changer l'avis des bonnes personnes, énonce Lord shmond d'un ton ferme, comme si toutes les tractations et le travail de Lord Havenfort pouvaient être écartés d'un geste à condition d'y consacrer suffisamment d'argent.

Beth espère qu'il n'en sera rien. Si sa mère avait pu déposer une demande dans un tribunal civil... si elle avait quitté son père...

— Quelque chose est possible, dans ce cas, dit Cordelia.

— Je ferai intervenir Harry au moment des derniers tours, pour le former. Nous devons veiller à ce que la fête se poursuive, et nos enfants sont l'avenir, n'est-ce pas ?

— Bien sûr, répond la mère de Beth.

— Votre Elizabeth ne ferait jamais..., commence Lady Ashmond.

— Ma Beth sera une excellente épouse et votre fils un excellent mari, cette question n'aura donc jamais à être soulevée, fait Cordelia d'un ton ferme.

Lady Ashmond acquiesce d'un hochement de tête et Lord Ashmond se tourne vers un gentleman sur sa gauche pour poursuivre la conversation, laissant Beth et sa mère seules, fermement plaquées contre la balustrade.

— Craignent-ils tous que leur épouse divorce si la possibilité leur est offerte ? Voilà qui ne donne pas une image très reluisante de leurs unions, marmonne Beth tandis que sa mère se faufile aussi près qu'elle le peut.

— Le changement rend la plupart des gens nerveux, répond cette dernière, prenant elle-même une grande gorgée de champagne. Et il ne s'agit pas là d'une conversation polie.

— Mais c'en est une quand c'est le comte qui parle de la sorte ?

— Chut, fait Cordelia, secouant la tête et dirigeant ses regards de l'autre côté de la piste.

Les chevaux commencent à s'aligner sur la ligne de départ. Au moins y aura-t-il bientôt un peu d'animation. Il serait temps, après deux heures passées dans cette chaleur infernale et dans cet amas de corps.

— Cela vous dérange-t-il ? demande Beth qui suit le regard que sa mère pose sur Lord Havenfort, qui ne semble pas le moins du monde inquiet du fait que ses projets puissent s'effondrer.

— Qu'est-ce qui pourrait me déranger ? demande Cordelia, d'un ton hautain.

L'effet est un peu raté en raison de l'évident épuisement qui perce dans sa voix.

— De faire semblant.

— Pas maintenant, je vous prie, marmonne sa mère.

— Est-ce le cas ? insiste Beth. Vous ne pouvez pas vraiment supporter cette position infernale, non ?

— Vous savez que ce n'est pas le cas, lâche sa mère dans un souffle, usant du prétexte d'arranger une boucle de cheveux mouillés de sueur de Beth pour lui parler tout près. Mais ce n'est ni le moment, ni l'endroit. Nous sommes ici pour boire, sourire et être vues. Vous pourrez bouillir de colère et pester plus tard.

Beth pince les lèvres. Elle est lasse d'être maternée et infantilisée, c'est comme si son mal-être était une aberration, alors même qu'elle sait que sa mère est tout aussi mal à l'aise qu'elle, dans cette tribune, dans cette vie, avec ces gens.

— Vous pourriez essayer de rencontrer de nouvelles amies. Bouder ne fera que vous apporter des rides.

— Je n'ai pas besoin de nouvelles *amies*, rétorque Beth, la mine renfrognée tandis que Cordelia lève les yeux au ciel.

Gwen n'est pas son amie. Elle est tellement plus que cela, et entendre sa mère rejeter sa souffrance comme s'il s'agissait d'une chose aussi ordinaire qu'une union produite par la saison...

— Comment avez-vous fait ? s'enquiert Beth, donnant libre cours à son exaspération.

— Fait quoi ? demande sa mère.

— Comment pouvez-vous vivre comme si cela ne vous broyait pas ?

— Cet endroit est plutôt bondé, ne trouvez-vous pas ?

Beth sursaute et en se retournant découvre Lord Montson qui penche son visage souriant vers elle.

— Oh ! eh bien, je...

— Voilà, dit-il d'un ton enjoué, s'avançant un peu devant elle de sorte que sa jambe vienne appuyer légèrement le renflement de sa jupe.

Le geste repousse celle-ci vers l'arrière, déplaçant le tissu près de ses jambes et forçant la partie arrière à remonter, ce qui ménage pour elle un tout petit espace de liberté.

Lord Montson lui adresse un clin d'œil. Sa mère lui sourit, mais Beth saisit l'avertissement dans son regard. Elles poursuivront leur discussion plus tard, une fois regagnée l'intimité de leur maison.

En attendant, elle sourira, fera la révérence et entretiendra le malentendu. Elle se sent en effet moins écrasée désormais, ce qui... n'est pas rien.

— Je vous remercie, dit-elle avec sincérité au jeune homme.

— Vous voyez, les partenariats peuvent porter différents visages, dit Cordelia, souriant à Lord Montson même si Beth peut percevoir la pointe acerbe dans ses mots. Comment s'est passé le placement de vos paris, très cher ?

— Oh ! très bien, très bien, dit-il d'un ton léger. Nous supportons Skirmisher, dit-il à Beth, comme s'il était impossible que cette dernière ait sa propre opinion sur le sujet.

Elle n'en a pas en l'espèce sur cette question particulière, mais sa phrase l'horripile malgré tout. Cordelia plisse les yeux au moment où Lord Montson se penche devant elles pour regarder la ligne de départ et Beth acquiesce d'un hochement de tête. Elle ne fera pas ce reproche à Lord Montson ; ce serait plus que mesquin de sa part. Mais tout de même.

Se mordant la langue, Beth se tourne de nouveau vers la piste. Chevaux et jockeys ont enfin pris place sur la ligne de départ. Elle observe le chargement du pistolet qui donnera le départ, et après qu'a retenti une formidable explosion, la course est lancée. Une cacophonie de cris et d'encouragements emplit l'atmosphère, et Beth est trop préoccupée par le fait d'essayer de ne pas se faire écraser contre la balustrade pour se soucier de savoir quel cheval fait la course en tête. C'est absurde, surtout si l'on considère que même si ce sont les meilleurs chevaux de course du pays, il leur faut près d'une minute pour réapparaître sur la piste de sorte qu'on puisse réellement les voir en action.

Elle essayerait bien de plisser les yeux pour observer l'autre côté de la piste au-delà de la pelouse centrale, mais à chaque fois qu'elle s'y essaye, elle se laisse distraire en regardant la façon dont Gwen s'agrippe à Meredith. Un sentiment absurde de jalousie et de possessivité se met à enfler dans sa poitrine, bien qu'elle sache fort bien que Meredith est heureuse d'être promise à Mr Mason. Mais elle a senti ces mains sur elle, en elle et songer aux doigts de Gwen sur le bras d'une autre femme...

C'est comme si Gwen faisait cela pour contrarier Beth. Agissant durant toute la journée comme si elle n'avait pas remarqué qu'elles sont juste en face l'une de l'autre, agitant le spectacle de son existence libre et joyeuse sous le nez de Beth. Comme si Beth *voulait* tout cela et méritait d'être torturée en raison des choix qu'elle a dû faire. Comme si voir Gwen si heureuse et insouciante ne déchirait pas son cœur à chaque minute.

Comme si la faute en revenait à Beth et que Gwen seule avait le droit d'être en colère.

Et peut-être est-ce le cas, en effet. Ce n'est pas la faute de Gwen ; la colère irradiant dans le cœur de Beth, le feu qui brûle sa poitrine, le pincement douloureux dans son ventre n'ont nul moyen de s'exprimer. Si elle pouvait se convaincre de détester Gwen, elle le ferait. Mais elle en est incapable.

Et bien que cela lui déchire le cœur, elle ressent une satisfaction malsaine en songeant qu'au moins, si Gwen la punit, c'est qu'elle pense toujours à elle.

Lord Montson pousse des cris de joie et Beth réalise qu'elle a passé toute la course à fixer Gwen. Skirmisher remporte la course. Ils ont gagné.

Comme tout cela est dépourvu de sens…

Des mains viennent enserrer sa taille et elle lâche un cri de surprise quand Lord Montson la soulève dans les airs. Il prend sa stupéfaction pour de la joie puis, tout à coup, voilà qu'il l'embrasse, là, au beau milieu de l'enceinte royale sur la pelouse.

C'est rude et pénible, et il la libère tout aussi vite, la laissant le souffle court sous l'effet de la sidération et de la pression rugueuse de l'ombre de sa barbe contre ses joues. Ses lèvres sont gercées. Il la repose et se tourne sans un mot pour elle pour se réjouir avec ses amis.

Elle a été embrassée publiquement et personne ici ne semble s'en soucier.

Tous ces discours sur les apparences et la bienséance, et au bout du compte, cela ne sert à rien.

Elle n'est rien de plus que quelque chose à embrasser lorsque les choses se passent bien. Elle n'est pas assez bonne même pour une conversation.

— Eh bien, voilà qui promet une somptueuse lune de miel,

dit Cordelia, et Beth se tourne lentement pour la découvrir en train de se tenir à la balustrade, si fort que ses jointures en sont blanches.

— Peut-être aurions-nous dû placer nos propres paris, de sorte à doubler ma dot, répond sèchement Beth.

Sa mère éclate de rire et regarde Beth un bref instant comme si elles étaient toutes deux seules dans leur salon.

— L'an prochain.

— Et puis quoi, ensuite ? questionne la jeune fille.

— Vous et moi pourrons vivre une grande aventure pendant que votre mari sera là pour l'hiver, peut-être, dit Cordelia avec un petit haussement d'épaules. Nous rendre sur le Continent.

Beth fixe sa mère, la façon dont ses épaules sont légèrement affaissées, les rides près de ses yeux. Elle est épuisée, tout autant qu'elle.

— Nous pourrions partir maintenant, dit Beth doucement. Nous enfuir.

Sa mère se redresse de nouveau, la fugace expression ouverte à présent envolée de son visage, de ses yeux et de son sourire.

— Je devrais aller saluer certaines personnes, dit-elle en jetant à peine un regard à Beth avant d'entamer le laborieux processus nécessaire pour se frayer un chemin à travers l'agglutinement de corps et de crinolines.

Beth reste là, démunie. Tant a été perdu, sans que rien de tout cela ne soit tangible. Elle lance un regard de l'autre côté de la piste et découvre enfin le regard de Gwen posé sur elle. Elles se fixent longuement avant que Gwen prenne une lampée de quelque chose et se retourne pour retrouver son père, ses amis et sa famille, tandis que Beth se tient seule, au milieu de la foule.

22

Gwen

— Je ne l'ai pas fait ! s'insurge Gwen.

Son père se débat maladroitement avec sa clé pour déverrouiller leur porte d'entrée et vient érafler le battant à deux reprises avant de réussir à introduire la pièce de métal dans la serrure.

— Je suis certain du contraire, réplique-t-il, et il crie victoire lorsqu'il parvient à ouvrir la serrure et à s'engouffrer dans le vestibule, entraînant sa fille avec lui. Vous avez compté vos cartes. Où donc avez-vous appris à faire cela ?

— Avec vous ! dit Gwen avant de plaquer sa main sur sa bouche.

— J'en étais sûr ! s'écrie-t-il. Vous avez triché !

— Pas plus que vous. Vous aviez des cartes dans votre manche, riposte-t-elle en laissant la porte se refermer dans un claquement derrière eux.

— Comment pourriez-vous le savoir ? demande-t-il.

— Parce que j'ai passé des heures à apprendre à le faire avant que vous me disiez que les femmes ne portent jamais de queue-de-pie et qu'on a mis fin au port des manches longues. C'est une honte.

Tout est un peu flou, même son père quand elle se tourne pour le regarder, ébouriffé mais souriant au beau milieu du vestibule. La pièce est plus éclairée qu'elle ne s'y serait attendue. Il est très tard, se dit-elle, ou peut-être très tôt. Mr Mason avait chez lui du porto et c'était du très bon porto. Elle a raflé la mise, même si elle a effectivement compté ses cartes à quelques reprises.

— Ne pas avoir de manches n'empêcherait pas un véritable tricheur d'agir, dit son père, qui rit en la voyant tenter de lui adresser un regard noir.

Son visage lui donne l'impression d'être un peu engourdi à présent qu'elle y songe.

— Vous voici enfin de retour.

Tous deux font brusquement volte-face d'un pas mal assuré et découvrent Mrs Gilpe sous l'arcade donnant sur la salle à manger. Les yeux injectés de sang, elle leur jette un regard noir.

— Il est seulement..., quelle heure, au fait ? dit son père, faisant vivement volte-face pour regarder l'horloge sur la tablette de la cheminée en plissant les yeux.

— Il est près de 5 heures passées, répond Mrs Gilpe, en s'avançant dans le vestibule, ses souliers claquant sur le sol de marbre. Nous pensions que vous aviez eu un accident de carrosse ou que vous étiez tombés dans la Tamise.

— Nous étions bien loin de la Tamise, lance Gwen avant qu'une gigantesque éructation provoque sa surprise.

Le son résonne à travers la pièce et son père lâche un ricanement.

— Vous l'avez de nouveau rendue ivre, en déduit Mrs Gilpe en lançant un regard assassin au lord. Quelqu'un vous a-t-il vus ?

— Nous étions simplement chez Albie, réplique Gwen, tentant de paraître sage et contrite alors même qu'elle oscille sur ses pieds.

Il lui plairait d'aller se coucher à présent.

— Personne ne nous a vus, renchérit son père en levant les yeux au ciel. Retournez donc vous coucher, Mrs Gilpe. Je conduirai Gwennie à l'étage moi-même.

— Je ne suis pas allée me coucher, lance d'une voix forte Mrs Gilpe.

Gwen et Père grimacent ; le son puissant leur fait mal à la tête.

— Personne n'est allé se coucher. Nous étions malades d'inquiétude.

— Mais pour quelle raison ? s'exclame le gentleman. Vous ne pouvez pas vous mettre dans l'idée que nous sommes morts chaque fois nous ne rentrons pas avant 1 heure du matin !

— Rentrer chez vous à 2 heures eut été acceptable. Mais à 3, 4, 5 heures ? Quelle lady respectable sort jusqu'à 5 heures du matin ?

— J'étais simplement chez Albie, répète Gwen, déconcertée par le courroux de sa gouvernante.

Le visage du lord s'assombrit.

— Avec son père ? Un chaperon convenable ?

— Vous n'êtes pas en état d'être considéré comme un chaperon convenable, rétorque Mrs Gilpe. Gwen, allez au lit, cingle-t-elle, dirigeant son regard dur vers elle.

— Mais je...

— Tout de suite. Mrs Stelm a laissé de l'eau sur votre table de chevet. Buvez un verre plein puis allez dormir.

— Ce n'est vraiment pas sa faute, j'avais envie de jouer...

— Au lit, insiste Mrs Gilpe le doigt pointé en direction de l'escalier.

Le regard de Gwen se pose sur son père, mais ce dernier se contente de soupirer et d'acquiescer, lui indiquant d'un geste de s'en aller, comme si elle était une enfant. C'est à propos de *sa* réputation qu'ils se querellent.

Mais elle peine à contraindre sa bouche à former les mots présents dans sa tête, son lit douillet lui semble vraiment accueillant et elle est à vrai dire assez assoiffée. Elle s'en va donc, laissant Mrs Gilpe et Père se chamailler derrière elle tandis qu'elle gravit lentement les marches avec des pieds lui semblant peser une tonne.

— Il est impensable que vous soyez si imprudent alors qu'elle se trouve déjà dans une situation difficile. Nous n'avons pas eu la moindre visite matinale de toute la Saison.

— À quoi vous attendiez-vous ? entend-elle son père demander.

Elle n'est pas un cheval de foire. Aucun de ces hommes n'est suffisamment bien pour elle.

— Eh bien, vous n'avez personne d'autre qu'eux. La pauvre petite est déjà suffisamment dévastée sans avoir à finir entièrement seule.

— Mais je suis là ! réplique son père.

Gwen tourne le coin dans la cage d'escalier et poursuit son ascension jusqu'au deuxième étage. Ce n'est pas comme si elle était pathétique. Elle est amusante. Vraiment impayable.

Ce qui donne un peu de sel à chaque soirée. Et que peut bien faire que Beth soit sur le point de se marier ? Elle ne va pas convoler en justes noces au simple prétexte d'apaiser son ego – ou ce dont elle ne cesse de se répéter qu'il ne s'agit pas d'un cœur totalement brisé.

— Et le père de Samantha a-t-il suffi à lui éviter les ennuis ?

Gwen se fige, la gorge subitement nouée.

— C'est différent, dit son père d'un ton bourru.

— Oh ! vraiment ? Votre cœur était brisé, je vous le rappelle, réplique Mrs Gilpe.

Gwen se baisse lentement pour s'asseoir sur les marches tout en ayant la sensation que sa tête va exploser.

— C'est différent, répète le lord. Gwen n'est pas moi.

— Non, elle est vous deux. Samantha a fait certains choix elle aussi. Je vous demande d'être prudents.

— Gwen ne va pas avoir d'ennuis, insiste Père.

Gwen plaque l'une de ses mains sur sa bouche tandis que l'autre vient se serrer sur le tissu de ses jupes. Elle a toujours suspecté que les choses s'étaient passées ainsi, mais n'en a jamais eu la confirmation. Personne ne parle beaucoup de sa mère, tout ce qui est dit, c'est qu'elle n'était pas ce qu'aucun d'entre eux aurait attendu pour Dashiell Bertram. Désormais, elle sait pourquoi.

Mais son père a raison. Ce n'est pas la même chose. Elle ne peut pas se retrouver dans une situation délicate car la seule personne avec laquelle elle ait jamais couché est Beth, et cette possibilité ne lui est plus offerte désormais. La pensée fait jaillir un éclair de douleur qui vient transpercer son cœur et elle se met à pleurer.

Les bras de Beth sont les seuls qu'elle ait envie de sentir autour d'elle. Elle ne compte pas noyer son chagrin entre les bras d'un homme, dans un moment d'égarement, se laisser aller à quelque chose de douloureux, stupide et dangereux. La toute dernière chose dont elle ait envie est de se retrouver encombrée d'un enfant en plus d'un mari.

Son estomac se serre douloureusement tandis que ses larmes se transforment en puissants sanglots. Elle halète pour pouvoir respirer, la douleur enflant dans la poitrine comme une marée puissante, une gigantesque vague s'apprêtant à présent à déferler. Est-ce ce qui est arrivé à son père ? Il s'est retrouvé piégé avec une épouse, et une enfant, tous ses rêves d'amour et de bonheur désormais envolés, à cause d'un moment d'imprudence ?

— Vous buvez comme un trou et la laissez le faire avec vous. Tournez le dos au mauvais moment et qui sait ce qui pourrait se passer, avertit Mrs Gilpe.

— Gwen n'est pas intéressée… jamais elle ne ferait une chose pareille, assène son père.

— Si jamais elle se retrouve ivre morte elle n'aura plus les idées claires et vous n'aurez qu'à espérer qu'il n'y ait pas de jeune homme essayant d'oublier son propre cœur brisé avec elle.

— Comment osez-vous…

L'estomac de Gwen se serre sans prévenir et elle vomit partout sur sa robe et sur les marches, morve et larmes dégoulinant sur son visage tandis qu'un haut-le-cœur la saisit. Elle entend leurs paroles alors qu'elle tente de se redresser, de vomir loin de sa robe et de ne pas glisser dans les escaliers, son étroite crinoline se balançant d'un côté et de l'autre tandis qu'elle se contorsionne.

— Trésor, dit Père d'une voix douce en venant s'agenouiller sur la marche en dessous d'elle pour la soutenir en posant une main sur son dos.

— Voilà qui est bien fait pour vous deux, dit Mrs Gilpe d'un ton aigre, contournant Gwen pour s'élancer dans le couloir afin de trouver des serviettes pour la nettoyer.

La jeune fille tente d'aspirer en suffoquant alors que les soubresauts de son estomac se calment enfin. Vomir vêtue d'un corset et d'une jupe à crinoline est une épreuve tout à fait différente. Elle suppose que dans son cas il n'y aura pas au moins des couches et des couches de jupon salies. Seulement sa jupe en brocart de soie et sa doublure. Elle s'essuie la bouche du revers de la main. Elle se sent prise de vertiges et elle est horriblement mal.

Son père lui adresse un tendre sourire et sort son mouchoir de sa poche pour essuyer son visage, ainsi qu'il le faisait lorsqu'elle était enfant. Lorsqu'il était seul avec une petite fille à élever. Sans épouse à ses côtés. Sans aucune source de réconfort. Juste des pleurs, des exhortations et des moments pénibles à vivre.

Et voilà qu'ils en sont de nouveau là, seuls, ensemble.

— Plus de porto pour vous, annonce-t-il et Gwen rit, surprise par sa remarque.

— Vous n'êtes pas malade, dit-elle, le geignement recherché quittant ses lèvres sous la forme d'un murmure rauque.

— Non, mais je suis plus grand et j'ai bien plus d'expérience que vous. Peut-être ceci vous apprendra-t-il à ne pas tenter d'arriver à me suivre. Vous êtes déjà suffisamment impressionnante avec deux verres, vous n'aviez pas à en boire cinq.

— Vous l'avez laissée boire *cinq* verres ? s'enquiert Mrs Stelm qui vient d'apparaître près d'eux, une serviette de toilette à la main.

Elle tapote la tenue de Gwen pour éponger le plus gros des dégâts.

— Je suis désolée, lui dit la jeune fille tout en laissant son père et la mécontente Mrs Gilpe l'aider à se relever.

— C'est lui qui devrait être désolé, grommelle Mrs Gilpe.

— Et vous auriez dû être plus avisée, ajoute Mrs Stelm.

Gwen pourrait la serrer dans ses bras pour au moins reconnaître qu'elle a une part de responsabilité dans ce chaos. Elle avait bien conscience de boire avec excès. Mais boire est moins douloureux que d'écouter l'emphase poétique de l'oncle d'Albie au sujet de Meredith, du mariage à venir et de leur projet de partir tous ensemble pour la campagne juste après la cérémonie. Elle n'est pas une enfant. Elle est une adulte stupide et blessée, et elle a obtenu ce qu'elle méritait pour cela, une grande peine et de douloureuses révélations familiales, notamment.

Son père enroule son bras autour de sa taille pour l'aider à conserver son équilibre.

— Je vais aider Gwennie à se mettre au lit. Merci de prendre soin de nous. Nous vous promettons de ne plus jamais vous causer de tracas, n'est-ce pas ? demande-t-il en poussant légèrement sa fille du coude.

— Nous vous le promettons, répète Gwen.

Mrs Gilpe se contente de les fixer d'un air absent avant de prendre les serviettes souillées des mains de Mrs Stelm. Elle les contourne pour descendre l'escalier en direction de la buanderie. Le gentleman soupire tout en se frottant la nuque.

— Une bouteille de ce qui a bien pu vous rendre tous deux ivres serait la bienvenue, fait Mrs Stelm, adressant un clin d'œil au lord avant de suivre Mrs Gilpe.

Gwen s'affaisse contre le bras de son père qui lâche un soupir.

— Très bien. Allons vous mettre au lit, dit-il.

Gwen acquiesce et ensemble ils montent d'un pas traînant la volée de marches suivantes avant de s'engager dans le couloir menant à la chambre de Gwen. Elle respire bruyamment, ses côtes et son ventre sont douloureux, sa gorge semble à vif, et lui-même n'est pas particulièrement stable, mais ils sont tous deux bien plus lucides qu'un peu plus tôt. Elle ignore comment il fait cela, mais pour sa part être délestée de ce qui restait dans son estomac lui a été d'un grand secours, aussi répugnant que cela ait pu être.

Ils parviennent à atteindre sa chambre sans encombre.

Gwen regarde autour d'elle et remarque les vêtements pliés

sur sa commode et sa coiffeuse, le maquillage et les épingles à cheveux de nouveau soigneusement disposés à leur place, le lit fait – une domestique est visiblement venue ranger. L'endroit n'offrait pas cette apparence lorsqu'elle l'a quitté hier soir. C'était une porcherie. C'est une porcherie depuis des semaines.

— Très bien, laissez-moi défaire le laçage puis je me retournerai, annonce son père.

Gwen pivote pour lui permettre de libérer les œillets dans le dos de sa robe relativement simple. La soie est peut-être belle mais elle est d'un ennuyeux bleu marine à présent constellé de... beurk, mieux vaut ne pas trop y penser.

Son père recule et s'occupe en lui servant un verre d'eau tandis qu'elle se glisse hors de sa robe et se débat maladroitement pour quitter la jupe de sa crinoline. Elle entend son père ricaner tandis qu'elle peine à accomplir sa tâche et elle se sent à deux doigts de jeter sur lui le tissu souillé de sa robe. Elle dépose finalement celle-ci sur le dossier de la chaise de sa coiffeuse et laisse la crinoline s'effondrer près de l'armoire.

Elle se défait ensuite gauchement de son corset puis se glisse dans sa robe de chambre. Elle en noue la ceinture avant de se laisser tomber, pleine de gratitude, dans son lit.

— Êtes-vous visible ? demande Père.

— Oui, acquiesce Gwen, tournant la tête pour découvrir qu'il a bu d'un trait la moitié de son pichet d'eau. Hey, lance-t-elle, j'ai envie d'un peu de cela.

Il rit et lui tend le verre avant de s'asseoir près d'elle.

— Vous sentez-vous mieux ? demande-t-il.

Gwen avale quelques gorgées et repose le verre d'une main tremblante.

— Oui, dit-elle bien qu'il soit clair qu'elle n'a pas encore complètement dessoûlé.

Ses mouvements ne lui semblent pas coordonnés.

— Nous ferons mieux à l'avenir, dit son père en posant sa main sur la bosse formée par son mollet sous l'édredon. Nous trouverons des activités qui impliquent une moindre consommation d'alcool, qu'en dites-vous ?

— Entièrement d'accord, répond Gwen à voix basse. Toutefois, si vous avez toujours envie d'aller au club, vous pouvez le faire, vous savez. Vous avez passé beaucoup de temps à la maison dernièrement, dit-elle, tout en constatant que ces derniers mots lui font froncer les sourcils. Non pas que cela m'ait dérangé, bien sûr.

— Je n'ai pas eu, je crois, très envie de parler de politique récemment, mais je devrais aller vérifier le nombre de votes en faveur de l'adoption une dernière fois. Peut-être aimeriez-vous participer à quelques thés avec Lady Meredith ?

Gwen opine même si l'idée même lui donne la migraine. Mais tous deux ont à jouer leur rôle.

— Je serai meilleure, je vous promets.

Il sourit et se penche pour effleurer sa joue.

— Vous êtes parfaite telle que vous êtes. Ne laissez pas les mères de la haute société vous dire le contraire. Et lorsque vous n'êtes pas soûle au point de vomir, vous êtes délicieuse. Nous vous trouverons quelqu'un un jour. Je suis désolé que cette personne n'ait pas pu être Miss Demeroven.

— Moi aussi, reconnaît Gwen, la poitrine serrée.

Son père hoche la tête et s'enfonce dans son siège en tapotant sa jambe une nouvelle fois.

— Fort bien, voici ce que j'en dis : nous dormirons jusqu'à midi puis effectuerons une promenade en présentant notre plus belle et éclatante allure.

Gwen cligne des yeux.

— Je ne… et si le temps était nuageux ?

Son père grimace.

— Excellente remarque. J'ai mieux encore : nous dormirons jusqu'à 13 heures puis passerons le reste de notre journée dans la bibliothèque. Nous soudoierons Mrs Stelm au moyen d'un peu de ce porto pour qu'elle prépare la soupe qu'elle réserve à vos jours de maladie et nous jouerons aux échecs. Et demain nous redeviendrons des membres respectables de la haute société. Marché conclu ?

— Marché conclu, fait Gwen en serrant la main qu'il lui tend avant de se lever.

Il incline un visage souriant vers elle, puis tourne les talons et quitte la chambre, refermant doucement la porte derrière lui. Gwen garde les yeux rivés sur le battant, à moitié désireuse de le suivre – pour lui poser la question, pour savoir – sa naissance a-t-elle gâché son existence ? L'erreur qu'il a commise… en valait-elle la peine ?

Mais sa tête tourne encore un peu, et il l'aime, cela ne fait aucun doute. Quelles qu'aient pu être les conditions qui ont présidé à sa conception, quelles qu'aient pu être celles qui ont entouré son mariage avec sa mère, il a réussi. Et ce sont eux contre le reste du monde. Elle sera à la hauteur de la situation, une lady de la haute société aux manières polies pour le reste de la saison, et ne s'autorisera qu'à être légèrement éméchée et à ne provoquer qu'un désordre discret.

Ainsi sa saison se soldera par un échec pour la quatrième fois d'affilée. Peut-être obtiendra-t-elle réellement une médaille ou une plaque pour cela.

Quatre soirs plus tard, alors qu'elle se tient en compagnie d'Albie et de Meredith dans la majestueuse salle de bal des Yokely, Gwen a terriblement envie de revenir sur sa promesse. Meredith et Eloise ne cessent d'évoquer couleurs de rubans et tailles de chandelles et Albie a passé les dix dernières minutes à parler à Prous de locomotives, avec Bobby intervenant de l'autre côté.

Gwen n'a rien eu d'autre à faire que de jeter des regards autour d'elle pour contempler la salle de bal noire de monde.

Bien sûr, l'endroit est somptueux avec son lustre imposant et ces sols de marbre étincelants. Les murs aux boiseries blanches s'élevant sur deux niveaux donnent l'impression que cet espace s'étend à l'infini et elle suppose que toutes les fleurs sont splendides.

Elle meurt d'envie de se glisser dans les jardins depuis une heure environ, mais Albie ne laissera pas Meredith, et Bobby est déjà éméché. Elle ne croit pas que son père apprécierait qu'elle se soûle avec lui une seconde fois.

Du moins pas ici, lors du bal-phare de la Saison. Toutes les personnes importantes sont présentes. Les danses semblent ne jamais vouloir cesser de s'enchaîner et les mères affichent toutes un regard teinté de démence, de désir de prédation. Le dernier mois de la Saison approche et la règle semble être « dévorer ou être dévoré » à présent.

Elle se réjouit au moins d'être avec des amis. À son arrivée, elle s'est vue contrainte de danser avec deux des membres du club de fumeurs de son père avant de pouvoir s'excuser et s'éclipser.

Elle a promis qu'elle ne boirait pas. Mais lorsque Beth Demeroven s'avance jusqu'à leur petit cercle avec Lord Montson, saluant Eloise, Meredith et Annabeth en souriant mais n'accordant à Gwen qu'un regard furtif, celle-ci décide d'envoyer sa promesse au diable. Elle s'apprête à prendre le verre d'Albie lorsque celui-ci la pousse du coude et qu'elle réalise que, absorbée par son envie désespérée d'atténuer la douleur, elle ne s'est pas aperçue que Montson s'adressait à elle.

— Toutes mes excuses, je n'ai pu vous entendre, dit Gwen en effectuant une petite révérence.

— Je vous demandais si vous étiez rétablie, répète Montson, et Gwen déglutit alors difficilement avant de serrer la mâchoire.

Apparemment, après le dernier bal public, Albie a lancé une rumeur selon laquelle il avait dû entraîner Gwen et Père hors de la salle de réception car tous deux souffraient d'une intoxication alimentaire. Comment il a pu y parvenir, ça, Gwen l'ignore, étant donné qu'ils étaient tous deux clairement ivres et absolument pas intoxiqués. Mais son stratagème semble avoir fonctionné et elle a passé la soirée à écarter les inquiétudes les concernant.

— Presque entièrement, dit-elle, gardant son ton léger.

Elle peut sentir les yeux de Beth posés sur elle mais se voit dans l'incapacité de croiser son regard. Au lieu de cela, elle s'apprête à reculer, impatiente de s'excuser et de quitter les lieux. Seule la main d'Albie fermement serrée sur son coude l'arrête dans son élan, l'empêchant ainsi de se montrer impolie vis-à-vis de l'un des jeunes hommes de plus haut rang présents dans cette pièce, même si ce dernier a volé l'amour de sa vie. Satané Albie.

— Était-ce dû au poisson ? s'enquiert Beth.

Gwen sent la main d'Albie se serrer sur son coude et elle tourne la tête vers Beth pour croiser son regard.

— Non. Je pense que c'est le poulet qui était en cause, répond-elle aussi poliment qu'elle le peut.

— Voilà qui est amusant, j'ai mangé le poulet et je n'ai absolument pas été indisposée, continue Beth.

Pourquoi insiste-t-elle donc à ce sujet ?

— Eh bien, j'en suis heureuse. Personne ne devrait se voir accablé d'une intoxication alimentaire. C'est tout bonnement abominable. Lady Meredith, vous avez raconté que votre oncle a un jour servi une truite rance mais que le chien l'avait dévorée le premier, n'est-ce pas ?

Elle se tourne et découvre Meredith qui la regarde fixement, en cachant mal un certain émoi.

— Euh, oui. C'était affreux. Il nous a fallu l'abattre, à vrai dire.

Elle avait oublié que la fin de l'histoire était tragique.

— En effet.

— Il est à se réjouir que nous ne fassions pas subir cela aux gens, n'est-ce pas ? intervient Montson.

Le groupe étouffe des rires et tous se mettent à s'agiter, mal à l'aise. Elle est convaincue que personne ne sait précisément pourquoi l'atmosphère semble à présent si pesante, mais il est évident que tous peuvent ressentir la tension ambiante.

— C'est une bonne chose que nous n'assassinions pas les malades, en effet, acquiesce Albie avant de donner un coup de coude à Bobby lorsque ce dernier laisse échapper un rire surpris.

Bien que j'imagine que cette pratique vise davantage à soulager les souffrances qu'à punir les animaux pour être tombés malades.

— Ne serait-ce pas affreux si c'était le cas ? note Montson.

— À vrai dire, on avait autrefois pour pratique d'ôter la vie aux malades. C'est en grande partie de cette façon que la peste a été éradiquée, intervient Beth.

Elle se recroqueville sur elle-même un instant plus tard lorsque tous les regards se posent subitement sur elle. Gwen lutte pour ne pas rire. Beth est tellement drôle et charmante. C'est affreusement injuste.

— C'est tout à fait exact, parvient à prononcer Montson, qui semble un peu inquiet au sujet de sa future épouse. Nous devrions tous être reconnaissant de la disparition de la peste.

Beth ouvre la bouche, et Gwen espère curieusement qu'elle est sur le point de leur livrer l'une de ses diatribes au sujet des îlots d'isolation des pestiférés. Mais ce qu'elles ont connu il y a un mois, éméchées et adossées au mur de la salle de bal, n'est plus qu'un lointain souvenir désormais.

— Je suis heureuse que vous vous sentiez mieux, dit alors Beth, son regard trouvant celui de Gwen. Vous avez été fréquemment souffrante ces derniers temps. J'espère sincèrement que vous êtes en bonne voie de guérison.

Gwen croise son regard, cet espoir passager glissant entre ses doigts. Est-ce une référence voilée à sa consommation d'alcool ?

— Je vous remercie. Je suis sûre que je me débarrasserai des derniers désagréments très bientôt, dit-elle, se sentant à la fois gonflée d'orgueil et submergée de douleur quand le regard de Beth se durcit.

— Tant que vous vous tenez à l'écart de la source, j'imagine que c'est ainsi que se passent naturellement les choses, reprend Beth.

— La source reste loin de moi à présent, rétorque Gwen.

La main d'Albie glisse plus haut sur son bras et le serre, mais l'attention de Gwen se concentre fermement sur la réprobation de Beth.

— Êtes-vous traquée par un poulet malade et mécontent ? s'étonne Montson.

Gwen se force à rire pour lui éviter le ridicule.

— Non, non, c'est juste que… parfois il me semble qu'alors que j'évite de tomber plus malade, le mal tente activement de me retrouver, comme s'il était attiré par moi, d'une certaine façon.

— Peut-être qu'il peut sentir la faiblesse, intervient Annabeth.

— Ce doit être cela, ajoute dans l'instant Meredith.

— Ou que je suis prête à le combattre s'il se présente, réplique Gwen, qui n'apprécie pas l'insinuation selon laquelle elle est à blâmer dans le cas présent.

Lord Montson et Beth se sont approchés de leur petit cercle, alors même que son amie avait très clairement dit que toute association avec elle mettrait fin à ses fiançailles. Est-elle censée faire preuve d'une parfaite sagesse, lorsque Beth agite devant ses yeux sa nouvelle vie si joyeuse ?

— Et comment le combattriez-vous ? questionne Beth.

— Oh ! je peux songer à un certain nombre de façons de…

— Montson ?

Montson se retourne et serre la main que lui tend un grand homme moustachu.

— Rodgers, content de vous voir.

— Votre père m'a envoyé vous chercher, si votre charmante fiancée est d'accord pour se passer de vous un instant, dit l'homme.

— Oui, bien sûr, répond aussitôt Montson. Vous vous chargerez de divertir Beth, n'est-ce pas ? demande-t-il au groupe.

Des hochements de tête se manifestent parmi les membres de leur cercle. Montson sourit avant de partir avec le baron Rodgers, sans même avoir adressé un regard à Beth.

Beth l'observe tandis qu'il s'éloigne puis repose les yeux sur eux en affichant une expression courageuse, indifférente. Mais Gwen peut voir les failles. Son univers s'est rétréci désormais pour ne se résumer qu'à Lord Montson, et sans lui, qu'a-t-elle ? Qui a-t-elle ?

Gwen se sent alors un peu portée à la méchanceté.

— Je suis sûre que, quel que soit leur sujet de discussion, il est très important, fait Gwen, et même elle peut entendre combien son ton est sarcastique.

— Oui, cela concerne la Loi sur les affaires matrimoniales, j'en suis certaine, réplique Beth. Lord Montson travaille dur avec son père pour s'assurer qu'elle ne soit pas adoptée. Votre père essaye désespérément de conserver ses votes, j'imagine ?

Gwen serre les poings contre ses jupes tandis qu'Albie ne lâche pas son bras. Elle sait que Beth soutient cette loi. Elle se souvient d'elle disant que tout aurait pu être différent si Lady Demeroven avait pu échapper à l'emprise de son père. Comment ose-t-elle évoquer le sujet d'un ton si désinvolte – comme si l'adoption de la loi ne la protégerait pas également de la vie malheureuse qu'elle sera obligée d'avoir avec Lord Montson...

L'homme vient de l'abandonner au milieu d'un groupe de personnes auxquelles elle ne devrait pas parler selon l'interdiction formulée par son propre père. Il est bien loin d'être un fantastique protecteur.

— Il n'a certainement pas eu de mal à les obtenir. La vie des femmes malheureuses en ménage et des femmes s'apprêtant à le devenir en dépend, ne croyez-vous pas ? réplique Gwen.

— Fort bien, je ne peux supporter cela davantage. Gagnons donc les jardins. La chaleur est suffocante ici, dit Albie, d'une voix un peu trop forte.

— J'ai besoin de me rendre aux commodités, à vrai dire, annonce Meredith, échangeant un regard très peu discret avec Albie, avant de saisir les bras d'Annabeth et Eloise et de les entraîner au loin.

— Vous deux, dehors, tout de suite, lance Albie d'un ton bourru indiquant à Bobby d'un signe de tête d'escorter Beth tandis qu'il malmène presque Gwen pour lui faire prendre le chemin des portes donnant sur le patio.

— Que faites-vous donc ? lâche Beth dans un souffle tandis que celui-ci l'entraîne vers l'extérieur baigné de l'air frais de la nuit.

— Miss Demeroven et vous allez vous rendre dans les jardins et, quel que soit le sujet en cause, vous allez vous en expliquer. Nous distrairons Montson s'il réapparaît. Il fait sombre, personne ne remarquera rien et j'en ai franchement plus qu'assez que vous soyez soit ivre, soit déprimée.

Gwen le regarde, bouche bée, tandis qu'il la traîne vers l'entrée du labyrinthe de haies, plus vaste et grandiose que celui des Harrington.

Sa seule vue suffit à propulser des frissons le long de son dos tant elle est violemment assaillie par le souvenir de la dernière fois, quand elle et Beth… elle ne peut faire cela.

— Vous pouvez me lâcher, entend-elle.

Elle se retourne et découvre Bobby l'air affreusement embarrassé, alors que Beth dégage son bras de son étreinte.

— Désolé, marmonne le jeune homme.

— Entrez là-dedans, toutes les deux, commande Albie, patientant, le bras tendu vers les hauts murs verts. Et ne revenez que lorsque vous serez en mesure de vous montrer courtoises.

— Je ne peux faire cela, dit Beth, qui paraît un peu pâle.

— Nous dirons à tous ceux qui poseront la question que vous êtes aux sanitaires, puis avec Meredith. Personne n'en saura rien, insiste Albie.

— Et si je refuse ? le défie Beth.

— Oui, ajoute Gwen. Supposez que nous restions simplement là jusqu'à ce que Lord Ashmond repère notre présence, que ferez-vous dans ce cas, Albie ?

Son intention est de railler son cousin afin de souligner l'absurdité de son stratagème, mais Beth lâche un petit grognement et se dirige directement et d'un pas décidé dans le labyrinthe végétal. Albie, un large sourire aux lèvres, fait signe à Gwen de la suivre. Ce n'était pas l'issue qu'elle souhaitait.

Albie lève un sourcil interrogateur et Gwen pousse à son

tour un soupir contrarié avant d'aller rejoindre Beth à grands pas. De qui se moque-t-elle ? Bien sûr, c'est bien cela qu'elle souhaitait. C'est juste qu'elle ne sait pas vraiment quoi faire de cette opportunité, à présent que tout est si affreusement brisé.

23

Beth

Beth s'avance entre les haies, martelant le sol et écoutant Gwen la suivre en traînant les pieds. Elle n'est pas encore prête à l'affronter et elle continue donc à les faire s'enfoncer plus profondément dans le labyrinthe.

Lord Montson l'a abandonnée, Gwen la provoquait, elle se sent prisonnière de sa robe, elle a chaud, elle est fatiguée et tout ce dont elle a envie c'est continuer à s'éloigner à grands pas jusqu'à disparaître pour toujours dans ces stupides haies.

— Beth, pour l'amour du ciel, voulez-vous bien vous arrêter ?

Elle fait alors volte-face, surprise par le murmure rauque de Gwen, et découvre l'autre jeune femme à seulement quelques pas d'elle. Elle est légèrement en sueur et un peu décoiffée à présent, mais si absolument splendide qu'il est douloureux de la regarder.

De petites boucles de cheveux blonds sont tombées autour son visage tandis que le reste de sa chevelure couronne sa tête en une tresse enroulée. La peau de son décolleté renvoie l'éclat de la lune au-dessus d'elles et ses yeux semblent plus grands et plus sombres maintenant qu'elles sont là, seules au milieu des haies.

Elle est si belle, si merveilleuse, elle est là, juste face à elle et Beth ne peut l'avoir. La frustration lui donne une furieuse envie de frapper quelque chose.

— Pas de champagne pour une promenade au milieu des haies ?

Elle se sent méchante, c'est comme si elle se disait que si elle frappait Gwen suffisamment fort peut-être pourrait-elle l'entraîner avec elle au fond de son gouffre de désespoir. Parce que tandis que Beth se trouvait seule et malheureuse on dirait que Gwen a passé des moments fabuleux en étant « malade », consommant moult boissons et s'amusant avec ses cousins et son père, une grande famille joyeuse.

— Je fais preuve d'abstinence, dit Gwen d'une voix tendue. Je suis surprise que vous ayez laissé Albie vous contraindre à entrer ici. Vous devez avoir des personnes à qui parler, des invitations à distribuer, des fleurs à choisir, non ?

— Eh bien, sachez que nous n'avons pas tous la possibilité d'oublier nos sentiments en nous adonnant au jeu et à la boisson. Certains d'entre nous ont des responsabilités, en effet.

— Oui, comme celle de condamner des générations de femmes à des unions malheureuses. J'ai du mal à accepter cette position.

— Ne parlez pas de politique maintenant, se hâte de répondre Beth. J'en ai plus qu'assez de tout cela. Ils n'ont que ce sujet à la bouche.

— Vous n'en aviez pas assez, dans la salle de bal, réplique Gwen. Vous êtes plus qu'heureuse de prendre le parti de Montson à présent, n'est-ce pas ?

— Que suis-je censée faire d'autre ? s'exclame Beth, son ton dépassant à présent en puissance celui des murmures de leur échange houleux. Si les discussions n'ont pas trait au mariage, elles portent sur cette loi stupide. Il vous est donné de boire et d'avoir une conduite dévergondée, et moi je suis coincée avec eux en permanence.

— Je n'ai pas eu de conduite dévergondée, soutient Gwen.

— Vous m'oubliez en vivant de merveilleux moments tandis que je suis piégée en enfer, réplique vivement Beth.

— Croyez-vous qu'il soit plaisant pour moi de vous regarder

vous pavaner avec Montson ? Croyez-vous que cela ne me met pas en pièces ? Vous m'avez laissée, comme vous auriez laissé derrière vous les ordures de la veille, lâche Gwen en s'avançant vers elle, une expression sombre et tendue sur ses traits. Vous m'avez rejetée, vous avez rejeté mon père et vous voulez juger de la façon dont nous faisons face pendant que vous êtes la coqueluche de la haute société ?

— Je ne vous ai pas rejetée, réplique aussitôt Beth, qui n'est plus si belliqueuse à présent qu'elle est si proche de Gwen.

À présent qu'elle peut voir les larmes couler sur les joues de son amante. À présent qu'elle peut voir qu'elle a perdu du poids et qu'elle a des cernes sous les yeux.

— Vous obtenez cette vie grandiose avec le joyau de la haute société. Une vie de luxe et de bonheur et moi je suis piégée dans mon rôle de spectatrice tandis que toutes les autres personnes autour de moi me quittent pour vivre leurs heureuses unions. Et moi je ne fais que rester là, sans personne. Ne croyez-vous pas que cela m'anéantit ?

Beth se voit tendre la main avant que d'y avoir réfléchi pour y accueillir la joue de Gwen tout en s'avançant jusqu'à ce que leurs jupes se pressent.

— Vous avez encore moins bonne mine que Mère, murmure Beth en sondant le regard de Gwen.

— Que dites-vous ? demande cette dernière d'une voix douce, son corps entier se détendant au contact de Beth.

— Elle prend du laudanum, avoue Beth dont toute la colère et la douleur se sont muées en une sérénité tranquille à présent qu'elles sont là ensemble, seules, juste pour un moment. Et même ainsi elle ferme à peine l'œil de la nuit. Mais elle refuse d'aborder cette question.

— Pourquoi ? s'étonne Gwen.

Beth sourit presque quand les mains de Gwen se posent sur ses hanches. Sa crinoline et ses jupes forment une barrière trop épaisse pour ressentir davantage que la pression de ses doigts mais elle est bien là.

— Vous imaginez que tout n'est qu'allégresse et préparatifs de mariage, mais je vous envie. *Mère* vous envie, votre père et vous, vous qui riez et buvez tandis que nous sommes piégées dans ce cauchemar éveillé avec ces terribles personnes, un cauchemar qui… ne semble jamais vouloir finir, dit-elle, nouant son autre bras autour du cou de Gwen jusqu'à ce que leurs fronts se pressent ensemble.

— Nous nous trouvons donc dans un état de malheur partagé, murmure la jeune fille, la serrant plus fort jusqu'à ce que ses mains se trouvent dans son dos.

— Vous me manquez, reconnaît Beth, en levant la tête pour croiser son regard.

Elle est presque trop proche, son image est un peu floue.

Gwen hoche la tête et s'incline pour presser ses lèvres contre celles de Beth en un chaste baiser. Sous la lueur de la lune, au fond du labyrinthe de haies, alors qu'est donné le plus grand bal de la saison, elles ont l'impression de vivre un moment hors du temps. Un moment de détente, loin de toute la douleur et l'amertume causées par leur séparation.

— Vous me manquez aussi, dit Gwen.

Elle s'écarte de sorte qu'elles puissent se voir. Même la lune, parée d'un éclat inhabituel, vient prêter son concours à cet instant.

— Peut-être que vous pourriez rendre visite à Meredith à l'occasion et que je pourrais me trouver là par hasard, et personne n'aurait besoin de n'en rien savoir.

Beth soupire, le moment est brisé. Cela ne suffit pas.

— Je ne veux pas cela, marmonne-t-elle.

Gwen veut s'éloigner mais Beth secoue la tête et vient refermer sa main sur sa nuque.

— Je ne veux pas que cela, se corrige-t-elle. Je veux… c'est tellement stupide. Nous tous si malheureux, et pour quoi ?

Gwen soupire.

— Pour que nous ne finissions pas misérables avec nos parents anéantis.

Beth cligne des yeux. Leurs parents.

La possibilité d'union adéquate s'est présentée d'elle-même, et Beth a simplement... accepté la défaite. S'est soumise à cet affreux avenir parce que sa mère lui a dit qu'elles devraient... lui a dit que c'était la seule solution s'offrant à elle.

Elle croyait que sa mère savait mieux qu'elle ce qui convenait. Qu'elle avait véritablement envisagé toutes les options possibles. Mais sa mère se *trompait.*

Ceci – qu'ils soient tous anéantis et le cœur brisé – ne peut pas être la seule issue envisageable. Beth se refuse à le croire. Refuse de rester là impuissante à les regarder tous souffrir pour toujours au prétexte qu'ils n'ont pas assez de courage pour *espérer.*

Si seulement sa mère pouvait juste ouvrir les yeux – pouvait se croire digne des sentiments de Lord Havenfort – si Beth pouvait juste entendre raison, ils pourraient changer tout cela. Gwen et elle avaient un plan et elles ont juste...

— Nous les avons abandonnés ! s'exclame Beth, grimaçant quand elle entend le son rebondir dans l'espace délimité par leur petite haie.

— Comment ?

— Nos parents. Nous... Mon Dieu, Gwen. Nous avons tout simplement baissé les bras. Nous pourrions encore... votre père serait-il encore prêt à faire une demande en mariage, pensez-vous ?

Gwen la dévisage, bouche bée.

— Est-ce que mon... vous voulez faire en sorte que nos parents soient ensemble, à présent ? Nous avons essayé et ce fut un lamentable échec, prononce-t-elle lentement.

Beth secoue la tête.

— Ce n'en était pas un. Au début, peut-être. Mais une fois qu'ils ont recommencé à se parler... Mère a pleuré durant tout le trajet du retour le jour nous avons dû rompre notre amitié avec vous. Elle était si heureuse avant cela. Ils étaient amoureux, j'en suis certaine.

Gwen la regarde fixement.

— Votre père est soûl comme une barrique depuis des semaines. Est-ce un comportement normal de sa part ?

— Eh bien, pas exactement normal...

— Et ma mère, qui prend du laudanum ? Je me suis répété que ce n'était causé que par son épuisement et le poids de sa résignation – les Ashmond sont franchement ennuyeux, et leurs opinions... mais elle est triste. Elle a le cœur brisé, tout comme moi.

Gwen cligne des yeux et incline la tête pour la regarder et Beth s'élance vers elle avec une joie renouvelée, pressant un ferme baiser sur sa bouche. Elle s'écarte avant que Gwen ne se presse contre elle et tient ses mains de sorte qu'elles soient suffisamment éloignées pour se voir entièrement.

— Nous pouvons encore le faire, non ?

Beth serre ses doigts sur les siens jusqu'à ce que leurs jointures s'épousent.

Gwen hésite.

— Je n'en suis pas certaine.

— Ne pouvons-nous pas essayer ? insiste Beth. Le mariage aura lieu dans trois semaines. Nous pourrions encore le faire.

Gwen se mord l'intérieur de la joue tout en l'observant d'un air absorbé. Beth sent l'espoir enfler en elle, tandis qu'elle prévoit déjà la suite. Elles contraindront leurs parents à être ensemble.

Tout le monde pourra ainsi être heureux.

— Pensez-vous que votre mère l'accepterait ?

— Accepter quoi ? questionne Beth.

— Le scandale. Que vous abandonniez Montson exacerbera les tensions déjà existantes. Et les votes de mon père pour la Loi sur les affaires matrimoniales sont si fragiles...

— Vous citez vraiment cette satanée loi comme prétexte pour

ne pas le faire ? s'exclame Beth, fixant Gwen bouche bée tout en tentant de libérer ses mains. Vous ne pouvez parler sérieusement.

— Je ne dis pas que nous ne pouvons pas essayer, dit Gwen, tenant bon et soupirant. C'est juste que... vous voici sur le point d'épouser l'un des hommes les plus influents de tout Londres. Rompre vos fiançailles n'est pas rien.

— Je le sais, rétorque Beth, troublée par le ton calme et détaché de Gwen. Mais si cela peut faire le bonheur de nos parents, et le nôtre, quelle importance ? Votre père est en mesure de faire adopter la loi. Lord Ashmond ne tempêterait pas tant s'il n'était pas inquiet.

— J'imagine, en effet, prononce Gwen lentement.

— Alors, n'en ayons que faire ! Amenez votre père à faire sa demande, moi, je romprai avec Lord Montson, le vote aura lieu et nous pourrons quitter Londres, tous les quatre.

Gwen retire doucement ses mains de celles de Beth.

— Vous savez que ce n'est pas si simple. Nous avons eu de la chance. Je ne suis pas certaine que nous en aurons encore.

Beth serre ses mains vides contre ses jupes, l'espoir s'éteignant dans sa poitrine. Mais elle ne va pas abandonner tout cela sans livrer un nouveau combat. Elle ne va pas laisser Gwen se transformer en ivrogne et se laisser devenir une génitrice pour les enfants de Lord Montson. Ce n'était pas uniquement une question de chance. Il y avait quelque chose là. Il ne pouvait en être autrement. Elles peuvent changer cela.

— Votre père n'aime-t-il plus ma mère ?

Gwen, stupéfaite, vient ficher son regard dans le sien.

— Que dites-vous ?

— Moi, je peux encore le sentir, à la façon dont il la regarde. Cela ressemble à la manière dont vous me regardez en cet instant, ajoute-t-elle, faisant appel à ce qu'elle sait que Gwen essaye de cacher.

Ce qu'elle-même a essayé de cacher durant des semaines.

— S'il pensait avoir la moindre chance, s'y risquerait-il de nouveau ?

Gwen hausse les épaules, jetant un regard aux alentours de leur petite cachette.

— Votre mère dirait-elle oui ?

Beth hésite un instant.

— Parce que je ne vais pas lui faire subir cela une troisième fois, complète Gwen.

— Je peux la convaincre, répond Beth d'un ton qu'elle veut ferme, bien qu'il semble teinté d'un bien faible accent de conviction, même à ses propres oreilles.

Peut-elle convaincre sa mère de renoncer à la sécurité qu'offre une union avec les Ashmond ? Peut-elle la convaincre du fait que tous réussiraient à faire face au scandale qui en découlerait ? La convaincre que Lord Havenfort ne les laisserait jamais dans la situation où les a laissées son père ?

Parce que peu importe à Beth si ce chemin est semé d'incertitudes. Ce moment volé, tendu, avec Gwen est le meilleur qu'elle ait vécu depuis des semaines. C'est comme si le sentiment si douloureux de solitude avait été violemment arraché à sa poitrine en ne laissant derrière lui que de la joie. Et si avoir Gwen signifie être invitée à moins de bals, tant mieux. Si cela veut dire regarder sa mère se détendre, être bien traitée, être aimée ? Après avoir connu depuis plus longtemps que Beth est sur cette Terre, la tristesse, l'isolement et les mauvais traitements, Mère mérite un peu de bonheur, quel qu'en soit le prix.

— Le pouvez-vous vraiment ? insiste Gwen. Je ne vais pas susciter de nouveau en lui le moindre espoir. Je suis incapable… je ne peux pas trop espérer de nouveau.

Beth décide alors que c'est le bonheur ou rien. Elles feront en sorte que cela fonctionne. Elles obtiendront de leurs parents qu'ils s'avouent leur amour et s'engagent l'un envers l'autre, puis Gwen et elle pourront avancer ensemble vers un avenir radieux. La haute société ne se souciera plus d'elles, filles de deux empires réunis.

— Je la convaincrai, répète Beth en insufflant à ses mots toute la puissance de son espoir et de son désir. Tout ce qu'il vous faut faire est le convaincre qu'un espoir existe.

Gwen l'observe durant un long et douloureux moment. Beth se redresse de toute sa hauteur, adoptant ainsi son allure la plus confiante. Elles peuvent réussir.

Elle n'en doute pas un instant.

Du moins, elle ne doute pas de son envie d'avoir cette conviction.

— Très bien, dit Gwen.

— Vraiment ? s'enquiert Beth.

Gwen éclate d'un rire doux et revient vers elle pour l'envelopper de ses bras. Beth enfouit son visage contre son épaule, en prenant soin de ne pas froisser sa robe, et elle inspire profondément son parfum. La senteur évoque le lilas et la sueur, une odeur tout à la fois sucrée et acidulée.

— Si vous êtes convaincue, je le suis également, prononce Gwen contre sa tempe. Je ne suis vraiment pas suffisamment forte pour vous perdre de nouveau.

— Je suis comme vous, fait Beth, s'écartant un peu pour croiser son regard. Alors, nous essayerons ?

— Nous essayerons, acquiesce Gwen.

Elle jette un regard par-dessus son épaule pour s'assurer qu'elles sont toujours seules puis repose sur elle des yeux nettement plus avides.

— Depuis combien de temps pensez-vous que nous sommes ici ?

— Dix minutes, peut-être ? avance Beth, reculant vers les haies et entraînant Gwen avec elle. Nous pourrions nous en accorder dix de plus, non ? Dire que nous nous sommes perdues ?

— Complètement perdues, acquiesce Gwen, suivant Beth et inclinant la tête pour faire courir ses lèvres sur sa gorge.

Beth lâche un soupir au moment où son dos percute la haie.

Gwen grommelle quand elle est momentanément repoussée loin d'elle.

— Satanées jupes, grommelle Beth, attirant Gwen contre elle et repoussant sa crinoline sur la gauche tandis que la sienne s'oriente vers la droite.

Gwen pousse un petit grognement d'approbation et écrase de nouveau sa bouche sur celle de Beth. Elles s'abandonnent alors à l'incandescence de leurs baisers passionnés. À ce moment qui n'appartient qu'à elles et où se mêlent soupirs et gémissements mais où point également une frustration mutuelle à cause de toutes ses couches de tissu et de soie, du fait que non, aucune d'elle ne peut s'étendre sur le sol dans l'instant, et qu'il n'y a pas de banc à leur disposition, et que, Ciel, personne n'a-t-il donc pensé à ces pauvres ladies impatientes de... Eh bien, bien sûr qu'ils n'y ont pas pensé.

Elles se contentent de dix minutes de baisers fiévreux jusqu'à ce que même la chaleur de leurs mains ne puisse plus les détourner des responsabilités qu'elles ont à assumer à l'intérieur.

Gwen s'écarte la première, ses lèvres trop gonflées et le corsage de travers.

— Nous devrions vous ramener auprès de Lord Montson. Le temps a passé et vous lui manquez certainement à présent.

— Taisez-vous, dit Beth en secouant sa tête avant d'arranger son propre corsage et de toucher précautionneusement sa chevelure. Suis-je présentable ?

— Vous êtes parfaitement présentable. Je crois que vous avez mis à mal ma propre coiffure cependant, fait Gwen en tapotant la tresse que Beth a accidentellement fait tomber de son chignon.

— Oh ! mince, laissez-moi arranger cela, dit Beth, en s'avançant vers elle juste au moment où Mr Mason apparaît au bout de leur haie.

— Je l'ai retrouvée. Il vous faut repartir.

Son regard passe sur elles et Beth tente de se glisser dans les ombres pour qu'il ne puisse voir ses joues rougies et ses lèvres gonflées par leurs baisers.

— Vous êtes plus qu'assez vivifiées par le grand air.

— Mr… Albie, ce… n'est pas…, commence Beth.

— Vous vous êtes réconciliées toutes les deux ? demande-t-il, l'interrompant en lui adressant un regard complice.

Beth repose son regard sur Gwen, qui se contente de lever les yeux au ciel.

— Hum, oui, prononce-t-elle lentement.

— Bien. Gwen peut m'expliquer. Bobby vous raccompagnera auprès de Meredith qui attend pour vous ramener à l'intérieur.

— Je vous remercie… je, commence Beth en s'avançant vers lui, jetant un dernier regard à Gwen.

Gwen, si belle, si décoiffée, lui donnant tellement envie de l'embrasser…

— Faites-la encore souffrir et ce n'est pas moi qui viendrai vous tirer des buissons, prononce-t-il à voix basse quand elle arrive à ses côtés.

— Je ferai de mon mieux, dit Beth avec franchise en tendant la main pour presser son bras avant de se hâter à travers le labyrinthe.

Car maintenant qu'elle sait qu'au moins les cousins de Gwen acceptent leur relation, il y a encore moins de raison pour elle de retrouver sa vie factice.

Elles auront simplement à survivre aux prochaines semaines, à convaincre leurs parents de se marier, puis subir le scandale. Voilà tout. Voilà qui est facile.

24

Gwen

Une courte distance semble séparer la gare de style Tudor d'Henley-on-Thames du pont d'Henley, mais près d'une heure passée à jouer des coudes est nécessaire pour la parcourir. Le temps qu'ils traversent la moitié du pont, le nouveau costume de lin blanc de son père et son haut-de-forme ont l'air un peu poussiéreux et un peu de boue souille la robe bleu foncé de Gwen, la bordure blanche au bas de ses jupes disparaissant presque sous la saleté.

Gwen fixe le fleuve tout en se demandant comment la course d'aviron pourra avoir lieu alors que tant d'autres bateaux disposés pour jouir d'une meilleure vue sur la compétition viennent encombrer les eaux. Elle se dit qu'il pourrait être agréable, une année, de se rendre ici quelques jours avant l'événement et de naviguer. Se réveiller à l'aube et venir simplement ramer. Peut-être Beth et elle pourraient-elles faire cela. Personne ne leur prêterait attention si elles se trouvaient ainsi sur une petite embarcation.

Ce qui est bien différent de l'attention minutieuse à laquelle ils seront confrontés aujourd'hui à côté du Steward Enclosure. La tente royale est déjà pleine à craquer lorsqu'ils la dépassent enfin d'un pas traînant. Gwen se demande si elle pourrait même apercevoir la reine si moins de personnes étaient présentes, elle est si petite. Si jamais elle est bel et bien présente. Difficile à dire, en toute franchise.

Au lieu de cela, ils atteignent la troisième tente disposée sur la rive, heureux de s'avancer dans l'ombre, à l'abri du chaud soleil d'été.

Des nappes de lin blanc recouvrent un ensemble de tables de pique-nique et la foule grouillante des membres de la haute société est encore plus que suffisamment oppressante pour arracher une grimace à Gwen. Ils n'ont peut-être pas autant d'invités que la famille royale, mais l'endroit est malgré tout bondé.

Gwen manœuvre subtilement son père en direction de la bordure nord de leur tente, pointant le doigt pour désigner deux sièges étonnamment vides au premier rang sur lesquels ils peuvent s'effondrer avec gratitude. Gwen s'installe, sans prêter attention au fait que son bras droit est entièrement exposé à la morsure du soleil. Son père s'assoit près d'elle, desserre le nœud de sa cravate et dépose son chapeau sur ses genoux en lâchant un soupir.

— Vous avez enfin réussi à arriver jusqu'à nous ?

Albie se penche pour la gratifier d'un clin d'œil. A-t-il réservé leurs sièges ? Comment aurait-il même...

— Et voilà une preuve supplémentaire du peu de confiance que l'on peut accorder aux gens du peuple. Regardez un peu comment il est impossible de circuler là-bas, tonne une voix de manière fort désobligeante sur leur droite.

Gwen jette un regard dans sa direction et, ô surprise ! voilà qu'elle découvre Lord Ashmond, scrutant les roturiers installés sur la rive du fleuve en affichant un air de dégoût.

Derrière lui, Beth et Lady Demeroven sont assises, impassibles, tandis que son épouse réprime un gloussement. Beth est fabuleuse dans une robe évoquant une écume rose pâle. Elle s'évente frénétiquement et Lady Demeroven à ses côtés semble déjà prête à fondre sur place.

Elles pourraient réussir, en vérité.

Son père grogne tandis que Lord Ashmond continue d'enchaîner les commentaires stupides à propos de choses qui ne devraient pas être dites ou, à tout le moins, seulement marmonnées à mi-voix. Que l'ensemble des personnes rassemblées sous sa tente ne l'ait pas déjà poussé dans le fleuve est une énigme. Tous sont visiblement arrivés sur place une heure plus tôt que tous ceux présents dans la tente de Gwen.

— Et voici pour vous, dit Bobby, qui fait son apparition avec deux flûtes de champagne.

Elle saisit la sienne avec gratitude, et boit une gorgée généreuse. Bobby s'installe sur la chaise placée derrière eux tout en vidant son propre verre.

— Il est épouvantable, n'est-ce pas ? lance Bobby en désignant d'un coup de menton Lord Ashmond, qui a à présent attiré auprès de lui une petite nuée de parlementaires tout aussi vils que lui.

— En effet, reconnaît le père de Gwen. Eh bien, dites-moi, qui soutenez-vous, Bobby ? demande-t-il se tournant vers le cousin le plus jeune.

— Oh ! le London Rowing Club, assurément. Ils vont étriller le Leander Club. Toutes mes excuses... je sais qu'ils sont vos favoris, Raverson, ajoute-t-il à l'intention d'un gentleman plus jeune installé près de lui.

— Oh ! le moindre affrontement suffira à mon bonheur, peu importe l'équipe victorieuse, répond l'homme, en adressant un petit sourire narquois à Bobby.

Ses yeux d'un brun profond produisent une impression assez saisissante.

— Je ne crois pas que nous nous soyons déjà rencontrés, ajoute-t-il.

— Lord Havenfort, se présente le gentleman en tendant une main adoptant un angle étrange. Et voici ma fille, Lady Gwen.

— Ravi de faire votre connaissance, dit l'homme, saluant Gwen d'un hochement de tête qui fait retomber sur son front une boucle de cheveux presque noirs. Vicomte Raverson.

Elle sent qu'elle devrait probablement le trouver des plus séduisants.

Mais tout cela est parfaitement absurde, il fait bien pâle figure face à Beth, et peu importe combien ses dents sont droites et blanches et ses épaules larges, rien de tout cela ne fera vaciller ses convictions.

— Ah, je connaissais votre père. Toutes mes condoléances, dit aussitôt son père. Viendrez-vous le remplacer auprès des Lords à la Chambre ?

— Je vous remercie pour vos mots, dit le vicomte Raverson d'un ton assez froid.

Gwen a l'impression que cette perte ne lui a pas infligé un profond chagrin.

— Je le ferai, en effet, répond-il ensuite à Père. C'est à vrai dire la raison de ma présence ici aujourd'hui. Je voulais entendre votre opinion au sujet de cette Loi sur les affaires matrimoniales. Mon père y était violemment opposé, ainsi que vous le savez, mais j'ai quelques doutes sur cette question.

L'air résigné, elle regarde le visage du lord s'illuminer soudain.

— Mais bien sûr, bien sûr, cher ami. Venez donc m'aider à aller chercher de quoi manger pour ma charmante fille célibataire, et nous pourrons discuter, dit-il en adressant un petit clin d'œil à Gwen tout en se levant.

Elle se retient tout juste de le frapper. Elle ne veut en rien se trouver mêlée à ses manigances visant à lui trouver un potentiel conjoint, en particulier lorsque la tentative le détourne fermement des plans qu'elle a formés elle-même pour cette journée. Elle s'affale dans son siège dès que le vicomte et lui s'en vont rejoindre le buffet que des traiteurs ont servi à l'arrière de la tente. Elle dirige alors son regard vers l'eau et aperçoit Montson qui prend place dans l'une des embarcations, avec un équipage de trois autres jeunes hommes. Elle espère que le LRC les pulvérisera méchamment.

— Voulez-vous rendre cela intéressant ? demande Albie.

Gwen soupire, plonge la main dans ses jupes et sort quelques livres qu'elle leur tend sans regarder Albie.

— Misez cela sur le LRC en l'ajoutant à la somme que Père a déjà pariée.

— Ne vous inquiétez pas. Raverson semble influençable, dit Bobby tandis qu'Albie se tourne de nouveau vers Meredith tout en glissant dans sa poche l'argent de Gwen. Il a peut-être un visage avenant mais il ne m'a pas semblé qu'il conçoive un véritable intérêt pour la question.

— Je suppose qu'il s'agit là d'une bonne chose, marmonne Gwen.

Bobby se penche pour placer son visage au niveau du sien.

— Le connaissez-vous ? s'enquiert Gwen.

— Il était dans la classe supérieure à la mienne à Oxford, je crois. Je n'ai pas eu l'occasion de bien le connaître. Mais si votre père réussit à le convaincre, ce pourrait être le vote décisif.

— Peut-être aurais-je dû faire plus d'efforts, dit Gwen en jetant un nouveau regard vers eux.

Elle n'est peut-être pas affectée par le sourire de l'homme, mais elle pourrait aider à rassembler des votes. Les hommes ont une certaine utilité, finalement.

— Je pense que nous devrions nous concentrer sur ce que Miss Demeroven et vous avez prévu.

Gwen se fige à ces mots.

— Quoi ? lâche-t-elle inélégamment.

— Vous lui avez jeté des regards à peu près toutes les minutes et elle vous fixe depuis un petit moment déjà. Sa mère a une mine affreuse.

Malgré elle, Gwen jette un bref regard vers la tente toute proche.

Lady Demeroven semble en effet à quelques minutes de s'évanouir.

— Beth et moi sommes juste des… connaissances, dit Gwen lentement, tournant son regard pour croiser celui de Bobby, si proche d'elle qu'il lui semble presque flou.

Il est bien trop près pour que ce ne soit pas un peu gênant.

Gwen se lève, tirant son propre éventail de ses jupes. Tout en l'agitant, elle quitte la tente au prétexte d'aller voir les embarcations prendre place sur la ligne de départ. On les repousse vers l'eau depuis les quais, signe que la première épreuve éliminatoire ne devrait plus tarder à présent.

— Avez-vous besoin d'une diversion ?

— Cela vous dérangerait-il ? demande-t-elle à Bobby tout en se penchant pour apercevoir Beth.

Il sourit largement, se balançant sur ses talons à ses côtés.

— Quel est l'objectif poursuivi ?

Gwen soupire tout en jetant un coup d'œil derrière lui pour tenter de capter l'attention d'Albie, mais il est à présent entièrement absorbé par sa conversation avec l'un des cousins de Meredith. Elle ne veut pas être encombrée de Bobby pour cela, mais elle ne peut pas attirer trop l'attention. Père se trouve peut-être à l'arrière de la tente, mais ce n'est pas si loin que cela, et son ouïe est trop fine.

— Vous promettez de ne rien dire ? marmonne-t-elle.

— Je vous donne ma parole d'honneur, répond Bobby d'un ton enthousiaste. Je suis à votre disposition.

Gwen soupire et attire Bobby un peu plus loin de la tente, comme s'ils essayaient de se pencher vers l'eau depuis la rive pour profiter d'une meilleure vue.

— Très bien. Nous espérons que mon père pourrait venir en aide à la mère de Beth au cas où elle aurait besoin d'aller s'abriter du soleil dans le hangar à bateaux.

Bobby la regarde en clignant des yeux.

— C'est tout ?

— Comment ?

— C'est là tout votre grand projet pour parvenir à réunir Lord Havenfort et Lady Demeroven ?

— Qui a dit que...

— Albie s'en doute depuis bien longtemps déjà. Il trouvait cela fort amusant, puis je ne sais quelle vilaine affaire s'est passée avec les Ashmond et voilà que vous êtes devenue franchement morose.

Gwen sent une onde de chaleur s'épanouir dans sa nuque. A-t-elle été si transparente que cela ? Et quand Bobby a-t-il commencé à prêter la moindre attention à ce qui se passait la concernant, ou concernant son père, au demeurant ? Et à quel moment est-il devenu si grand ? Il lui faut lever la tête pour regarder son petit cousin à présent et c'est assez horripilant.

— Alors, quelle est la stratégie... est-ce simplement espérer qu'elle s'évanouisse ?

Gwen lâche un petit grognement derrière son éventail. Tout cela semble si grotesque lorsqu'il énonce les faits à voix haute.

— Beth l'incite à boire du champagne.

— Et cela suffit ?

Elle voit combien Bobby semble bien peu impressionné.

— Eh bien, essayez donc de porter toutes ces couches de tissu et de vous déplacer avec une crinoline sous cette chaleur. C'est loin d'être une partie de plaisir, croyez-moi.

Bobby lance un regard aux personnes pique-niquant sur la rive opposée. Ils profitent simplement du plaisir de la journée et semblent tellement plus à leur aise qu'eux. Gwen s'agite un peu, se délectant de la brise légère qui souffle depuis le fleuve et s'infiltre sous ses jupes. Si seulement elle pouvait porter du lin comme Bobby.

Elle se dit qu'elle serait sans doute superbe vêtue d'un costume. Peut-être pourrait-elle obtenir de Père de lui en faire tailler un, un jour. Si Beth et elle échouent, peut-être pourrait-elle au moins obtenir tout un ensemble de ces vêtements en guise de cadeau de consolation.

Gwen se ressaisit. Elles vont réussir, peu importent les inquiétudes et le scepticisme de Bobby.

— Et prévoyez-vous de distraire Lord Ashmond suffisamment longtemps pour que votre père ait besoin d'intervenir ?

Gwen plisse le nez d'un air contrarié.

— Pour cette partie, nous improviserons.

— Fantastique. Belle stratégie. C'est parfait, vraiment, fait Bobby.

— Voulez-vous bien cesser de vous comporter comme un sale gamin, je vous prie ? siffle-t-elle entre ses dents.

— Pour deux femmes aussi brillantes que vous, il s'agit d'un plan désastreux, voilà tout.

Gwen lui jette un regard noir. Son besoin féroce de voir leur stratagème fonctionner est l'unique chose à laquelle elle puisse se raccrocher, car leur bilan est, il faut l'admettre, très mauvais et leurs options, sérieusement limitées. Elles savent qu'il s'agit d'un plan épouvantable. Elle n'a pas besoin que Bobby retourne le fer dans la plaie pour couronner le tout.

— Que diriez-vous de cela... nous attendons que Montson effectue sa première course. Son équipage l'emportera probablement.

— Attendez un instant, je croyais la victoire du LRC acquise. Viens-je juste de jeter mon argent par les fenêtres ? demande Gwen, momentanément distraite.

Bobby éclate de rire.

— Ils gagneront la première manche. Montson et Jordan veulent tous deux faire leurs preuves et ils surcompenseront lors de la première manche. Pour la seconde, ils seront fatigués, et plus bons à quoi que ce soit pour la troisième. Le London Rowing Club triomphera mais, plus important encore, Lord Ashmond sera insupportable après la première manche. Il pavoisera littéralement.

— Et ?

— Et c'est à ce moment-là qu'Albie et moi devrions déclencher une dispute avec lui à propos de Leander. Nous le bousculerons et Lady Demeroven et Miss Demeroven devront sortir, et alors, sous la chaleur, avec l'agitation, elle sera sur le point de s'évanouir et comme vous essayerez de faire venir votre père pour mettre fin à la dispute, il n'aura plus qu'à… venir la rattraper.

Gwen observe Bobby, bouche bée. C'est… c'est un excellent plan. Sincèrement.

Simple, mais rusé. Subtil en tout point.

— Quand diable avez-vous grandi ? s'exclame-t-elle.

Bobby lui adresse un petit sourire narquois et la pousse du coude.

— Nous avons bu il y a de cela quelques semaines.

— Cela fait plusieurs Saisons que nous buvons. Ceci… vous serez un excellent parti la Saison prochaine, le savez-vous ? dit-elle avec franchise, se sentant sincèrement impressionnée.

Et contrite également, étant donné que le plan du jeune homme est étonnamment simple, et qu'elles auraient vraiment dû l'imaginer elles-mêmes.

Elles auraient dû demander de l'aide il y a un mois. Elle s'est répété qu'elle était en train de perdre Albie au profit de Meredith – et probablement perdre Bobby par voie de conséquence. Mais ils ont été là durant tout ce temps, espérant et spéculant. Albie aurait accepté si elle le lui avait demandé. Il aurait probablement même pu convaincre Meredith également.

Elle a juste été trop occupée à se complaire dans l'auto-apitoiement pour le remarquer.

— Concentrons-nous sur vos parents cette Saison, et vous pourrez vous intéresser à mon cas l'an prochain, dit Bobby, prenant son bras pour la ramener vers leur tente devant laquelle se tiennent désormais Albie et Meredith.

— Oh ! regardez, le départ est imminent.

Gwen n'accorde nulle attention aux bateaux. Au lieu de cela, elle recule légèrement de sorte à observer les Ashmond tandis qu'ils regardent leur fils. Lord et Lady Ashmond sont à l'extérieur de leur tente avec les parasites qui les entourent, laissant Beth et Lady Demeroven un rang derrière eux, et certainement dans l'incapacité de voir quoi que ce soit. Gwen remarque que la situation ne paraît contrarier ni l'une ni l'autre des deux femmes. Lady Demeroven s'évente frénétiquement et Beth… fixe Gwen. Elle lui adresse un faible sourire avant de se retourner vers sa mère. Gwen dirige son attention sur le fleuve au moment même où claque le signal du départ. Elles sont bel et bien engagées dans cette ridicule mascarade, et il ne reste plus qu'à la mener à bien et à espérer que Bobby pourra réussir.

Montson et Jordan rament comme si leur vie en dépendait. Ainsi que Bobby l'avait prédit, Leander remporte aisément la première manche, battant l'embarcation du LRC d'au moins une longueur entière.

Des grognements de mécontentement résonnent dans sa tente mais les Ashmond sont fous de joie. Elle peut entendre sauter les bouchons de champagne et des cris ravis résonner dans les airs.

— Eh bien, voyons donc s'ils peuvent le refaire, lance Bobby d'une voix puissante tout en gratifiant Albie d'un petit coup de coude. C'est la chance du débutant, vous verrez.

Albie fixe son frère un instant et Gwen les observe tandis qu'ils échangent une suite de hochements de tête et de gestes discrets. Elle n'a jamais prêté grande attention à leur relation. Bobby n'a jamais constitué à ses yeux bien plus qu'une sorte de désagrément, mais désormais… désormais il est malin, ingénieux et convaincant.

— Jordan ne peut pas réussir une autre manche, et je serais surpris si Montson n'était pas déjà en train de flancher, ajoute Albie dont la voix résonne au-dessus de l'eau.

Gwen tourne la tête et aperçoit Lord Ashmond qui les regarde, sourcils froncés.

— Je ne sais pas, ils ont gagné avec une longueur entière d'avance, dit Gwen d'un ton léger et détendu mais d'une voix plus forte peut-être qu'il ne le faudrait.

Elle entend Lady Demeroven acquiescer à ses mots et il lui faut cacher son sourire.

Gwen jette un regard dans leur direction et Beth la fixe à son tour, perplexe.

— Ce sont deux rameurs remplaçants, il est impossible que Leander gagne une autre manche, dit aussitôt Bobby.

— Le LRC a sa victoire acquise. Attendez un peu et vous verrez, ajoute Albie.

Lord Ashmond se met à rire de façon absurdement sonore et les deux garçons se penchent devant Gwen pour croiser son regard.

— Vous n'êtes pas d'accord ? l'interpelle Bobby.

— Eh bien, son fils participe à la course. Il est forcément partial, dit Albie, souriant d'un air affable à Lord Ashmond.

— En aucun cas, s'exclame ce dernier.

Bobby contourne Gwen et Albie presse sa taille au moment d'emboîter le pas de son frère et d'évoquer avec lui toute une série de difficultés et de statistiques que Lord Ashmond accueille avec joie. Elle suppose que l'emporter sur les neveux de son père ne fera qu'ajouter à son mépris pour eux. Le fera se sentir supérieur.

Elle se demande s'il a été peu gâté par la nature. Quelle autre explication pourrait-il y avoir au fait qu'un homme aussi riche que lui soit si arrogant ?

— Que manigancent-ils ? questionne Meredith en s'approchant de Gwen tandis que la discussion gagne en ampleur, exactement comme Bobby l'avait prédit.

— Ont-ils beaucoup bu ? s'enquiert Gwen, optant pour une posture de parfaite innocence.

— Pas plus que vous et moi, étant donné qu'il n'est pas encore midi, dit Meredith d'un ton froid. Oh ! Ciel !

Bobby s'est avancé tout près de Lord Ashmond et les deux hommes sont à présent presque torse contre torse. Bien sûr, Lord Ashmond domine Bobby de sa stature. Ce dernier a l'air absurdement enfantin alors qu'il se prépare ainsi à se battre et Gwen sent son exaltation se muer en inquiétude.

Son père pourrait effectivement avoir à intervenir.

Des regards jetés alentour lui apprennent qu'il s'avance déjà vers elle, les yeux rivés sur l'altercation de plus en plus vive. Lady Ashmond se tord les mains en observant la scène et Gwen remarque quelques gentlemen plus âgés se diriger vers le groupe, tous aussi grands et intimidants que Lord Ashmond, et peut être moins soucieux de la sauvegarde des apparences.

Elle vient peut-être à l'instant d'inciter des personnes à en venir aux mains.

— Que font vos cousins ? demande son père une fois qu'il a rejoint Gwen.

— Je ne sais pas vraiment, répond-elle avec honnêteté en observant Albie venir derrière Bobby pour lui apporter son soutien.

Lord Ashmond se penche, déversant des paroles haineuses à propos du père des garçons et du fait qu'il étrillait le vicomte Mason autant que le père de Gwen lors des courses d'aviron du temps de leur jeunesse.

Comme si l'un d'eux était capable de causer la moindre défaite à quiconque sur un bateau à l'heure actuelle.

— Il suffit, fait le père de Gwen en s'élançant juste au moment où Lady Demeroven entraîne Beth hors de la tente, toutes deux reculant prudemment sous le soleil.

L'un des hommes du groupe de Lord Ashmond renverse une chaise.

— Père, ne causez pas de…, commence Gwen mais il traverse déjà à grands pas le petit espace engazonné entre les tentes.

Gwen lui emboîte le pas, sans plus s'inquiéter de leur plan.

Lord Ashmond vient de pousser Bobby contre Albie, et les garçons se préparent à la bagarre. Elle doit arrêter tout cela.

Elle avance d'un autre pas mais une main se referme alors sur son poignet.

— N'en faites rien.

Gwen se retourne, surprise, et Lady Demeroven fait glisser sa main plus haut, sur son bras.

— Vous n'avez certainement pas envie d'avoir un œil au beurre noir et aucun d'eux ne pourra supporter le scandale qui s'ensuivrait s'il vous en infligeait un par accident, dit-elle à voix basse.

Beth s'avance de l'autre côté. Gwen tourne la tête vers elle et elles échangent un regard chargé d'intensité.

Il lui faut un instant avant de pouvoir se retourner vers Lady Demeroven.

— Désirez-vous vraiment vous tenir à mes côtés ? demande-t-elle, trop anxieuse et dépassée par les événements pour trouver une manière plus subtile de poser la question.

— Votre père s'apprête à défendre vos cousins contre ce balourd. Personne ne me reprochera de veiller sur vous à sa place en cet instant.

Elle adresse un sourire à Gwen mais cette dernière peut sentir la tension de la lady à la manière dont elle serre sa main sur son bras.

— Entendu, murmure Gwen.

Beth prend son autre main, leurs doigts noués se cachant dans les plis rebondis de leurs jupes.

— Quelle mouche a donc piqué Bobby ? demande-t-elle tandis qu'elles observent les amis de Lord Ashmond tenter de s'interposer entre les garçons et celui-ci.

Le père de Gwen retient Albie, qui hurle des insanités que Lord Ashmond lui renvoie à son tour au visage.

— Partez d'ici, Lord Ashmond ! crie le gentleman tout en luttant pour repousser Albie derrière lui et en nouant un bras autour du torse de Bobby pour le faire reculer. Votre fils participera à une autre course dans quelques minutes, nous allons regagner nos tentes et faire en sorte que les esprits s'apaisent.

— Pour que vous puissiez continuer à soudoyer des hommes respectables de sorte qu'ils prennent part à vos manigances barbares ? Je ne le crois pas, réplique Lord Ashmond en s'avançant.

Le lord l'esquive et écarte vivement Bobby de son chemin. Gwen sent son souffle se couper quand Lord Ashmond et lui se retrouvent poitrine contre poitrine. Avec son père, il s'agit à présent d'un affrontement à jeu égal.

— Vos méprisables neveux n'ont rien à faire ici, crache Lord Ashmond.

— Ils en ont autant le droit que n'importe qui. C'est vous qui avez transformé un pari sportif en pugilat.

Gwen observe d'un air horrifié Albie tirer Bobby en arrière. Les hommes de Lord Ashmond - d'autres membres de la Chambre des lords - encerclent Père et Lord Ashmond.

— Il va finir par se retrouver par terre, grommelle Lady Demeroven.

Gwen se hérisse à ces mots.

— Père est tout à fait capable de se défendre.

— Je voulais parler de Lord Ashmond, précise Lady Demeroven. Votre père possède un sournois direct du gauche…

CRACK. Père lance un coup de poing qui propulse Lord Ashmond dans les sièges avant de le faire chuter tête la première dans la pelouse.

Lady Ashmond, consternée, lâche un cri perçant. Bobby et Albie reviennent en hâte pour maîtriser le père de Gwen tandis que les autres lords observent la scène d'un air éberlué.

— Retournez à vos paris, cingle le lord tandis que Lady Ashmond tente d'aider son mari à se remettre debout.

Mais ce dernier n'a nul besoin de son assistance. En un éclair, Lord Ashmond s'est relevé entre les sièges et s'est jeté sur son adversaire. Les deux hommes se retrouvent à terre, formant à présent une masse informe de tissus d'où émergent des poings, roulant dans l'herbe à la manière de deux gamins des rues. Les membres des deux camps se pressent pour tenter de les séparer. Beth serre la main de Gwen si fort qu'elle lui fait mal et Lady Demeroven la retient au moment où elle s'apprête à s'élancer.

Tout cela est sa faute. Il se retrouve impliqué dans cette bagarre à cause d'elle. Elle doit stopper cela…

Les lords parviennent à arracher Lord Ashmond à son père,

mais pas avant qu'ils ne reçoivent chacun un dernier coup de poing. Lord Ashmond se tient la mâchoire tandis que les hommes l'obligent à s'écarter de son adversaire et que son épouse crie. Bobby et Albie aident le père de Gwen à se relever et soudain le calme revient.

La jeune fille voit qu'au loin une autre course se déroule, elle sait que les gens du peuple sur le bord du fleuve ont observé la scène, et elle peut quasiment entendre les gloussements s'élever dans leur tente. Celle des Ashmond s'est entièrement vidée. Elle ignore où a été conduit Lord Ashmond, mais elle espère que c'est dans un endroit où on l'aspergera d'eau glacée, le malotru.

— Père ! s'exclame-t-elle.

Lady Demeroven relâche enfin son étreinte et Gwen se propulse vers l'avant, entraînant Beth avec elle. Son père se retourne et les regarde en plissant les yeux. Son costume blanc est souillé de taches vertes et elle peut deviner qu'il aura un œil cerné de bleu et gonflé dès demain, mais à part cela, il semble remarquablement indemne.

— Vous avez toujours su encaisser les coups, note Lady Demeroven.

Elle s'approche derrière Gwen et vient placer une main sur sa taille.

Son père lève les yeux au ciel, tout en faisant bouger sa mâchoire pour vérifier que rien n'est cassé et en repoussant le bras d'Albie, qui voulait lui prêter assistance.

— Et vous avez toujours su choisir le plus pourri de la bande, réplique-t-il.

Gwen grimace mais Lady Demeroven se contente de sortir un mouchoir de dentelle de ses jupes et de s'avancer pour tamponner un filet de sang qui coule sur le visage de Père. Lord Ashmond a dû le frapper avec une bague.

— Que vous est-il donc passé par la tête ? demande Lady Demeroven.

Beth s'approche de Gwen, cachant leurs mains sous leurs jupes tandis qu'elles échangent des regards.

— Auriez-vous préféré que je laisse cet homme frapper mon neveu ? questionne le gentleman, n'esquissant aucun geste pour mettre fin aux bons soins qu'elle lui prodigue. Faut-il vraiment que vous fassiez cela ?

Lady Demeroven se fige un instant avant de hausser les épaules.

— Je doute que ce soit la partie la plus passionnante de l'histoire. Les garçons, allez donc chercher de l'eau froide, les enjoint-elle, avec un regard ferme à Bobby et Albie.

Ils se mettent aussitôt en action, se glissant dans la tente.

— Passerez-vous la nuit ici ? demande Lady Demeroven.

— Nous sommes venus en train, répond le lord tout en prenant délicatement le mouchoir de ses mains pour le presser fermement sur sa tempe.

Gwen regarde Lady Demeroven se tenir près de lui, laissant une main posée sur son torse un long moment avant de reculer d'un pas.

— Vous voudrez certainement demander un steak à l'auberge pour votre œil avant de prendre le chemin du retour.

— Oui, j'aurai certainement une mine affreuse quand je me tiendrai dans le train à côté de Gwen, dit-il en gloussant. La violence n'est jamais la réponse aux problèmes, ajoute-t-il en lançant un regard aux jeunes filles.

— Voilà un conseil qui vous a fort bien servi, rétorque Gwen, ses mots franchissant ses lèvres malgré elle.

Il éclate de rire.

— Je vais bien, ne vous inquiétez pas. Toutefois, Miss Demeroven, je suppose que vous devriez assister au reste de la course, encourager votre futur époux, car ses parents…

Tous lancent un regard en direction de la tente des Ashmond, complètement désertée.

— Oui, quelqu'un devrait encourager Lord Montson, je suppose, acquiesce Lady Demeroven. Jeunes filles, pourquoi n'allez-vous pas rejoindre… Lady Meredith, c'est bien cela ?

— Oui.

Beth sursaute en voyant Meredith apparaître à leurs côtés.

— Nous serions heureux d'avoir Miss Demeroven avec nous durant quelques heures si vous avez envie de, hum, vous occuper de certaines choses, Lady Demeroven ? propose Meredith.

— Je vous remercie, très chère, répond aimablement Lady Demeroven. M'accompagnerez-vous jusqu'au hangar à bateaux ? demande-t-elle.

— Êtes-vous sûre que ce serait bien sage de votre part ? s'enquiert le lord.

— Je ne fais que m'assurer que vous n'alliez pas impliquer les autorités dans cette affaire, voyons. Il a été le premier à porter un coup contre votre neveu. Je ne fais que tenter d'apaiser les choses, dit Lady Demeroven d'un ton espiègle.

Il secoue la tête.

— Très bien. Gwen, prenez bien soin de Miss Demeroven. Nous serons bientôt de retour, dit-il, invitant d'un geste Lady Demeroven à le précéder.

Gwen les regarde traverser la tente vide des Ashmond. Ils marchent l'un près de l'autre, sans se toucher toutefois, et bientôt voilà qu'ils sont hors de vue. Mon Dieu…

— Cela a-t-il réellement fonctionné ? demande Meredith.

Gwen fixe Meredith, bouche bée.

— Comment cela ? questionne Beth.

— Oh ! il n'a fallu que deux secondes pour réaliser que Bobby mijotait quelque chose, fait Meredith. Venez, j'aurais bien besoin d'un verre.

Elle prend le bras de Gwen et regagne à grands pas la tente, forçant ainsi son amie à entraîner Beth derrière elle.

— Aviez-vous prévu cela ? lâche cette dernière dans un souffle tandis qu'elles rejoignent l'intérieur de la tente.

Elles se regroupent près des rafraîchissements, à l'écart d'Albie et Bobby.

Les garçons se pavanent, l'attention de leurs camarades de classe leur étant entièrement dévolue.

Derrière eux, les bateaux participant à la prochaine épreuve éliminatoire s'alignent sur le fleuve. Gwen ne pourrait se soucier moins de la course.

— Non, dit Gwen à Beth.

Meredith hausse un sourcil interrogateur et leur tend à chacune une flûte de champagne.

— Eh bien, pas... pas comme cela. Bobby pensait qu'il pourrait détourner l'attention de Lord Ashmond et que nous amènerions votre mère à s'évanouir, ainsi que nous l'avions prévu, explique-t-elle à Beth, se sentant démoralisée en constatant son regard impassible. Cela semblait parfaitement sensé alors.

— Qui aurait pu savoir que Lord Ashmond serait aussi soûl si tôt dans la journée ? note Meredith en accompagnant ses mots d'un petit haussement d'épaules.

— Il aurait pu être gravement blessé, dit Beth tout bas.

— Père ne lui aurait jamais infligé de trop lourdes blessures, proteste Gwen.

— Je parlais de votre père, corrige Beth. Ou Bobby, ou Albie. Je n'ai pas... pourquoi les avoir impliqués dans tout cela ? demande-t-elle, sidérée tout autant qu'indignée.

— Ce n'était pas intentionnel, l'interrompt Gwen.

— Ce n'est pas comme si vous vous étiez montrée particulièrement subtile à ce sujet, ajoute Meredith. Vous deux vous jetant des regards à chaque minute. Il était évident que quelque chose se tramait.

Gwen grimace et Beth soupire. Meredith éclate de rire en les regardant.

— Pensez-vous que nos parents savaient ? interroge Beth.

— Oh ! non, dit aussitôt Meredith. Ils sont si incroyablement insensibles à tout à part la politique en ce moment et bien qu'il ne se soit pas agi d'un *bon* plan, votre mère a vraiment eu l'air sur le point de s'évanouir avant l'altercation.

— Au moins puis-je arrêter de la faire boire, dit Beth en secouant la tête et en avalant une gorgée de champagne.

— Elle semblait remarquablement sûre d'elle après l'altercation, remarque Gwen en lançant un regard en direction de la tente des Ashmond.

Il n'y a nulle trace de la présence des Ashmond ou de leurs parents.

— Oh ! elle est douée pour les situations de crise, dit Beth, écartant la remarque d'un geste. J'aurais vraiment aimé que nous puissions voir où ils allaient. Difficile de savoir comment agir maintenant si nous ignorons où ils se trouvent.

— Difficile de savoir comment ils font pour éviter les Ashmond. Je ne peux imaginer que ceci rendra le comte plus disposé à vous laisser vous voir toutes deux, dit Meredith dont le regard passe de l'une à l'autre.

Gwen penche la tête. Beth lui jette un regard avant de reposer les yeux sur Meredith.

— Que... croyez-vous que nous essayions de faire ?

Meredith les observe un instant avant de reporter son regard sur le groupe de garçons. Gwen remarque que tous les lords ont eux aussi disparu. Elle se demande si les deux camps ont rejoint un autre endroit, en vue d'échafauder des machinations politiques en raison de l'altercation Havenfort/Ashmond, car elle est certaine que la nouvelle s'ébruitera.

— D'après le peu d'informations que m'a livré Albie, vous tentez d'encourager une relation amoureuse entre vos parents. Vos motivations toutefois m'échappent complètement.

Gwen jette un regard à Beth qui fixe simplement Meredith.

— C'est... oui. Nous pensons juste qu'ils pourraient être heureux ensemble, intervient Gwen.

— Et vous fournir une marge de manœuvre pour ce qui est de trouver des personnes à épouser pour vous-même, j'imagine, bien qu'il soit un peu tard, Beth, pour vous retirer de ce projet d'union.

— Je le sais, dit la jeune fille à voix basse.

— Le voulez-vous vraiment ? Je sais que Lord Ashmond est

un parfait abruti, mais Lord Montson semble assez charmant pour sa part, et il vous apprécie vraiment beaucoup.

— Je le sais, répète Beth.

Gwen déglutit avec peine au moment où Beth lève leurs deux mains pour que Meredith les voie.

— Mais ce n'est pas avec Lord Montson que j'aimerais passer ma vie. Et ma mère sera malheureuse même si elle ne cesse de clamer que cette solution vaut mieux pour nous deux.

— Oh ! dit doucement Meredith avant de balayer de nouveau du regard l'intérieur de la tente.

Mais personne ne leur accorde la moindre attention. Tous les hommes sont passionnés par le spectacle des courses. Beth devrait probablement encourager Montson, mais Gwen ne l'abandonnera pas. Ne l'éloignera pas d'elle.

Ne se dérobera pas au regard que Meredith leur adresse à cet instant, un regard qui se révèle doux et compréhensif.

— Je vois.

— Si nos parents se marient, cela voudra dire que nous pourrons... en finir avec les mascarades et le marché du mariage. Et ils seront heureux, ajoute Beth d'un ton ardent. Si nous pensions qu'ils allaient être malheureux, nous n'essayerions pas.

— Nous avons presque renoncé, dit Gwen en pressant la main de Beth. Mais ils ont tous deux été presque aussi dévastés que nous l'avons été nous-mêmes, et s'il existe une chance pour que chacun puisse...

Elle s'interrompt, n'arrivant pas à mettre des mots sur cette idée.

— Pour que tout le monde puisse être heureux ensemble pour toujours, je comprends, complète Meredith, son sourire se faisant de plus en plus radieux. Eh bien, je crois que nous allons devoir nous rencontrer pour préparer mon mariage bien plus souvent.

— Quoi ? demande Gwen, de manière inélégante.

Elle préférerait qu'on lui plante un pic à glace dans l'œil plutôt que d'endurer cela.

— Beth et moi allons devoir nous retrouver pour comparer

nos notes. Et sa mère devra l'accompagner également. D'autre part, la demeure des Mason a subi d'affreux problèmes de moisissures, n'en avez-vous pas entendu parler ? Par conséquent il nous faudra nous réunir chez moi. Et comme votre père fournit une partie des fonds et travaille avec l'oncle d'Albie pour consolider le vote, j'imagine qu'il aura à venir chez nous, et il nous faudra alors simplement organiser un pique-nique, n'est-ce pas ? dit Meredith.

— Vous auriez vraiment dû solliciter Meredith d'entrée de jeu, dit Albie en s'avançant derrière elles. Elle est la plus retorse de nous tous, et ce n'est pas peu dire.

Il jette un regard en direction de leurs mains et Gwen abaisse lentement leurs doigts noués entre leurs jupes, souriant à Meredith puis à Albie. Elle ne l'a jamais dit clairement, mais tous deux l'ont simplement compris.

Il est son camarade depuis près de dix ans, traversant avec elle toutes ces situations absurdes. Elle aurait dû simplement le leur dire.

— Allez-vous bien ? s'enquiert Beth en voyant Albie s'approcher pour venir tenir la main de Meredith comme Beth tient celle de Gwen.

— Je vais parfaitement bien. Bobby est le héros du jour à présent. Et je crois que votre père ira bien, lui aussi. Je l'ai aperçu assis sur un banc avec Lady Demeroven derrière le hangar à bateaux. Elle a trouvé un steak pour son œil.

— Excellente nouvelle, fait Gwen, qui sent la tension la quitter.

— Je crois comprendre que nous vous verrons d'ici quelques jours ? demande Albie en adressant un clin d'œil à Beth.

Beth a le cran de lui faire un clin d'œil à son tour, sa main serrant celle de Gwen. Peut-être que tout n'est pas perdu, même si la journée d'aujourd'hui a été un parfait chaos.

— Je crois que c'est fort probable, en effet, répond Beth d'un ton espiègle.

25

Beth

Meredith, Bobby et Albie sont une force sur laquelle on peut compter.

Beth les observe d'un air admiratif manœuvrer habilement leurs parents respectifs. Meredith fait converser sa mère avec la tante d'Albie.

Bobby et Albie attirent leur oncle à l'écart pour discuter de l'ordre des garçons d'honneurs. Puis Meredith revient pour entraîner Beth et Gwen dans une discussion de manière si habile que Cordelia et Lord Havenfort n'ont presque pas d'autre choix que d'échanger au moins quelques propos aimables.

Les Harrington ne sont pas *persona non grata* aux yeux de Lord Ashmond, mais les Mason, certainement. Ces visites représentent un danger mais il y a des risques que Cordelia semble prête à prendre. Leur pique-nique « fortuit » dans les jardins botaniques avec Meredith, Albie, Gwen et Lord Havenfort la semaine passée a été un véritable enchantement et elle a volontiers accepté de venir prendre le thé en ce jour. Les espoirs de Beth se renforcent tout autant que son dépit.

— Tout cela vous donne-t-il l'impression d'être particulièrement peu maligne ? murmure Gwen à Beth alors que Meredith leur sert du thé en évoquant bruyamment les ourlets de robes.

— Absolument, et cela m'est douloureux, acquiesce Beth.

Elle a passé les six dernières semaines pratiquement collée au flanc de Lord Montson, et durant tout ce temps, si elles avaient simplement demandé leur aide aux cousins de Gwen, elles auraient participé à des thés en écoutant tout le monde rire. Voilà qui suffirait presque à la faire vomir.

Sa mère et Lord Havenfort bavardent aujourd'hui près de la fenêtre ouverte, un peu trop près l'un de l'autre. L'œil de Lord Havenfort est toujours légèrement violet, mais Cordelia ne paraît pas y prêter attention. Elle rit, pour tout dire. Et il s'agit en outre de son rire authentique – un son que Beth a à peine entendu depuis un mois.

— Avez-vous déjà choisi une robe ? demande Meredith, amenant Beth à reposer les yeux sur elle.

— Comment ? marmonne-t-elle.

Meredith glousse.

— Une robe. Vous devez en avoir au moins une en cours de confection.

— La robe de mariage de ma mère, répond Beth d'un air distrait. Elle est en train d'être reprise au niveau du buste et on lui retire ses manches.

Elle s'interrompt un instant et pose son regard sur Gwen.

— Je parie que vous êtes magnifique avec, fait cette dernière en lui adressant un doux sourire.

Elles se sont accordé plus qu'une minute de tranquillité cet après-midi, s'asseyant l'une près de l'autre, leurs doigts entremêlés dans leurs jupes. Les pensées de Beth ne cessent de vagabonder, elle est assaillie de visions d'elles deux s'enfuyant au cœur de cette immense maison de ville pour trouver un endroit – un recoin sombre – où elles pourraient glisser chacune sous les jupes de l'autre et…

— Beth, dit Gwen en riant un peu.

— Oh ! oui. En effet. Elle est charmante, acquiesce Beth. Mais l'effet était bien plus beau quand Mère l'a revêtue. Père a insisté pour qu'elle la porte pour leur portrait et elle est splendide. Quant à moi je ressemble avec à une petite femme mal fagotée.

— Ce n'est absolument pas le cas, lance sa mère au moment d'apparaître accompagnée de Lord Havenfort, de leur côté de la table.

Beth lève les yeux vers elle – sa mère toujours digne, toujours splendide.

— Je ne suis pas à moitié aussi belle que vous ne l'étiez, réplique Beth.

Cordelia lève les yeux au ciel. Mais elle a l'air fort détendue et heureuse.

Elles doivent faire en sorte que cela fonctionne ; Beth tenterait sa chance juste pour continuer de voir cet air sur le visage de sa mère.

— Vous êtes belle à votre façon, plaide sa mère.

— Je suis certain que vous êtes fort ravissante, ajoute Lord Havenfort. Vous faites réaliser votre robe par Mistress Grinley, je suppose ?

— Bien sûr, se hâte de dire Cordelia. Je ne veux que le meilleur pour Beth.

Celle-ci se force à conserver son sourire. Il leur coûte une fortune de faire appel à la couturière la plus chère de Londres pour effectuer les modifications, et cela pour un mariage auquel elle espère ne pas participer.

Elles en sont réduites à n'avoir presque plus de personnel, la pauvre Miss Wilson travaillant affreusement dur, et tout cela, pour quoi ?

Gwen presse sa main et elle laisse échapper un souffle, feignant de ne pas s'inquiéter. Si elles réussissent – et leurs parents paraissent bel et bien assez proches l'un de l'autre – les Havenfort ont plus d'argent que nécessaire pour rembourser cette dépense.

— Rappelez-moi la date du mariage ? questionne Lord Havenfort.

— Il aura lieu dans huit jours, répond Cordelia, la tension

venant de nouveau raidir sa posture tandis que Beth s'affale sur son siège. En fait, nous devrions probablement nous en aller, Beth. Les Ashmond nous attendent pour le dîner et il nous faut nous changer.

— Oh ! mais nous venons tout juste de servir le thé, fait aussitôt remarquer Meredith. Pourrions-nous finir ? Lord Havenfort, peut-être pourriez-vous montrer les jardins à Lady Demeroven ? Les roses qu'on y trouve feraient un si beau bouquet pour Beth.

La jeune fille retient son souffle tandis que sa mère et Lord Havenfort réfléchissent tous deux à la proposition de Meredith. Elle est directe mais pas inconvenante. Et Cordelia aime vraiment les fleurs. L'un de ses plus grands regrets est qu'elles n'aient pas passé assez de temps à Londres pour cultiver un jardin. Ceux du domaine des Demeroven dans le nord du pays sont splendides. Elle y travaille même parfois elle-même.

— J'imagine que c'est une bonne idée, prononce-t-elle lentement. Nous pourrions rester vingt minutes supplémentaires. Si cela ne vous dérange pas, Lord Havenfort.

— Pas le moins du monde, répond le père de Gwen en lui offrant son bras. Je suis très doué avec les fleurs.

— Je m'en souviens, dit Cordelia, presque sans réfléchir étant donné la façon dont ses yeux s'écarquillent.

Mais Lord Havenfort, lui, se contente de glousser et la conduit hors de la pièce. Beth lâche un soupir et Gwen s'affale sur son siège.

— Eh bien ? questionne Meredith.

— Eh bien, quoi ? demande Gwen tout en caressant la paume de Beth.

— Allez à la fenêtre, voyons ! Mon Dieu, vous êtes toutes deux peu douées pour tout cela !

Gwen lâche un petit ricanement, se lève et tire sur le bras de Beth pour l'aider à se remettre debout. Beth s'évente comme si elle avait besoin d'air. Meredith va aussitôt se joindre à la discussion entretenue par sa mère. Albie, Bobby et leur oncle sont bien trop absorbés par ce qui semble être des paris sur des courses pour se soucier de ce que font Beth et Gwen.

Gwen prend le bras de Beth pour la guider jusqu'à la grande baie vitrée où leurs parents se tenaient quelques minutes plus tôt et ensemble elles regardent en contrebas les charmants jardins. Ils sont encore plus resplendissants vus d'en haut. Même si, pour être exact, la dernière fois que Beth les a vus, elle était trop occupée à embrasser Gwen à en perdre haleine avant de briser leurs deux cœurs pour se soucier des fleurs.

Beth aperçoit leurs parents, bavardant ensemble sur un banc de pierre, sous un arbre vert au feuillage abondant. Elle ne peut pas vraiment distinguer leurs visages.

— Pensez-vous que cela fonctionne ? interroge Gwen.

Beth se force à sourire malgré le temps qui leur est compté.

— Ils ne se disputent pas.

— Ils ne se disputaient pas non plus avant que vous nous abandonniez, réplique Gwen.

— Nous ne vous avons pas...

Beth lève les yeux pour découvrir que Gwen baisse la tête vers elle, un petit sourire narquois aux lèvres.

— Taisez-vous. Ils étaient... plus qu'amicaux, alors, mais je ne sais pas si cela suffira. Mère rejetterait une possibilité d'union m'assurant une position sûre.

Gwen soupire.

— Et Père est frileux.

Beth regarde Gwen s'appuyer contre le rebord de la fenêtre. Elle est superbe dans la lumière du soleil filtrant à travers la fenêtre, des boucles de ses cheveux blonds entourant son visage à la manière d'un halo.

— Nous n'aurons qu'à les pousser, dit Beth, se ralliant à sa détermination.

— Exactement. Nous devrions plutôt les bousculer fermement, acquiesce Gwen.

— Pensez-vous que si nous les jetions tous les deux dans les escaliers, nous pourrions les enfermer ensemble le temps de leur guérison ? s'enquiert Beth, souriant tandis que Gwen lâche un petit ricanement.

Elle baisse de nouveau les yeux vers leurs parents. Mais Lord Havenfort est seul à présent.

— Beth, il est temps de partir.

Beth soupire et se retourne pour découvrir sa mère sur le seuil de la bibliothèque des Harrington. Gwen presse rapidement son bras avant de la contourner pour rejoindre Meredith. Elles ont fait tout ce qu'elles pouvaient. C'est tout ce qu'elle et Gwen obtiendront. Deux malheureuses petites heures et des progrès médiocres, voire nuls, dans leurs efforts.

— Venez donc, très chère, l'invite sa mère, et Beth opine du chef, se forçant à traverser la pièce pour gratifier Lady Harrington d'une révérence polie avant de suivre Cordelia à l'extérieur.

— Votre discussion avec Lord Havenfort a-t-elle été plaisante ? demande-t-elle.

Elles prennent leurs capotes des mains du portier et s'avancent sous le soleil de la fin d'après-midi pour rejoindre la voiture qui les attend.

Tout est si précisément organisé désormais. Il y a toujours des voitures à cheval pour les attendre, leur emploi du temps est toujours rempli. Elle regrette le vide de leur vie à la campagne. Ciel, même les premières semaines de la saison permettaient plus de moments de détente, lorsqu'elles participaient à chaque événement en vue. Il n'y avait pas cette pression sur leurs épaules.

Il n'y avait pas cette tristesse, voilà en réalité une manière plus juste de dire les choses. Beth pourrait s'accommoder des courbettes, des robes et des ornements de tulle si chaque instant ne lui rappelait pas ce qu'elle a perdu. Et si sa mère semblait ne serait-ce que dix fois moins heureuse lorsqu'elles se trouvent avec les Ashmond que lorsqu'elles étaient dans la bibliothèque aujourd'hui.

Cordelia lui jette un regard, sourcils levés d'un air interrogateur, avant de se laisser conduire à l'intérieur de la voiture. Beth la suit, tout en lançant un regard nostalgique vers la fenêtre de l'étage avant que le valet de pied ne referme la portière.

Elle observe la maison des Harrington s'éloigner dans le lointain, la voiture oscillant sous elles tandis qu'elles entament le court trajet qui les ramènera chez elles.

— Eh bien ? lance Beth.

— Eh bien quoi ? demande sa mère, retirant ses gants pour examiner ses ongles.

— Avez-vous eu une plaisante conversation avec Lord Havenfort dans les jardins ? répète Beth.

— C'était agréable, répond-elle dans un petit haussement d'épaules tout en refusant de croiser le regard de Beth.

— De quoi avez-vous parlé ?

— De choses et d'autres.

Beth lâche un soupir sonore et arrange ses jupes de sorte à pouvoir s'affaler sur la banquette.

— Voilà qui est fort détaillé.

— Je ne sais pas, chérie. Nous avons juste... discuté. À propos de vous, du mariage, de Lady Gwen. Nous entretenons des rapports... amicaux.

— Amicaux, répète Beth. C'est ainsi que vous décririez les choses ? Vous souriez. Vous n'avez quasiment pas souri durant tout le mois écoulé.

Sa mère cligne des yeux et Beth se mord la lèvre. Elle avait eu pour intention d'aborder cette question avec plus de tact. Mais dire que leurs rapports sont *amicaux* ? C'est bien plus que de l'amitié qui existe entre eux, et Cordelia n'est pas une femme fuyante. Elle appelle un chat un chat. Pourquoi faudrait-il qu'elles occultent la réalité et prennent des gants pour l'évoquer ?

— Cela fait des semaines que je ne vous ai pas vue sourire non plus, rétorque sa mère.

— Est-ce si surprenant ? questionne Beth. N'êtes-vous pas malheureuse ? Pour ma part, je le suis.

— Oui, vous l'avez, je crois, très clairement exprimé, dit sa mère d'un ton sec.

Beth l'observe en fronçant les sourcils, attendant qu'elle en dise davantage. Elle a besoin que sa mère reconnaisse qu'elle est épouvantable, cette possibilité d'union sans amour et rebutante qu'elles ont trouvée. Profitable, certes, mais affreuse.

— J'admets que les choses ont été éprouvantes. Et j'ai aimé ces… occasions clandestines d'être entourée de personnes partageant les mêmes idées que nous. Mais vous savez que ceci ne peut se renouveler fréquemment. Nous jouons avec le feu rien qu'en fréquentant Lady Meredith.

— Eh bien, elle a organisé cette dégustation de gâteaux. Il nous faudra nous rendre chez elle pour cela, étant donné que nous n'avons pas encore commandé de gâteau et que nous sommes, ainsi que vous l'avez dit, à presque une semaine du grand mariage, réplique aussitôt Beth.

Sa mère lève les yeux au ciel.

— Voyons, vous avez envie d'être présente à la dégustation de gâteaux des Harrington, insiste Beth. C'est le seul moment amusant de cet affreux programme.

— Oui, eh bien, vous avez parfaitement raison sur ce point, en effet, concède Cordelia en souriant. Je pense sincèrement que ce stratagème peut probablement fonctionner pour Lady Gwen et vous une fois que vous serez mariée. Vous aurez à rendre visite à Lady Meredith, et elle aura à rendre visite à Mr Mason. Vous trouverez des occasions de vous voir.

— Que voulez-vous dire, une fois par an à la campagne puis lors de ces événements de groupe durant la saison, à supposer même que nous soyons présentes en ville ? questionne Beth, qui sent son indignation enfler face au ton décontracté de mère, comme s'il ne s'agissait que d'une discussion purement mondaine.

— C'est ainsi que fonctionne l'amitié une fois qu'on est mariée, chérie, dit sa mère, le visage scrupuleusement impassible.

Beth serre les dents à ces mots.

— Elle n'est pas mon amie, insiste-t-elle en fixant sa mère.

Mais son expression reste immuable - un air à la fois absent et serein, comme si les mots de Beth glissaient sur elle comme la pluie sur un carreau de fenêtre et qu'elle était insensible à tout.

— Vous aurez la possibilité de la voir. N'est-ce pas ce qui compte ?

Beth se sent bouillonner de colère.

— Oui, voir la personne la plus chère à mon cœur quelques jours par an améliore absolument tout. Passer le reste de mon existence avec les Ashmond me semble à présent entièrement supportable.

— Vous apprendrez à les apprécier davantage au fil du temps.

Cordelia regarde par la fenêtre et Beth serre les poings. Elle sait que tout au fond d'elle, dans un endroit que sa mère refuse de rejoindre, elle est juste aussi anéantie qu'elle - qu'elle voudrait arrêter tout autant qu'elle. Elle doit juste réussir à le lui faire admettre.

— Ils sont abominables, insiste Beth. Concédez-moi cela. Il s'agit peut-être du parti de vos rêves, mais Lord Ashmond est une brute. Un mufle.

Sa mère se tourne de nouveau vers elle, mordillant sa lèvre un instant.

Elle ouvre la bouche, mais au même moment la voiture s'arrête devant leur maison de ville.

— Venez donc, très chère. Nous devons nous vêtir pour le dîner.

— Vous êtes d'accord avec moi, insiste Beth en se précipitant à sa suite.

Elle reste à sa hauteur avec ses jupes relevées, avançant moins gracieusement mais tout aussi rapidement que sa mère.

— Concentrons-nous sur le fait de nous préparer. Miss Wilson s'occupera de votre toilette en premier pendant que je me maquillerai.

— Nous sommes parfaitement présentables telles que nous sommes, proteste Beth tandis que Cordelia ouvre la porte d'entrée et qu'elles pénètrent à l'intérieur, clignant des yeux dans le vestibule vide et sombre.

— Nous ne pouvons arriver chez les Ashmond vêtues des toilettes que nous portions pour le thé et il vous faut au moins deux autres couches de jupons sur votre jupe.

— Pourquoi ? demande Beth, qui se fige, alors que sa mère continue d'avancer vers les escaliers.

Elle se sent perdre son sang-froid.

— Pourquoi nous faut-il poursuivre cette mascarade ?

— Ce n'est pas une mascarade, fait Cordelia, écartant ainsi sa remarque, une main posée sur la balustrade.

— *Mère* ! s'exclame Beth.

Celle-ci se retourne lentement alors que les sépare l'espace du vestibule.

— Si les dentelles vous tracassent autant, nous trouverons une autre couturière.

— Ce n'est pas à propos des dentelles.

— Je sais que vous préféreriez… voir davantage votre amie, mais nous avons trouvé un compromis. Pourquoi ne pouvez-vous pas vous en satisfaire ?

Une bouffée de fureur enfle dans la gorge de Beth, serrant douloureusement ses poumons.

— Gwen n'est pas…

— C'est tout ce qu'elle peut être, réplique sa mère.

Les mots font à Beth l'effet d'un coup porté à son estomac. Le problème n'est pas que Mère refuse de reconnaître la réalité. Le problème est qu'elle ne peut même pas imaginer un monde dans lequel Beth et Gwen pourraient être ensemble.

— Je sais que ce n'est pas juste, mais nous trouverons des moyens pour que vous puissiez toutes deux vous voir. Et un jour, cela sera plus que suffisant. Vous verrez. Ces sentiments se fanent. On apprend à vivre avec les concessions auxquelles on consent.

Comme si tout cela était facile. Comme si vivre dans un purgatoire de tristesse n'était rien.

Sa mère attend une réplique spirituelle de sa part, mais Beth n'en a pas. Bien sûr que les compromis conviennent à Cordelia. Elle n'a jamais rien connu d'autre. Mais Beth veut tellement plus que de lugubres et vides compromis, pour toutes les deux. Cette demi-existence ne sera *jamais* suffisante.

— Je ne peux faire cela. Je ne suis pas vous.

Les mots ont quitté ses lèvres avant même qu'elle puisse penser à les retenir.

— Je vous demande pardon ? réagit sa mère.

C'est comme si quelque chose s'était fendu à l'intérieur de sa poitrine et que toute sa douleur se propulsait au-dehors.

— Faire des courbettes et nous plier aux opinions de Lord Ashmond sur tous les sujets. Abandonner nos convictions politiques. Abandonner Gwen et Lord Havenfort…

Son souffle se bloque.

— Nous renonçons à tout pour ces gens. Et la façon dont Lord Ashmond vous parle… la façon dont vous le *laissez* vous parler… c'est comme si…

Beth s'interrompt, ravalant ses mots en voyant sa mère plisser les yeux.

— C'est comme quoi, Elizabeth ? demande-t-elle d'une voix dure à présent.

Beth redresse le dos. Cela ne faisait pas partie de son plan, mais il faut que quelqu'un prononce ces mots.

— C'est comme s'il était Père et que tout recommençait de la même façon. Vous acquiescez à toutes ses paroles, même lorsque je sais que vous n'êtes pas en accord avec elles. Vous riez comme s'il était drôle. Et vous le laissez vous parler avec condescendance en toutes occasions, comme si vous n'étiez pas digne de sa considération et deviez simplement lui être reconnaissante qu'il daigne poser le regard sur vous.

Le silence qui s'ensuit est rempli de l'écho de toutes les paroles néfastes jamais prononcées dans cette maison, de chaque offense, de chaque altercation et de chaque affreux moment. Et de toutes les façons dont elles ont toutes deux toujours évité d'agir pour les faire cesser, du fait qu'elles n'ont jamais défendu leurs propres intérêts, n'ont jamais combattu son père.

Elles n'auraient pas gagné, Beth le sait. Mais elles le peuvent désormais.

Elles n'ont pas à se soumettre à une répétition du passé comme si cet avenir était inévitable.

— Je ne veux pas que nous vivions ainsi. Et je sais que vous ne le voulez pas non plus. Il est impossible que vous désiriez vivre de nouveau de cette façon. Je vous en prie, Mère, si vous vouliez simplement parler avec Lord Havenfort, le laisser vous prouver que...

— Assez ! s'écrie Cordelia. On ne peut avoir tout ce qu'on veut dans la vie.

Sa voix est soudain basse et glaciale, bloquant la voie à toute autre possibilité concernant le futur.

— Vous aurez un manoir, un mari et une fortune qui durera pour des générations. C'est plus que quiconque peut espérer.

— Ce n'est pas le cas, insiste la jeune fille.

— Beth.

— Je peux en espérer davantage, dit Beth d'une voix éraillée au moment où les larmes coulent enfin, au moment où la colère cède la place au désespoir. Vous devriez espérer davantage de la vie.

Elles se dévisagent un instant, Beth implorant sa mère d'accorder à sa propre existence autant de prix qu'elle n'en accorde à la sécurité de sa fille. De prendre le risque de considérer que leur bonheur vaut *quelque chose*.

Sa mère secoue la tête.

— J'ai tout ce que j'ai désiré. Je vais aller m'étendre. Miss Wilson vous aidera à vous vêtir pour le dîner.

Elle tourne les talons et entame la montée des marches, les

épaules affaissées, l'air abattu, refusant d'espérer, de vouloir ou d'écouter.

Le cœur de Beth se serre douloureusement dans sa poitrine.

— Mère, appelle-t-elle.

Mais elle ne lui répond pas. Beth reste là, dans le vestibule totalement vide, sa voix résonnant à travers la maison, toute sa douleur flottant dans l'air autour d'elle.

26

Gwen

— Bien, vous êtes là, dit Meredith, attirant vivement Gwen à l'intérieur avant même qu'elle ne frappe.

— Que se passe-t-il ? demande la jeune fille, en voyant les traits tendus et la robe toute simple de son amie.

Meredith n'est pas vêtue pour apparaître en public et encore moins pour accueillir un petit déjeuner surprise pour mères et filles.

Elle a l'air de venir de se réveiller.

Le nœud d'angoisse se serre encore plus fort dans l'estomac de Gwen. Si Meredith n'a pas organisé de thé en cette matinée, alors Gwen ne verra pas Beth aujourd'hui. Des jours entiers se sont écoulés depuis qu'elles ont partagé un moment ensemble et plus de temps encore a passé depuis qu'elles ont réussi à réunir leurs parents à l'occasion d'un même événement. Le mariage est imminent et voilà qu'elle n'aura même pas la possibilité d'élaborer des stratégies avec Beth.

C'est le moment pour un effort ultime, désespéré. Mais elle ne peut pas organiser cela seule. Le temps n'est plus à ses plans bâclés à présent.

— Venez, dit Meredith, guidant Gwen à travers le couloir destiné aux domestiques et lui faisant traverser la cuisine.

— Avez-vous eu des nouvelles de Beth ? Mrs Stelm dit qu'elle a donné à Miss Wilson ma dernière lettre, mais Beth n'a pas encore répondu, dit Gwen, essayant de parler tout en tentant de manœuvrer sa crinoline à travers les étroits couloirs.

Les domestiques ne leur accordent pas la moindre attention, c'est comme si Meredith agissait chaque jour de la sorte. Mais son silence agace formidablement Gwen.

Elle est déjà suffisamment inquiète sans que Meredith n'entretienne le mystère.

— Meredith, voudriez-vous bien, je vous prie, juste...

— Voilà. Vous avez vingt minutes, lâche Meredith d'un air énigmatique, saisissant le bras de Gwen pour qu'elle stoppe.

Elle ouvre une porte étroite et pousse Gwen dans la pièce avant qu'elle puisse émettre la moindre parole. Gwen fait volte-face, bouche bée mais Meredith referme la porte sur elle. Gwen soupire et se retourne, embrassant du regard la petite chambre pourvue d'une haute fenêtre donnant sur la rue, au niveau du trottoir. L'endroit est sombre et exigu, et là, au beau milieu de la pièce, se trouve Beth dans sa robe de chambre, les cheveux toujours tressés pour la nuit.

Gwen sent sa poitrine se serrer en voyant Beth la rejoindre, poussant sa jupe sur le côté pour pouvoir se hisser sur la pointe des pieds et nouer son bras autour d'elle. Elle se serre contre son corps, le visage enfoui dans son cou.

— Je voulais juste vous revoir une fois encore, murmure Beth, s'écartant avant de se dresser pour lui donner un baiser.

Elle repousse d'un pas titubant Gwen contre la porte, ses mains arrimées à la taille de Beth pour leur permettre à toutes deux de conserver leur équilibre.

— C'était le seul moment durant lequel il n'était pas prévu que je sois chez les Ashmond, explique Beth lorsqu'elles s'écartent l'une de l'autre quelques minutes plus tard, lèvres gonflées, cheveux ébouriffés et joues rosies.

Sa main caresse le contour de la mâchoire de Gwen tandis qu'elles se tiennent à présent adossées à la porte.

— Mère dort encore. Elle refuse de me parler de nouveau. Je ne peux la convaincre. Je ne peux lui faire comprendre la situation, et je ne crois pas…

Elle s'interrompt, se propulsant vers son amie pour l'embrasser une nouvelle fois.

Et Gwen s'abandonne à ce baiser, pressant ses mains sur les épaules étroites de Beth pour l'étreindre plus fermement. Tout est fini, alors.

Lady Demeroven a fait son choix. Le mariage aura lieu dans trois jours. Leur seconde tentative a échoué, contrecarrée par des questions de politique, de cupidité et de peur. Elle doit laisser partir Beth vers cette union malheureuse qui l'attend, pour que sa mère et elle aient un endroit où vivre, de l'argent pour subvenir à leurs besoins, une sécurité assurée.

Elle se livre entièrement à ce baiser en s'agrippant au dos de Beth. Elle aura toute sa vie pour pleurer. Mais en cet instant, elles ne disposent que de ces vingt minutes dans cette petite pièce. Leurs dernières vingt minutes.

Gwen n'en gaspillera pas une seule seconde.

— Voilà, murmure-t-elle alors que Beth s'écarte pour déposer des baisers le long de son cou.

Elle s'avance un peu et pousse Beth vers le milieu de la pièce de sorte à pouvoir se retourner.

— Libérez-moi de cette chose.

Beth pousse un petit grondement impatient et ensemble elles font aussi vite que possible pour retirer son corsage et sa jupe, jeter au loin son jupon et sa crinoline. Puis elle peut faire basculer Beth sur le petit lit. Elles glissent ensuite leurs mains sous leurs jupons et dans leurs corsets, délaçant les liens jusqu'à ce que tout soit un chaos de vêtements à demi retirés, de peaux dénudées et de baisers fiévreux et qu'elles se retrouvent haletantes l'une contre l'autre durant ce qui semble une petite éternité.

C'est ainsi qu'elle se rappellera Beth, le feu aux joues et pantelant sous elle sur un petit lit étroit – cheveux ébouriffés, jupe relevée à la taille, souriant au moment de redescendre du sommet qu'elle a atteint.

Elle conservera cette image secrètement dans son esprit. Elle attendra impatiemment les courts moments qu'elles pourront partager à partir de maintenant, des moments volés, comme celui-ci, toutes les fois où elles rendront visite à Meredith. Elles seront condamnées à un quart de vie heureuse, mais elles en arracheront chaque morceau disponible.

Elles savoureront chaque instant.

— Je vous aime, lâche Beth dans un murmure, tout en caressant sa joue.

Gwen fait reposer son front contre celui de Beth, le souffle court tandis qu'elle reprend ses esprits.

— Je vous aime aussi, murmure Gwen, tournant sa tête pour cueillir un baiser sur ses lèvres.

Mais à mesure que sa fièvre s'apaise et que les battements de son cœur s'assagissent, Gwen sent le moment tomber en pièces autour d'elle. La gravité de ce qui va se passer pèse lourdement sur sa poitrine, et elle veut s'écarter, proposer des lieux communs ou des excuses ou... quelque chose, quelque chose pour rendre la situation moins terrible.

Beth s'élance dans sa direction, refusant de se séparer d'elle, l'embrassant avec une voracité qui coupe le souffle de Gwen et fait battre plus fort son cœur. C'est comme si Beth se disait qu'en y mettant assez d'intensité, leur baiser pourrait empêcher l'avenir de se dérouler comme annoncé. Comme si ce baiser avait la capacité de les garder ici, dans ce petit moment secret, à l'écart du monde, de la réalité et de... Un coup bref est frappé à la porte.

— Beth, votre voiture est arrivée.

Beth s'immobilise tout contre elle, les yeux clos. Elle reste ainsi, se cramponnant à leur amour, et Gwen fait appel à toutes ses ressources pour s'écarter. Pour laisser Beth retomber doucement sur les oreillers. Pour s'asseoir et regarder son amante aussi longtemps qu'elle puisse l'oser.

Meredith frappe de nouveau à la porte et Beth secoue la tête. Gwen se lève et tire sur les mains de Beth. Beth hésite puis ses yeux s'écarquillent subitement, son expression est dure, son regard, vide. Elle laisse Gwen l'aider à quitter le lit, l'observe tandis qu'elle remet en place son corsage.

Gwen s'écarte, tend la main vers la tresse défaite de Beth et son amie semble revenir à la vie. Elle arrange ses cheveux, les nouant sommairement sur le dessus de sa tête.

La scène est d'une beauté dévastatrice.

Elles se dévisagent mutuellement, à quelques centimètres l'une de l'autre. C'est comme si la Terre s'était inclinée sous leurs pieds et que tout était de travers, que tout avait adopté un angle incongru.

— Je vous verrai, commence Beth, serrant fermement sa mâchoire alors que ses yeux commencent à briller.

Gwen hoche la tête, peinant à contenir ses propres larmes.

— Vous le ferez, j'en suis certaine. Nous nous écrirons également, dit-elle, se forçant à insuffler une pincée de légèreté et un ton de promesse à ses mots.

Ils résonnent, comme vidés de la moindre substance, au travers la petite pièce.

Beth veut s'élancer vers elle mais la porte s'ouvre brusquement et elles s'arrachent l'une à l'autre. Gwen se hâte de s'écarter pour ne pas être aperçue depuis le couloir, même si Meredith bloque la vue à tout domestique.

— Venez, dit-elle en tendant une main vers Beth.

Leurs regards s'arriment l'un à l'autre un instant. Il y a trop à dire et il n'y aura jamais suffisamment de temps pour le faire.

Et soudain voilà que Beth n'est plus là et que Meredith claque la porte, laissant Gwen adossée à la commode vide dans la lumière tamisée du soleil provenant de la rue en surplomb, totalement ravagée, brisée.

Elles étaient censées avoir pour elles trois jours de plus.

Lorsque Meredith fait son retour dix minutes plus tard, Gwen a réussi malgré ses sanglots à replacer et rattacher sa crinoline de ses doigts tremblants. Meredith se contente de se pencher pour ramasser son jupon avant de l'aider à le faire glisser par-dessus sa coiffure défaite et à le nouer sur sa crinoline.

— Nous nous assurerons que vous puissiez vous voir, promet Meredith tandis qu'elles font descendre sa jupe sur son jupon.

— Ce n'est pas..., commence Gwen qui ne sait comment expliquer combien c'est insuffisant.

Jamais ce ne sera assez. Elle n'était pas prête à faire ses au revoir. Elle croyait qu'il leur restait trois jours. Elle pensait venir ici pour prendre le thé.

— Non, ça ne l'est pas, reconnaît Meredith en se plaçant devant elle pour boutonner le corsage que Gwen a enfilé en hâte avant de quitter sa maison vide. Mais c'est déjà quelque chose.

Gwen croise son regard plein de compréhension.

— Je vous remercie.

Meredith lui sourit tristement.

— Vous feriez la même chose pour Albie et, je l'espère, un jour, pour moi, si jamais nous en avions besoin.

— Je le ferais, c'est certain, se hâte de renchérir Gwen en saisissant sa main. Si jamais vous avez besoin de quoi que ce soit...

— Soyez une bonne cousine pour nos enfants, une amie pour moi, pour Albie, voilà tout ce que je demande, dit Meredith, un air de sérénité et de sincérité éclairant son visage rond.

— Je vous le promets, répond aussitôt Gwen.

— Bien. À présent, allons déguster quelques scones, puis Albie viendra nous chercher et nous ferons une promenade en compagnie de ma mère.

Gwen sent l'abattement la gagner.

— Je ne sais pas si...

Meredith lui adresse un regard sévère.

— Vous ne rentrerez pas chez vous pour pleurer dans une

maison vide. Beth a le luxe d'être abominablement occupée. Il nous faut vous garder au moins à moitié aussi affairée.

Et bien que cela ne suffise pas, en aucun cas, le thé et les scones lui font vraiment du bien. Et écouter Meredith et Albie pouffer de rire à propos de la haute société lui permet de continuer à respirer. Et à mesure que le jour avance, Gwen constate que la fin du monde n'a pas eu lieu. Elle a toujours sa famille, ses amis. Elle continuera à aller de l'avant même si son cœur est en miettes.

Il s'avère que l'on peut vraiment avancer dans l'existence avec un cœur irrémédiablement brisé. Son père y a réussi, après tout.

Ce soir-là, alors qu'elle rentre chez elle, un peu éméchée à cause de la bouteille de champagne qu'Albie a cachée dans la voiture – et dont la mère de Meredith a joyeusement profité tout en la raccompagnant chez elle – elle trouve son père attablé dans leur salle à manger. Il lève les yeux et lui adresse un sourire épuisé.

Et l'espace d'un instant, Gwen oublie son cœur brisé et son dégoût, et lui rend son sourire tout en venant s'installer à ses côtés. Mrs Gilpe leur apporte leur plat – une salade d'été légère avec une soupe de pommes de terre, un repas simple et réconfortant.

— Vous avez bonne mine, lance son père après qu'ils ont entamé leur repas depuis quelques minutes.

Meredith a refait son maquillage et Gwen imagine que le soleil qui a brillé en ce jour a donné un peu d'éclat à son teint. Son père ne l'a pas vue suffisamment souvent ces derniers temps pour vraiment percevoir les détails les plus subtils.

— Vous semblez épuisé, répond-elle en remarquant les cernes sombres sous ses yeux et la façon dont ses joues sont légèrement creusées. Avez-vous mangé quelque chose ces derniers jours ?

— Je..., commence-t-il avant de soupirer en se frottant la nuque. Je n'ai pas été très présent à la maison, n'est-ce pas ?

Gwen hausse les épaules et prend une gorgée de soupe, essayant sincèrement de cacher combien il est vrai qu'il a été absent et combien il lui a manqué. C'est une chose que de perdre Beth – avoir l'impression de le perdre, lui, également...

— Comment vous sentez-vous, sincèrement ? demande-t-il.

Gwen cligne des yeux.

— Je vais bien.

— J'en doute fort, répond son père doucement.

Gwen s'affale dans son siège, la douleur venant de nouveau étreindre sa poitrine.

— J'avais espéré...

Elle s'interrompt. Qu'avait-elle espéré, exactement ?

— Vous pensiez qu'il existait encore une chance pour que Beth abandonne son projet d'union, sa sûreté, sa sécurité financière, et vienne vivre avec vous ? s'enquiert-il d'une voix douce.

Gwen le regarde, surprise.

— Je... non, non, ce... n'est pas le cas, plaide-t-elle d'un ton fragile.

Elle sait que cela ne se produira pas. Que c'est impossible. C'est la raison pour laquelle elles ont rusé, essayé, insisté. Mais Beth ne peut pas tout simplement tourner le dos à la vie que les Ashmond peuvent lui offrir. Gwen le sait.

Elle a suffisamment pleuré à ce sujet.

— Je l'espérais, lorsque j'avais votre âge, dit son père, et Gwen croise alors son regard, surprise. Je pensais qu'au dernier moment Cordelia renoncerait aux avantages qui lui étaient promis et qu'elle viendrait me retrouver, m'épouserait et vivrait avec moi une vie modeste mais heureuse. Je l'ai cru jusqu'à ce que sonnent les cloches de l'église. Et cela m'a brisé.

Gwen l'observe tandis qu'il la regarde d'un air paternel et protecteur, fort d'une longue expérience.

— Qu'avez-vous fait ? demande-t-elle tout en sentant son cœur se briser pour lui et pour elle-même.

— J'ai bu, j'ai fait la fête, j'ai causé des ennuis à une fille très convenable et je vous ai eue, dit-il sans frémir.

Gwen déglutit avec peine. Elle pensait qu'il ignorait qu'elle avait entendu son échange avec Mrs Gilpe... elle espérait qu'il croyait qu'elle n'avait fait qu'être malade. Elle n'a pas eu le cœur de mentionner ce sujet précédemment.

— Et je referais tout cela pour vous avoir, dit-il d'un ton assuré en prenant sa main. Mais je ne peux prétendre que ce fut simple ou que j'ai désiré vous mettre au monde. Et votre mère, qu'elle repose en paix… vous pouvez faire mieux que moi, Gwen. Trouver un homme bon, ou bon sang, une femme bonne qui puisse rester à vos côtés. Nous pourrions aller à Paris. Des amis m'ont dit que c'est un endroit bien plus… ouvert à propos de ces choses-là actuellement.

Gwen cligne des yeux. Il… il serait prêt à l'emmener à Paris, pour faire la connaissance d'une charmante femme…

— Mais qu'en serait-il de votre titre ?

— Nous pourrons nous soucier de cette question plus tard, fait son père, qui hausse les épaules comme si cette question n'avait plus la moindre importance. Si je parviens à faire passer ce vote, ce qu'il adviendra ensuite ne m'importe pas vraiment.

— Et cela ne vous… dérangerait pas ? Si je ne me mariais jamais ?

— Tout ce que je désire, c'est votre bonheur, répond-il simplement.

Gwen reste silencieuse un instant, laissant ses mots infuser en elle. Des mots qu'elle désire entendre depuis une éternité – elle peut se retirer, elle peut se défaire des obligations de la saison, elle peut simplement être celle qu'elle est.

Mais à quoi bon si cela ne peut se passer avec Beth ?

— Et qu'en est-il de vous ? demande-t-elle, entrevoyant la flamme chatoyante d'une dernière chance.

— Qu'en est-il de moi ?

— Si cela vous est égal, après ce vote… si cela n'a pas d'importance… pourquoi ne pas être heureux également ?

Il lâche un petit ricanement.

— Que voulez-vous dire, Gwennie ?

Gwen puise en elle ce qui lui reste de courage. Beth a tout donné pour y parvenir ; Gwen doit au moins essayer.

— Pourquoi ne pas demander sa main à Lady Demeroven ? Profiter de votre propre bonheur. Et, qui sait, avoir un héritier – un héritier que vous auriez décidé de mettre au monde. Et même si vous ne…

— Gwen…

— Elle est malheureuse, elle aussi. Elle déteste les Ashmond, et Beth dit que c'est comme la regarder se soumettre à son père à nouveau. Ne pouvons-nous pas… ne pouvez-vous pas essayer, juste une fois encore ? Demandez-le-lui, encore une fois.

La légèreté quitte les traits de son père pour être remplacée par cette expression froide et réservée qu'elle déteste voir se peindre sur son visage. C'est l'air qu'il affiche lors des bals.

L'air qu'il affiche avec les femmes. Détaché, calme, indifférent.

— Vous êtes peut-être masochiste, mais ce n'est pas mon cas, lâche-t-il d'une voix raide.

— Que dites-vous ?

— Les thés avec Meredith ? Pensez-vous avoir été subtile ?

Gwen se recule, surprise et sur la défensive mais sans moyen de contester ses propos.

— Je…

— La façon dont Beth et vous gérez votre douleur est votre affaire, mais j'en ai assez fait pour ma part. J'ai laissé cette femme piétiner mon cœur, à deux reprises. Je ne le ferai pas une troisième fois.

Gwen cligne des yeux, et avant qu'elle puisse formuler un autre argument, avant qu'elle puisse dire quoi que ce soit, Père se lève et jette sa serviette sur la table.

— Vous êtes une gentille fille, Gwennie. Je vous aime vraiment énormément. Mais laissez-moi hors de tout cela. Je ne nous laisserai pas nous faire anéantir par les Demeroven une nouvelle fois. Nous poursuivrons nos vies, et un jour tout cela ne sera plus qu'un souvenir douloureux, je vous le promets.

Et sur ces mots il tourne les talons et sort à grand pas de la pièce, laissant Gwen seule pour la seconde fois de la journée, le cœur brisé et le souffle coupé.

27

Beth

Beth fait courir ses doigts sur sa bague de fiançailles, la faisant tourner autour de son annulaire dans l'espoir que le mouvement hypnotique fera disparaître le monde autour d'elle. Elle est assise face à sa mère qui, d'un air apathique, pique de sa fourchette son poulet sec dans son assiette tandis que Lord Ashmond parle pompeusement.

Elles sont venues dîner un jour avant le mariage, un jour après le vote concernant la Loi sur les affaires matrimoniales, qui a été adoptée. Ce repas est censé tous les réconforter après cet échec. Lord Ashmond, quant à lui, est toujours vert de rage.

Beth n'a pas eu le temps de laisser cette nouvelle possibilité s'inscrire en elle – l'existence de cette véritable échappatoire disponible en cas de besoin. Si jamais elle désire fuir, elle pourra plaider sa cause, échapper aux Ashmond, retrouver Gwen, disparaître dans les bas quartiers et mener une vie heureuse avec son amante.

Mais alors son regard se pose sur sa mère qui se tient la mâchoire serrée et le dos raide de l'autre côté de la table tandis que Lord Ashmond continue de pester. Elle ne peut la laisser ici avec ces gens. Soit elles sont malheureuses ensemble soit elles partent ensemble. Et même si Beth pense qu'elle pourrait vivre dans la pauvreté avec Gwen, entourée de son amour et de ses soins et sans aucun luxe ou confort, elle ne peut condamner sa mère qui a une vie dépourvue d'argent et d'amour.

Et elles se trouvent donc là, à écouter son futur beau-père parler encore et encore des démons que sont les femmes, tandis que son épouse et son fils ponctuent ses paroles, l'air absent, de hochements de tête. Beth ne sait toujours pas si Lord Montson croit un seul mot de ce que dit son père, mais elle sait qu'il ne s'oppose jamais à lui sur ce sujet.

Elle sait, également, qu'il est aussi impuissant qu'elle à défendre la loi.

Son héritage tout entier dépend de son acquiescement à toutes les opinions de son père, tout comme le sien, par personne interposée. Mais tout de même. Tout de même, il pourrait dire quelque chose pour elle.

— Toute femme qui abandonnerait un mari simplement pour cause de… qu'ont-ils dit, déjà, Harry ?

— Détresse émotionnelle, répond Lord Montson, en mâchant une bouchée de pommes de terre.

— Détresse émotionnelle, raille Lord Ashmond. Il suffit littéralement qu'un chapeau tombe par terre pour que les femmes plongent dans la détresse émotionnelle. N'avez-vous pas pleuré l'autre jour, très chère, lorsque le vôtre a chuté dans la boue ?

Lady Ashmond hoche la tête d'un air placide, le regard distant et un peu vide. Beth se demande s'il n'y a pas une autre personne que sa mère à s'adonner à la consommation de laudanum.

— Comment une femme pourrait-elle établir la différence entre un moment de désarroi banal et quelque chose de plus grave, dans ce cas, si un chapeau suffit à provoquer son profond émoi ? poursuit Lord Ashmond. Voilà qui est absurde. La façon dont un homme se comporte avec son épouse ne regarde pas les tribunaux.

— À moins qu'il ne la batte, s'entend dire Beth avant de

serrer fermement les lèvres au moment où toutes les personnes attablées se tournent vers elle.

Elle entend sa mère soupirer tout bas, mais elle a des questions plus urgentes à traiter en cet instant, avec Lord Ashmond qui lui lance un regard noir. Lord Montson la dévisage, l'air surpris.

— Je veux... eh bien, je veux simplement dire que, dans certains cas extrêmes, je suppose que des lois doivent s'appliquer, si une femme craint pour sa vie. Mais, eh bien, je crois que cette situation était déjà couverte avant la Loi sur les affaires matrimoniales dans les cas extrêmes, n'est-ce pas ? Par conséquent, je ne... je ne voulais rien dire... de spécial, finit-elle, incapable de garder la tête haute sous le regard noir du comte.

— Je suis certaine que Beth comprend fort bien la différence entre des paroles mesquines et une agression, intervient sa mère.

— Tout à fait, rebondit aussitôt la jeune fille. Je m'inquiète seulement pour ces jeunes ladies mariées à des hommes bien plus âgés qu'elles, qui ont peut-être d'autres... habitudes, voilà tout, se défend-elle humblement.

Lord Ashmond fait bouger sa mâchoire d'un air nerveux, ne voulant pas, semble-t-il, insulter la future épouse de son fils.

Il pense peut-être véritablement que tout mari a le droit de battre son épouse s'il le désire. Ce qui est parfaitement barbare.

— Beth sait où est sa place, ajoute Mère.

— Tout à fait, acquiesce Lord Montson, jetant un regard à son père avant d'adresser à Beth un sourire incroyablement charmeur. Et elle sait également qu'elle n'aura jamais à s'inquiéter de pareils comportements de ma part.

— Oui, oui, fait Lord Ashmond, apparemment adouci par la promesse de son fils de ne pas battre Beth comme un fou.

Ce qui semble une approbation bien tiède à Beth, une réponse sans conviction qu'il n'avait pas d'autre choix que de donner.

Mais elle sourit malgré tout à Lord Montson à son tour, reconnaissante au moins de ne plus être l'objet de l'attention minutieuse de son père.

— Beth sait où est sa place, répète Lady Ashmond. Et comprend ce que faire partie de cette famille signifie. Les problèmes personnels ne devraient jamais être exposés en public ou en privé. Le mariage est un lien sacré.

Toute la table se tourne pour regarder Lady Ashmond. Ce qui implique...

— Absolument, acquiesce Lord Ashmond, tapotant la main de son épouse, un petit peu trop fort à en juger par la façon dont l'argenterie se met à vibrer sur la table. Les conflits devraient être réglés en privé et les affaires de famille portent parfaitement leur nom – elles ne regardent que la famille. N'êtes-vous pas d'accord, Lady Demeroven ?

Beth observe sa mère prendre toute la mesure du tableau offert par les Ashmond – la lourde main du lord sur celle, frêle, de Lady Ashmond, les fanfaronnades du lord, son insistance pour que tous les problèmes et désaccords soient réglés au sein du foyer... par lui.

— Lady Demeroven, vous ne pensez pas que les jeunes ladies devraient se rendre devant les tribunaux pour des questions qui pourraient être réglées chez elles ? demande Lord Ashmond à Mère, l'encourageant ainsi à réagir, elle qui n'a rien fait qu'observer la scène en silence.

Beth déglutit avec difficulté, un sentiment de malaise se fixant dans sa poitrine. Les moments de silence ne sont pas de bon augure quand il s'agit de sa mère.

— Bien sûr qu'elle ne le pense pas, répond Beth à voix basse, se forçant à sourire aux Ashmond. Vous... vous connaissez notre position au sujet de la Loi sur les affaires matrimoniales.

— Celle qui convient, dit aussitôt Lord Montson.

Beth enfonce ses ongles dans ses paumes.

— Lady Demeroven ? insiste Lord Ashmond. Je sais que votre défunt mari approuvait cette position. Un homme fiable, voilà qui il était.

Et ces mots, étrangement, semblent être la dernière goutte d'eau venant faire déborder le vase.

— Mon mari était un rustre qui débitait les mêmes ignobles inepties que vous et avait pour habitude de me gifler chaque fois que je le froissais. Si j'avais pu l'amener devant un tribunal et obtenir la moitié de sa fortune, je l'aurais fait, et je dirais à Beth d'agir de la sorte si jamais votre fils devait un jour..., commence Mère en posant un regard sur Lord Montson, lever la main sur elle. Et je soutiendrais dans l'instant sa décision d'avoir recours à la nouvelle loi.

Beth la regarde, bouche bée, tout comme Lady Ashmond, tandis que Lord Montson se contente de fixer la scène, les yeux écarquillés. Quel...

— Réfléchissez très soigneusement à vos prochaines paroles, lance Lord Ashmond d'une voix basse et menaçante.

— Ou quoi ? s'enquiert Cordelia en se renfonçant dans son siège.

Quelque chose en elle s'est rompu, Beth peut le voir. A été étiré à son maximum avant de claquer brusquement.

— Et vous ? questionne Lord Ashmond en tournant son regard furieux vers Beth, qui lutte pour se tenir bien droite face à lui.

Si sa mère est capable de le faire, elle le peut également.

— Ressentez-vous la même chose ?

Beth jette un regard à sa mère, qui ne cesse de fixer Lord Ashmond, un air assassin sur ses traits. Beth prend une inspiration avant de croiser le regard de Lord Montson qui ouvre de grands yeux.

— Je mettrais mon mari en garde quant au fait que, si jamais il me frappait de nouveau, il en serait fini de notre mariage. Je ne... je n'accepterai pas d'être battue, prononce-t-elle lentement. Les querelles ne justifient pas de divorcer, mais je ne tolérerai pas d'être malmenée. J'ai ma propre valeur et mérite d'être bien traitée. Je crois que votre fils est d'accord sur ce point.

Lord Montson la fixe avant de hocher brièvement la tête. Mais ses traits ne laissent plus rien paraître dès que son père tourne son regard noir vers lui. Beth l'observe affronter son regard perçant et brusquement ce petit signe de tête ne lui semble plus aussi réconfortant.

Qu'il se montre bon avec Beth quand son père ne sera pas présent, voilà qui n'est pas vraiment l'assurance qu'elle veut obtenir.

— Harry sait quelle est sa place, assène Lord Ashmond. Et je suggère que vous appreniez quelle est la vôtre, ajoute-t-il, en se tournant de nouveau vers Cordelia. Quoi que vous ayez pu penser de votre défunt mari, vous ne parlerez de lui qu'en termes aimables sous ce toit. C'était un homme bon et fort qui se battait pour ses idéaux. J'imagine qu'il se retourne dans sa tombe en vous entendant ne serait-ce qu'envisager pouvoir avoir recours, vous ou Beth, à cette loi.

Cordelia serre la mâchoire et garde le silence.

— Et vous, ajoute-t-il en tournant la tête vers Beth, vous serez patiente et constructive, et obéirez à mon fils en tout point et si vous le faites, vous ne devriez jamais avoir besoin de reparler de ces choses si progressistes et nuisibles. Vous ferez selon sa volonté et vous en remettrez à lui pour toute chose.

Beth fixe son futur beau-père.

— Je...

Elle tourne les yeux vers Lord Montson, mais ce dernier refuse de croiser son regard.

— Je..., commence-t-elle de nouveau, le cœur serré.

Elle n'acceptera pas d'être battue. Elle n'acceptera pas qu'on s'en prenne verbalement à elle. Elle ne vivra pas à son tour ce que sa mère a enduré.

— Non, elle ne le fera pas, intervient sa mère, et Beth sent alors son cœur s'emballer.

Mais alors Cordelia se lève.

— S'il s'agit là de vos conditions, Lord Ashmond, que ma fille se plie à tous les désirs de votre fils, sans poser de question, qu'il s'agisse de demandes verbales ou physiques, ou qu'elle accepte simplement son goût détestable pour les aliments non assaisonnés, dans ce cas nous allons avoir un problème.

— Lady Demeroven, il s'agit d'un malentendu, avance Lady Ashmond à voix basse, avant de lâcher un petit cri quand la main de son mari se resserre plus fermement sur la sienne.

— Vous allez vous rasseoir immédiatement, nous allons boire un autre verre et nous n'évoquerons plus ce sujet, car autrement il y aura de graves conséquences, dit Lord Ashmond d'un ton glacial, l'air sombre.

Cordelia et Lord Ashmond se fusillent du regard durant une affreuse minute semblant durer une éternité. Tout leur avenir tient en équilibre sur cet instant et Beth ne peut oser croire...

— Dans ce cas, nous avons un problème, dit sa mère d'une voix calme et dénuée d'émotion. Beth, rassemblez vos affaires. Nous partons dans l'instant.

Lord Ashmond se lève brusquement, faisant trembler la table.

— Faites très attention, Lady Demeroven.

— Ou quoi, vous me frapperez ?

Lady Ashmond lâche un petit cri. Lord Montson reste bouche bée. Et Beth regroupe ses jupes en hâte, un élan d'espoir venant marteler violemment sa poitrine.

— Je romprai ces fiançailles et votre nom comme celui de votre fille sera traîné dans la boue, menace Lord Ashmond.

Cordelia éclate de rire à ces mots. Elle *rit.*

— Et ? Votre opposition a échoué. La session parlementaire prendra bientôt fin. J'ignore quel préjudice vous imaginez pouvoir infliger à nos réputations, alors que la vôtre est actuellement si dévaluée. Vous n'avez pas été capable de récolter les votes nécessaires. Vous vous êtes laissé battre par Lord Havenfort.

Lord Ashmond repousse violemment son siège et Lord Montson, enfin, enfin, se lève.

— Père, lance-t-il d'un ton d'avertissement.

Beth se glisse hors de son siège et se place rapidement derrière sa mère.

— Sortez, tonne Lord Ashmond. Sortez !

— Avec plaisir, réplique Cordelia en adressant un signe de tête à Beth. Lady Ashmond, si jamais vous aviez besoin d'aide...

Lord Ashmond contourne la table et s'avance d'un air menaçant vers elle, et Lord Montson se place en travers de son chemin. Beth se hâte de la rejoindre de l'autre côté de la table et saisit sa main. Cordelia serre sa paume et tourne les talons pour prendre la direction du vestibule.

— Beth, lance Lord Montson au moment où elles se trouvent sur le seuil de la pièce.

— Bonne chance, Harry, dit Beth, adressant à Lord Montson un sourire insipide par-dessus son épaule avant que sa mère ne l'entraîne hors de la pièce.

Elles traversent d'un pas rapide l'immense couloir, leurs chaussures claquant contre le sol de marbre. Elles atteignent le vestibule et le portier stupéfait leur ouvre machinalement la porte d'entrée, leur permettant ainsi de jaillir dans la rue. Les portes se referment dans un claquement derrière elles et elles descendent les marches du perron pour se retrouver sur le trottoir, le souffle court dans la fraîche soirée d'été. Nulle voiture n'est là pour les attendre... bien entendu.

— Qu'était-ce donc que cela ? s'enquiert Beth en se tournant vers sa mère, qui est rouge et un peu décoiffée, mais se tient plus droite que depuis des mois.

— Je..., je l'ignore, reconnaît cette dernière en croisant le regard de Beth. Ciel, je viens juste... cet homme...

— Est abject, acquiesce Beth.

— Oui, fait Cordelia avant d'écarter un cheveu tombé sur le front de sa fille. Oui, vous avez raison. Vous avez raison depuis longtemps et je croyais... je croyais que je pourrais faire cela, vivre de nouveau de cette façon, mais je ne le peux pas. Vous aviez raison, Beth, répète-t-elle.

La jeune fille sourit lentement, stupéfaite et soulagée. Un rire se forme dans sa poitrine. Un gloussement aigu s'échappe de ses lèvres et le visage de sa mère s'éclaire d'un sourire à son tour, jusqu'à ce qu'elles se retrouvent là, chancelantes, devant la demeure des Ashmond, se cramponnant l'une à l'autre pour conserver leur équilibre.

Cordelia retrouve suffisamment de contrôle sur elle-même pour les faire toutes deux pivoter et entamer la longue marche qui les ramènera chez elles. Peut-être pourront-elles trouver une voiture à louer une fois qu'elles seront plus près du parc, mais les rues sont vides. C'est jeudi soir et tout le monde est chez soi, ou au club pour fêter ou regretter l'adoption de la Loi sur les affaires matrimoniales.

— Je suis désolée, dit sa mère quelques minutes plus tard, au moment où leur allégresse semble s'envoler pour laisser place au choc et à l'épuisement.

— À quel propos ? questionne Beth.

Son esprit est un peu engourdi à présent, mais elle se dit qu'elle sera pleinement et incroyablement heureuse dans quelques heures. Même sans aucun projet devant elles, et leur maison sur le point de leur être enlevée... elles sont libres. Elles sont *libres*.

— Je sais qu'il n'était pas votre choix, mais au moins appréciiez-vous Lord Montson, ce qui n'était pas rien, dit Cordelia.

Beth secoue la tête tout en serrant le bras de sa mère.

— Ne vous souciez pas à ce propos, voulez-vous.

Cordelia s'arrête et amène Beth à l'imiter.

— Je m'inquiète vraiment, toutefois, dit-elle et Beth se retourne pour trouver son regard. Je viens juste de faire voler en éclat cette possibilité d'union pour vous, et maintenant... eh bien, on viendra nous prendre notre maison dans deux jours, oh, Beth, qu'ai-je donc fait ? dit-elle, un air de panique se peignant peu à peu sur ses traits. Qu'ai-je...

— Cela m'est égal, répond aussitôt Beth. Jamais je n'ai eu envie de l'épouser. Et je n'avais pas non plus envie de vous regarder acquiescer à toutes les paroles de Lord Ashmond, et désormais je n'ai plus à le faire. Nous trouverons une solution.

— Mais…, dit sa mère, le visage pâle sous la lueur du réverbère.

— Nous trouverons une solution, promet Beth, heureuse de prendre les choses en main à présent, puisque sa mère les a toutes deux sauvées. Nous pouvons séjourner chez Meredith, j'en suis convaincue, durant quelques jours.

— Elle est sur le point de se marier, proteste sa mère.

— Raison de plus. Sa mère aura besoin d'une amie, dit Beth simplement.

Cordelia secoue la tête.

— Tout ira bien, croyez-moi.

— Je viens juste d'anéantir notre unique chance de pouvoir jouir d'une sécurité financière à cause d'une stupide querelle, s'exclame sa mère dont la voix vient rebondir contre les pavés. Tout n'ira pas bien, détrompez-vous.

Mais Beth… Beth ressent en cet instant une bouffée de puissance et d'espoir.

— Ce n'est pas notre unique chance, dit-elle lentement. Pas du tout. Venez.

Elle prend la main de sa mère et commence à l'entraîner dans la rue, en direction de l'endroit où la route se divise en deux artères.

— Beth, stoppez, voulez-vous ? demande Cordelia, mais Beth ne peut pas s'arrêter.

Elles doivent se rendre quelque part.

— Où allons-nous ?

— Vous offrir votre heureux dénouement, répond Beth d'un ton résolu, avant de rire en voyant sa mère bafouiller.

Elle les guide dans la rue, loin de leur maison de ville.

— Arrêtez. Où nous emmenez-vous donc ? répète sa mère, les faisant s'arrêter sous un réverbère.

— Je vous l'ai dit. Je vous mène vers le dénouement heureux que vous méritez. Il existe toujours, insiste Beth.

Sa mère la fixe un instant, perplexe, jusqu'à ce qu'elle comprenne et pâlisse.

— Non, non, Beth, il est impossible que…

— Vous vouliez que j'aie un mari qui serait bon envers moi. Qui aurait un titre et l'argent pour subvenir à nos besoins à toutes deux. Qui me traiterait bien et m'aimerait, n'est-ce pas ?

Cordelia la regarde, les sourcils froncés

— N'est-ce pas ? répète Beth.

— Oui, concède sa mère d'une voix tendue.

— Quelqu'un qui soit sincère, ait de bonnes mœurs et se batte pour de justes causes ?

— Beth…

— Lord Havenfort est toutes ces choses, mais pour vous. Vous avez passé ma vie entière auprès d'un butor, vous l'avez dit vous-même. Désormais, vous devriez vivre le reste de votre existence avec un gentleman.

Sa mère la regarde, bouche bée, et Beth éclate de rire, essayant de la tirer vers elle. Mais sa mère serre fermement sa main, rivée au trottoir sous la lueur du réverbère.

— Beth, vous n'êtes pas… Je ne peux pas… il ne voudra pas de moi, dit-elle d'une voix soudain rauque.

— Bien sûr, il voudra de vous, réplique Beth, dont le cœur est à présent trop débordant d'espoir pour qu'elle doute de ses convictions. Il vous aime. Il est anéanti depuis que nous nous sommes séparés, buvant et se jetant à corps perdu dans les jeux politiques. Mais il vous aime. Depuis des années.

— J'ai brisé son cœur trop de fois. Je ne peux… pourquoi voudrait-il de moi pour épouse maintenant ?

— Parce que vous êtes prête à présent. Et parce que vous êtes vous, insiste Beth.

— Je ne suis pas…

— Que voulez-vous dire ? Que vous n'êtes pas belle, instruite, pleine d'esprit, amusante et un excellent parti pour absolument n'importe qui ? Lord Havenfort lui a peut-être donné une leçon mais Lord Ashmond paraissait brisé ce soir, et vous n'avez pas levé le petit doigt, ni même semblé frémir !

Cordelia lâche un petit ricanement. Beth ne peut se remémorer la dernière fois où sa mère l'a regardée ainsi – avec cet air de vulnérabilité et pourtant toujours si juvénile et ouvert, en quête de son approbation. Son opinion compte désormais. Elle a toujours compté, à vrai dire.

— Allons. Il n'est pas plus effrayant que Lord Ashmond, et infiniment plus séduisant.

Sa mère a un petit rire et elle laisse alors Beth l'entraîner dans la rue, se déplaçant plus lentement, mais la suivant malgré tout. Tout ce qu'elles ont à faire est réunir le lord et la lady dans la même pièce, eux qui sont libérés de toutes obligations, contrats et responsabilités. Elle en est certaine.

En douter à présent ne ferait que la rendre aussi pâle et effrayée que sa mère, et Beth n'a pas le temps de se poser des questions et de s'inquiéter.

Un feu brûle au creux de son ventre et un fourmillement fébrile parcourt ses membres tandis qu'elle entraîne Mère le long des quatre avenues jusqu'à atteindre l'imposante demeure des Havenfort. La dernière fois qu'elle s'est trouvée là… non. Ce moment est celui de sa mère. Le moment viendra ensuite pour ses propres retrouvailles.

— Chérie, murmure sa mère, nouant sa main libre autour du bras de Beth et le serrant un peu.

Elle tremble quasiment.

— C'est juste là. Vous n'avez qu'à tendre la main et prendre ce qui vous attend. Vingt-deux ans, Mère, et seules quelques minutes ne vous séparent plus à présent de l'heureux dénouement.

Cordelia se retourne et son regard rencontre le sien. Beth contemple ses yeux écarquillés à l'éclat humide, ses mains tremblantes, ses joues pâles. Elle sourit d'un air rassurant et lui presse la main.

— Ce soir, pensez juste à ce que vous *voulez*. Rien d'autre n'a d'importance.

— Et s'il disait non ?

Beth prend une profonde inspiration et garde son sourire fermement arrimé à ses lèvres.

— Dans ce cas, vous et moi vivrons agréablement dans une masure quelque part et nous y serons heureuses également.

— Beth, je ne peux vous laisser…

— Vous et moi. Nous serions en ville deux ladies menant une existence scandaleuse. Et nous aurions une vie fabuleuse, dit-elle d'un ton assuré. Mais ce n'est pas l'avenir qui vous attend. Vous allez être mariée à l'un des hommes les plus fortunés de la ville et il vous traitera comme une reine.

Sa mère soupire et jette des regards autour d'elle, la véritable reine pourrait flâner quelque part à proximité, prête à être insultée.

— Mère, vous pouvez le faire, insiste Beth.

— Vous le croyez vraiment ?

— Quel est le plus effrayant ? Dire à un homme bon que vous l'aimez ou passer votre avenir seule ?

— Mais je ne serais pas seule, énonce sa mère lentement. Je vous aurais, vous.

Beth sourit et dépose un baiser sur sa joue. Elles ont laissé leurs capotes chez les Ashmond. Quel dommage, c'étaient de beaux chapeaux.

— Vous m'aurez dans un cas comme dans l'autre. Mais vous pourriez avoir bien plus qu'uniquement moi, si nous frappons à cette porte.

— Je n'ai besoin de rien d'autre, l'interrompt sa mère en saisissant sa main. Sincèrement.

Beth opine.

— Je le sais. Mais ayons davantage malgré tout. Qu'en dites-vous ?

Cordelia l'attire tout près un instant avant que la décision ne s'impose à elle. Elle rejette ses épaules en arrière, son cou s'allonge, sa mâchoire se fait plus déterminée et Beth observe la transformation s'opérer, fascinée. Sa mère, indomptable, confiante et assurée, grimpe les marches deux à deux, entraînant une Beth riante à sa suite. Et soudain ses doutes sont véritablement envolés. Sa mère obtient ce qu'elle veut lorsqu'elle affiche cet air-là. Et ce qu'elle veut – c'est ce qu'ils veulent tous. Une vie heureuse, en couple, pour toujours.

28

Gwen

— Vous n'attendez aucun visiteur, n'est-ce pas ? s'enquiert Mrs Stelm tandis que Gwen, Mrs Gilpe et elle quittent la cuisine, où elles jouaient aux cartes, pour rejoindre la porte d'entrée.

— Il est 21 heures passées, il est grossier de se présenter ainsi chez autrui sans avoir été invité, grommelle Mrs Gilpe, bien que Gwen soit quasiment sûre que sa mauvaise humeur ne soit que l'expression du mécontentement larvé né de la véritable rossée que Mrs Stelm était en train de leur infliger.

— La raison de cette visite pourrait être liée à la politique, hasarde Gwen.

Son père se trouve dans son bureau mais il lui semble qu'il projetait de se rendre au club un peu plus tard. Il était question de quelque chose à propos de remuer le couteau dans la plaie de certains conservateurs à la suite de l'adoption de la loi.

Le son d'un autre coup retentit à travers le vestibule, et Mrs Gilpe soupire lourdement, s'avance à pas lourds vers la porte et l'ouvre d'un geste vif – le portier est en congé ce soir – Gwen et Mrs Stelm se tenant derrière elle.

Elle était visiblement prête à adresser au visiteur une sévère réprimande, mais ses mots s'éteignent dans sa gorge.

Beth et Lady Demeroven regardent les deux femmes d'un air anxieux.

— Beth ? murmure Gwen.

— Lord Havenfort est-il là ? s'enquiert Lady Demeroven d'une voix tremblante mais arborant une posture droite et fière.

Mrs Stelm, Mrs Gilpe et Gwen se contentent de la fixer, toutes un peu bouche bée.

— Je vous présente mes excuses pour cette… arrivée cavalière, mais la question est vraiment urgente.

— Entendu. Oui, je vais, ah, je vais aller le chercher, voulez-vous ? dit Mrs Stelm, jetant un regard à Mrs Gilpe et Gwen avant de se précipiter dans le couloir.

— Entrez, je vous prie, fait Mrs Gilpe en invitant les deux visiteuses à l'intérieur.

Elles sont vêtues pour une soirée à l'extérieur, parées de crinolines élégantes et de soie, leurs cheveux regroupés en un haut chignon et parfaitement maquillées. Gwen, en comparaison, porte un vieux corset et une robe d'intérieur, Mrs Gilpe un tablier, et Mrs Stelm se sent chanceuse de ne pas avoir enfilé sa robe de chambre à ce stade de la soirée.

— Que…, commence Gwen tandis que Beth s'écarte de sa mère pour venir se placer à ses côtés.

Beth prend sa main, presque tremblante, et les yeux de Gwen passent de Lady Demeroven à sa fille. Lady Demeroven tremble quasiment elle-même, mais elle semble bien moins joyeuse que Beth, qui est presque… radieuse à côté d'elle. Lady Demeroven semble sur le point de monter sur l'échafaud, à vrai dire.

— Que faites-vous donc ici ? demande Gwen, en se tournant de nouveau vers Beth.

— Ce que nous aurions dû faire il y a déjà des mois, répond Beth simplement en pressant sa main. Regardez, ajoute-t-elle en encourageant son amie à tourner les yeux vers le couloir où le père de Gwen s'est arrêté près de l'escalier, les fixant toutes, Mrs Stelm derrière lui.

Le silence règne, seulement troublé par le bruit de froissement des étoffes. Gwen aimerait perturber ce calme, mais elle ne semble pas pouvoir ouvrir la bouche, cela est impossible tant est violent l'espoir qui tourbillonne dans sa poitrine.

— Quelque chose s'est-il passé ? demande enfin son père une fois l'effet du choc dissipé.

Il se précipite vers elles. Mrs Gilpe se retire respectueusement en compagnie de Mrs Stelm pour leur laisser l'espace du vestibule, mais Gwen est certaine qu'elles laisseront ouverte la porte donnant sur le couloir des domestiques et resteront simplement hors de vue.

— Tout va-t-il bien ? demande Père une nouvelle fois, avançant d'un pas décidé vers Lady Demeroven, qui se contente de... le dévisager.

— S'agit-il des filles ?

Il jette un regard à Beth, qui lui adresse un petit signe de la main et un sourire. Gwen se demande comment elle peut être si flegmatique alors que tout ceci semble si... capital, précieux, fragile.

— Est-ce lié aux fiançailles ? la presse-t-il, en se tournant de nouveau vers Lady Demeroven qui ne se trouve plus à présent qu'à quelques pas et reste figée sur place. Cordelia, vous me faites peur !

L'énoncé de son prénom semble débloquer la mâchoire de la lady, et Gwen la voit alors prendre une très profonde inspiration. L'espace d'un instant elle semble sur le point d'effectuer une révérence mais elle s'abaisse plus bas encore vers le sol jusqu'à se retrouver un genou à terre devant le lord... Gwen hoquette de surprise et Beth lui assène un coup de coude. Mais cela n'a pas d'importance. C'est à présent au tour de son père de trembler, lui qui a les yeux baissés vers cette femme qui a brisé son cœur, mais lui a aussi procuré de la joie et est restée avec lui dans ses souvenirs durant toutes ces années.

— Je..., euh, commence Lady Demeroven.

Le gentleman sursaute, c'est comme si elle venait subitement de le tirer d'une inertie temporaire.

— J'ai bien conscience que c'est... abrupt, cavalier et peut-être vain, reprend-elle. Mais je, euh, je voulais vous présenter mes excuses pour le mal que j'ai causé. Demander votre pardon, si vous pouvez me l'accorder. Et offrir...

Elle marque un temps d'arrêt, jetant un regard vers Beth, qui lève le pouce à son adresse.

Gwen ne peut le croire. Il est impossible que cela se produise. S'est-elle endormie, a-t-elle été portée jusqu'à l'étage et est-elle en train de vivre un délire causé par la fièvre ?

— Eh bien, m'offrir à vous, dit Lady Demeroven en plissant le nez tandis que Beth éclate doucement de rire. Cette phrase est affreuse. Je voulais dire... je veux dire que je suis ici pour vous demander de m'accorder de nouveau votre confiance, de croire à la promesse que je vous fais de ne jamais trahir une fois encore votre foi en moi, ou votre cœur.

— Cordelia..., commence Père, mais Lady Demeroven secoue la tête.

— Accepteriez-vous de m'épouser ? demande-t-elle en levant les yeux vers lui avec une expression sincère, juvénile, timide et pleine d'espoir sur ses traits.

Elle ressemble un peu à Beth et Gwen sent un pincement de douleur dans sa poitrine.

Dites oui, a-t-elle envie de crier. Oh ! je vous en prie, *dites oui*.

— Est-ce... est-ce pour les filles ? s'enquiert le lord, jetant un nouveau coup d'œil vers elles, son regard s'adoucissant face à la vision qu'elles offrent, s'agrippant l'une à l'autre, l'air plein d'espoir.

— Et si tel était le cas ? questionne Lady Demeroven.

Il baisse de nouveau les yeux vers elle.

— Des dispositions pourraient être prises pour leur bien, mais ne me posez pas cette question si vous ne faites pas cela pour vous-même.

Le visage de Lady Demeroven s'illumine à ces mots et elle lève les yeux vers lui avec un tel air d'adoration et de franche émotion que Gwen est presque saisie de l'envie de quitter les lieux pour leur offrir un peu d'intimité. Presque, mais pas assez, car elle meurt d'envie de voir son père dire…

— Dans ce cas, oui, fait-il à mi-voix, abaissant sa main pour prendre celle de Lady Demeroven et l'aider à se relever.

Il l'attire tout près et lui donne un baiser qui arrache un petit cri à la femme avant qu'elle ne se laisse aller contre son corps et que tous deux s'enlacent et se serrent fort l'un contre l'autre.

— Oh mon Dieu, Gwen ! entend-elle dire.

Beth lâche un petit cri perçant dont le son se répercute à travers la pièce et qui amène leurs parents à rompre leur étreinte.

Gwen donne une petite tape à Beth, mais elle rit trop pour faire plus que cela.

Elles gloussent, étourdies, choquées et abasourdies. Leurs… elles ont réussi.

Leurs parents sont…

— Alors, êtes-vous heureuses, les filles ? interroge son père en les regardant tandis que Lady Demeroven est toujours entre ses bras.

Beth acquiesce et se rue vers sa mère pour la serrer contre elle. Cette dernière s'écarte du lord pour l'accueillir, toutes deux riant aux éclats.

Il les observe avec tendresse puis effectue un pas de côté et tend les bras à son tour.

Gwen se précipite vers lui de la même façon et le gratifie d'une ferme étreinte au parfum de la liberté.

— Je suis si heureuse pour vous, dit Gwen à son père tout en reculant.

— Moi aussi, répond-il, en baissant les yeux vers elle.

Il ne peut cesser de sourire.

— Et je suis heureux pour vous également.

— Oui, fait Lady Demeroven, et Gwen se retourne, le bras de

Père venant entourer ses épaules alors qu'elles se retrouvent face à leur… quoi, précisément ?

Elle regarde Lady Demeroven adresser à Beth un doux sourire.

Les lèvres de Beth s'étirent davantage.

— Il nous faudra discuter des détails, et bien entendu vous comprenez toutes deux que la mascarade devra se poursuivre, n'est-ce pas ? demande Lady Demeroven.

— Celle selon laquelle nous sommes demi-sœurs ou celle à propos du fait que nous cherchons toujours à nous marier ? questionne Beth, un air de jubilation sur le visage.

— Les deux, dit Lady Demeroven, jetant un regard au lord, qui acquiesce. Même si nous pourrions peut-être oublier le reste de cette Saison, et probablement la prochaine.

Gwen sent son corps se détendre contre le flanc de son père.

— Cela ne vous dérange donc pas ? demande-t-elle à Lady Demeroven, se sentant intimidée mais pleine d'audace tout à la fois.

— Non, dit Lady Demeroven à voix basse en pressant le bras de Beth.

Les épaules de la jeune fille semblent se détendre et elle relève le menton.

— Si vous êtes toutes les deux heureuses, c'est là tout ce qui compte et je suis simplement contente pour vous. Et mieux vaut… mon Dieu, mieux vaut que vous soyez ensemble que livrées à ce monde-là. Les choses que Lord Ashmond a dites ce soir…, dit-elle en jetant un regard à Beth dont le sourire s'évanouit.

— J'espère que son épouse va bien, répond-elle.

— Que s'est-il donc passé ? demande Père.

Lady Demeroven plisse le nez.

— Je crois avoir tout fait pour que cela représente un scandale des plus spectaculaires. Je suppose que c'est par cela que j'aurais dû commencer. Nous serons… nous allons mettre vos réputations à rude épreuve. Ciel, il nous faut rompre de manière officielle vos fiançailles, ajoute-t-elle, dirigeant son regard vers Beth.

— Je crois sincèrement que claquer ainsi la porte a réglé cette question pour nous, réplique la jeune fille.

Le lord glousse et les trois femmes pivotent vers lui.

— Ne vous souciez pas de notre réputation collective. Nous serons le sujet de prédilection des conversations de la haute société durant un temps puis les gens nous oublieront. Je serais heureux – non, honoré de rédiger une lettre de refus pour Beth, si vous le souhaitez.

Le large sourire affiché par Lady Demeroven à cet instant est tout simplement diabolique.

— Voilà qui semble une merveilleuse idée.

— Excellent, dit le lord, serrant Gwen contre son flanc avant de s'écarter d'elle et de tendre la main vers sa... mon Dieu... fiancée.

— Et si nous nous retirions ? Nous nous retrouverons demain matin pour le petit déjeuner, jeunes filles ?

— Nous restons ? s'enquiert Beth.

Lady Demeroven saisit la main offerte.

— Je doute qu'un scandale de plus puisse nous faire le moindre mal, vous ne croyez pas ?

— Entièrement d'accord, dit le lord, lui adressant un large sourire avant de reposer son regard sur elles. Passez une bonne nuit, ladies.

Et sur ces mots, il entraîne Lady Demeroven dans le couloir en direction de son bureau, laissant Gwen et Beth seules et sidérées dans le vestibule, leurs yeux effarés fixés sur eux tandis qu'ils s'éloignent. Elles écoutent la porte du bureau s'ouvrir et se refermer, puis il n'y a plus que le silence et elles deux, là, cramponnées l'une à l'autre et sous le choc.

— Qu'est-ce donc que tout cela, mon Dieu ? demande finalement Gwen en se tournant vers Beth, le soulagement, la joie et la perplexité nés des dernières minutes propulsant un frisson sur sa peau.

— Surprise ? dit Beth, qui rit tandis que Gwen la secoue,

ne sachant si elle a envie de la frapper ou de l'embrasser à en perdre la raison.

— Comment ? questionne Gwen, qui aimerait trouver des mots plus adéquats, mais échoue dans sa tentative.

— Lord Ashmond et Mère ont eu une dispute houleuse et ce fut en quelque sorte la goutte d'eau qui a fait déborder le vase. Nous avons quitté les lieux en trombe, puis elle a été prise de panique et je me suis dit, eh bien, pourquoi ne pas essayer juste une fois encore et… cela a *fonctionné*.

— Cela a *fonctionné*, répète Gwen, jetant un regard en direction du bureau fermé.

Elles ont bel et bien réussi.

Elle sent les doigts de Beth parcourir ses bras et elle se retourne pour nouer leurs mains ensemble. Toutes deux affichent un air ébahi et ont le souffle court. Gwen déglutit avec peine ; il y a tant de mots bloqués dans sa gorge. Beth est si belle, si brillante et elle se trouve là, dans le vestibule de sa maison, si près d'être sienne…

— J'espère qu'il ne vous dérange pas que nous soyons là pour toujours. Je ne crois vraiment pas que je supporterais de devoir dire adieu une troisième fois.

Gwen l'attire vers elle d'un geste spontané et maladroit. Elle enveloppe de ses bras ses épaules et les serre fort. Son amie éclate de rire.

— Plus d'adieux, jamais, dit Gwen d'un ton résolu, tandis que cette pensée frappe sa poitrine d'une vive brûlure.

Beth glousse contre son cou, ses lèvres caressant l'endroit où pulse sa veine.

— Vraiment ?

— Je vous garde avec moi.

Beth se serre plus fort contre elle en pressant sa taille.

— Pour toujours et à jamais ?

— Pour toujours et à jamais, pour l'éternité et jusqu'à la fin des temps, promet Gwen, une bouffée de joie enivrante, ardente, enflant en elle en dépit du choc qui la fait s'écarter pour voir le visage de Beth.

— Pour des siècles, des lustres, des ères entières ? demande Beth, le regard pétillant de malice.

— Pour toutes les saisons, années et décennies et…

Elle se retrouve à moitié à genou avant que d'y avoir réfléchi.

— Venez ici, fait alors Beth, la relevant en lui prodiguant un baiser entièrement, triomphalement, ridiculement parfait.

La soie de sa robe sous les paumes de Gwen, la pression de ses lèvres, de ses hanches… voilà qui est divin, et elles restent là à s'embrasser comme si c'était la fin du monde, durant un moment qui semble durer une éternité.

Elle est à elle. À elle. À elle. Pour toujours.

— Vous avez une chambre, non ?

Elles se lâchent, s'écartant chacune des bras de l'autre en titubant. Elles ne sont plus seules désormais, et en levant les yeux, Gwen découvre Mrs Gilpe et Mrs Stelm à l'entrée du couloir des domestiques.

— En effet, dit Gwen qui s'essuie les lèvres tandis que les joues de Beth se parent d'une teinte écarlate.

— Ravies de vous voir, Miss Demeroven. Gwen, avez-vous une chemise qu'elle pourrait utiliser ? ajoute Mrs Stelm.

— C'est le cas, oui, tout à fait. Je vous remercie. Hum, bonne nuit. Nous allons… oh, Beth, vous adorerez jouer aux cartes avec… bien. Voici Mrs Stelm, et Mrs Gilpe, nos gouvernantes, dit-elle en bafouillant.

Beth éclate de rire, et les deux femmes la regardent avec une forme d'agacement pleine de tendresse.

— Très heureuse de faire votre connaissance, dit Beth en exécutant une révérence qui fait largement sourire les deux femmes.

— Je l'aime bien, lance gaiement Mrs Stelm.

— Je suppose que vous avez entendu… tout cela ? demande Gwen.

Mrs Gilpe lève les yeux au ciel.

— Si vos parents sont d'accord, nous préparerons votre chambre pour deux, autrement elle pourrait loger dans celle qui est vide près de la vôtre. Et Miss Demeroven...

— Beth, je vous prie, fait Beth à voix basse.

Mrs Gilpe hoche la tête.

— Si jamais vous avez besoin de quoi que ce soit, nos chambres sont un peu plus loin dans ce couloir, après les cuisines, et sur la gauche.

— Je vous remercie, répond Beth dont les yeux s'écarquillent un peu.

Gwen réalise brusquement combien les choses ont changé. Elle peut sentir que dans quelques minutes elle sera elle-même dans son propre état de paralysie. Mieux vaut qu'elles gagnent l'étage avant que d'être trop dépassées par leurs émotions pour agir. Et, en outre, elle n'apprécie pas particulièrement l'air joyeux qui se lit sur les visages de Mrs Gilpe et de Mrs Stelm. Beth est de la chair fraîche pour elles, une autre jeune femme à embarrasser et à choyer, et ce soir c'est une tâche qui revient entièrement à Gwen.

— Venez, dit-elle, prenant la main de Beth pour entamer le trajet jusqu'à sa – leur – chambre.

Beth adresse un petit signe de la main à Mrs Stelm et Mrs Gilpe puis éclate de rire quand Gwen se met à tirer sur son bras, la traînant pratiquement vers le haut des escaliers.

Bien sûr, une fois le premier palier dépassé, aussi impatientes l'une que l'autre, elles échangent un regard avant d'éclater de rire. Elles courent pratiquement pour monter les marches et traverser leur... aile afin de rejoindre la chambre de Gwen.

Gwen s'arrête, la main de Beth est chaude dans les siennes, toutes deux ont les joues rouges, elles se sentent heureuses et fabuleusement libres.

— Gwen, fait Beth.

Elle ouvre la porte, poussant Gwen dans la pièce.

Celle-ci se laisse faire et regarde Beth fermer le verrou d'un geste assuré avant de venir la rejoindre au milieu de la pièce. L'endroit est dans un désordre total, avec des vêtements éparpillés partout et quelques pièces de vaisselle laissées çà et là. Elle a été déprimée durant des semaines et cela se voit.

Mais Beth se contente de lui sourire et de s'avancer jusqu'à pouvoir glisser ses mains plus haut sur son torse et lui donner un baiser fougueux. Et dès cet instant Gwen cesse de s'inquiéter quant à la propreté de la chambre, à l'endroit où elles rangeront toutes les affaires de Beth, à la façon dont elles s'organiseront entre vie publique et vie privée ou à ce qui peut bien les attendre après qu'une lettre signée par leurs deux parents aura été adressée aux Ashmond.

— Je vous aime, murmure Beth contre sa bouche.

Gwen agrippe la taille de Beth et recule pour pouvoir plonger son regard dans le sien.

— Je vous aime aussi.

Beth sourit puis se met à tourner lentement entre ses bras.

— Voulez-vous bien m'aider à quitter cette maudite chose ?

— Avec grand plaisir, répond Gwen, tendant des doigts impatients pour commencer à défaire les attaches de la robe de Beth.

Elle va embrasser son amante, la déshabiller, la toucher, dans leur chambre, pour la première d'un nombre infini de merveilleuses nuits à venir.

Épilogue

Avril 1858

Beth

— Nous parvenons à peine à nous voir, maugrée Gwen, en se déplaçant précautionneusement autour de Beth de sorte qu'elles puissent se contempler toutes deux dans le miroir de la coiffeuse.

Beth lâche un petit ricanement, tendant la main pour attraper la chaise et trouver ainsi un support pour ne pas tomber contre la table de toilette au moment où, inévitablement, la crinoline de Gwen percute la sienne. La mode est à présent à un panier de large circonférence et Gwen n'a pas tort, qu'elles se trouvent à deux dans leur chambre avec des vêtements et des détritus éparpillés autour d'elles dégage une atmosphère presque oppressante.

Mais Beth ne s'en soucie pas vraiment, elle observe Gwen avec tendresse tandis que celle-ci essuie délicatement le contour de ses lèvres. Beth se dit qu'ensemble elles ont l'air de parfaites jeunes ladies, un peu plus âgées, un peu plus sages, et infiniment plus heureuses qu'à la même époque l'année précédente.

Après tout, elles se sont réveillées ensemble, nues, leurs deux corps entremêlés ce matin et n'ont rien d'autre de prévu que de se livrer à une forme de débauche à l'occasion du bal d'ouverture de la saison. Voilà qui est fabuleux.

— Vous devriez porter du bleu plus souvent, dit Gwen, arrangeant sa jupe de sorte qu'elle se déploie à la manière d'une queue de paon derrière elle et s'appuyant contre le dos de Beth.

— Vous êtes en train de froisser le tissu, proteste Beth, mais elle incline tout de même la tête sur le côté pour que Gwen puisse déposer un doux baiser dans son cou.

— Et vous, vous êtes superbe, répond Gwen en lui adressant un éclatant sourire.

Leurs regards se croisent dans le reflet du miroir.

— Le vert vous va à merveille, note Beth, ravie de la façon dont la soie d'un vert profond rend lumineux sa peau et ses cheveux blonds.

Cela ne fait que mettre en valeur ses épaules nues et son port de reine.

— Nous devrions retourner au lit.

Gwen lâche un petit ricanement et les joues de Beth se teintent de rose tandis qu'elle se mord la lèvre pour forcer cette pensée à s'évanouir.

— J'adorerais cela, mais votre mère montera dans dix minutes si nous n'apparaissons pas bientôt au rez-de-chaussée, puis ce sera au tour de Père et nous aurons droit à trente minutes de sermon à propos de ses nerfs et c'est une perspective qui ne me semble pas envisageable.

Beth éclate de rire et opine, repoussant la chaise sous la coiffeuse de sorte à pouvoir tourner sur elle-même sans percuter le montant du lit et la table de toilette durant sa manœuvre. Chacune tend une main vers l'autre et leurs doigts s'entrelacent.

— Êtes-vous prête pour cela ? questionne Beth.

Gwen acquiesce, un air malicieux se peignant sur ses traits.

— Albie m'a promis qu'il aurait une flasque, et Bobby vous a déjà réservé ses trois premières danses. Ce sera grandiose.

— J'aime vos cousins, dit Beth avec tendresse. Mais Bobby ne devrait-il pas manœuvrer pour trouver un meilleur parti ?

— Il n'y en a pas, répond aussitôt Gwen et Beth éclate de rire à ces mots.

— Et vous avez probablement raison, mais vous n'êtes pas toutefois sans savoir combien il déteste avoir à se confronter aux mères. Vous le rassurerez puis nous pourrons toutes deux être présentes pour Albie. Tout ce qui s'est passé pour lui ces derniers temps le rend terriblement malheureux et morose.

Beth soupire.

— Gwen...

— Il veut que nous le traitions normalement, insiste Gwen.

Beth secoue la tête. Le vicomte Mason est décédé il y a six mois, en laissant à Albie une montagne de dettes et une foule d'affreux soucis à régler en lien avec la gestion de leurs propriétés. Bobby n'a parlé de presque rien d'autre que de la Saison à venir à chaque fois qu'ils se sont écrit, même si Beth sait qu'il abhorre la plupart des réalités qui y ont trait. Et bien qu'elle comprenne que tous deux aient envie de tourner simplement la page, le chagrin ne s'efface pas d'un claquement de doigts. Même si vous détestiez véritablement votre père. Elle est bien placée pour le savoir.

— Vraiment. Il m'a demandé d'être infernale. A exigé que je lui change les idées pour qu'il ne soit pas à se morfondre durant toute la soirée.

Et il y a également un autre sujet à considérer.

— Si j'étais coincée à la campagne avec des nausées matinales, voudriez-vous être ici, à participer à des festivités ?

Gwen plisse le nez.

— Arrêtez, je n'ai pas envie de me sentir plus mal encore pour ce pauvre garçon.

— Sentez-vous mal pour Meredith dans ce cas. Je sais que sa mère prétend que ce n'est qu'un léger désagrément, mais dans sa dernière lettre elle dit que celui-ci est constant.

— Elle a de nouveau écrit ?

— La lettre est arrivée plus tôt ce matin alors que votre père et vous pratiquiez l'escrime. Je..., commence Beth, en regardant d'un air désespéré le guéridon. Je ne peux l'atteindre dans cette fichue toilette. Je vous la montrerai ce soir.

— Demain, assène Gwen. Je n'ai pas la moindre intention de rentrer sobre de cette soirée.

Beth éclate de rire et lâche l'une des mains de Gwen pour qu'elles puissent quitter la chambre.

— Oui, Mère adorera cela. Et votre père également, quand on y pense.

— Oh ! fichtre, il ne va pas rester sobre toute la soirée lui non plus.

— S'il veut dormir dans leur lit ce soir, il le sera, rétorque Beth en songeant aux regards noirs dont sa mère est capable.

C'est un soulagement que ceux-ci se dirigent vers quelqu'un d'autre qu'elle à présent. Bien que, sincèrement, ils sont tous également susceptibles de l'irriter ces derniers jours. Beth pourrait s'agacer de la situation, mais au lieu de cela elle est simplement ravie que Mère ait l'énergie d'avoir des sautes d'humeur à ce stade, elle acceptera donc son mécontentement avec joie.

— Ah, vous voici !

Avec une certaine joie, du moins. Beth réprime un soupir et Gwen presse sa main. Elles franchissent le dernier palier pour découvrir Cordelia occupée à patienter dans le vestibule et semblant fulminer.

— Il va nous falloir rester dans la file des invités pendant des heures à présent. Qu'y a-t-il donc qui vous ait pris tant de temps, mesdemoiselles ? Deux paires de mains pour tout faire, comment les choses peuvent-elles être difficiles dans ces conditions ?

Beth et Gwen descendent l'escalier au moment où Dashiell gagne le couloir depuis son bureau. Il s'avance aussitôt derrière Cordelia et commence à frotter ses épaules. Elle affiche un air renfrogné, mais tous peuvent voir la tension la quitter peu à peu.

— Venez à présent, chérie. Je suis une seconde paire de mains et n'apporte guère d'aide.

Elle rit, surprise, et Beth sourit. Elles regardent l'une des mains du lord quitter son épaule pour venir entourer sa taille et se poser sur le ventre proéminent sous ses jupes. Il est si bon avec elle – a été si bon avec elle, lui a apporté un soutien sans faille et est resté à ses côtés durant les moments d'angoisse des derniers mois. Mais voilà qu'ils se trouvent là, heureux, en pleine santé, prêts à accueillir prochainement et avec joie un nouveau membre de leur famille.

Elle fait beaucoup d'efforts pour ne pas songer à la venue de cet enfant.

L'histoire que Mrs Stelm lui a racontée à propos de la naissance de Gwen serre toujours douloureusement son cœur. Si quoi que ce soit devait arriver à sa mère...

— Êtes-vous certaine de vouloir endurer tout cela ?

— Pensez-vous sincèrement que je ne peux supporter un simple bal ? rétorque Cordelia.

— Fort bien, fort bien, dit Dashiell, se penchant pour déposer un baiser sur sa joue.

Beth se force à détendre ses épaules. Tout va bien.

Sa mère est élégante et radieuse dans sa robe violet foncé, ajustée à son ventre qui s'arrondit. Ses boucles sombres sont plus brillantes que jamais et ses joues sont gonflées sous l'effet de la joie.

Même si Gwen et elle avaient finalement décidé de se détester mutuellement, Beth se dit que toutes leurs manigances en auraient valu la peine ne serait-ce que pour l'image qu'offrent sa mère et son père : celle d'un bonheur éclatant, de deux futurs parents qui ne s'attendaient plus à l'être, de deux êtres toujours furieusement épris l'un de l'autre malgré tout ce qu'ils ont traversé.

— Tout serait parfait si l'on mettait de côté la tendance de nos filles à semer la zizanie plutôt qu'à être prête à l'heure, dit Dashiell, les regardant en levant un sourcil.

Gwen hausse les épaules et il lève les yeux au ciel.

— Il nous faut encore attendre le vicomte, n'est-ce pas ? dit-elle.

— Oui, acquiesce sa mère tout en venant s'appuyer contre

Dashiell avant de pousser un soupir de soulagement. Il est en retard.

— Il est jeune, plaide Dashiell.

— Beth n'était jamais en retard, fait Cordelia.

— Oui, eh bien, c'était grâce à vous, cela ne venait pas d'une quelconque ponctualité naturelle de ma part, note Beth.

— Et James n'est pas une débutante venant d'être présentée, ajoute Dashiell. Il peut être aussi en retard qu'il le souhaite et rester désirable.

— Nous raterons totalement notre entrée s'il ne se montre pas bientôt, grommelle Gwen.

Beth lui donne un coup de coude mais Dashiell se contente d'éclater de rire.

— Essayez-vous d'attirer un prétendant fortuné ? demande-t-il.

— Non, répondent-elles en chœur, gloussant lorsque Dashiell et Mère secouent la tête.

— Dans ce cas, cela n'a pas d'importance. Toutefois, si l'une de vous devait faire la connaissance d'un gentleman qui serait selon vous en mesure de subvenir aux besoins de votre existence commune, nous serions bien sûr favorables à ce projet.

Beth opine. Et quand elle croise le regard de sa mère, celle-ci lui adresse un petit clin d'œil et Beth se penche vers Gwen autant qu'elle le peut. Les doigts de Gwen se mêlent aux siens. Elle prend une profonde inspiration.

— Je doute que nous trouvions quelqu'un d'aussi ouvert d'esprit. Mais je vous remercie, répond Gwen en leur nom à toutes deux.

— On ne sait jamais, répond Dashiell au moment où un coup frappé à la porte se met à résonner à travers le vestibule. Pour ma part, je n'imaginais pas devenir père une nouvelle fois.

— Oui, une vraie épreuve pour vous, en effet, dit Mère qui grogne lorsque Dashiell l'aide doucement à se redresser pour aller ouvrir la porte.

— Soyez gentilles avec votre cousin, ajoute-t-elle au moment où Beth et Gwen s'approchent.

— Nous ne sommes jamais rien moins que charmantes, proteste Gwen, et Beth éclate de rire à ces mots.

— Bien sûr, répond Mère, laissant Gwen saisir son coude de sa main libre. Mais je voulais parler de Beth. Ce n'est pas sa faute s'il a hérité de notre propriété.

— Je n'en veux pas, de toute façon, soutient Beth, même si une petite part de son estomac se noue à cette pensée.

Il vit dans leur ancienne demeure depuis à peu près un mois, mais cette situation lui pèse encore.

Ce n'est pas comme si elles auraient continué à vivre dans la maison de ville, ou le domaine dans le Nord, de toute façon. Mais l'épreuve qu'a constituée le fait de tout céder – de renoncer à toute leur existence et à leurs propriétés simplement parce qu'il a atteint la majorité – cela ne lui a jamais convenu. Elles ne l'ont pas vu depuis son arrivée à Londres, et il était une créature dégingandée et maladroite l'an dernier, lorsqu'elles ont fait sa connaissance lors du mariage de Mère. Et à présent elles sont censées l'aider à trouver une future épouse. Comme si l'une d'elles avait la moindre idée quant à la manière de réussir sur le marché du mariage.

Gwen presse sa main. Elle suppose que ce n'est pas tout à fait exact, à vrai dire.

Ils ont bel et bien réussi, eux tous, et ce de manière assez spectaculaire. C'est juste que… cela ne s'est pas fait d'une façon que tout autre qu'eux estimerait. Leurs réputations ont survécu, mais de justesse. Vraiment, arriver en leur compagnie va nuire à James plus qu'autre chose.

— Cousine.

Beth et Gwen se figent sur place au moment où un grand jeune homme aux larges épaules s'incline devant elles sur le perron. Lorsqu'il se redresse, Beth ne peut s'empêcher de se retrouver bouche bée. Envolé l'acné et la haute stature disgracieuse.

James s'est étoffé. Il est toujours un peu maladroit et longiligne, mais l'effet est contrebalancé par le contour puissant de sa mâchoire, ses superbes cheveux châtains et ses splendides yeux bleus.

Il est beau. Véritablement beau. Un homme, désormais.

— Vous avez grandi de façon fort harmonieuse, note Gwen.

Sa mère soupire, tandis que Dashiell dissimule un éclat de rire au moyen d'une quinte de toux. James les regarde d'un air un peu timide, et Beth tente de lui adresser un sourire sincère alors qu'elle enfonce ses ongles dans la paume de Gwen pour protester. Les choses sont déjà assez difficiles pour le pauvre garçon sans qu'elle le traite comme Albie.

— Vous êtes très beau, ajoute Beth tandis que Dashiell guide sa mère vers la voiture luxueuse de James.

Elle fera de gros efforts pour ne pas penser au fait que c'est l'argent qui était autrefois le leur qui a permis son acquisition.

— Êtes-vous impatient de vivre le bal d'ouverture ?

— Je le crois, dit James un peu timidement.

— Ce sera un moment grandiose, lui assure Gwen, l'invitant d'un geste à grimper avant eux dans la voiture à cheval. Nous vous aiderons à vous trouver au contact des personnes qui conviennent.

Dashiell lâche un petit ricanement tout en aidant Cordelia à monter dans la voiture, cachant suffisamment Beth pour qu'elle puisse se serrer contre Gwen.

— Les avez-vous ? murmure-t-elle, sans prêter attention au regard curieux de James.

— Bien sûr, dit Gwen en tapotant sa poche.

Beth tente de dissimuler son sourire alors que Dashiell aide Gwen à se hisser dans la voiture.

— Ne les écoutez pas, dit-il à James, avant de tendre sa main en direction de Beth. Ni l'une ni l'autre n'a connu le succès durant la Saison.

— Mais c'était par choix en grande partie ! proteste Gwen.

Beth grimpe dans la voiture et arrange ses jupes près de celles de Gwen tandis qu'elles s'installent sur une banquette. James entre d'un pas traînant et vient se presser près d'elle. Dashiell prend place à côté de Mère et referme la portière. Il frappe un coup contre le plafond et la voiture s'élance.

Sa mère a déjà l'air un peu verte. Vraiment, ils auraient dû rester chez eux. Beth est sûre que tout ira bien pour Cordelia mais rester debout toute la soirée semble une difficulté bien peu nécessaire pour elle.

— Ne laissez pas mon époux vous causer du tracas. Beth et Gwen connaissent nombre de charmantes jeunes ladies et elles seront ravies de vous présenter, dit Mère d'une voix tendue, s'agrippant d'une main à Dashiell et tentant de trouver un appui contre le plafond de l'autre.

— Et vous pourrez les raccompagner chez nous s'il nous faut partir un peu tôt, ajoute Dashiell.

— Tout ira bien pour moi, dit Cordelia.

— Oui, bien sûr, vous avez l'air d'aller parfaitement bien, en effet.

Ellle lui donne une petite tape dans le ventre et il éclate de rire avant de se rapprocher pour entourer ses épaules de son bras. Elle saisit rapidement sa main libre et la serre, au point que ses jointures en sont blanches. Mais elle sourit.

— Passez une bonne soirée, ne buvez pas trop et essayez de ne pas être trop arrogants, poursuit-il, adressant un regard entendu à Gwen.

Gwen lève les mains en l'air d'un air outré tandis que Beth tente de cacher un ricanement.

— Quand m'arrive-t-il donc de me montrer arrogante, enfin ? Je suis la plus polie des jeunes femmes.

Même Cordelia ouvre les yeux pour lancer un regard à Gwen.

— J'essayerai, promet Gwen. Albie s'assurera que je reste sur le droit chemin.

Dashiell lève les yeux au ciel.

— Beth, vous essayerez, n'est-ce pas ?

— De quoi parlez-vous, de les empêcher de boire ou de m'assurer que Gwen reste loin de Lord Montson ?

— Il ne viendra pas. Je crois que c'est à cause d'une maladie qu'aurait sa nouvelle épouse, dit James.

Tous se retournent pour le regarder et il se recroqueville de nouveau sur son siège.

— Ah, dit Dashiell. Eh bien, dans ce cas, nous n'aurons pas de problème.

— Cela signifie-t-il que sa mère est ici seule ? s'enquiert Gwen.

Mère acquiesce d'un hochement de tête.

— Montrez-vous aimable avec elle si vous le pouvez. L'année a été terrible pour eux.

— Bien sûr, dit Beth, avant que Gwen puisse placer un mot.

D'elles d'eux, Gwen est celle qui reste la plus véhémente à propos de ce qui s'est passé avec les Ashmond. Non pas que Beth ait eu vraiment envie de croiser Lord Montson. Elle ne l'a pas vraiment abandonné devant l'autel mais il s'en est fallu de peu. Il y aura assez de conversations à leur sujet sans qu'ait lieu une véritable confrontation entre eux.

— J'ai entendu dire que les Yokely possèdent de merveilleux jardins, tente James après quelques minutes uniquement ponctuées par les petites plaintes émises par Mère tandis que la voiture rebondit sur les pavés.

— C'est exact, acquiesce Dashiell.

Beth et Gwen échangent un coup d'œil avant de regarder ostensiblement par les fenêtres. Elles n'ont pas de projets secrets concernant un rendez-vous galant au milieu de ces haies. Pour chasser le souvenir de la douleur de l'année passée et le remplacer par un autre dans ce labyrinthe. Elles ne risqueraient pas une deuxième fois de se faire surprendre ; ce serait trop compromettant.

Bien sûr, si elles parvenaient à convaincre Albie de monter la garde, ce ne serait pas une si mauvaise idée. Et ce n'est pas comme si elles ne lui avaient pas offert d'alibis durant l'hiver lorsque Meredith et lui étaient à peine capables de ne pas se toucher, eux, nouvellement et absolument répugnants.

Gwen presse sa main, son pouce caressant le creux du poignet de Beth et celle-ci sourit, fermant les yeux au souvenir de l'année écoulé.

Plutôt que d'y penser, elle songera à la nuit dernière et se délectera de la joie que lui procure leur étrange petite famille avant qu'elle ait de nouveau à la partager avec le monde.

Gwen

— Oh ! la voilà, murmure Beth, esquissant un geste discret en direction d'un groupe de femmes plus âgées se tenant de l'autre côté de la pièce.

À travers la foule, elles peuvent alors apercevoir Lady Ashmond, l'air radieux, tapageuse et se donnant en spectacle sans se soucier le moins du monde de l'effet produit. Elle est divorcée depuis trois mois et a apparemment profité au maximum de son nouveau statut. Le procès au civil a été l'occasion d'un spectacle obscène. Elle a prouvé tout à la fois l'adultère, les mauvais traitements et la négligence, en ayant recours à un avocat que le père de Gwen, elle en est presque sûre, lui a fait rencontrer.

Maintenant qu'elle est libre, Montson se cache dans le nord du pays. Quant à Lord Ashmond il ne s'est pas du tout montré à Londres, et on ne s'attend pas à ce qu'il le fasse de toute la saison, à l'exception des moments où il devra prendre part à quelques votes cruciaux. Dashiell s'en est grandement réjoui.

Et si Cordelia s'est lamentée du bout des lèvres du caractère malheureux de tout cela, Gwen sait qu'elle est extrêmement fière.

Cordelia est fabuleuse, et si elle a aidé Lady Ashmond, c'est tout simplement merveilleux. Cette femme est toujours une personne abominable, mais au moins n'est-elle plus malmenée. Voilà qui n'est pas rien.

— Elle semble passer un excellent moment, acquiesce Gwen.

— Nous devrions nous joindre à elle, marmonne Albie à l'instant où Bobby fait son apparition avec un plateau chargé de boissons qu'il tend aux uns et aux autres.

— Je vous remercie, dit James d'une voix presque trop faible pour qu'on l'entende dans le brouhaha produit par la foule grouillante.

Malgré les inquiétudes de Cordelia, ils sont arrivés tôt dans la soirée et les danses n'ont même pas encore débuté. Albie a promis à Gwen de lui réserver les trois premières d'entre elles pour qu'elle n'ait pas à se tenir au bord de la piste sans Beth. Bien qu'en toute honnêteté, s'enivrer avec Albie semble plus amusant que danser.

— Tout le monde nous fixe, murmure Beth.

Gwen jette des regards alentour. Ils suscitent une attention certaine.

Cela n'a rien de nouveau, cette désapprobation. Les filles Havenfort et leur scandaleuse mère /belle-mère, abandonnant les Ashmond. Bien sûr, Cordelia est radieuse de l'autre côté de la pièce, avec le père de Gwen collé à ses côtés. Plus question de folâtrer pour lui. Il est totalement dominé par sa femme et en est ravi.

Gwen ne peut sincèrement pas se lasser de les voir ensemble, heureux et sereins. L'hiver a été difficile. Jamais elle n'a vu son père plus inquiet – il a veillé à faire se succéder les docteurs chez eux pour s'assurer de la bonne santé de Cordelia. Et de celle du bébé. Une forte nervosité avait envahi leur maison mais à présent… ils en sont là. Tout le monde va bien. Ils n'ont plus que deux mois à attendre avant que le bébé n'arrive et décide du sort du titre de son père. Et que ce dernier s'occupe des paris passés au sein du foyer. Gwen veut une autre fille, au diable le titre.

Mais Beth est en faveur d'un garçon, pour la diversité. Mrs Gilpe, Mrs Stelm, et Miss Wilson ont misé avec le personnel et elle est quasiment sûre que Cordelia l'a fait elle aussi,

C'est le cas de son père, elle en est certaine.

— Gwen, les cartes ?

Gwen sort d'un air absent le nouvel ensemble de cartes sur lequel Beth et elle ont travaillé dur au cours des dernières semaines. L'an dernier, cela ne l'intéressait guère, mais Beth... Beth a apporté du sang neuf à ses jeux destinés aux soirées, et elles vont profiter au maximum de cette saison.

Elles n'ont pas encore eu besoin de songer à la naissance. Cordelia a enfanté Beth, après tout, et elle est parfaite. Tout ira bien.

— Oh ! donnez-les-moi, fait Beth, en lui arrachant les cartes des mains.

Gwen prend une profonde inspiration, s'arrachant à ses pensées moroses. Le moment est venu de s'amuser.

Elles ont la Saison entière, et cette édition de « Repérez l'héritier » restera à coup sûr dans les annales.

— Allez-vous enfin nous laisser jouer, alors ? questionne Bobby en se penchant au-dessus de l'épaule de Beth.

Il a connu une poussée de croissance pareille à celle de James, et est devenu tout aussi séduisant. Il la dépasse d'une tête désormais. Son nez plus grand s'accorde à merveille à ses traits plus ciselés. Et si Albie semble avoir perdu du poids en raison des responsabilités familiales supplémentaires qui lui incombent depuis les six derniers mois, Bobby est devenu assez corpulent. On dirait qu'il a passé ces six mois à boxer, monter à cheval et traduire tous ses sentiments en activité physique. Cette nouvelle carrure lui va à ravir.

— Seulement si vous vous pensez capable de suivre la cadence, dit Beth, tendant son poignet pour que Gwen puisse y épingler la carte de score au dos de son carnet de bal.

Elle tend des cartes à Albie et Bobby, puis à James.

Elle a promis à Dashiell qu'ils le présenteraient à des gens. Cela lui fournira un cours accéléré en matière de haute société.

Bien qu'elle ne soit pas certaine qu'il appréciera véritablement le nouveau système de notation de Beth.

Beth épingle la carte de Gwen juste avant que l'orchestre ne fasse vibrer quelques cordes pour annoncer le début du bal. Bobby contourne leur groupe et tend sa main à Beth. Gwen serre fermement les doigts de cette dernière pour l'empêcher de s'éloigner d'elle.

— Ne partez pas, gémit-elle, se sentant follement éprise et un peu stupide sans que cela ne la gêne le moins du monde.

Beth éclate de rire.

— Albie, faites-lui passer un bon moment, voulez-vous ? De sorte qu'elle ne fasse pas la tête durant toute la soirée ?

Albie la salue et Beth sourit largement tout en arrachant doucement ses doigts à ceux de Gwen avec un sourire espiègle. Elle prend le bras de Bobby

— Très bien, jeune homme, montrez-moi vos pas de danse, lui dit-elle.

— Je me suis entraîné, plaide Bobby, tout en la laissant le conduire d'un air enjoué vers la piste.

— Voulez-vous prendre part à la première danse ? demande Albie à Gwen.

Elle secoue la tête, tout en lançant un regard en direction de James.

— Je ne peux pas laisser ce pauvre garçon seul. Demeroven, lance-t-elle, lui faisant signe de s'approcher de sorte qu'il ne reste pas étrangement à l'écart, de l'autre côté de l'espace laissé par Beth et Bobby.

— Mason a étudié à Oxford lui aussi.

— En effet. J'ai entendu beaucoup de bonnes choses à votre propos, dit James, adressant à Albie un sourire vraiment gênant.

— De la bouche de Lady Gwen ? demande Albie.

— Non, répond aussitôt James.

Gwen éclate de rire et Albie sourit.

— Je veux dire, non, pas… pas seulement de la bouche de Lady Gwen. Ma cousine chante vos louanges. Je…

Il hausse les épaules et se frotte la nuque.

Albie éclate de rire.

— Il n'y a pas de mal. Cette jeune femme est un vrai fléau, ajoute-t-il en poussant Gwen du coude. Mais Miss Bertram est délicieuse.

— En effet, renchérit Gwen, d'un ton enjoué, à James.

Albie soupire et lève les yeux au ciel. Elle ne débattra jamais des fort nombreuses qualités de Beth.

— Et Bobby est devenu un danseur encore meilleur.

— C'est vrai, acquiesce Albie à contrecœur. Vous deux avez peut-être étudié ensemble, non ? poursuit-il en jetant un regard à James.

— En effet, répond ce dernier dont les yeux suivent les mouvements de Bobby et Beth sur la piste.

— Oh ! vraiment ? dit Gwen, surprise.

Il s'était comporté comme s'ils venaient tout juste de faire connaissance.

— Enfin, je veux dire que je l'ai vu, se hâte d'ajouter James, clignant des yeux avant de se tourner de nouveau vers elle. Nous n'avons jamais assisté aux mêmes cours. Je ne crois pas que nous ne nous soyons jamais parlé. Qu'est-ce donc que cela ? demande-t-il en retournant sa carte de score.

— « Repérez l'héritier », répond Albie. Le premier à rayer tous les noms a droit à… quoi, déjà ?

Gwen lui adresse un large sourire.

— À devenir le maître des paris à Ascot. Le vainqueur pourra décider combien nous parions, sur quelles courses et gardera le butin.

— Nous ? demande James.

— Lady Gwen a enfin daigné me laisser, ainsi que Mr Mason, participer à son petit jeu réservé aux débutantes. À quoi sert la colonne de score ? questionne Albie, en examinant sa carte.

— Oh ! il vous faut noter les messieurs, dit Gwen, qui éclate de rire en voyant Albie rouler des yeux.

— Bien sûr.

— Et la deuxième colonne ? s'enquiert James.

— Si vous repérez tous les fils d'une même famille, vous obtenez un bonus. Nous avons des cadets en abondance cette année, ajoute-t-elle, jetant un regard vers Beth et Bobby.

Bobby fait tournoyer Beth avec un large sourire aux lèvres. La robe bleue, ses superbes cheveux bruns, ses magnifiques yeux – Ciel, Gwen aimerait que ce puisse être elle qui soit à ses côtés sur la piste. Mais n'être que spectatrice n'est pas si mal malgré tout. Cela fait naître dans son esprit toutes sortes d'idées pour la suite de la soirée. Elle jette un regard à James au moment où elle sent ses joues commencer à s'échauffer, essayant de bannir toutes pensées relatives à une danse bien moins verticale. Elle voulait simplement le surveiller mais découvre qu'il fixe Beth et Bobby, presque subjugué. Un étrange instinct de protection enfle en elle. Il ne peut pas regarder Beth de cette façon. Tous deux sont cousins.

Et, plus important encore, Beth est *à elle.*

Elle prend une gorgée de champagne et reporte son attention sur la salle de bal, mâchoire crispée. Elle ne peut se montrer jalouse chaque fois qu'un homme ne fait ne serait-ce que regarder Beth. Si elle cède à cet élan, elle sera dans tous ses états la saison entière. Beth ne fait que devenir plus belle et plus gracieuse, et sans le poids d'une union à garantir pesant sur ses épaules, elle danse joyeusement avec Bobby à présent.

Sa magnifique, courageuse, intelligente et amusante Beth.

Personne ne la mérite. Pas même Gwen. Mais elle l'a eue malgré tout et elle ne la laissera jamais aller auprès d'un homme au nom du respect des règles de la bonne société. Peu importe ce que dit Père, trouver quelqu'un qui tolérera leur « style de vie » ne l'intéresse pas. Tout ce qu'elle veut, c'est qu'elles passent leur existence ensemble.

James a toujours les yeux rivés sur elle au moment où prend fin la danse de Beth et Bobby, et Gwen se surprend à grincer des dents. Mon Dieu, comment va-t-elle réussir à arriver au bout de la saison ?

Elle est si concentrée sur sa propre jalousie qu'elle rate presque le moment où Bobby raccompagne Beth auprès de leur petit groupe.

— Vous n'avez pas dansé, lance Beth à Albie d'un ton accusateur.

Bobby affiche un large sourire, et Beth et Albie se lancent des piques, ne cessant de se taquiner au sujet des cartes de scores revisitées par Beth. Ils se sont rapidement liés d'amitié et sont d'attendrissants partenaires de plaisanterie. Ils sont capables de divertir toute une tablée s'ils le veulent. Mais ce n'est pas le sens de $1a repartie de Beth et Albie qui capte l'attention de Gwen.

Non, c'est le fait que James fixe Bobby. Bobby a toujours les joues rosies à cause de la danse et il est un peu haletant. Et James – James a l'air émerveillé, une rougeur s'épanouit au niveau de son cou, et… Oh ! Ce n'était donc pas Beth qu'il observait avec une telle intensité.

— Venez, messieurs, offrons à ces dames un autre tour sur la piste, dit Albie après que Beth l'a battu à plate couture à un jeu de mots auquel Gwen ne prêtait pas attention.

Bobby lance un bras autour des épaules de James d'un air joyeux et fait signe à Albie de montrer le chemin. Gwen les regarde s'éloigner, James raide sous le bras de Bobby, sans qu'Albie ne remarque rien.

— Vous auriez dû danser vous aussi, dit Beth, nouant son bras d'un geste désinvolte à celui de Gwen.

Elle agite son poignet libre, faisant rebondir sa carte de score.

— J'ai déjà les frères Kingsman de retour d'Oxford.

— Hum, vraiment ? fait Gwen, l'esprit fourmillant de pensées.

Épouser un homme qui ne ferait que tolérer son « amitié » avec Beth ne l'intéresse pas le moins du monde. Mais en épouser qui a une « amitié » lui-même ? Voilà une idée des plus prometteuses, non ?

— M'écoutez-vous au moins ? s'enquiert Beth.

— Non, répond Gwen en faisant courir un regard absent sur la salle de bal.

Si elles pouvaient faire en sorte que James et Bobby forment un couple... Bobby qui n'a *jamais* semblé intéressé par les femmes, qui n'a jamais eu envie de se marier... alors Beth pourrait avoir Bobby, et Gwen pourrait avoir James et elles pourraient avoir...

— Gwen ?

— Un double mariage, énonce Gwen, grimaçant en entendant ses paroles quitter spontanément ses lèvres d'un ton tranchant.

— Que dites-vous ?

Gwen saisit la main de Beth et l'entraîne de nouveau vers les sanitaires sans faire cas de ses protestations. Elles se glissent hors du vestibule mais trouvent le bon couloir pour pouvoir s'enfoncer suffisamment à l'intérieur de la maison afin de profiter d'une relative intimité.

— Qu'avez-vous donc, enfin ? s'exclame Beth.

— Je crois que James apprécie les hommes, répond en hâte Gwen dans un murmure.

Beth se fige à ces mots.

— Je vous demande pardon ?

— Je crois qu'il aime bien les hommes et je crois qu'il aime bien Bobby.

— Oh ! dit Beth lentement. Voilà qui est fort dommage.

— Comment ? s'indigne Gwen.

Beth secoue la tête.

— Non... Ciel, non, pas cela. C'est juste que... il lui faudra se marier et avoir un héritier, voilà tout. Je dis que c'est dommage dans ce sens-là. À part cela, eh bien, je veux dire... les hommes sont généralement terribles, donc il y a cela également, dit-elle en se tordant les doigts. Vous le pensez vraiment ?

— Oui, vraiment, dit Gwen. Il avait sur ses traits l'air que j'affichais en vous regardant.

Beth sourit à ces mots.

— Hum. Voilà un point à garder à l'esprit, j'imagine. Je suis certaine qu'il doit exister des clubs dans lesquels il pourrait se rendre.

— Vous ne voyez pas assez grand, fait Gwen, souriant au moment où Beth tourne vers elle un regard froid.

— Je vous demande pardon ?

— James aime bien Bobby. Et Bobby n'a jamais manifesté le moindre intérêt pour une femme.

— Et donc ?

— Donc ..., dit Gwen, attendant qu'elle réagisse.

Beth est intelligente, elle va comprendre...

— Non. Non. Nous avons failli tuer nos parents. Je ne vais pas m'engager dans un nouveau projet de création de couple. Compte tenu en particulier que nous ne pouvons pas amener leurs parents respectifs à se marier pour nous assurer qu'ils puissent être ensemble.

— Une fois encore, vous ne voyez pas assez grand, dit Gwen à qui cette idée fait presque tourner la tête.

Non pas qu'elle aurait quoi que ce soit contre l'idée de vivre avec leurs parents pour toujours. Mais ceci leur procurerait une véritable sécurité, peu importe le sexe du bébé. Une vraie autonomie. S'occuper de deux domaines voisins ? Les possibilités sont infinies.

— Très bien, à quoi pensez-vous, alors ? demande Beth qui semble légèrement exaspérée.

Cela donne envie à Gwen de la plaquer contre le mur et de l'exaspérer vraiment.

— Si nous arrivons à faire en sorte que James et Bobby soient ensemble, alors vous épousez Bobby, j'épouse James, et...

Beth la fixe, bouche bée, ses yeux effectuant des mouvements rapides. Elle prend une inspiration puis secoue la tête. Gwen la regarde envisager mentalement la question, un court moment durant lequel l'idée cesse d'être grotesque pour devenir possible.

— Où vivrions-nous ? prononce-t-elle lentement.

— Dans votre ancienne demeure. Bobby possède une propriété non loin.

— Pratique, grommelle Beth. Et cela vous conviendrait d'être avec... James ?

— Je ne serais pas avec James, dit Gwen aussitôt. Ce ne serait vrai que de manière formelle. Ils vivraient dans l'une des maisons, nous vivrions dans l'autre et apparaîtrions ensemble lorsque cela serait nécessaire. Ce sera le parfait camouflage.

Beth pince les lèvres, se tordant les mains un instant avant de lever les yeux et de croiser le regard de Gwen.

— Notre propre maison ?

— Que nous dirigerions entièrement à notre guise, tente Gwen pour la convaincre. Vivant suffisant près pour rendre visite à nos parents, mais sans devoir habiter avec eux. Nous aurions notre propre argent. Des vies qui n'appartiendraient qu'à nous. Avec de bons amis vivant tout près pour les choses dévolues aux hommes.

— Des époux, dit Beth.

— Mais cela ne sera le cas que d'un point de vue formel, répète Gwen.

— Notre propre maison, fait Beth tandis qu'un sourire commence à s'étirer sur ses traits.

— Nous vous construirons cette cabane dans les arbres, promet Gwen. Tous les quatre.

Le sourire de Beth s'épanouit davantage. Elle se redresse et embrasse Gwen de façon impulsive. Gwen oublie tout l'espace d'un instant puis s'écarte en douceur tout en jetant des regards autour d'elles. Elles sont seules, certes, mais elles ne devraient pas tenter quoi que ce soit quand elles ne sont pas à l'abri des haies.

— Alors, vous acceptez ?

— D'essayer de convaincre deux jeunes hommes dont nous

ne sommes pas certaines qu'ils ont ce penchant d'accepter des unions de façade afin que nous puissions aller vivre à la campagne ? demande Beth.

— C'est bien cela, en résumé. Cela a fonctionné la première fois.

Beth hoche la tête.

— Nous avons la Saison devant nous.

— La Saison tout entière, acquiesce Gwen. Et si nous échouons, nous vivrons à la maison avec le bébé.

— Nos chances de réussite sont meilleures que la dernière fois, fait Beth en lâchant un petit rire.

— Et donc ?

Beth l'observe un instant.

— Vous voulez m'épouser par l'intermédiaire de James ?

— Je vous épouserais sans avoir besoin d'aucun intermédiaire, répond aussitôt Gwen.

Le regard de Beth s'adoucit à ces mots.

— Mais étant donné que cette possibilité ne m'est pas offerte, oui. J'aimerais échanger des vœux sans fondement avec James et en échange de cela, vous avoir vous, pour toujours.

— Moi aussi, murmure Beth. M'unir à vous, je veux dire, non échanger des vœux avec James.

— Ce qui serait à vrai dire fort malvenu, acquiesce Gwen.

Beth éclate de rire et prend une profonde inspiration.

— D'accord.

Gwen sent tout son corps irradier de bonheur, la pensée des possibilités offertes, l'amour et l'exaltation semblant vibrer littéralement en elle.

— D'accord ?

Beth tend son bras. Gwen éclate de rire et échange avec elle une poignée de main énergique.

— Faisons d'eux un couple, dit Gwen.

Beth affiche un large sourire.

— Oui, allons-y.

Remerciements

Écrire est souvent un processus solitaire, mais si vous disposez de la bonne équipe pour vous soutenir, vous ne vous sentez pas si seule que cela. Toutes mes excuses aux autres auteurs, mais mon équipe est LA MEILLEURE.

À Stacy, ma merveilleuse agente, pour tes conseils, tes encouragements, ton soutien et ton enthousiasme, merci. Je ne serais pas là sans toi et je suis si heureuse que nous effectuions ce voyage ensemble.

À Sylvan, mon fabuleux éditeur, tu fais s'exprimer ce qu'il a de mieux en moi avec tant de joie et c'est un tel plaisir. Merci d'avoir cru en Beth et Gwen (et à la famille bien-aimée qu'elles ont trouvée pour elles) autant que moi.

À Larry, mon champion de manager, pour m'avoir donné ma chance, avoir cru en moi et gravi avec moi cette montagne très très escarpée, merci. À bien d'autres années à venir pour nous. Et Devra, merci pour tout.

À Wayne, juriste hors pair, mes remerciements pour tes conseils et ton soutien, pour tes lectures et pour ces si nombreuses et merveilleuses conversations.

À Leni Kauffman, pour la plus belle et la plus fabuleuse des couvertures de rêve, merci d'avoir donné à Beth et Gwen forme humaine de la façon la plus spectaculaire qui soit.

Aux autres incroyables professionnels de l'édition qui ont

contribué à *La Valse des cœurs*, merci à vous : Erika Tsang, May Chen, Tracy Wilson et Mark Burkeitt, Christine Vahaly, Diahann Sturge, Shelby Peak, Amy Halperin, DJ DeSmyther, Jes Lyons, Kalie Barnes-Young, Ronnie Kutys, Andy LeCount, Caroline Bodkin.

À mes premiers lecteurs, mes amis, mes compatriotes dans les tranchées de l'écriture et de la création, Abby, Becca, Ben, Joe, Lindsay – vous me rendez meilleure, vous me tirez vers le haut, vous me faites rire et je vous aime tous à la folie. Je ne pourrais pas être où j'en suis sans vous. Et je vous dois tant de cupcakes.

Aux incroyables auteurs et créatifs qui ont apporté leur soutien à cette histoire – Evie Dunmore, Amalie Howard, Carlyn Greenwald, Courtney Kae, Darcy Rose Byrnes – merci infiniment pour m'avoir lue et avoir rendu cette année si joyeuse.

À mes merveilleux amis, qui m'ont encouragée tout au long de ce processus, me prodiguant leur amour et leur soutien perpétuel, vous êtes sans conteste les meilleures personnes que l'on peut trouver dans ce monde et je vous aime énormément.

À Dylan et Dani, merci pour votre amour et votre soutien, vos paroles apaisantes et votre enthousiasme à couper le souffle. Merci d'être là à chaque étape du chemin. Merci de croire en moi.

Maman, merci pour toutes ces années de patience passées à me guider dans la rédaction de mes dissertations, à m'enseigner comment faire apparaître la conclusion dans l'énoncé de la thèse. J'ai traqué les répétitions. Papa, merci pour les discussions de fin de soirée à propos des histoires, de leur rythme et de leur arc dramatique et pour les chansons de Sondheim que nous ne cessions jamais d'entonner avant l'école.

Je ne serais pas l'autrice, ou la personne, que je suis sans vous deux.

Et pour vous, cher lecteur, j'espère que ce livre vous apportera autant de joie qu'il m'en a donné et que vous pourrez trouver un peu de vous-même quelque part dans ses pages, et imaginer.

Vous avez aimé *La Valse des cœurs* ?
Ouvrez l'œil en 2025 pour l'histoire de James et Bobby !